Précieuse mission

Une présence rassurante

[illegible]

Une présence [illegible]

[illegible]

CARLA CASSIDY

Précieuse mission

Traduction française de
GAËLLE BRAZON

BLACK ROSE

HARLEQUIN

Collection : BLACK ROSE

Titre original :
COLTON 911: TARGET IN JEOPARDY

HARPERCOLLINS FRANCE
83-85, boulevard Vincent-Auriol, 75646 PARIS CEDEX 13
Service Lectrices — Tél. : 01 45 82 47 47 - www.harlequin.fr
ISBN 978-2-2804-5408-7 — ISSN 1950-2753

Composé et édité par HarperCollins France. Achevé d'imprimer en avril 2021.
par CPI Black Print - Barcelone - Espagne
Dépôt légal : mai 2021.

FSC
www.fsc.org
MIXTE
Papier issu de sources responsables
FSC® C159065

Pour limiter l'empreinte environnementale de ses livres, HarperCollins France s'engage à n'utiliser que du papier fabriqué à partir de bois provenant de forêts gérées durablement et de manière responsable.

1

Avery Logan monta lentement les marches menant à l'entrée du tribunal. Pendant un instant, elle s'arrêta au pied de l'imposant bâtiment de briques de deux étages où la justice était rendue quotidiennement.

Elle prenait son métier très au sérieux. Elle arrivait toujours en avance et s'attardait une ou deux minutes sur la dernière marche. Une fois détendue, elle franchissait le seuil, prête à effectuer sa mission de procureure au pénal.

Plusieurs autres personnes attendaient que le palais de justice ouvre officiellement ses portes au public, dont quelques-unes sur le point de découvrir leur sort.

Tout en changeant sa mallette de main, Avery aspira une bouffée de l'air de septembre. L'automne était sa saison préférée. Les couleurs changeantes des arbres dans les rues de Whisperwood étaient particulièrement jolies cette année. Les rouges foncés rivalisaient avec les camaïeux d'orange et de jaune, offrant un spectacle naturel de toute beauté.

Elle avait beau avoir déjà mal aux pieds et aux reins, elle était portée par son optimisme. Aujourd'hui, les derniers témoins allaient comparaître. Si tout se passait bien, les plaidoiries finales auraient lieu d'ici midi. De son avis de professionnelle, ce procès verrait la justice triompher. Bien que Dwayne Conway ne soit pas le baron de la drogue qu'Avery rêvait de faire tomber, si elle avait bien œuvré, cela ferait déjà un horrible dealer de moins dans les rues.

Une douleur aiguë la traversa, et dans son cœur meurtri, un nom résonna : Zeke. Depuis sa mort presque un an plus tôt, pas un jour ne passait sans qu'il ne lui manque. En plus d'être son jeune frère adoré, il avait été son meilleur ami. Une overdose d'héroïne l'avait arraché à elle pour toujours.

Repoussant toute pensée concernant Zeke, elle jeta un nouveau coup d'œil sur les personnes qui patientaient en bas des marches. Elle se figea brusquement.

Il se tenait au milieu d'un petit groupe, dont faisait partie Forrest Colton, qui devait témoigner aujourd'hui. Était-ce bien lui ? Ou ne faisait-elle que l'imaginer ?

— Dallas, murmura-t-elle, submergée par un flot d'émotions.

Elle observa le profil de l'homme, dévorant des yeux son nez droit, ses cheveux blonds ondulés… Oui, elle en était sûre, c'était lui. Elle savait déjà qu'il avait des iris bleu azur et un sourire absolument charmant.

Elle se rappelait aussi l'étreinte de ses bras musclés et ses lèvres sensuelles dont les baisers pouvaient faire perdre l'esprit. Elle savait ce que c'était de faire intensément l'amour avec lui. Mais elle ignorait une chose : son nom de famille.

Au moment même où elle passait le bras autour de son ventre rebondi, il se tourna et leva la tête dans sa direction. En l'apercevant, il écarquilla les yeux, manifestement surpris. Il laissa courir son regard sur elle, marquant une pause sur son ventre, rendu proéminent par des mois de grossesse, puis reporta son attention sur son visage.

Indécise, elle resta clouée sur place. Devait-elle tourner les talons et s'enfuir ? Comment allait-il réagir ? Elle ne le connaissait pas vraiment, après tout. Ils avaient passé une seule nuit ensemble, une nuit torride alimentée par un peu trop d'alcool et de solitude. Torride et aussi imprudente, sans contraception ni préservatif.

Il adressa quelques mots au reste du groupe, puis monta lentement les marches jusqu'à elle. Plus il approchait, plus elle sentait son cœur s'emballer.

Il était aussi beau que dans ses souvenirs, avec ses cheveux clairs, ses yeux d'un bleu intense et ses traits ciselés. Elle retint son souffle lorsqu'il s'arrêta enfin près d'elle.

— Avery.

— Bonjour, Dallas. Ça fait un bout de temps.

C'était assurément le moment le plus gênant qu'elle ait jamais vécu au cours de ses trente-trois ans d'existence, songea-t-elle. Il posa à nouveau les yeux sur son ventre très arrondi.

— Heu… oui, poursuivit-elle, répondant à la question qu'il n'allait sans doute pas tarder à poser.

Il blêmit aussitôt et se balança d'un pied sur l'autre, comme s'il était à court de mots. Elle n'avait que quelques minutes avant de devoir rejoindre son siège dans la salle d'audience.

— Heu… C'était sympa de te revoir. Désolée, je dois y aller.

Alors qu'elle se tournait vers la porte, il l'arrêta.

— Avery, il faut qu'on parle, c'est évident.

Il sortit son portefeuille de la poche de son pantalon noir, y récupéra une carte de visite et la lui tendit.

— Toutes mes coordonnées sont là-dessus. On pourrait peut-être se retrouver quelque part plus tard dans la journée, une fois que tu en auras fini ici ?

— J'espère que cette affaire sera soumise au jury vers midi. Je pourrais te rejoindre au JoJo's Java juste après.

— Ce serait bien, répondit-il d'un ton grave.

— Et maintenant, il faut vraiment que j'y aille.

Cette fois, quand elle s'avança vers la porte, il ne la retint pas.

Après avoir franchi le portique de sécurité, elle se dirigea vers la salle où le procès avait lieu. Tout en marchant, elle prit une longue inspiration tremblante.

C'était un tel choc de recroiser l'homme qui n'était qu'un souvenir dans son esprit depuis sept mois et demi. Il avait été aussi séduisant que le soir où elle l'avait rencontré pour la première fois. Son pantalon avait été parfaitement ajusté sur ses hanches minces et ses longues jambes. La chemise grise qu'il portait avait mis en valeur sa musculature fine et ses épaules carrées.

Maintenant qu'il était au courant pour sa grossesse, qu'allait-il se passer ? Croirait-il d'office qu'il était le père ? Après tout, elle n'avait pas hésité à coucher avec lui ; allait-il penser qu'elle faisait la même chose avec d'autres hommes ? Il était le seul avec qui elle ait eu des rapports sexuels depuis très longtemps. S'il voulait un test ADN, elle comprendrait tout à fait et accepterait volontiers sa requête.

Elle était contente qu'il soit au courant. Il était le père, il avait le droit de savoir. Si elle avait su comment le joindre, elle l'aurait fait dès l'instant où elle avait appris qu'elle était enceinte.

Voudrait-il faire partie de l'aventure ? Souhaiterait-il s'impliquer en tant que père ? Ou allait-il disparaître à nouveau en refusant tout contact avec elle ? Aux yeux d'Avery, il ne lui devait rien du tout. Elle avait été assez bête pour avoir un rapport non protégé, et cela avait été son choix à elle de garder les bébés.

Elle baissa les yeux sur la carte qu'il lui avait donnée. Dallas Colton. Son patronyme était Colton. C'était un nom bien connu à Whisperwood. Plusieurs membres de la famille Colton faisaient partie des Cowboy Heroes, une équipe de sauveteurs à cheval. Les cavaliers se rendaient dans les zones sinistrées pour venir à la rescousse des personnes en difficulté. À la fois secouristes et propriétaires de ranch, ils étaient tous spécialisés dans les missions de recherche et de sauvetage.

Récemment, ils avaient contribué à sauver de nombreuses vies lors du passage de l'ouragan Brooke dans la petite ville texane. Les vents violents, les inondations et les horribles tornades causés par la tempête avaient semé la désolation à Whisperwood et aux alentours.

Avery entra dans la salle d'audience et s'installa à la table du procureur. Elle ouvrit sa mallette, glissa la carte de visite dans l'une des poches, puis sortit les documents dont elle allait avoir besoin aujourd'hui.

Tandis que la pièce se remplissait, elle s'efforça de ne pas penser à Dallas. Elle devait se concentrer sur sa mission, qui consistait à faire condamner un dealer. Mais son esprit ne cessait de la ramener à la nuit qu'elle avait passée avec Dallas.

Elle était allée au Bailey's Bar avec sa meilleure amie, la détective privée Summer Davies, dans l'intention de noyer son stress et son chagrin dans l'alcool. Non seulement elle pleurait encore la mort de son frère, mais elle travaillait sur une affaire qui lui avait attiré des menaces de mort.

Elle en était à deux verres lorsqu'il était entré dans le bar. Vêtu de son uniforme militaire, il était sexy en diable, et quand leurs regards s'étaient croisés, elle avait senti une agréable chaleur l'envahir. Au bout d'un moment, Summer était repartie chez elle, mais Avery était restée, et le beau caporal-chef s'était approché d'elle.

Il lui avait dit qu'il était en permission et rendait visite à ses proches en ville. Elle ne lui avait pas demandé de qui il s'agissait et il n'avait mentionné aucun nom. Ils s'étaient contentés de boire un autre verre en parlant de tout et de rien.

L'énergie sexuelle entre eux avait été phénoménale, et cette nuit-là Avery avait vécu une expérience inédite. Ils avaient quitté le bar et s'étaient rendus dans le motel le plus proche. Là, elle avait eu sa première aventure d'un soir.

Elle s'était réveillée le lendemain matin avec l'envie d'en savoir plus sur lui, de tirer parti de l'incroyable attirance physique qui existait entre eux. Mais il avait été on ne peut plus clair : il ne voulait pas poursuivre quoi que ce soit avec elle. Après être partie du motel, elle ne l'avait pas revu et n'avait plus jamais entendu parler de lui, jusqu'à maintenant.

Comme Forrest Colton devait témoigner au cours du procès, Dallas allait sûrement s'asseoir parmi le public. Elle ne pouvait pas se retourner pour vérifier. Elle ne voulait pas le voir pour l'instant, alors qu'elle avait une mission importante à accomplir. Mais c'était un peu déstabilisant de savoir qu'il allait l'observer.

— Mesdames et messieurs, la Cour.

La voix grave et sonore de l'huissier la tira de ses pensées. Il était plus que temps qu'elle se concentre sur son travail. Dwayne Conway était un voyou, une crapule qui avait vendu des antalgiques et un caillou de crack à un policier sous couverture. Ayant assisté à la transaction illégale, Forrest Colton serait appelé à la barre pour corroborer le récit du policier.

Dwayne était du menu fretin au sein d'un système pourri sévissant à Whisperwood, un réseau de drogues et de corruption qui croissait de jour en jour. Avery était sur la ligne de front de la lutte contre les stupéfiants, qui visait à tous les supprimer, en particulier l'héroïne mortelle, des rues de la ville qu'elle aimait.

Comme elle l'avait pressenti, il était 11 h 30 lorsqu'elle fit sa plaidoirie finale, et, à midi, le jury se retira pour délibérer.

L'avocat de la défense et elle retrouvèrent le juge pour remplir quelques documents administratifs de dernière minute, puis elle les quitta. Elle était libre de son temps jusqu'à ce que le jury revienne avec un verdict. Avec un peu de chance, cela ne prendrait pas longtemps, et un autre sous-fifre se retrouverait derrière les barreaux.

En sortant de la salle d'audience, elle ne vit pas trace de Dallas. Il devait savoir qu'elle se rendrait au JoJo's Java pour le retrouver.

Alors qu'elle marchait vers sa voiture garée dans le parking derrière le palais de justice, une bouffée d'appréhension l'envahit. Elle avait à peine eu le temps de digérer le fait que Dallas était là, et encore moins qu'elle allait le retrouver dans quelques minutes.

En s'engageant dans la rue principale, elle sentit son estomac se nouer davantage. Elle avait rêvé de ce moment tout au long des sept mois et demi de sa grossesse.

Elle n'avait pas le moindre doute sur le sujet : Dallas était le père. Avant la nuit qu'elle avait passée avec lui, elle n'avait pas fait l'amour depuis plus d'un an, et c'était avec un homme qu'elle avait fréquenté pendant seulement trois mois.

Elle avait connu peu d'hommes dans sa vie. Avant la mort de Zeke, elle avait été trop concentrée sur sa carrière pour vouloir une relation à long terme. Depuis que son frère avait disparu, c'était la dernière chose qu'elle voulait.

Elle se gara devant le café branché. Pendant un instant, elle resta assise dans la voiture. Comment serait la réalité par rapport à ce dont elle avait rêvé ? se demanda-t-elle en se caressant doucement le ventre.

Avec un léger soupir, elle sortit du véhicule et se dirigea

vers l'entrée. Il était temps de découvrir ce qui allait se passer, maintenant que Dallas était de retour dans sa vie.

Dallas Colton était assis à une petite table au fond de la salle, une tasse de café noir devant lui. Le JoJo's Java était un lieu de rencontre populaire en ville. En plus des tables et des chaises, il y avait un long bar et une terrasse. L'éclairage ambré au plafond offrait une atmosphère chaleureuse et conviviale.

Il n'était pas vraiment en état d'apprécier. Il était toujours sous le choc après avoir revu Avery… Une Avery qui était enceinte jusqu'aux yeux.

Quand il avait relevé les yeux et l'avait aperçue en haut des marches, son cœur avait cogné contre ses côtes. Non pas que son cœur ait été engagé avec elle le moins du monde, mais Dallas avait été momentanément saisi par sa beauté.

Ses longs cheveux châtain roux avaient étincelé au soleil. Il s'était soudain souvenu que ses yeux étaient du vert d'une forêt sombre et mystérieuse.

Quand il avait vu son ventre arrondi, il avait aussitôt compris : ce bébé était le sien. Aucune notion de contraception ne lui avait traversé l'esprit quand il avait quitté le bar avec elle en direction du motel le plus proche, presque huit mois plus tôt.

Ils avaient vécu quelques heures de passion torride. Cette nuit-là, il avait serré Avery dans ses bras dans l'espoir d'atténuer un instant son chagrin à propos d'une autre femme.

Ivy. Son nom le traversa comme un murmure, accompagné d'une vague d'angoisse bien trop familière. Bon sang, il ne pouvait pas penser à elle pour l'instant. Ce serait comme une trahison de penser à elle alors qu'il allait retrouver une femme qui était probablement enceinte de lui. Il s'obligea à repousser ces pensées au fond de son esprit et but une gorgée de café.

Pour l'instant, il devait se concentrer sur Avery et sur la possibilité bien réelle que le bébé qu'elle attendait soit le sien. En termes de timing, c'était cohérent. Si c'était le cas, il avait besoin de savoir ce qui allait se passer.

Fréquentait-elle quelqu'un ? Et si elle s'était mariée depuis leur nuit ensemble ? se demanda-t-il en fronçant les sourcils. Il n'était pas sûr d'aimer l'idée qu'un autre homme élève son enfant.

Il brûlait peut-être les étapes. Elle n'était peut-être pas enceinte de lui. Mais elle avait indiqué que ce bébé était le sien, et c'était aussi ce que son instinct lui disait.

Nom d'un chien… Un bébé. Il n'avait vraiment pas envisagé de devenir père après une aventure d'un soir avec une femme qu'il connaissait à peine.

Il n'aurait même pas été présent au tribunal ce matin si son frère n'avait pas dû déposer au procès. Au dernier instant, Dallas avait décidé d'accompagner Forrest pour lui apporter son soutien.

Il regarda vers l'entrée au moment où Avery franchissait le seuil. Balayant la salle des yeux, elle l'aperçut. Elle fit un geste en direction du bar, puis s'en approcha pour passer sa commande. Malgré sa grossesse, elle marchait avec une assurance qui était à la fois puissante et gracieuse. Il trouvait cela très attirant.

Quelques instants plus tôt, il avait écouté sa plaidoirie finale avec fascination. Elle avait fait preuve d'une ferveur incroyable, en exigeant un verdict de culpabilité plutôt qu'en le demandant. Elle était manifestement très intelligente et s'exprimait avec éloquence, mais elle avait surtout établi un rapport émotionnel avec les jurés.

Son pantalon noir mettait en valeur ses jambes minces,

tandis que son chemisier rouge drapait élégamment son ventre rond. Même dans son état actuel, elle était toujours aussi attirante, et le souvenir de leurs ébats embrasa l'esprit de Dallas. Ils avaient vécu des heures de plaisir intense. Elle avait été une amante généreuse, et il n'oublierait jamais la passion qui les avait unis.

Alors qu'elle payait sa boisson, il essaya de s'ôter ces pensées troublantes de l'esprit. Cette situation était surréaliste et très gênante.

Avery s'assit sur la chaise en face de lui, dans un nuage parfumé aux notes d'agrumes et d'épices exotiques qui lui rappela aussitôt leur nuit ensemble.

Il serra les doigts autour de son gobelet en plastique et s'obligea à sourire, dans l'espoir de dissimuler son malaise.

— Il n'y a rien de mieux pour se détendre qu'une bonne tasse de tisane, remarqua-t-elle, rompant le silence.

Il aurait peut-être dû choisir de la tisane au lieu du café qui pesait désormais lourdement sur son estomac. Il avait une multitude de questions à lui poser, mais en cet instant, face à elle, il était incapable de trouver les mots. Sans plus réfléchir, il se lança :

— Pourquoi ne m'as-tu pas prévenu ?

— Comment aurais-je pu te prévenir ? demanda-t-elle en haussant un sourcil. Je ne connaissais que ton prénom et le fait que tu sois dans l'armée. Je ne savais pas où tu étais stationné ni comment te contacter. On n'a pas vraiment échangé nos numéros et nos adresses cette nuit-là.

Ses joues rosirent.

— Libre à toi de me croire ou pas, mais c'était la première fois de toute ma vie que je faisais quelque chose comme ça. Ce genre de comportement à risque ne me ressemble pas du tout. Avant toi, je n'avais pas couché avec un homme depuis très longtemps.

Il n'avait aucune raison de la croire, mais c'était impossible de ne pas le faire. Malgré le désir ardent qui s'était emparé d'eux cette nuit-là, elle avait aussi fait preuve d'une timidité, d'une gaucherie indiquant que ce n'était pas dans ses habitudes d'agir ainsi.

Elle n'avait pas besoin de savoir qu'il n'était pas non plus coutumier de la chose. C'était son immense chagrin qui l'avait fait entrer dans ce bar, avec l'intention de s'enivrer jusqu'à en perdre la mémoire. Même s'il avait bu plus que de raison ce soir-là, c'était le sourire d'Avery qui l'avait poussé à tenter de se consoler dans ses bras plutôt que dans l'alcool.

Cela n'avait pas fonctionné. Le lendemain matin, il s'était réveillé avec la gueule de bois et un chagrin toujours intact, auxquels s'était ajouté un nouveau poids, celui de la culpabilité. Une seule chose avait changé : il avait eu une belle femme dans ses bras, qui avait attendu de lui plus que ce qu'il était capable de donner.

— J'aurais bien aimé te contacter quand j'ai appris ma grossesse, mais je n'ai pas pu. J'ignorais comment te joindre.

Elle posa la main sur son ventre.

— Je ne te demande rien, Dallas. J'ai pris la décision de garder ces bébés, et ça ne me dérange pas de me débrouiller seule.

La stupéfaction l'envahit.

— Ces… Ces bébés ? bégaya-t-il.

Elle hocha la tête en souriant.

— Je suis enceinte de jumeaux… Un garçon et une fille.

Il ne put retenir une exclamation. Il n'avait déjà pas complètement assimilé qu'elle attendait un enfant, alors deux…

Elle fronça les sourcils et baissa les yeux sur sa tasse. Au bout d'un long moment, elle reporta son attention sur lui.

— Écoute, je sais que ça doit être un énorme choc pour

toi. Je n'ai vraiment besoin de rien de ta part, Dallas. Je m'en sortirai très bien toute seule.

— Tu ne vas pas te débarrasser de moi aussi facilement, répliqua-t-il aussitôt.

Pour devenir père, il n'aurait sûrement pas choisi ce moment ou cette façon, mais c'était sans importance. À présent qu'il savait qu'elle était enceinte de son fils et de sa fille, il ne comptait pas abandonner ses bébés.

— Heu… As-tu quelqu'un dans ta vie en ce moment ? demanda-t-il.

Avery laissa échapper un rire chaud et mélodieux.

— Ah, c'est sûr que je passe mon temps à repousser les avances des hommes attirés par ma silhouette juvénile.

Reprenant son sérieux, elle soupira.

— Désolée, je n'avais pas l'intention d'être sarcastique, et non, je n'ai personne dans ma vie. Ça n'a jamais été un de mes fantasmes. Je me suis surtout concentrée sur ma carrière. Et toi ?

— Non, il n'y a personne.

À part le fantôme d'une femme qui le hantait, un fantôme qu'il ne parvenait pas à laisser partir, parce qu'il n'imaginait pas pouvoir endurer la douleur de la perte et du néant.

— Quand dois-tu repartir là où tu es stationné ? demanda-t-elle.

— Je ne repars pas. Je suis désormais l'ex-caporal-chef Dallas Colton. Je suis retourné à la vie civile il y a trois mois et je compte rester à Whisperwood pour de bon.

— Oh ! je suis surprise qu'on ne se soit pas croisés plus tôt.

— J'habite dans une vieille cabane de contremaître sur les terres du ranch. Depuis deux mois, je donne un coup de main avec les opérations de nettoyage post-ouragan. Je ne vais pas beaucoup en ville.

Il contempla à nouveau son ventre.

— Tu es toujours censée travailler ?

— À vrai dire, c'était ma dernière affaire. Une fois que le jury aura rendu son verdict, je serai officiellement en congé maternité. Il est temps que je prépare le nid.

— Le nid ?

Elle sourit. Elle avait un beau sourire qui illuminait son visage et réchauffait le cœur de tous ceux à qui elle l'adressait. C'était son sourire qui avait d'abord attiré l'attention de Dallas dans le bar ce soir-là. Il le trouvait toujours autant séduisant.

— Eh bien, je vais m'assurer que tout soit prêt pour l'arrivée des bébés, répondit-elle. Je vais me faire faire une pédicure-manucure, dormir tout mon soûl et me détendre avant leur naissance.

— As-tu tout ce qu'il faut pour quand ils seront là ?

— Oui. Mes collègues ont organisé une grosse fête en l'honneur des bébés le mois dernier. Ils nous ont couverts de cadeaux. J'étais sincère en disant que je n'attendais rien de toi, Dallas. Il n'y a qu'une seule personne en ville qui sache que tu es le père : c'est ma meilleure amie, et elle n'en parlerait jamais à qui que ce soit. J'adorerais que tu fasses partie de leur vie. Je suis persuadée que c'est important pour les enfants d'avoir les deux parents à leurs côtés, mais je comprends si tu préfères garder tes distances.

— Qu'est-ce qui te fait penser que je suis le genre d'homme prêt à garder ses distances dans ce genre de situation ?

La tête penchée sur le côté, elle l'observa attentivement.

— Dallas, je ne sais vraiment pas quel genre d'homme tu es.

Et il ne savait pas quel genre de femme elle était. Oh ! il savait combien ses baisers étaient excitants et comme sa peau était douce. Il connaissait le son de ses gémissements au creux de son cou. Mais c'était à peu près tout ce qu'il savait d'elle.

— Je pense que ce serait bien de faire plus ample connaissance.

En réalité, étant donné ces circonstances incroyables, c'était selon lui une nécessité.

— Et comment va-t-on s'y prendre ? demanda-t-elle.

— Pourquoi ne pas commencer par un dîner au Bluebell Diner demain soir ?

Elle le regarda d'un air surpris.

— Heu… D'accord, ce serait sympa.

Son portable sonna.

— Excuse-moi, murmura-t-elle, avant de prendre l'appel.

La conversation ne dura qu'une minute. Après avoir raccroché, Avery prit son sac et sa mallette.

— Je suis désolée. Le jury a fini de délibérer, et je dois retourner au tribunal.

— Ça a été rapide, fit-il remarquer en se levant en même temps qu'elle.

Elle lui adressa à nouveau son magnifique sourire.

— J'espère que c'est bon signe.

— On peut se donner rendez-vous demain soir, à 18 heures ?

— Ça me semble parfait. Je t'enverrai mon adresse par SMS. À demain, alors.

Il la suivit des yeux tandis qu'elle marchait vers la porte, puis se rassit lentement. Des jumeaux… Bon sang, c'était la dernière chose à laquelle il se serait attendu en venant en ville ce matin pour soutenir son frère. Même en rêve, il n'aurait jamais imaginé apprendre de but en blanc qu'il allait devenir le père de jumeaux.

Il but une gorgée de café froid et s'appuya contre le dossier de sa chaise. Deux bébés. Un petit garçon et une petite fille. Il allait devenir père, dans très peu de temps. Maintenant que le choc initial se dissipait, il éprouvait une certaine impatience… Un sentiment de joie inattendu.

Il n'avait pas imaginé ressentir à nouveau de telles émotions, pas après avoir perdu sa femme. Quand il avait enterré Ivy, il avait cru enterrer son cœur et tout son être avec elle. Ses espoirs pour un avenir heureux, rempli de rires et de joie, l'avaient accompagnée dans la tombe.

Mais cette surprise soudaine, miraculeuse, de deux petites personnes qui seraient liées à lui pour toujours, faisait renaître l'espoir. Ces enfants étaient la promesse d'un bonheur dont il n'avait jamais rêvé et qu'il n'avait jamais cru possible auparavant.

Il ne savait même pas s'il appréciait Avery. Il y avait la possibilité qu'elle ne l'apprécie pas s'ils passaient plus de temps ensemble.

Mais, bon gré mal gré, ils allaient bien devoir trouver une façon de gérer la situation. Après tout, ils allaient faire partie de la vie de l'autre pendant au moins dix-huit ans à cause de leur amour mutuel pour un petit garçon et une petite fille.

2

Avec un grognement, Avery passa le haut à carreaux noirs et blancs par-dessus sa tête. Elle le lança sur le lit, où il rejoignit tous ceux qu'elle avait essayés, puis rejetés.

Seulement vêtue de son pantalon de grossesse noir et d'un soutien-gorge, elle retourna à son placard pour choisir une énième tenue. Elle le savait, elle était complètement ridicule. C'était seulement un repas au Bluebell Diner. Chacun des hauts empilés sur le lit aurait tout à fait convenu pour un dîner au restaurant.

Et pourtant, elle était incroyablement nerveuse et résolue à être à son avantage. Ce n'était pas un simple dîner au restaurant. Pour la première fois, elle allait vraiment passer du temps avec un homme qui ferait partie de sa vie d'une façon ou d'une autre pendant de nombreuses années. Sauf s'il en décidait autrement.

— Je ne sais pas encore comment, mais tout va bien se passer, n'est-ce pas, Lulu ?

Le caniche toy noir assis sur le pas de la porte aboya joyeusement en entendant son nom. Au même instant, les bébés s'agitèrent, donnant à Avery l'impression qu'ils faisaient un saut périlleux dans son ventre. Elle n'avait pas encore choisi leurs prénoms, ce qui était sûrement une bonne chose, étant donné qu'à présent Dallas voudrait peut-être donner son avis.

Comme le temps filait à toute vitesse, elle se concentra à nouveau sur sa garde-robe. Son regard tomba sur un chemisier rayé rose et noir. Plusieurs personnes l'avaient complimentée la dernière fois qu'elle l'avait porté. Elle l'arracha du cintre, puis l'enfila. Elle referma la porte du placard pour s'empêcher de changer d'avis encore une fois.

Alors qu'elle entrait dans la salle de bains attenante pour se maquiller, elle s'efforça de refréner une nouvelle montée de trac. Même si Dallas et elle avaient couché ensemble, elle ne le connaissait pour ainsi dire pas.

Et s'ils ne s'appréciaient pas du tout ? Et s'ils avaient des conceptions de la vie complètement différentes ? Et s'ils étaient en désaccord sur tous les sujets importants ? Une fois qu'il aurait digéré la nouvelle de sa grossesse, allait-il lui en vouloir d'être tombée enceinte ? Allait-il penser qu'elle essayait de le piéger ?

Ce n'était pas comme si elle lui demandait de l'épouser. À vrai dire, c'était même la dernière chose qu'elle voulait. La mort de Zeke l'avait changée. À présent, elle était réticente à l'idée de s'attacher autant à quelqu'un. Elle n'avait aucune envie d'avoir un compagnon ou d'être mariée, mais ces bébés faisaient partie d'elle, ils étaient sa famille, et elle les comblerait de tout l'amour qu'elle avait dans le cœur.

Tout en appliquant son fard à paupières, puis du gloss rose, elle essaya de réprimer ses inquiétudes à propos de Dallas. Après un dernier coup de brosse et quelques gouttes de parfum, elle s'estima prête.

Elle se rendit dans le salon et s'assit au bord du canapé. Dallas était censé arriver dans un quart d'heure environ. Lulu s'installa à ses pieds, la couvant d'un regard adorateur.

Avery souleva la chienne sur ses genoux, puis balaya la pièce des yeux. C'était propre et bien rangé. Elle avait passé la matinée à faire le ménage, à s'assurer que tout soit immaculé, au cas où Dallas entre chez elle.

Elle avait acheté cette maison de type ranch juste après avoir appris qu'elle était enceinte. Elle n'avait pas voulu élever ses bébés dans le petit appartement où elle vivait alors, et, de toute façon, elle avait déjà eu ce projet immobilier en tête.

Dès sa première visite, elle avait su que c'était l'endroit idéal. Non seulement la maison avait trois chambres et une cuisine salle à manger, mais il y avait aussi un jardin clôturé qui serait parfait pour de jeunes enfants.

Tout ce qu'elle avait fait et décidé au cours des sept derniers mois l'avait été en fonction de ce qu'elle croyait être l'intérêt de sa petite famille.

La famille… Elle avait l'impression d'avoir perdu tous les membres de sa famille. Avec ces bébés, elle avait la chance de s'en créer une nouvelle.

C'était impossible de penser à la famille sans penser à Zeke. Le souvenir de son frère suscitait toujours en elle un profond chagrin qui, même au bout d'un an, avait la capacité de lui couper le souffle.

Si seulement elle avait agi autrement… Si seulement elle avait…

La sonnerie de son portable ramena Avery à la réalité. Elle reposa Lulu et farfouilla dans son sac. Une fois l'appareil en main, elle jeta un coup d'œil sur l'écran, puis décrocha.

— Salut, Chad.

— Comment va notre chère future maman ? demanda Chad Ruland.

En entendant la voix grave de son collègue, procureur comme elle, Avery sourit.

— La future maman va très bien.

— Danny est à côté de moi, il voudrait te parler.

Danny Jenkins était documentaliste au tribunal. Les deux hommes lui avaient apporté un soutien précieux tout au long de sa grossesse.

On frappa à la porte.

— Chad, je dois y aller. Dis à Danny que je l'appellerai plus tard.

Tout en lui disant au revoir, elle se leva du canapé.

— Sois sage, ordonna-t-elle à Lulu.

Après avoir pris son sac, elle ouvrit la porte.

— Salut !

Waouh, songea-t-elle. Vêtu d'un jean noir et d'un polo à longues manches de la même couleur, qui soulignait ses larges épaules et son ventre plat, Dallas était incroyablement sexy. Il semblait tout droit sorti d'un calendrier de cow-boys, alors qu'elle ressemblait à une baleine échouée à rayures roses et noires.

— Salut, répondit-il. Tu es prête à y aller ?

Lulu émit un aboiement enjoué et remua la queue. Elle était visiblement impatiente de faire connaissance, mais Avery sortit de la maison à la hâte et verrouilla la porte derrière elle.

— Chouette amie que tu as là, remarqua-t-il.

— Absolument. Une adorable petite caniche qui s'appelle Lulu. Elle a deux ans, et c'est un amour.

Tout en marchant vers le pick-up de Dallas, garé dans son allée, elle poursuivit, changeant de sujet :

— Quelle belle soirée…

L'air était vif, un peu plus frais que la normale pour un début de mois de septembre.

— C'est vrai, acquiesça-t-il. L'automne semble en avance cette année.

— Je n'ai rien contre. De toutes les saisons, l'automne est ma préférée.

— Moi aussi. Tu as faim ?

Elle éclata de rire.

— J'ai toujours faim. Manger pour trois est une responsabilité que je prends très au sérieux.

— Alors dépêchons-nous d'aller vous nourrir tous les trois, répliqua-t-il en souriant.

Il ouvrit la portière côté passager, puis l'aida à s'installer.

Il semblait tellement détendu qu'Avery sentit son appréhension diminuer un peu. Ce dîner n'était pas censé être autre chose que l'occasion de faire plus ample connaissance. C'était comme un premier rendez-vous, les attentes romantiques en moins.

Malgré tout, elle ne pouvait empêcher son cœur de battre un peu plus vite en sa présence. Les hormones, se dit-elle. Ses hormones en folie de femme enceinte… Voilà qui expliquait sûrement l'agréable courant d'énergie qui la traversa lorsqu'il monta dans le pick-up, apportant une odeur de savon à la menthe et d'eau de toilette aux notes fraîches.

— Ça semble être un bon quartier, fit-il remarquer en enclenchant la marche arrière.

— Oui, très bon. J'ai acheté la maison peu de temps après avoir appris que j'étais enceinte. C'était très important pour moi de choisir un bon quartier et une jolie maison.

— Je suis désolé que tu aies dû t'occuper de tout ça seule. As-tu de la famille ici ?

Le cœur d'Avery se serra.

— Il y a mon père, mais on n'est pas vraiment proches.

— Désolé de l'apprendre.

— Merci, mais c'est comme ça.

— Au fait, félicitations. J'ai entendu dire que tu avais fait condamner ce type hier.

Il lui lança un coup d'œil rapide.

— Ça ne m'étonne pas. Tu as été vraiment passionnée dans ta plaidoirie.

Elle sourit.

— C'est souvent le cas lorsqu'il s'agit de mettre les méchants derrière les barreaux, en particulier les dealers.

Ils arrivèrent enfin au restaurant. Le Bluebell Diner se trouvait dans Main Street, de même que le supermarché, Lone Star Pharma, une petite épicerie et Kain's Garage. Il y avait plusieurs autres commerces le long de la rue principale, notamment un magasin d'alimentation et un glacier.

Vendredi soir oblige, toutes les places de parking devant le *diner* étaient occupées. C'était indéniable, les habitants de Whisperwood adoraient venir manger ici, notamment le week-end.

— Et si je te déposais ici, devant l'entrée, le temps de trouver une place ? suggéra Dallas.

— Oh non, ce n'est pas la peine, protesta-t-elle. C'est bon pour moi de marcher.

— Si tu en es sûre…

— Ça ira, ne t'inquiète pas. Un peu d'exercice me fera le plus grand bien.

Il trouva une place libre une centaine de mètres plus loin. Tout en marchant, ils discutèrent des vitrines devant lesquelles ils passaient. Avery désigna les boutiques où elle avait acheté la plupart de ses vêtements de grossesse, tandis qu'il lui parlait du magasin où il se fournissait en santiags. Ils se découvrirent un point commun : le glacier Edward's Ice Cream Parlor était un de leurs endroits préférés en ville.

Quelques minutes plus tard, ils entraient dans le restaurant plein à craquer. Il flottait dans l'air des odeurs de viandes en train de mijoter, de produits de boulangerie, de sauces onctueuses et de légumes mitonnés. Avery sentit son appétit s'éveiller. Le brouhaha des conversations et des rires, le tintement des verres et des couverts, emplissaient la pièce.

Ils se frayèrent un chemin vers le fond de la salle. Après avoir trouvé un box libre, ils s'assirent de part et d'autre de la table recouverte d'une nappe vichy bleu et blanc.

— C'est quand même un peu moins bruyant ici, déclara Dallas.

— Tu es bien conscient qu'après ce soir tu vas faire l'objet de ragots ?

Elle avait senti le poids des regards curieux qui les avaient suivis de la porte d'entrée jusqu'au box.

— Je n'ai jamais eu peur des ragots, affirma-t-il avec nonchalance, avant de froncer les sourcils. Est-ce que toi, ça te dérange ?

— Absolument pas. Tu sais, toute la ville s'est mise à cancaner sur moi dès l'instant où mon ventre a commencé à s'arrondir sans que j'aie d'homme dans ma vie.

— Alors j'ai le pressentiment qu'on va susciter encore plus de ragots à l'avenir, ironisa-t-il.

— Je suis ravie de donner du grain à moudre à toutes les commères.

Il lui sourit.

— J'aime ta façon de voir les choses.

Face à ce sourire, large et chaleureux, elle fut traversée d'un éclair de bien-être inattendu.

Heureusement, Susan Blake, une des serveuses, apparut alors près d'eux. Après les avoir salués, elle leur tendit un menu.

— Comment ça va ce soir ? demanda-t-elle aimablement.

— Tout va bien, répondit Avery.

— Que désirez-vous boire ?

— De l'eau, ça me va.

— Je vais prendre une tasse de café, fit Dallas.

— Je vous apporte vos boissons tout de suite, et puis

je prendrai vos commandes, annonça Susan avant de s'éloigner.

Avery ouvrit le menu, aussitôt imitée par Dallas. Tout en lisant, elle ne pouvait s'empêcher de rester incroyablement sensible à l'homme en face d'elle.

L'énergie de Dallas flottait jusqu'à elle. Il avait une présence incroyable. Il faisait preuve d'une confiance en lui discrète qu'Avery trouvait très séduisante.

Mais cette assurance pouvait-elle devenir de l'arrogance ? Était-il dominateur ? Voulait-il tout régenter ? Jusqu'ici, elle n'en avait pas vu le moindre signe, mais l'avenir le lui dirait. C'était important pour elle d'apprendre exactement quel genre d'homme il était et quel genre de père il serait.

— Qu'est-ce qui te tente ? demanda-t-il en soutenant son regard par-dessus leurs menus.

Ses yeux étaient comme de l'eau bleue cristalline, de l'eau dans laquelle elle s'était noyée facilement sept mois et demi plus tôt. Cela ne se reproduirait pas.

— Tout me tente, répondit-elle avec un petit rire. Je crois que je vais prendre le steak pané avec de la purée. Les bébés semblent avoir envie de petits plats traditionnels, ces derniers temps.

— As-tu une de ces envies bizarres que les femmes enceintes ont la réputation d'avoir ?

— Des olives vertes avec des chips, avoua-t-elle. Je n'aimais pas vraiment les olives vertes avant de tomber enceinte, mais maintenant, quand je grignote, j'ai envie d'olives et de chips au sel et au vinaigre.

— Intéressant, comme combinaison.

— Certains diraient que c'est une combinaison dégoûtante, admit-elle avec humour.

Elle fut récompensée par son rire. C'était un son merveilleux, profond et velouté, qu'elle eut aussitôt envie de réentendre.

— Et toi, qu'est-ce que tu vas prendre ?

Il referma le menu.

— Je vais prendre le pain de viande. Moi aussi, j'aime bien les petits plats traditionnels.

Susan approcha et posa leurs boissons sur la table. Après avoir pris leurs commandes, elle disparut à nouveau. Dallas garda les yeux baissés sur sa tasse un instant, puis les releva sur Avery.

— Quand tu as appris que tu étais enceinte, as-tu… heu, envisagé d'autres options ?

— Non, répondit-elle avec fermeté. Je n'ai jamais rien envisagé d'autre que d'avoir ces bébés. J'étais arrivée à un moment de ma vie où je voulais fonder une famille. Le problème, c'est que non seulement je n'avais pas de compagnon, mais en plus, je n'en voulais pas vraiment. À mes yeux, ces enfants étaient comme un cadeau du ciel, et je n'ai jamais envisagé rien d'autre que de leur donner naissance.

— Moi aussi, j'estime qu'ils sont un cadeau du ciel. Heu… Tu as eu des nausées matinales ?

Il semblait légèrement mal à l'aise et, cette fois, son sourire était un peu penaud.

— Je ne veux pas être indiscret. C'est seulement que j'ai l'impression d'avoir raté plein de choses.

— Dallas, je ne te trouve pas indiscret. Je t'en prie, n'hésite pas à me demander ce que tu veux. Je n'ai rien à cacher.

À vrai dire, elle était contente qu'il veuille en savoir plus sur sa grossesse.

Cela signifiait peut-être qu'il prévoyait vraiment de rester dans les parages et de faire partie de la vie des bébés.

— Je suis une des chanceuses à ne pas avoir souvent eu de nausées matinales. J'ai quelques brûlures d'estomac de temps en temps, mais rien de trop pénible.

Elle ne voulait pas évoquer les moments d'intense solitude qu'elle avait vécus au cours de ces sept mois et demi, une solitude dont elle avait été la première surprise.

C'était sûrement dû au fait de ne plus avoir Zeke dans sa vie. Zeke, qui aurait été un oncle formidable. Elle ne voulait pas que Dallas sache qu'à de nombreuses reprises, elle avait souhaité de tout son cœur avoir un être aimé avec qui partager les merveilles de la grossesse.

À d'autres moments, elle avait culpabilisé parce que ses bébés n'auraient pas de père. Elle en avait été bien consciente : c'était un choix qu'elle avait fait pour eux, et non pas un choix qu'ils auraient fait pour eux-mêmes.

— Tant mieux, répondit Dallas. Et dans l'ensemble, comment te sens-tu ?

— Énorme, s'exclama-t-elle en riant. Je sais que c'est dû aux kilos de grossesse, mais c'est de plus en plus difficile de trouver une position confortable. À la fin de la journée, j'ai très souvent mal au dos. Mais il n'y en a plus pour très longtemps, ils seront bientôt là. Dès l'instant où je les tiendrai dans mes bras, je sais que j'oublierai tous mes maux.

Il soutint à nouveau son regard.

— Je veux que tu saches qu'à partir de maintenant tu n'es plus seule. À partir de maintenant, Avery, j'ai l'intention d'être à tes côtés. Et tu n'es pas énorme. Tu es enceinte et ravissante.

— Merci, fit-elle en rougissant.

Ces mots parvinrent jusqu'au puits de solitude au fond d'elle et le remplirent. Contre toute attente, ils lui firent aussi monter les larmes aux yeux. Elle s'était crue assez forte pour avoir les bébés toute seule… et elle l'aurait été. Mais c'était agréable de savoir qu'à présent il serait là, qu'elle ne vivrait pas cette aventure toute seule et que ses bébés allaient peut-être avoir leur père dans leur vie.

Heureusement, à cet instant, Susan arriva avec leurs assiettes, ce qui permit à Avery de reprendre le contrôle de ses émotions.

Elle devait se rappeler une chose essentielle : l'homme assis en face d'elle, séduisant, apparemment gentil et un peu timide, n'était avec elle que pour une raison… parce qu'elle était enceinte de ses enfants.

Il ne se préoccupait d'elle que parce qu'elle était enceinte de lui. Elle ne devait pas l'oublier : il n'était pas ici parce qu'il avait le moindre intérêt romantique pour elle.

Tout en mangeant, ils continuèrent à bavarder avec légèreté, même si Dallas avait envie de savoir des centaines de choses sur Avery.

Patience, se répéta-t-il. Il ne voulait pas lui donner l'impression de l'assaillir de toutes ses questions à la fois. Il ne voulait surtout pas lui imposer quoi que ce soit. Il voulait seulement que cette relation, nouvelle et inhabituelle, évolue de façon naturelle.

Ce serait fantastique s'ils pouvaient devenir de bons amis pour le bien des bébés. À vrai dire, c'était une nécessité, à ses yeux. Ils allaient se partager la garde des jumeaux. Pendant des années, Avery et lui allaient devoir afficher un front uni en matière de discipline et d'éducation.

Il sourit intérieurement à ses propres pensées. Les bébés n'étaient même pas encore nés, et il les voyait déjà comme des adolescents ayant besoin de contrôle parental.

Une chose était sûre : Avery avait dit qu'elle était énorme, mais ce n'était pas vrai. Elle était une magnifique femme enceinte. Oui, son ventre était bien rond, mais c'était le seul endroit où elle avait grossi.

Elle semblait rayonner de l'intérieur. Sa peau paraissait chaude et tellement… satinée. Son chemisier rose et noir rendait le vert de ses yeux clair et lumineux. Mais sa beauté n'avait rien à voir avec la relation qu'ils avaient besoin de construire.

— Dis-m'en plus sur ton travail, lança-t-il. Depuis combien de temps es-tu procureure ?

— Ça ne fait qu'un an. Avant, j'étais avocate de la défense.

— Qu'est-ce qui t'a fait changer de voie ? demanda-t-il avec curiosité.

Ses yeux verts s'assombrirent, et elle les baissa sur son assiette. Au bout d'un moment, elle releva la tête pour le fixer.

— Qu'on veuille l'admettre ou pas, il y a un problème de drogue croissant dans cette ville.

Après avoir marqué une pause, elle poursuivit, avec une ferveur qui chassa les ombres dans son regard :

— Tout le monde dit que la toxicomanie est un crime sans victime, mais c'est complètement faux. J'ai vu des familles anéanties après la mort par overdose d'un de leurs proches. J'ai vu des familles déchirées à cause d'un drogué qui les vole et qui leur ment pour financer sa dépendance. Ma mission, désormais, c'est de veiller à ce que les dealers restent derrière les barreaux après avoir été arrêtés par la police.

— Une noble mission.

Il passa sous silence le fait que les ventes de stupéfiants n'étaient pas le seul problème en cours à Whisperwood. Il n'y avait pas de raison d'inclure dans leur conversation des meurtres et un tueur en série. Cela risquerait de gâcher l'ambiance positive qui régnait entre eux.

Malgré le sujet grave, il la trouvait incroyablement séduisante, avec ses yeux brillants et ses joues rougies par l'émotion. Elle avait eu la même apparence quand ils avaient fait l'amour. Baissant les yeux sur sa tasse, il chassa de son esprit ces pensées inappropriées.

Tout en mangeant, ils continuèrent à parler de leurs métiers. Elle lui raconta quelques anecdotes amusantes et insolites sur sa vie au tribunal. De son côté, il évoqua certaines des opérations de sauvetage dont il avait fait partie lors des crues provoquées par l'ouragan.

— On continue à nettoyer certaines zones.

Une fois leurs assiettes vides, il demanda :

— Un dessert, ça te dit ?

— Oh non ! J'ai le ventre rempli de purée et de sauce, je n'ai plus de place. Mais si tu en as envie, vas-y.

— Non, c'est bon, j'ai fini.

Il agita la main vers Susan pour demander l'addition.

— On peut partager, suggéra Avery.

— Pas la peine.

— Dallas, j'ai l'habitude de payer ce que je consomme.

Il lui sourit.

— Ce soir, laisse ce caporal-chef de l'armée reconverti en cow-boy t'inviter à dîner.

— D'accord, et merci, répondit-elle. Mais si on va à nouveau au restaurant, tu devras me laisser régler.

— Je vois un grand nombre de repas ensemble au restaurant à l'avenir.

— Ou peut-être que je pourrai te préparer quelque chose.

— Tu cuisines bien ? demanda-t-il.

— Je crois. Je ne fais rien de très élaboré, mais je peux servir un repas tout à fait convenable.

Susan arriva près d'eux, munie de l'addition. Dallas paya en liquide, laissa un pourboire, puis Avery et lui se levèrent.

Elle le précéda vers la sortie, longeant les autres box toujours remplis de clients. Elle passait devant le dernier lorsqu'un jeune homme se leva brusquement. Il la percuta sur le côté et faillit l'expédier contre une table toute proche.

— Hé ! s'exclama Dallas.

Il serra Avery contre lui, soulagé qu'elle ne soit pas tombée.

— Désolé, marmonna l'homme. Je ne l'avais pas vue.

Après avoir dévisagé Avery un long moment, il se rassit dans le box. Un de ses camarades de tablée ricana.

— Pas de souci, déclara-t-elle en s'écartant de Dallas.

Ils sortirent dans la rue et se mirent à marcher en direction du pick-up.

— Tu es sûre que ça va ? demanda-t-il avec inquiétude.

— Je vais bien.

— Quel crétin… Il aurait pu te faire vraiment mal.

Il repensa aux quelques secondes où le type avait soutenu le regard d'Avery.

— Est-ce que tu le connais ?

— Malheureusement, oui. Il s'appelle Joel Asman. Il fait partie de la même bande que Dwayne Conway.

— L'homme que tu as mis derrière les barreaux.

— En effet.

Lorsqu'ils arrivèrent près du véhicule, il l'aida à s'installer sur le siège passager.

— Tu penses qu'il a fait exprès de te rentrer dedans ?

Avec ses cheveux gras et les tatouages de serpent sur ses bras maigres, l'homme avait tout du voyou type.

— C'est possible, mais je t'assure, ce n'est pas grave, répondit-elle.

Quiconque étant capable de bousculer une femme enceinte n'était qu'un minable aux yeux de Dallas. Bon sang, quiconque étant capable de bousculer une femme tout court était un minable de première.

Quelques minutes plus tard, ils arrivèrent devant chez

elle. Il la raccompagna sur le perron, où elle sortit ses clés de son sac. Se tournant vers lui, elle demanda :

— Tu veux entrer boire un café ?

— Si tu es partante, volontiers.

Il ne serait pas contre jeter un œil sur l'endroit où elle vivait… Où ses enfants allaient vivre.

Lorsqu'elle ouvrit la porte, un chien noir miniature se mit à danser à ses pieds, tout en émettant des aboiements joyeux.

— Je suis désolée. Elle adore les gens. Elle va se calmer dans une minute.

Il se pencha pour caresser la petite boule d'énergie.

— Rappelle-moi comment elle s'appelle ?

— Lulu, répondit-elle. Lulu, ça suffit. Allons dans la cuisine.

Il la suivit dans le salon, puis dans la grande cuisine, tandis que la chienne les précédait en trottinant.

— Assieds-toi, je vais préparer le café, lança Avery.

Il s'installa à la table ronde en chêne et regarda autour de lui. La grande fenêtre était ornée de rideaux en vichy jaune et blanc. Des panneaux en bois jaunes avec des citations heureuses et optimistes étaient accrochés au mur. La pièce était chaleureuse et accueillante.

Elle introduisit une capsule dans la cafetière sur le plan de travail. Elle sortit ensuite un sachet de thé d'une boîte et remplit une tasse d'eau.

Dallas continuait d'explorer la pièce du regard. La porte de derrière était munie d'une chatière.

— Tu as un jardin clôturé ?

— Oui. C'était l'une de mes exigences quand je cherchais une maison.

Après avoir mis la tasse d'eau dans le micro-ondes, elle se tourna vers lui.

— J'avais trois critères essentiels : je voulais au moins

trois chambres, une cuisine bien équipée et un jardin clôturé. Du lait ? Du sucre ?

— Non. Noir, c'est bon.

Alors qu'elle posait la tasse de café sur la table, une bouffée de son parfum captivant parvint jusqu'à Dallas. Des souvenirs de leur nuit ensemble lui revinrent aussitôt en mémoire. Une nuit qui, comme il le savait désormais, avait à jamais changé leur vie.

Il la regarda prendre un biscuit pour chien dans un tiroir, puis le donner à Lulu. Elle sortit ensuite sa tasse du micro-ondes, prit une soucoupe avec le sachet de thé et le rejoignit à table.

— D'après ce que j'en vois, tu as une très jolie maison, remarqua-t-il.

— Merci. Quand tu auras fini ton café, je te montrerai la chambre d'enfants.

La chambre d'enfants… Cette simple notion lui gonfla le cœur. Il avait encore du mal à s'habituer au fait qu'il allait être père.

— Avec plaisir.

Un silence un peu gêné s'ensuivit. Elle éclata brusquement de rire, un son mélodieux qui lui donna envie de l'imiter.

— J'ai l'impression que je devrais te dire ma couleur préférée et mon signe astrologique, s'exclama-t-elle. Tu sais, les questions que la plupart des gens demandent quand ils se rencontrent dans un bar.

— On ne s'est pas posé ces questions-là le soir de notre rencontre.

Les joues d'Avery prirent une jolie teinte rosée.

— Si je me souviens bien, on n'a pas beaucoup parlé cette nuit-là.

Elle but une gorgée de thé, puis baissa les yeux sur sa tasse.

— Alors, quel est ton signe ? demanda Dallas, brisant ce qui était sur le point de devenir un autre silence pesant.

Quand elle releva la tête, il lui adressa un large sourire. Elle se mit à rire, et la gêne se dissipa.

— Je suis Balance. Et toi ?

— Poissons.

Elle fronça les sourcils.

— Est-ce que ça veut dire qu'on est censés s'entendre ?

— Je n'en ai pas la moindre idée. Je n'y connais rien en matière de signes du zodiaque, mais peu importe, on va bien s'entendre, affirma-t-il avec conviction. Et maintenant, quelle est ta couleur préférée ?

— Corail. Et toi ?

— Je n'y ai jamais vraiment réfléchi, mais je dirais bleu clair.

C'était une autre conversation superficielle qui n'apportait aucune réponse aux questions qu'il se posait sur elle, mais il avait bon espoir : plus ils passeraient de temps ensemble, plus elle serait à l'aise avec lui.

Elle s'agita sur sa chaise, avant de pousser un soupir qui trahissait de la fatigue. Il termina son café et se leva.

— Je vais te laisser te reposer.

— Avant que tu partes, je vais te montrer la chambre d'enfants.

Ils traversèrent le salon et s'engagèrent dans un couloir. La première porte à droite donnait sur une salle de bains. La deuxième pièce, à gauche, faisait office de bureau. Avery entra dans la chambre de l'autre côté du couloir.

Dès que Dallas franchit le seuil, son cœur sembla se dilater dans sa poitrine, rendant toute conversation impossible. Il y avait deux berceaux, l'un doté de draps roses, l'autre de draps bleus. Ils étaient surplombés de mobiles d'où pendaient des ours dansants. La bordure des rideaux était ornée du même motif. C'était une pièce charmante et joyeuse.

Il y avait aussi une table à langer, couverte de paquets de couches, et un fauteuil à bascule dans un coin, avec deux ours en peluche posés sur le coussin d'assise. Dallas comprit alors que, jusqu'à cet instant, l'existence des bébés n'avait pas vraiment été réelle à ses yeux.

Cette pièce était celle où ses bébés allaient dormir et rêver. C'était ici que leurs couches et leurs vêtements seraient changés. C'était ici qu'ils seraient bercés et aimés. Si tout allait bien, il passerait peut-être certaines nuits dans ce fauteuil avec ses deux bébés dans les bras.

Une vague d'émotion le submergea, lui donnant l'impression d'être à la fois incroyablement fort et affreusement vulnérable.

— C'est vraiment une chouette chambre, parvint-il à dire au bout d'un moment.

En regardant Avery, il se sentit proche d'elle d'une façon qui n'avait rien à voir avec la relation plutôt superficielle qu'ils avaient eue jusqu'ici.

Il éprouvait le besoin inattendu de la serrer contre lui, de sentir son cœur battre contre le sien. Il voulait lui caresser le dos et lui témoigner son affection. Même s'ils n'avaient pas eu l'intention de créer de nouvelles vies cette nuit-là, c'était pourtant ce qu'ils avaient fait.

Au lieu de succomber à l'envie inappropriée de l'enlacer, il sourit et enfonça les mains dans ses poches.

— Tu me diras si tu as besoin de quoi que ce soit d'autre pour cette chambre ?

— Je t'assure, je n'ai plus besoin de rien.

— Alors je crois qu'il est temps que j'y aille. Il faut que tu te reposes.

Ils remontèrent le couloir jusqu'à la porte d'entrée.

— Merci pour le café, déclara Dallas.

— Je t'en prie.

— Et si demain soir je passais te prendre pour t'emmener chez moi ? Je m'occuperai du repas.

Elle fronça les sourcils.

— Ça veut dire que tu m'auras payé mon dîner deux fois.

— Avery, on est vraiment obligés de compter les points ?

— Non, répondit-elle en riant. Je viendrai chez toi demain soir avec plaisir.

— Super. Je passe te prendre vers 17 heures ?

— Parfait.

Quelques minutes plus tard, il reprenait le chemin de chez lui. Chez lui, c'était le ranch des Colton, plus de quatre cents hectares de pâturages luxuriants et fertiles appartenant à son père, Hays, et sa mère, Josephine.

Quand il était revenu ici après son départ de l'armée, il s'était installé dans une vieille cabane de contremaître, qui avait exigé beaucoup de réparations. Le dur labeur avait contribué à détourner son esprit du chagrin qui lui rongeait toujours le cœur. Quand il n'avait pas participé aux opérations de sauvetage, il avait travaillé sur la bâtisse jusqu'à ce qu'elle devienne un foyer convenable.

Il n'avait désormais qu'une idée en tête : il devait transformer la petite chambre d'amis en nursery. Il allait acheter deux berceaux et tous les articles nécessaires pour que ses bébés soient heureux et en bonne santé.

Même si Avery et lui n'avaient pas encore abordé le sujet, il voulait partager la garde des enfants dès leur naissance. C'était important de nouer des liens affectifs avec eux dès le début. Pourvu qu'elle soit sur la même longueur d'onde que lui à propos de la garde, songea-t-il.

Avery… Il avait tant de choses à apprendre sur elle. En tout cas, il avait apprécié leur soirée beaucoup plus qu'il ne l'avait prévu. C'était agréable de parler avec elle, et elle avait beaucoup d'humour. Il ne s'y était pas attendu.

Il se gara devant la cabane où il vivait depuis trois mois, depuis qu'il avait quitté sa base à Houston.

La bâtisse était abritée des vents par de grands arbres de chaque côté. À l'arrière, une petite véranda faisait face aux bois. Ce n'était pas seulement un endroit tranquille et paisible, c'était aussi un peu isolé, ce qui ne le dérangeait pas.

Quand il était revenu à Whisperwood quelques mois plus tôt, il était encore accablé de chagrin. Il n'avait pas eu envie de côtoyer qui que ce soit, sauf ceux qui avaient eu besoin de lui pour les opérations de sauvetage. Mais il n'avait pas pu se tenir à l'écart de sa famille très longtemps. Ils avaient refusé en bloc de le laisser seul dans son coin.

Une fois à l'intérieur, il alluma la lampe sur une petite table basse. Son regard tomba aussitôt sur une photo encadrée d'Ivy.

Vêtue de son uniforme militaire, elle semblait le contempler d'un air accusateur. Il se laissa tomber dans le fauteuil en cuir marron et s'empara de la photo.

Elle était morte depuis un peu plus d'un an, pourtant la douleur était aussi vive que si sa disparition datait d'hier. Il la connaissait depuis trois mois lorsqu'ils s'étaient mariés. D'aucuns auraient pu dire qu'ils s'étaient précipités, mais il avait su que c'était la femme de sa vie dès le jour de leur rencontre. Ils étaient mariés depuis trois ans lorsqu'elle avait été tuée.

Ils avaient rêvé de fonder une famille. Leur décision avait été prise : une fois revenus à la vie civile, ils achèteraient une maison et mettraient en route le premier bébé. Mais un EEI[1] en Afghanistan, où Ivy avait effectué sa dernière mission, avait mis fin non seulement à leurs rêves et à leurs espoirs, mais aussi à sa vie.

1. Engin Explosif Improvisé

Il effleura du doigt le visage d'Ivy sur la photo. Ses cheveux bruns coupés court mettaient en valeur ses grands yeux marron expressifs.

— Il faut que je m'entende avec elle, murmura-t-il. Avery n'est rien de plus que la mère de mes enfants. C'est toi qui as mon cœur, Ivy, et il sera toujours à toi.

Il reposa la photo sur la table. Avec un peu de chance, Avery et lui deviendraient de bons amis pour le bien des bébés. Mais il n'y aurait plus jamais de femme dans sa vie qui soit plus qu'une amie, parce qu'il avait enterré son cœur en même temps que sa femme.

3

Le lendemain, à 16 h 30, Avery était dans la cuisine lorsque le téléphone sonna. En voyant le nom qui s'affichait à l'écran, elle décrocha en souriant.

— Salut, ma belle.

— Salut, toi, répondit Breanna Wallace. Alors, quoi de neuf ?

Breanna était une des meilleures amies d'Avery. Par conséquent, elle était au courant de la nuit où les jumeaux avaient été conçus.

— Plein de choses, s'exclama Avery.

Elle lui raconta ses retrouvailles avec Dallas devant le palais de justice, puis expliqua qu'ils essayaient de devenir amis dans l'intérêt des enfants.

— Waouh, ça me plairait bien, de traîner avec un homme aussi sexy que Dallas Colton, fit remarquer Breanna. Mais non… Moi, j'ai un fils de deux ans qui a décidé que c'était fantastique d'être tout nu, une fille de quatre ans qui veut manger des macaronis au fromage à tous les repas… et un ex-mari qui finance les nouveaux seins de sa petite amie, mais a quatre mois de retard pour me verser la pension alimentaire.

Elle s'interrompit et prit une profonde inspiration.

— Fiou… Ça en fait, des mots. Et maintenant, je veux tous les détails à propos de toi et Dallas.

Avery se mit à rire.

— Je n'en ai pas beaucoup à te donner. Hier, on est allés dîner au restaurant, et ce soir, il m'emmène chez lui.

— Chez lui, hein ? Est-ce que les étincelles romantiques ont fusé entre vous ? D'après ce que tu m'as raconté, ça a été plutôt électrique, le soir de votre rencontre.

— Non, répondit Avery rapidement. Ce n'est pas ce qu'on recherche. Ce qu'on veut, c'est forger une amitié solide pour pouvoir être de bons coparents.

Elle ne voulait pas penser aux moments où le sourire de Dallas avait déclenché une onde de chaleur en elle, ni à la façon dont son cœur accélérait en sa présence.

Elle regarda Lulu disparaître par la chatière, puis jeta un œil sur l'horloge du micro-ondes. Dans vingt minutes, l'objet de leur conversation allait passer la prendre. Heureusement, comme elle était déjà prête, elle avait encore quelques instants à consacrer à Breanna.

Elles continuèrent à bavarder jusqu'à ce qu'Avery doive couper court à leur discussion.

— Breanna, je dois y aller. Dallas sera là d'une minute à l'autre.

— Amuse-toi bien. Et je veux tous les détails demain.

Alors qu'elle raccrochait, Lulu rentra dans la maison et fonça vers le tiroir sous le micro-ondes qui contenait ses biscuits. Après l'avoir contemplé quelques secondes, elle tourna la tête vers sa maîtresse, puis se dressa sur ses pattes arrière et aboya.

— D'accord, répondit Avery en riant.

Elle se leva pour donner un biscuit à la chienne, avant de passer au salon pour attendre Dallas.

Même si elle avait dit à Breanna qu'il s'agissait seulement d'une amitié en construction, elle ne pouvait empêcher son cœur de battre un peu plus vite à l'idée de revoir

Dallas. Elle voulait l'apprécier, mais certainement pas de façon romantique.

Après la mort de Zeke, elle avait décidé qu'elle pouvait vivre seule. Si elle n'était pas tombée enceinte, elle aurait probablement eu recours à l'insémination artificielle ou à l'adoption.

Elle pourrait élever ses enfants et leur donner tout l'amour qu'elle avait dans le cœur, mais en dehors de ses bébés, elle ne voulait plus jamais s'attacher autant à un autre être humain. Elle comptait faire son possible pour protéger son cœur de ce genre de souffrance. L'amour autre que maternel n'était pas une option envisageable dans sa vie.

Elle était impatiente de découvrir l'endroit où habitait Dallas. Il avait parlé d'une vieille cabane. Dans quel état pouvait-elle être ? Avery n'attachait pas d'importance à son mode de vie, mais s'il prenait les enfants chez lui pendant son tour de garde, elle voulait s'assurer que son logement était propre, sans danger et adéquat.

En voyant le pick-up de Dallas tourner dans sa rue, elle se pencha et passa les mains sur le dos de Lulu. La longueur de ses poils noirs doux et bouclés lui rappela qu'il était grand temps d'emmener la chienne au salon de toilettage.

— Sois sage en mon absence. Je reviens tout à l'heure.

Après avoir pris son sac à main, elle ouvrit la porte. Alors qu'elle franchissait le seuil, Dallas sortit de son véhicule. Il vint ouvrir la portière du côté passager, puis se tourna vers elle et lui adressa son merveilleux sourire.

— Comment vas-tu ?

— Je vais bien.

Lorsqu'elle fut assise, il referma la portière et refit le tour du pick-up.

Il était encore plus séduisant que d'habitude. Il portait

un jean bleu qui semblait avoir été taillé pour mettre en valeur ses longues jambes et ses fesses musclées. Son T-shirt bleu marine moulait son torse et ses épaules carrées. Il était sexy, c'était indéniable.

Il remonta dans le véhicule, accompagné de l'odeur de son agréable eau de toilette. Tout en démarrant, il lança :

— Tu es superbe.

— Merci, répondit-elle en lissant son chemisier rose et noir. Ma garde-robe est un peu limitée, ces temps-ci.

Il tourna la tête vers elle.

— As-tu besoin de nouveaux vêtements ? Je pourrais t'en acheter…

— Dallas, l'interrompit-elle. Hors de question d'acheter un nouveau haut de grossesse à seulement quelques semaines de l'accouchement. Il se peut que tu me voies porter le même chemisier plus d'une fois.

— Je devrais pouvoir m'en accommoder. Comment s'est passée ta journée ? demanda-t-il une fois sur la route.

— Bien, même si j'ai été une vraie limace, je l'avoue. J'ai fait la grasse matinée, puis j'ai lu une bonne partie de l'après-midi. Je n'ai absolument rien fait de constructif de toute la journée. Et toi ?

— Normalement, je serais allé avec les gars nettoyer certaines des propriétés qui ont pâti des inondations. Mais sachant que j'avais de la visite ce soir, j'ai fait un peu de ménage, avant d'aller en ville faire quelques courses.

— Oh ! j'espère que tu ne t'es pas donné trop de mal.

— J'ai seulement fait le nécessaire. Tu as faim ?

— Toujours, répliqua-t-elle en riant.

— J'espère que tu aimes les steaks.

— J'adore un bon bifteck.

— Et à part ça, qu'est-ce que tu aimes manger ?

— J'aime la nourriture mexicaine et, une fois de temps en temps, chinoise. J'aime les pizzas et les grillades au barbecue, et je ne dirai jamais non à des pilons de poulet frits. Et toi ?

C'était de cette façon qu'on faisait connaissance et qu'on devenait amis, songea-t-elle, tandis que Dallas répondait :

— Ce serait plus facile de te dire ce que je n'aime pas : les choux de Bruxelles et le foie.

Elle éclata de rire.

— On est bien d'accord là-dessus. Je n'obligerai jamais nos enfants à manger l'une ou l'autre de ces choses.

— C'est bon à savoir.

— Mais j'insisterai pour qu'ils mangent d'autres légumes et de la viande.

— Et moi, je leur glisserai parfois quelques bonbons.

Ils rirent de concert, puis le silence retomba. Après avoir quitté la ville, il continua à rouler en direction du ranch des Colton. C'était un silence confortable qu'elle n'eut pas besoin de combler. Elle tourna les yeux vers la vitre et regarda le paysage défiler.

Jusqu'ici, elle trouvait Dallas très agréable, mais ils n'avaient pas encore abordé les sujets difficiles. C'était bien de parler de leurs plats préférés et de rire à propos de leur vie quotidienne mais, elle le savait, des conversations plus difficiles les attendaient.

Cela dit, rien ne pressait. Il leur restait encore un mois et demi avant la naissance des bébés. Pour l'instant, elle voulait passer du temps avec lui, profiter de ces moments et bâtir une amitié qui faciliterait un peu ces conversations difficiles.

Ils commencèrent à longer des pâturages.

— C'est vraiment beau ici, déclara-t-elle.

— À mes yeux, c'est l'endroit le plus joli sur la surface de la Terre.

— Tu as dû voir des lieux plutôt sinistres quand tu étais dans l'armée.

Un muscle tressauta quelques instants dans la mâchoire de Dallas.

— Oui, c'est vrai, finit-il par répondre. Je n'aime pas beaucoup parler de ma vie militaire. Je suis content d'avoir quitté l'armée au moment où je l'ai fait, sinon je ne serais pas tombé sur toi devant le palais de justice et je n'aurais pas découvert que j'allais être père.

— C'est étonnant, la façon dont ça s'est passé, n'est-ce pas ?

Il lui sourit.

— Le hasard fait bien les choses.

Le hasard… La chance… Le sort. Peu importait de quoi il s'agissait, elle était contente du résultat. Elle était déjà sûre d'une chose : les jumeaux auraient un père dans leur vie. Et avec un peu de chance, il serait un bon père, contrairement au sien, qui avait été distant et très occupé.

Elle se renfonça dans son siège. Le silence retomba entre eux, mais, comme avant, il était confortable. Elle avait été détendue toute la journée, intégrant peu à peu le fait qu'elle n'aurait plus à travailler pendant un certain temps. Elle aimait son métier, mais elle était impatiente de rester chez elle au cours des prochains mois.

Après avoir tourné dans la propriété des Colton, ils passèrent devant la jolie maison où vivaient Josephine et Hays. Ils continuèrent le long d'un chemin de terre qui s'enfonçait dans le domaine. Ils passèrent devant plusieurs dépendances, avant d'arriver dans une zone boisée, où se nichait une petite cabane.

Dallas se gara devant la bâtisse. Avery sortit du pick-up et regarda autour d'elle avec curiosité. Les seuls sons étaient la légère brise qui murmurait dans les arbres, le chant des oiseaux et, à quelque distance, le meuglement d'une vache.

— Quel endroit paisible…

— C'est vrai. Voyons si ça obtient la validation de la future maman comme lieu d'accueil pour les jumeaux.

Ouvrant la porte, il l'invita à entrer. Elle fit quelques pas dans un joli salon, doté d'une kitchenette propre et bien agencée dans un coin. Les meubles moelleux en cuir marron et la cheminée en pierre donnaient envie de s'asseoir et de se détendre.

Un ordinateur portable ouvert, des papiers et d'autres objets étaient posés sur un bureau accolé à un mur. La pièce était propre, chaleureuse et accueillante.

— C'est vraiment sympa, Dallas. Quand tu m'as parlé d'une cabane dans les bois, je ne savais pas exactement à quoi m'attendre, mais c'est charmant.

— Merci. Je vais te montrer le reste de la maison.

Elle le suivit jusqu'à une porte à droite du salon. Il l'ouvrit sur une chambre meublée d'un grand lit recouvert d'une couette noir et gris. Il y avait aussi une commode et deux tables de chevet, où étaient posées de petites lampes.

— Très joli, approuva-t-elle.

Il referma la porte, puis désigna la suivante.

— Ici, c'est la salle de bains.

Quand il ouvrit la troisième porte, Avery entra dans une chambre d'enfants.

La pièce était petite, mais elle était presque la copie conforme de celle de sa maison. Elle contenait deux berceaux, l'un avec des draps bleus, l'autre avec des draps roses. Seuls les mobiles accrochés au-dessus étaient un peu différents. Chez elle, c'étaient des ours dansants. Ici, c'étaient des petits chevaux.

Une bouffée d'émotion inattendue l'envahit. Cette pièce lui montrait que Dallas était vraiment sérieux quand il disait vouloir faire partie de la vie des jumeaux. C'était sa façon de leur promettre, à elle et aux bébés qu'elle attendait, qu'il serait là à l'avenir.

— Quand as-tu trouvé le temps de faire tout ça ? demanda-t-elle, la gorge nouée.

— Aujourd'hui.

Il lui lança son sourire ravageur.

— J'ai pris un jour de congé pour essayer de rattraper mon retard sur toi.

— On dirait que tu as tout à fait réussi à me rattraper.

C'était bien la promesse qu'il comptait s'impliquer auprès d'eux. Grâce à ce geste, elle se sentait plus proche de lui.

— On retourne au salon ? demanda-t-il. Je vais commencer à préparer le dîner.

— Parfait.

Au lieu de s'asseoir sur le canapé, elle s'installa à la petite table, où le couvert était déjà mis.

— Je peux faire quelque chose pour t'aider ?

— Le barbecue dehors est prêt à démarrer. Tu n'as plus qu'à me dire comment tu aimes ton steak.

— Facile : saignant.

— Ah, une femme selon mon cœur. Je vais mettre les steaks à cuire. Je reviens tout de suite.

Elle fut presque contente qu'il la laisse seule, parce que, brusquement, les souvenirs de leur nuit ensemble se bousculaient dans son esprit.

Elle se rappela l'intensité de ses baisers et la chaleur de son corps contre le sien. Ses caresses l'avaient complètement enflammée. Même si elle avait trop bu, cela avait été le rapport sexuel le plus passionné qu'elle ait jamais eu de toute sa vie.

Mais pourquoi diable y pensait-elle maintenant ? C'était sûrement l'effet de ses hormones toutes chamboulées. Les souvenirs de cette nuit-là n'avaient rien à voir avec la relation qu'ils construisaient à présent, mis à part les conséquences qu'elle avait entraînées. Il était plus que temps d'effacer ces images de sa mémoire pour de bon.

Pour essayer de se changer les idées, elle se tourna sur sa chaise et observa la pièce. Pas de doute, c'était un endroit où ses bébés pouvaient passer du temps sans la moindre inquiétude.

Dallas s'engageait-il vraiment dans la durée ? Il avait aménagé cette chambre d'enfants parfaite, c'était un signe prometteur. Mais des bébés étaient comme de nouveaux jouets. C'était amusant de s'occuper d'eux pendant un temps, mais allait-il continuer à s'y intéresser au fil des jours, des mois et des années ?

Seul l'avenir le dirait.

Pour accompagner les steaks, Dallas avait préparé une salade et des pommes de terre.

— Tout a l'air délicieux, s'exclama Avery.

— C'est l'un des repas les plus simples à faire. Remplir un saladier de laitue, mettre deux ou trois pommes de terre au four et faire griller de la viande.

Elle se mit à rire.

— Je suis persuadée que ce repas t'a demandé un peu plus d'efforts que ça.

Il aimait son rire musical. Ce soir, vêtue d'un chemisier rose et d'un pantalon noir, elle était incroyablement jolie. Bien sûr, elle était enceinte jusqu'au cou, mais à sa surprise il la trouvait toujours très attirante. C'était peut-être parce qu'il savait qu'elle attendait ses enfants.

— Tu as pensé à des prénoms ? demanda-t-il.

— Oui. Après y avoir longuement réfléchi, je penche pour Fred et Ethel.

Bouche bée, il la dévisagea. C'était une blague ? Fred et Ethel ? Elle voulait nommer leurs enfants comme l'un des couples de la sitcom des années 1950, *I Love Lucy* ?

Elle éclata de rire.

— Oh ! j'aurais dû te prendre en photo.

— Alors tu n'es pas sérieuse à propos de Fred et Ethel ?

— Absolument pas, le rassura-t-elle en gloussant. À vrai dire, ça fait un mois que j'essaie de choisir des prénoms, mais sans succès jusqu'ici. C'est quelque chose qu'on va pouvoir décider ensemble.

Le cœur de Dallas se gonfla.

— Avec plaisir. Tu sais, je dois admettre qu'une partie de moi trouve tout ça un peu difficile à croire.

Elle l'observa, ses yeux verts soudain sombres et graves.

— Dallas, je suis prête à faire un test ADN après la naissance des enfants.

— Oh ! Avery, ce n'est pas ce que je voulais dire. Je n'ai pas besoin de ça.

Il lui prit la main par-dessus la table, inquiet de l'avoir offensée sans le faire exprès.

— Ce que je voulais dire, c'est qu'à un instant, devant le palais de justice, j'étais un homme célibataire, et l'instant d'après, j'étais un futur père, non pas d'un enfant, mais de deux.

Elle dégagea sa main en souriant.

— Tu es toujours un homme célibataire. Tu peux rencontrer des femmes, ça n'a pas changé.

— Mais si, protesta-t-il. Je n'ai absolument aucune envie de sortir avec des femmes en ce moment. Tout ce que je veux, c'est passer du temps avec toi et apprendre à te connaître. Je veux t'accompagner à tes rendez-vous chez le médecin, te soutenir et faire partie intégrante de cette incroyable expérience.

— Merci, j'apprécie. En parlant de rendez-vous médical, j'en ai un lundi à 14 heures.

— Alors j'aimerais t'y emmener, si ça te va.

Elle sourit à nouveau.

— Ça me va très bien.

Tout en mangeant, ils discutèrent de leurs conceptions de la discipline. Ils semblaient être sur la même longueur d'onde, constata Dallas avec soulagement.

Ils préféraient tous les deux les mises au coin aux fessées. Ils estimaient qu'une bonne communication était essentielle et qu'il était vital de faire corps et de fixer des limites claires.

— As-tu réfléchi aux modalités de garde ? demanda Avery.

— J'aimerais bien une garde alternée. Mais on pourra se pencher sur les détails plus tard.

Hochant la tête, elle reposa sa fourchette.

— Je suis repue. C'était délicieux.

— J'espère qu'il te reste encore un peu de place pour le dessert.

— Je devrais pouvoir en trouver un peu, répondit-elle en souriant.

— Tant mieux. Va t'asseoir sur le canapé pendant que je nous prépare ça.

Elle se leva à sa suite et saisit son assiette vide.

— Laisse-moi au moins t'aider à ranger.

— Hors de question. Tu es mon invitée. J'insiste pour que tu ailles te poser au calme.

Il s'empara de l'assiette.

— S'il te plaît.

— Si ça ne t'embête pas, je vais d'abord explorer un peu ton salon.

Elle posa les mains au creux de ses reins en grimaçant.

— Ça va ? demanda-t-il avec inquiétude.

— Oui, oui. Il faut que je me dégourdisse un peu les jambes, c'est tout. Ces petits coquins s'installent parfois dans le bas de mon dos.

Tandis qu'il nettoyait la cuisine, elle fit le tour de la pièce. Du coin de l'œil, il la vit s'arrêter près de son bureau.

— C’est quoi, ça ?

Il devina aussitôt de quoi elle parlait. Il rangea la dernière assiette dans le lave-vaisselle, puis rejoignit Avery. Trois boutons aux marquages inhabituels étaient posés près de son ordinateur.

— On les a trouvés près du cadavre de Patrice Eccleston. Tu es au courant de cette affaire ?

— Un peu, mais pas beaucoup. On ne m’a pas vraiment tenue informée à cause de ma grossesse et de mon prochain départ en congé maternité.

— Que sais-tu exactement ? demanda Dallas.

— Son corps a été retrouvé dans le parking de Lone Star Pharma quand ils ont creusé lors des rénovations. Je ne la connaissais pas personnellement, mais je sais qu’elle avait vingt ans et qu’elle est liée à une enquête en cours. Qu’est-ce que j’ignore ?

— Il y a des preuves qu’elle a été ligotée et qu’elle s’est débattue avant d’être tuée. Ces boutons étaient près de son corps. Des boutons du même genre ont été retrouvés près du cadavre momifié récemment découvert chez Maggie Reeves.

Maggie Reeves était une ancienne reine de beauté qui enseignait désormais les bonnes manières. Quelque temps plus tôt, le corps complètement momifié d’une jeune femme avait été retrouvé aux abords du Live Oak Ranch. Jonah, le frère aîné de Dallas, avait aidé Maggie dans ses investigations, et ils étaient tombés amoureux. L’enquête ne s’était pas achevée avec ce cadavre, puisque celui de Patrice avait ensuite été retrouvé.

Avery fit la grimace.

— Je n’arrive pas à croire que l’affaire des momies refasse surface. Je croyais qu’on avait tiré un trait là-dessus après la condamnation d’Elliot Corgan.

Sept jeunes femmes avaient disparu une quarantaine

d'années plus tôt. La police avait fini par retrouver tous les corps, sauf un, enterrés dans des fossés, des foulards rouges enfoncés dans la bouche. À cause de l'état des cadavres, l'assassin avait été surnommé « le Tueur aux momies ».

Elliot Corgan, le frère d'un riche propriétaire de ranch de Whisperwood, avait été arrêté pour ces crimes. Pourtant, voilà que des corps momifiés apparaissaient à nouveau dans la petite ville.

— Après l'arrestation d'Elliot, on a tous espéré que c'était enfin terminé, déclara Dallas. Mais à présent, il y a de sérieux doutes sur l'identité du responsable des meurtres d'il y a quarante ans, ainsi que sur celle du responsable de ceux commis maintenant.

— Et donc… Pourquoi as-tu ces boutons ?

Elle les observait en fronçant les sourcils. Aurait-il dû lui en dire autant ? se demanda-t-il. Il ne voulait surtout pas qu'elle pense aux meurtres et aux corps momifiés alors qu'elle était enceinte.

— Les boutons ont été envoyés au labo, qui a essayé d'y relever des traces d'ADN. Malheureusement, ce qu'il y aurait pu y avoir était trop dégradé. D'après le Dr Octavia Winters, l'experte médico-légale, il s'agit de boutons d'uniforme standard de l'armée. On m'a demandé de faire des recherches pour tenter de retrouver des militaires qui étaient stationnés dans le coin il y a une quarantaine d'années.

— Waouh, tu as du pain sur la planche. Les bases, ça ne manque pas, au Texas. Et les dossiers datant d'aussi longtemps ne sont sûrement pas terribles.

Elle se tourna vers lui, une lueur enthousiaste dans les yeux.

— Je pourrais te donner un coup de main, Dallas.

— Tu n'as pas besoin de t'impliquer là-dedans.

— Dallas, je tiens à m'impliquer. Étant donné que je ne travaille pas pour l'instant, j'ai tout le temps de m'asseoir devant mon ordinateur pour chercher, moi aussi.

Elle lui adressa un regard suppliant.

— S'il te plaît, laisse-moi t'aider.

— Bon, d'accord, acquiesça-t-il. À vrai dire, ça me rendrait une fière chandelle. Je me suis renseigné auprès de gens qui se souviennent de soldats au cours de la période qui nous intéresse, mais maintenant, je suis passé aux recherches sur Internet.

Ils s'assirent sur le canapé, puis il lui indiqua les sites à consulter pour obtenir des noms de soldats.

— Malheureusement, tu as raison : c'est plutôt compliqué de trouver des dossiers datant de quarante ans.

— Si ça permet d'arrêter un tueur, alors je veux contribuer de toutes les façons possibles.

— Ça m'écœure de penser qu'un compagnon d'armes puisse être mêlé à ces crimes horribles.

— Les soldats sont des gens comme les autres, Dallas. La plupart d'entre eux sont intègres et dévoués. Mais parfois, certaines personnes font des choses affreuses.

— Oui, je suppose que tu as raison, mais ça me déplaît quand même de penser que l'assassin puisse être un soldat. Bon, allez, changeons de sujet. Ne bouge pas, je vais chercher le dessert.

Il se leva et retourna dans la cuisine. Comme Avery était dos à lui, elle ne pouvait pas voir ce qu'il faisait. Après avoir sorti la tarte aux cerises qu'il avait achetée au magasin, il coupa deux parts. Il les recouvrit de crème fouettée, puis entreprit de préparer le dessert qu'il avait l'intention de lui donner avant la tarte.

Quand il eut terminé, il porta l'assiette dans le salon et la posa sur la table basse devant Avery. Elle contempla le bocal d'olives vertes posé à côté du paquet de chips au sel et au vinaigre. Renversant la tête en arrière, elle éclata de rire.

Il se surprit à l'accompagner. C'était agréable. Il n'avait pas l'impression d'avoir vraiment ri depuis un an. Quand ils se calmèrent, elle lui adressa un regard plein de chaleur.

— Mon dessert préféré.

— En fait, c'est le dessert que tu vas rapporter chez toi. Je reviens tout de suite avec le vrai.

Il fut presque soulagé de s'échapper une minute. Pendant un instant, il avait eu envie de se noyer dans ses beaux yeux verts. Pendant un instant, il avait voulu l'attirer dans ses bras et goûter à nouveau à ses lèvres.

Et cela le rendait furieux.

C'était Ivy qui devrait être dans cette cabane. Ivy qui devrait être enceinte de ses enfants. C'était avec sa femme qu'il devrait être en train de rire, c'était elle qui devrait le tenter avec ses lèvres charnues. Il maudissait le sort de la lui avoir arrachée.

Et il se maudissait lui-même d'avoir pensé ne serait-ce qu'une seule seconde à embrasser Avery.

4

Avery se réveilla tard dans la matinée du dimanche. Elle s'était agitée dans son lit la moitié de la nuit, les bébés semblant résolus à danser le hip-hop dans son ventre. En outre, elle avait eu des brûlures d'estomac. Elle avait été incapable de s'endormir et de trouver une position confortable pendant des heures et des heures.

Comme si ce n'était pas suffisant, elle avait été assaillie par des pensées de Dallas, des pensées qui l'avaient troublée. Elle avait beaucoup apprécié leur soirée ensemble, mais lorsqu'il l'avait ramenée chez elle, l'ambiance était devenue tendue.

Quand elle avait mangé sa tarte, elle avait eu la sensation qu'il la pressait de finir. Ensuite, il l'avait aussitôt raccompagnée. Il était devenu silencieux et renfermé, ce qui l'avait poussée à s'interroger : avait-elle fait quelque chose qui l'avait contrarié ? Et elle s'était agitée dans son lit, l'esprit en ébullition, à essayer de comprendre ce qui s'était passé. Elle n'avait pas trouvé de réponse.

Ils n'avaient pas prévu de se voir aujourd'hui, mais il lui avait dit qu'il passerait la prendre lundi pour son rendez-vous chez le médecin à 14 heures. C'était peut-être préférable. Certes, il était désormais présent à ses côtés et ils s'efforçaient de devenir amis, mais ce n'était pas une raison pour être ensemble vingt-quatre heures sur vingt-quatre.

Elle alla se doucher, puis enfila une longue robe bleue qui moulait sa poitrine, mais était fluide le long du corps. C'était l'un de ses vêtements les plus confortables en ce moment.

Alors qu'elle petit-déjeunait, le téléphone sonna. En regardant l'écran, elle marmonna un juron. Elle avait complètement oublié de rappeler Danny.

— Salut, Chad.

— Salut, Avery. Danny et moi, on voulait savoir si on pouvait passer te rendre visite, avec le déjeuner.

— Ce serait adorable. S'il te plaît, dis à Danny que je suis désolée de ne pas l'avoir rappelé. Ça a été un peu la folie pour moi ces deux derniers jours.

— Pas de souci. Vers midi, ça te convient ?

— Parfait. J'ai hâte de vous voir tous les deux.

Sourire aux lèvres, elle raccrocha. C'était toujours un plaisir de voir Chad et Danny. Ces derniers mois, les deux hommes s'étaient comportés avec elle comme de vrais grands frères un peu trop protecteurs. Ils l'avaient empêchée de porter quoi que ce soit de plus lourd qu'un dossier et l'avaient même suivie chez elle pour rentrer ses courses.

Après avoir fini son petit déjeuner, elle s'assit à son bureau et ouvrit sa boîte mail, sans rien y trouver d'urgent. Elle jeta ensuite un coup d'œil sur ses réseaux sociaux. Breanna avait posté quelques mèmes amusants qui la firent s'esclaffer.

Enfin, elle se rendit sur l'un des sites donnés par Dallas, prête à chercher les soldats qui avaient été stationnés dans la région quarante ans plus tôt.

Heureusement que Dallas avait accepté son aide, songea-t-elle. Ce serait une immense satisfaction de contribuer à mettre un assassin derrière les barreaux. De toute façon, comme il restait encore un mois avant l'accouchement, elle avait du temps à revendre.

Elle avait joué les limaces la veille, mais d'ordinaire, elle était quelqu'un d'actif. Elle n'était pas du genre à rester assise sans rien faire jour après jour.

Avec un peu de chance, elle parviendrait à trouver quelques noms de suspects potentiels pour les meurtres horribles commis en ville.

Il se passait quelque chose d'affreux à Whisperwood, en rapport avec les assassinats qui avaient eu lieu des années plus tôt. Mais jusqu'ici, les autorités étaient perplexes. Ces vieux boutons militaires retrouvés sur les dernières scènes de crime étaient perturbants.

Elle était encore assise devant l'ordinateur lorsque la sonnette retentit. Surprise, elle jeta un coup d'œil sur l'horloge. Il était midi passé. Elle se hâta jusqu'à l'entrée et ouvrit la porte aux deux hommes.

Chad entra le premier. Il était grand, d'allure distinguée, avec des cheveux prématurément poivre et sel. Quand il la salua, ses yeux bleus étaient doux et chaleureux. Elle les avait déjà vus brûler d'intensité lorsqu'il était devant un jury et s'attaquait à un inculpé.

Depuis son divorce six mois plus tôt, Chad enchaînait les rencontres. Il semblait avoir un faible pour les jeunes blondes idiotes à forte poitrine, aux antipodes de son ex-femme aux cheveux bruns.

Danny, un homme plus petit et beaucoup plus timide, entra à son tour. Il portait deux gros sacs en provenance du *diner*. Il s'approcha de la table de cuisine et commença à les vider.

— Oh là là, j'ai l'impression que vous avez acheté beaucoup trop à manger ! s'exclama Avery.

Danny lui sourit.

— Tu connais l'appétit de Chad.

— Eh oui, riposta Chad. Il m'en faut, du carburant, pour rester aussi génial et séduisant.

— Et modeste, ajouta Avery en riant. N'oublions surtout pas à quel point tu es modeste.

Quelques minutes plus tard, ils étaient tous assis devant des assiettes bien remplies. Les deux hommes n'étaient pas seulement des collègues prévenants, ils étaient aussi devenus des amis proches. Quand ils avaient appris qu'elle était enceinte et seule, ils l'avaient prise sous leur aile.

Ils l'avaient aidée à monter les berceaux. Ils avaient porté les paquets de couches de sa voiture à la chambre. Danny l'avait même emmenée à ses rendez-vous chez le médecin quand elle ne s'était pas sentie assez en forme pour conduire elle-même.

Chad parlait souvent de Danny comme de son « petit frère d'une autre mère ». Alors que Chad était extraverti et fanfaron, Danny était beaucoup plus calme. Sa douceur faisait de lui le chouchou de tout le monde au travail.

— Danny, je suis désolée de ne pas t'avoir rappelé l'autre jour, s'excusa-t-elle en levant une frite vers sa bouche.

— Pas de souci. Je voulais seulement savoir comment ça allait.

— Il s'inquiète pour toi, intervint Chad.

Danny lui jeta un regard irrité, avant de reporter son attention sur elle.

— Bien sûr que je m'inquiète pour toi. Tu es mon amie.

— Merci, Danny. Ça me touche beaucoup. Comme tu peux le voir, je vais bien.

Elle posa la main sur son ventre en riant.

— Je grossis de jour en jour, c'est tout.

— Du moment que les bébés et toi êtes en bonne santé, c'est tout ce qui compte.

— Étant donné que je n'ai pas arrêté de travailler

depuis très longtemps, je suppose que vous n'avez rien de nouveau à me raconter.

Chad et Danny échangèrent un coup d'œil rapide.

— Quoi ? demanda-t-elle en les dévisageant tour à tour. Qu'y a-t-il ?

— En fait, j'ai entendu une rumeur, répondit Chad. Apparemment, plusieurs petits camarades de Dwayne Conway déblatèrent sur le fait de vouloir se venger de toi à cause de sa condamnation.

— On s'est dit qu'il fallait que tu le saches, enchaîna Danny.

Ses yeux marron soutinrent les siens un long moment avant qu'il ne les détourne.

— Mais tu sais comment sont ces voyous, fit Chad d'un ton dédaigneux. Dès que l'un d'entre eux se fait boucler, les autres râlent et lancent des menaces pendant une semaine. Ensuite, ils retournent à leur vie de racailles.

— Cela dit, on a estimé que c'était important que tu sois au courant, ajouta Danny.

— J'ai déjà fait l'objet de menaces par le passé et j'ai réussi à survivre.

— Quoi qu'il en soit, je tiens à ce que tu m'appelles s'il se passe quoi que ce soit qui t'effraie.

Il la regarda à nouveau dans les yeux pendant un instant, puis rompit le contact.

— Hors de question que ces crapules t'embêtent, déclara Chad.

— J'apprécie vraiment tout ce que vous faites pour m'aider, mais c'est officiel, je vous rends votre liberté.

— Comment ça ? demanda Chad.

— Le papa est de retour dans l'équation.

Elle leur expliqua que le père des bébés était revenu en ville après une absence de plusieurs mois et qu'ils s'efforçaient d'établir une relation amicale.

Quand elle eut terminé son récit, Chad se tourna vers son ami.

— Bon… Danny, vieux frère, on dirait bien qu'elle se débarrasse de nous comme de vieilles ordures.

Avery émit un rire de protestation.

— Tu sais que ce n'est pas vrai ! J'adore vous avoir dans ma vie et j'espère que vous continuerez à en faire partie. Ce sera super pour ces bébés d'avoir des oncles comme vous.

Pendant le reste du repas, ils discutèrent de procès passés et de certains qui, selon Chad, auraient lieu à l'avenir.

À 14 heures, elle était à nouveau seule chez elle. Alors qu'elle se rasseyait devant son ordinateur, elle repensa à ce que Chad avait dit à propos des amis de Dwayne Conway.

Leurs menaces ne l'effrayaient pas vraiment. Comme le disait le proverbe, « Chien qui aboie ne mord pas. » Ce genre de voyous aimaient provoquer, mais il était peu probable qu'ils passent à l'acte. En outre, comme elle ne travaillait plus au tribunal, la bande de dealers allait sûrement se rabattre sur un autre procureur.

Lorsqu'elle interrompit ses recherches, elle n'avait trouvé qu'un seul nom pour Dallas. Elle aurait aimé faire mieux, mais ce travail était compliqué et fastidieux.

Pour le dîner, elle mangea quelques-uns des restes que Chad et Danny n'avaient pas emportés en repartant. La maison était silencieuse, et maintenant que son cerveau n'était plus concentré sur quoi que ce soit, il se remplit de pensées de Dallas.

C'était étrange de penser qu'une semaine plus tôt elle n'avait pas passé une seule minute avec Dallas depuis des mois, et qu'elle avait même ignoré son retour à Whisperwood. Il lui avait manqué aujourd'hui, s'aperçut-elle. La faute à ses hormones de grossesse, forcément.

Une vraie relation avec lui n'était pas possible. De

toute façon, ce n'était pas ce qu'elle voulait. À présent qu'il était là, elle n'avait qu'un espoir : qu'il soit un bon père pour ses enfants.

Cela dit, elle ne put empêcher son cœur de danser quand Dallas arriva devant chez elle le lendemain après-midi pour l'emmener chez le médecin.

— Je reviens vite, ma puce, lança-t-elle à Lulu, avant de sortir de la maison.

Le sourire qu'il lui adressa en la voyant approcher la réchauffa des pieds à la tête. Tout en s'installant sur le siège passager, elle s'interrogea : était-ce gênant qu'elle soit autant ravie de le voir ? Qu'elle se sente étrangement en sécurité en sa présence ? Ce ne pouvait pas être une mauvaise chose d'éprouver tout cela à propos d'un homme qui allait faire partie de la vie de ses enfants. Au contraire, c'était forcément positif, se rassura-t-elle.

— Comment s'est passée ta journée hier ? demanda-t-il, une fois sur la route.

— Très bien. J'ai déjeuné avec deux collègues.

Elle lui parla de Chad et Danny, résumant combien ils l'avaient aidée, surtout au cours des deux derniers mois. Elle lui raconta comment ils avaient organisé la fête prénatale au travail et l'appelaient régulièrement pour s'assurer qu'elle allait bien.

— J'aimerais bien les rencontrer, répondit-il. Je leur suis très reconnaissant d'avoir fait tout ça pour toi en mon absence.

Il lui jeta un bref coup d'œil.

— Ils ont peut-être le béguin pour toi.

— Qu'est-ce qui peut bien te faire penser qu'ils ont le béguin pour moi ?

— Tu es une femme très séduisante, Avery.

Elle éclata de rire.

— Merci, mais c'est impossible. Depuis son divorce,

Chad est devenu le plus grand don Juan de tous les temps. Il a une prédilection pour les blondes idiotes. Il n'aurait jamais le moindre béguin pour moi. Je lui rappelle probablement son ex-femme, et il la déteste.

— Et du côté de ce Danny ? demanda Dallas.

Elle s'apprêtait à répondre « Impossible » avec fermeté, mais prit une minute pour penser à l'homme doux qui était son ami.

— Danny a peut-être un petit béguin pour moi, mais je n'ai jamais rien fait pour l'encourager et il ne m'en a jamais parlé. Il est tellement timide que c'est difficile de savoir ce qu'il ressent en général.

— Ça ne me regarde vraiment pas, j'étais simplement curieux. J'ai envie d'en savoir plus sur les gens qui feront partie de la vie des jumeaux.

— Je comprends tout à fait. C'est pareil pour moi : je tiens à savoir qui sera dans les parages quand ils seront chez toi.

Pendant le reste du trajet jusqu'au cabinet, ils parlèrent de la météo et d'autres sujets anodins. Au grand soulagement d'Avery, Dallas n'était pas silencieux et renfermé comme il l'avait été après leur repas de samedi.

Elle ne savait toujours pas ce qui s'était passé ce soir-là. Peut-être avait-il un tempérament lunatique. Cela ne faisait que lui rappeler qu'ils avaient beaucoup à apprendre l'un sur l'autre.

Lorsqu'ils arrivèrent au cabinet du Dr Julia Sanders, elle commença à sentir une joyeuse impatience l'envahir. Au cours de ce rendez-vous, le médecin allait lui faire une échographie, et Avery avait hâte de voir des images de ses bébés. C'était aussi agréable de savoir que, pour la première fois, elle n'allait pas être seule pour vivre cette expérience.

Elle ne comptait plus les minutes qu'elle avait passées

assise dans la salle d'attente au milieu de couples heureux qui partageaient cette aventure.

Aujourd'hui, elle était enfin avec le père de ses enfants. Et pour la première fois depuis qu'elle venait ici, il n'y avait personne, à part eux, dans la salle d'attente.

Dallas se tint à ses côtés lorsqu'elle se présenta au secrétariat, puis ils s'assirent pour patienter.

— Tu apprécies ce médecin ? demanda-t-il à mi-voix.

— Je l'adore. Elle n'est pas en ville depuis très longtemps, et elle m'a tellement impressionnée que je l'ai recommandée à plusieurs de mes amies et collègues. Non seulement je l'apprécie, mais je lui fais confiance.

— C'est bien, approuva-t-il. J'imagine que c'est important pour une femme enceinte de faire confiance à son médecin.

— Je pense que c'est important pour n'importe qui d'apprécier et de faire confiance à son médecin.

— Tu as dit qu'elle n'était pas en ville depuis longtemps. D'où vient-elle ?

— Elle est originaire de Whisperwood, mais elle a fait ses études de médecine à Kansas City. Elle y avait un cabinet qui marchait bien, mais quand ses parents sont tombés malades il y a un an, elle a réemménagé ici.

Ils durent s'interrompre lorsque l'infirmière appela son nom. Une fois dans la salle d'examen, Dallas s'assit sur une chaise dans un coin, tandis qu'Avery s'installait au bord de la table.

Jennifer Malkin, l'infirmière, prit la tension d'Avery, sa température et son pouls. Après avoir noté les résultats, elle annonça que le médecin n'allait pas tarder, puis sortit de la pièce.

— Heureusement qu'elle ne prend pas ma tension, parce que je suis sûr qu'elle n'est pas normale en ce moment, fit remarquer Dallas.

Avery lui sourit.

— Maintenant que tu es ici, qu'est-ce que tu ressens ?

— Je suis nerveux… enthousiaste… inquiet.

Il se tut et changea de position sur la chaise en plastique.

À cet instant, le Dr Sanders entra. Ses cheveux gris-blond étaient coupés court, ce qui accentuait ses grands yeux bleus et ses traits délicats.

Avery fit les présentations, et le médecin adressa à Dallas un sourire ravi.

— Alors le papa est enfin là. Avez-vous l'intention d'être présent quand ces adorables bébés feront leur entrée dans le monde ?

Il jeta un regard paniqué à Avery.

— Heu… On n'en a pas encore vraiment discuté.

— Vraiment ?

La femme les contempla d'un air surpris.

— Eh bien, c'est quelque chose que vous allez devoir décider assez rapidement. Ces bébés vont faire leur apparition avant que vous ne puissiez dire « ouf ».

Au cours des quelques minutes suivantes, le Dr Sanders interrogea Avery sur son état de santé général. Elle lui demanda ensuite de s'allonger sur la table d'examen.

— À présent, on va regarder et écouter ces bébés.

L'infirmière revint dans la pièce et aida Avery à lever son chemisier bleu marine jusqu'à son soutien-gorge, puis à descendre son pantalon assez bas pour dénuder son ventre. Même si elle n'exposait rien de vraiment intime, Avery ressentit une bouffée de timidité, due à la présence de Dallas dans la pièce et à son ventre complètement exposé.

— Allez, le futur papa. Approchez-vous un peu de votre compagne, indiqua le médecin. Vous voulez sûrement avoir un bon aperçu de ces bébés que vous avez créés.

Après avoir rapproché sa chaise d'Avery, Dallas lui

adressa un sourire un peu gêné. Et ce sourire rendit sa présence à ses côtés encore plus merveilleuse.

— On va commencer par les écouter.

Le Dr Sanders posa un stéthoscope spécial sur le ventre d'Avery. Ils entendirent aussitôt un battement de cœur.

— Ah… Ça, c'est le cœur de maman, qui bat tout à fait normalement. Voyons ce qu'on peut trouver d'autre là-dedans.

Elle déplaça l'instrument, et deux autres battements de cœur résonnèrent.

— Les voilà…

Avery observa Dallas. Les yeux écarquillés, il eut un grand sourire.

— Et tout va bien ? demanda-t-il.

— Leurs cœurs battent exactement comme ils sont censés le faire, ils sont en parfaite santé, répondit le médecin.

Après avoir ôté le stéthoscope, elle appliqua du gel chaud sur le ventre d'Avery.

— On va jeter un œil.

Elle commença à déplacer la sonde sur le ventre rond d'Avery. Ils tournèrent tous les trois la tête vers l'écran.

Lorsque l'image des deux petits êtres apparut, Dallas émit un hoquet étouffé. Le garçon était enroulé autour de sa sœur, comme s'il montrait déjà son envie de la protéger. La fillette suçait son pouce. Il saisit la main d'Avery, et une vague d'émotion la submergea.

Pendant un instant, elle se sentit très proche de lui, d'une façon qui surpassait même la nuit où ils avaient fait l'amour. Pendant quelques folles secondes, elle n'eut qu'une envie : qu'il soit amoureux d'elle et qu'ils rentrent à la maison ensemble, prêts à planifier leur vie de famille.

En sentant sa main serrée autour de la sienne, tandis qu'ils observaient les enfants qu'ils avaient conçus, elle voulait qu'il fasse partie de sa vie, pas seulement en tant que père de ces bébés, mais aussi comme l'homme qui l'aimait.

Lorsque Dallas entendit les deux battements de cœur et vit l'image des bébés, son cœur se gonfla au point de le rendre muet. Les yeux remplis de larmes, il contempla l'écran où les jumeaux étaient apparus.

C'étaient ses enfants, et il les aimait déjà plus qu'il n'avait jamais aimé qui que ce soit de toute sa vie. Il ne s'était pas douté qu'il était capable d'aimer à ce point.

Il était résolu à être le meilleur homme possible pour eux. Il les protégerait du moindre danger. Il serait le meilleur père dont on puisse rêver.

Il lâcha la main d'Avery et lui sourit. Il tiendrait toujours à elle, parce qu'elle était la mère de ses enfants. Mais s'il estimait un jour qu'elle n'agissait pas dans l'intérêt des petits, il s'opposerait à elle bec et ongles.

Quelques minutes plus tard, Avery et lui sortirent du cabinet. Il avait désormais une photo des jumeaux dans sa poche et l'assurance du médecin que les enfants semblaient en forme. Dallas était aux anges.

Une fois dans le pick-up, il déclara :

— Il faut qu'on fasse quelque chose pour fêter ça.

— Qu'est-ce que tu as en tête ?

— Une glace. Ça te dirait d'aller manger un cône ou un gros sundae chez Edward's Ice Cream Parlor ?

Elle se mit à rire.

— Oh ! Dallas, tu parles vraiment la même langue que moi.

— Parfait.

Après avoir démarré, il se dirigea vers Main Street,

où la petite boutique vendait des dizaines de parfums de glaces.

— Je suis très heureux que Hansel et Gretel soient en bonne santé, lança-t-il, sachant qu'il allait la faire rire.

Et en effet, elle rit, de ce rire musical qu'il trouvait si plaisant à l'oreille. En cet instant, il avait la sensation de pouvoir apprécier tout ce qu'elle disait ou faisait. Et elle n'avait jamais été aussi belle.

Elle portait un chemisier bleu marine orné d'une rayure bleu pâle sur les côtés et un pantalon bleu marine. Le soleil qui passait par la vitre du pick-up faisait étinceler ses cheveux. Il en était conscient, voir ses bébés dans le ventre d'Avery l'avait rendu euphorique. Et cette euphorie faisait d'elle la créature la plus magnifique et la plus envoûtante sur terre.

— Tu penses vraiment que je vais accepter d'affubler ces enfants de prénoms comme Hansel et Gretel ? demanda-t-elle. En plus, est-ce qu'ils n'ont pas atterri dans le four d'une sorcière ?

— Je ne suis pas un pro des contes pour enfants. C'était juste une idée comme ça, répondit-il d'un ton taquin. Et c'est nettement mieux que Fred et Ethel.

— Je suis d'accord, mais je pense que tu dois continuer à réfléchir, fit-elle en riant à nouveau.

Ils arrivèrent devant le glacier et entrèrent. La boutique, dont les murs étaient recouverts de papier peint à rayures roses et blanches, comportait un comptoir, des tables et des chaises hautes.

— Commande ce que tu veux, déclara Dallas. Fais-toi plaisir.

— Crois-moi : si tu m'amènes chez un glacier, je peux me faire vraiment très plaisir.

Walt Edwards les accueillit avec un sourire enjoué.

— Tous les deux, vous m'avez l'air d'un couple d'amateurs de bonnes glaces.

— Absolument, répondit Dallas. Elle a besoin d'assez de glace pour trois.

Les sourcils broussailleux de Walt se haussèrent tandis qu'il regardait Avery.

— Ah, des jumeaux ! Quel bonheur pour vous deux !

— C'est vrai, acquiesça Dallas.

— Qu'est-ce que je vous prépare ? demanda le glacier à Avery.

— Je voudrais un sundae avec un supplément nappage au chocolat chaud et crème fouettée, répondit-elle, avant de jeter un regard timide vers Dallas. Tu m'as dit de me faire plaisir.

Il lui adressa un sourire rassurant.

— Vas-y, lâche-toi.

Elle se tourna à nouveau vers Walt.

— D'accord. Alors mettez-moi des vermicelles… Plein de vermicelles.

— Ça marche.

— Et je vais prendre un banana split, ajouta Dallas.

— Installez-vous à l'une des tables, je vous apporte ça tout de suite.

Ils choisirent une table près de la fenêtre et s'assirent. Quelques minutes plus tard, leurs desserts glacés étaient posés devant eux.

Avery prit une bouchée de son sundae, puis poussa un gémissement guttural. Une bouffée de désir envahit brusquement Dallas. Elle avait gémi de la même manière lorsqu'il lui avait fait l'amour.

Sans prévenir, les souvenirs de cette nuit-là remontèrent à la surface. Sa peau avait été si douce et son corps si accueillant. Ses lèvres avaient été brûlantes et passionnées sous les siennes. Ils avaient bougé ensemble comme s'ils étaient amants depuis des années et savaient d'expérience ce dont l'autre avait besoin pour augmenter son plaisir.

Les yeux baissés, il contempla sa glace, tandis que les images érotiques continuaient à se succéder dans son esprit. Surpris, il parvint à une constatation : il ne serait pas contre revivre cette expérience avec elle. Même s'il ne le faisait pas… Ce serait injuste pour elle, parce qu'il n'avait aucune intention d'avoir une relation romantique à long terme avec elle.

— Dallas ?

La voix d'Avery le ramena à la réalité, et il releva les yeux sur elle. Avec un sourire incertain, elle demanda :

— Est-ce que tout va bien ?

Il était resté perdu dans ses pensées pendant plusieurs minutes, s'aperçut-il alors. Elle avait mangé la moitié de son sundae, alors que son banana split était en train de fondre devant lui.

— Désolé, répondit-il en souriant. J'étais très occupé à réfléchir à d'autres prénoms que Hansel et Gretel.

— Il nous reste encore pas mal de temps pour leur trouver les prénoms parfaits.

— Je n'en reviens toujours pas d'avoir pu les voir comme ça.

Elle hocha la tête.

— C'est fabuleux, n'est-ce pas ? Je suis vraiment soulagée qu'ils fassent à peu près la même taille. D'après le Dr Sanders, il arrive qu'un des jumeaux soit plus gros que l'autre et reçoive plus de nutrition.

— C'est génial de savoir qu'ils partagent déjà gentiment.

Elle enfonça sa cuillère dans le reste de sa glace.

— Je sais que tu as installé une chambre d'enfants dans la cabane, mais je vais être honnête avec toi…

Elle marqua une pause et baissa les yeux sur la table, comme si elle avait peur de dire ce qu'elle avait en tête.

— Qu'y a-t-il, Avery ? Tu seras honnête avec moi à propos de quoi ?

Une légère tension envahit Dallas. Allait-elle lui dire qu'il ne pouvait pas recevoir les jumeaux chez lui ? Cela ne manquerait de créer un problème entre eux.

Elle releva la tête.

— J'aimerais avoir les bébés chez moi à plein temps pendant les huit premières semaines environ. Je veux qu'on élabore un programme de garde raisonnable, s'empressa-t-elle d'ajouter. Mais je déteste l'idée de ne pas les avoir avec moi ces premières semaines.

— En fait, je suis d'accord avec toi, répondit-il, soulagé. Tant que je peux venir passer du temps avec eux au cours de ces premières semaines, ça ne me dérange pas qu'ils soient chez toi.

Elle se détendit visiblement.

— Merci. Ça me déplaisait qu'ils soient transbahutés entre nos deux maisons sitôt après leur naissance. Bien sûr, pendant cette période, n'hésite pas à passer autant de temps chez moi que tu le souhaites. Tu seras le bienvenu.

— Merci. Je suis content qu'on soit au diapason sur ce sujet.

Elle lui adressa un large sourire.

— J'adore quand on est au diapason en général.

— Moi aussi.

Après avoir fini leurs glaces, ils remontèrent dans son pick-up pour retourner chez elle.

— Tu veux entrer boire un café ? demanda-t-elle lorsqu'il s'engagea dans l'allée.

— Volontiers.

Cette journée avait été merveilleuse, à commencer par cette échographie. Il n'avait pas envie d'en voir la fin.

Lorsqu'ils entrèrent, Lulu les accueillit en dansant

autour de leurs pieds et en aboyant joyeusement. Avec un rire amusé, Dallas souleva la petite boule de poils noirs.

— Comment cette jolie princesse va-t-elle supporter que maman ait deux nouveaux bébés à la maison ?

— Ça va aller, répondit Avery en le précédant vers la cuisine. Elle a déjà côtoyé les bébés de quelques-unes de mes amies et elle les adore. Je n'entrevois aucun problème avec Lulu et les petits ici.

Dès qu'il reposa la chienne, elle se précipita vers la chatière et disparut. Dallas s'assit à la table, tandis qu'Avery lui préparait un café et se faisait une tasse de thé.

Il était content d'être autant à l'aise avec Avery. Ils avaient encore beaucoup de choses à apprendre l'un sur l'autre, mais jusqu'ici, tout se passait merveilleusement bien. Il se sentait optimiste à propos de l'avenir.

— J'ai oublié de te dire, lança-t-elle. En faisant quelques recherches, j'ai trouvé deux noms. Je te les donnerai avant que tu t'en ailles.

Cette remarque suffit à lui remettre les meurtres à l'esprit. Si seulement l'affaire des momies pouvait enfin progresser…

— Merci. Je suis preneur de la moindre information.

— Combien d'hommes as-tu sur ta liste pour l'instant ?

— Avec tes deux noms, ça fait dix. On a déjà transmis les autres au chef Thompson.

Il fronça les sourcils.

— Fouiller dans le passé pour essayer de retrouver des militaires en poste dans la région il y a quarante ans est plus compliqué que je ne l'imaginais.

— Et tu es sûr que l'un de ces soldats est l'assassin ?

— Non, je ne suis sûr de rien, mais il y a forcément une raison pour que ces boutons militaires aient été retrouvés près du corps de Patrice.

— Que pense le chef Thompson de tout ça ? demanda Avery.

— D'après lui, il est possible que le tueur d'il y a quarante ans ait repris ses activités.

Dallas, tout comme son frère Forrest, tentait depuis un certain temps d'aider le policier surmené.

Archer Thompson croulait sous la tâche. Non seulement il était à la tête du service de police et travaillait sur d'autres crimes, mais il essayait aussi d'enquêter sur des meurtres qui étaient à la fois odieux et apparemment inexplicables.

— Mais Elliot Corgan n'est-il pas allé en prison pour les meurtres qui ont eu lieu il y a quarante ans ?

— Ouais, répondit Dallas. Et ensuite, il s'est pendu dans sa cellule. Beaucoup de gens se sont demandé si quelqu'un ne l'avait pas aidé à mourir.

— Mais pourquoi, après tout ce temps, l'assassin recommencerait-il à tuer ?

— C'est la question à un million de dollars. Tout ce que je sais, c'est que j'ai l'intention de continuer à creuser pour trouver tous ceux qui auraient leur place sur notre liste de suspects. Mais je ne veux pas que tu penses à des histoires de meurtre pour l'instant.

— Dallas, je ne suis pas une petite chose fragile, rétorqua-t-elle. Je me considère comme une procureure coriace. Le meurtre fait partie de ma vie, tout comme le trafic de drogue et les autres activités criminelles.

— Au cours des six prochaines semaines, jusqu'à l'accouchement, j'aimerais que tu te traites comme une petite chose fragile. Je veux que tu ne penses qu'à des choses agréables et que tu les transmettes à nos bébés.

C'était étrange et pourtant merveilleux de dire ces mots, « nos bébés », à voix haute.

— C'est noté, répondit-elle en riant.

Pendant une demi-heure, ils discutèrent de leurs enfants, imaginant les adultes qu'ils deviendraient.

— Ça ne me dérangerait pas que l'un des deux marche sur mes traces et fasse partie d'une agence de maintien de l'ordre, fit remarquer Avery.

— Ça me plairait, à moi aussi. Mais je les aimerai quel que soit le métier qu'ils feront quand ils seront grands.

— Et si notre fils veut devenir danseur étoile ? demanda-t-elle, les yeux brillant d'amusement.

— Tant qu'il est heureux, je le soutiendrai.

— Et si notre fille choisit d'être éboueuse ?

— Alors j'apprendrai à aimer les ordures, moi aussi.

Avery éclata de rire, puis se leva en palpant son ventre.

— Oh ! pour l'instant, j'ai surtout l'impression qu'ils vont devenir des acrobates d'envergure internationale, parce qu'ils font vraiment des saltos dans tous les sens.

Elle fit quelques pas et s'arrêta devant lui.

— Touche.

À la surprise de Dallas, elle lui prit la main et la posa sur son ventre.

Il rit, le cœur empli d'une joie nouvelle. Était-ce un petit coude ? Était-ce un petit pied qu'il sentait taper à l'intérieur du ventre d'Avery ? C'était incroyable de sentir ces mouvements évocateurs de vie. Encore une fois, il était époustouflé par ce miracle.

À contrecœur, il retira sa main, puis se leva.

— C'est fantastique. Merci de m'avoir permis de sentir ça.

Elle se tenait tout près de lui, et son parfum enivrant emplissait ses narines. Toute pensée rationnelle disparut, remplacée par le désir de la prendre dans ses bras et de regoûter à ses lèvres. Comme si elle pouvait entendre ses pensées, elle se pencha légèrement en avant, vers lui.

Non… Il ne devait pas le faire. Il ne devait pas prendre

ce risque. Succomber à ce désir ne ferait que compliquer les choses entre eux. La voix dans sa tête se fit plus insistante, et il finit par obéir. Il recula d'un pas, coupant court à l'instant.

Après s'être raclé la gorge, elle marcha jusqu'au petit bureau.

— Je vais te donner ces noms avant que tu ne partes.

Sortant un morceau de papier d'un tiroir, elle y écrivit les informations qu'elle avait obtenues.

— Je les ai trouvés sur de vieilles photos sur le site web du Camp Mabry.

Elle revint vers lui et lui tendit le bout de papier.

— Il reste beaucoup de photos et de bobines à vérifier, mais je n'ai pas eu le temps de creuser.

Il fourra le papier dans sa poche.

— Quoi qu'il en soit, merci. Toute aide est bonne à prendre.

— Est-ce que Lulu est rentrée ? demanda Avery en fronçant les sourcils.

— Je ne sais pas. Je n'ai pas fait attention.

Le front plissé, elle se rendit dans le salon.

— Lulu ?

Elle descendit le couloir en répétant le nom de la chienne, avant de revenir dans la cuisine.

— Elle n'est nulle part dans la maison. Apparemment, elle n'est pas rentrée. Elle ne reste jamais dehors aussi longtemps.

Elle marcha jusqu'à la porte de derrière et sortit sur la terrasse. Dallas lui emboîta le pas.

— Y a-t-il une grille ou un portillon qui aurait pu rester ouvert ?

— Il y a un portillon, mais il n'y a absolument aucune raison pour qu'il soit ouvert. Lulu ! appela-t-elle. Où es-tu, ma puce ?

— Y a-t-il des trous dans ta clôture par lesquels elle aurait pu passer ?

— Pas que je sache.

Elle appela à nouveau le nom de la chienne. Cette fois, l'inquiétude était perceptible dans sa voix.

— Je vais jeter un coup d'œil dans le jardin, annonça Dallas.

— Moi aussi.

Ensemble, ils descendirent de la terrasse sans cesser d'appeler Lulu. Dallas se dirigea vers les buissons décoratifs à gauche, tandis qu'Avery partait vers la droite.

Le portillon était fermé. La chienne n'avait donc pas pu sortir du jardin, même s'il était possible qu'elle se soit faufilée par un trou sous la clôture.

Avery continua à crier le nom de la chienne, d'un ton de plus en plus paniqué. Soudain, elle poussa un hurlement qui fit dresser les cheveux sur la nuque de Dallas.

— Avery !

Il se précipita vers elle, tandis qu'elle se baissait pour soulever Lulu, toute tremblante et ensanglantée.

— Il faut qu'on l'emmène chez le vétérinaire, gémit-elle dans un sanglot.

Alors qu'elle serrait la chienne contre sa poitrine, tachant de sang son chemisier, Dallas l'attrapa par le bras.

— Allons-y.

Pendant qu'ils traversaient la maison en direction du pick-up, Avery continua à serrer le caniche contre elle en pleurant.

— Oh ! ma puce, qu'est-ce qui s'est passé ? Tiens bon, Lulu, on va chercher de l'aide. Tiens le coup, je t'en prie, bébé. Dépêche-toi, Dallas. On doit aller à la clinique du Dr Schell.

Dallas conduisit aussi vite que la limitation le lui permettait, le cœur rempli d'anxiété. Non seulement il s'en faisait pour la pauvre Lulu, mais il était aussi inquiet pour Avery, qui pleurait à chaudes larmes.

Quelques minutes plus tard, ils étaient chez le vétérinaire de Lulu. Le Dr Schell, un homme grand et mince, se tenait à la réception aux côtés d'une femme plus jeune, qui était apparemment son assistante. Dès qu'il les vit, il prit la chienne des bras d'Avery sans dire un mot, puis disparut avec sa collègue dans la salle d'examen, refermant la porte derrière eux.

Avery resta figée un instant, les yeux fixés sur la porte, puis s'effondra sur l'une des chaises en plastique de la salle d'attente, secouée de sanglots. Dallas s'assit à côté d'elle. Il passa le bras autour de ses épaules et la serra contre lui.

— Ça va aller, murmura-t-il. On l'a amenée ici à temps. Quoi qu'elle ait, le vétérinaire va la remettre d'aplomb.

Il parlait avec une assurance qu'il espérait justifiée. Il prit sa main dans la sienne dans l'espoir de la réconforter.

— Il y avait tellement de sang, Dallas. Que… Qu'est-ce qui a pu lui arriver pour qu'il y ait autant de sang ?

Les yeux embués d'Avery étaient rivés aux siens, comme s'il avait la réponse qu'elle voulait désespérément entendre.

— Le Dr Schell nous dira ce qui s'est passé, répondit-il pour tenter de la rassurer.

— Je… J'aurais dû la chercher plus tôt, fit-elle d'une voix entrecoupée, tandis que ses sanglots commençaient à se calmer. Je… J'aurais dû me rendre compte que quelque chose n'allait pas quand elle n'est pas rentrée tout de suite à la maison.

— Tu ne peux pas te reprocher ce qui est arrivé, protesta-t-il.

Elle finit par cesser de pleurer et s'appuya contre lui pendant qu'ils attendaient que le vétérinaire leur apprenne ce qui s'était passé. Un gros chien avait-il pu entrer dans le jardin et attaquer Lulu ? Dallas ne voyait pas comment c'était possible, sauf si l'animal était assez gros pour sauter par-dessus la clôture.

Une bête enragée avait-elle pourchassé la petite chienne sans défense ? Avery avait raison : il y avait eu beaucoup de sang… Trop de sang.

La secrétaire proposa un verre d'eau à Avery, qui refusa.

Les minutes semblèrent s'écouler avec une lenteur insupportable. La journée avait été composée de grands bonheurs : voir ses bébés à l'échographie, puis les sentir bouger dans le ventre d'Avery. Et maintenant, la chienne. Ce tourbillon d'émotions lui faisait tourner la tête.

Il n'imaginait pas le désespoir d'Avery si, pour une raison ou une autre, Lulu devait être euthanasiée. Elle adorait la petite chienne, c'était évident.

Le Dr Schell les rejoignit enfin. Avery jaillit de sa chaise, puis Dallas se leva à son tour. Il l'attrapa par le coude, inquiet de ce qui allait arriver.

Quand le vétérinaire leur sourit, Dallas sentit le soulagement l'envahir. L'homme aurait sûrement une mine plus sombre si Lulu avait quelque chose de grave.

— Elle va bien, déclara le Dr Schell. Physiquement, elle n'a rien. Cela dit, elle est un peu traumatisée. Quelqu'un, et je présume que ce n'est pas vous, lui a rasé une partie du dos.

— Mais tout ce sang ? demanda Avery, visiblement interloquée. Elle a bien dû être blessée quelque part.

— C'était du faux sang, répondit-il, les sourcils froncés. On en vend dans les magasins à cause de Halloween dans deux semaines. On dirait que quelqu'un vous a fait une vilaine blague. J'ai demandé à Linda de donner un petit bain à Lulu.

Avery s'affala contre Dallas.

— Je suis tellement soulagée qu'elle aille bien.

Dallas était heureux, lui aussi, mais son esprit entra

aussitôt en ébullition. Qui avait fait une telle chose et pourquoi ? Quelqu'un avait dû s'emparer de la chienne dans le jardin, l'avait rasée et l'avait recouverte de faux sang, avant de la ramener. C'était un geste dément et plein de haine. Qui était responsable d'un tel acte et pourquoi ?

— Lulu sera là dans quelques minutes, ajouta le vétérinaire. J'ai aussi trouvé ça accroché à son collier.

Il tendit un sachet en plastique contenant un morceau de papier. Avery saisit le sachet, l'ouvrit et en sortit le message.

« SALE GARCE. LA PROCHAINE FOIS ÇA SERA PEUT-ÊTRE DU VRAI SANG. LA PROCHAINE FOIS ÇA SERA PEUT-ÊTRE LE TIEN. »

5

Les yeux fixés sur le mot, Avery fut parcourue d'un frisson glacé. Qui avait pu faire une chose pareille ? Qui avait fait subir cela à Lulu et lui avait laissé cet horrible message ? Alors qu'elle commençait à chiffonner le papier entre ses doigts tremblants, Dallas l'interrompit d'un geste, puis demanda :

— Docteur Schell, on pourrait avoir une enveloppe ?

— J'en ai une ici, répondit la secrétaire en lui tendant une enveloppe blanche.

Après l'avoir passée à Avery, Dallas lui indiqua d'y mettre le sachet en plastique et le morceau de papier. Les mains toujours tremblantes, elle obéit, avant de lui redonner l'enveloppe.

— Danny et Chad m'ont avertie que plusieurs copains de Dwayne Conway annonçaient à grand bruit vouloir se venger de moi. Mais je n'arrive pas à croire qu'ils aient fait ça à ma chienne. J'ai du mal à croire que quiconque puisse faire ça à un petit chien.

En voyant Linda sortir de la pièce du fond, Lulu dans les bras, elle se précipita vers elles. Elle s'empara du caniche frissonnant et murmura :

— Oh ! Lulu… Mon pauvre petit bébé…

Comme le vétérinaire l'avait dit, il manquait une longue bande de poils sur le dos de Lulu. Mais, heureusement, la chienne était propre et relativement indemne après ce qu'elle avait subi.

— Je sais que tout le monde ne croit pas que les chiens puissent éprouver des sentiments humains comme la honte, mais moi oui, déclara le Dr Schell. Ça ne m'étonnerait pas que Lulu aille se cacher quelque part une fois que vous serez rentrées à la maison. Elle sait qu'on lui a fait quelque chose et elle a honte de son apparence. Je préfère vous prévenir : elle risque de ne pas agir normalement pendant quelques heures.

— Alors je vais lui faire plein de câlins pour la réconforter.

— C'est ce que je conseillerais, approuva le vétérinaire en souriant.

Quelques minutes plus tard, Dallas et elle reprenaient le chemin de chez elle.

— Je n'arrive toujours pas à y croire, s'exclama Avery. C'est affreux de faire ça à un pauvre chien innocent.

— Ce qui me préoccupe, c'est la menace contre toi contenue dans ce message, répliqua Dallas d'un ton sombre. Quand comptais-tu me dire que Chad et Danny t'avaient avertie qu'on te menaçait ?

— Je n'ai pas vraiment pris ça au sérieux à ce moment-là, alors je ne pensais pas que c'était la peine de t'en parler.

— Tu aurais dû me le dire tout de suite. Une fois chez toi, on appellera le chef Thompson.

Les sourcils froncés, elle serra Lulu contre elle.

— Ça m'embête de le déranger avec ça. Il est déjà débordé, avec la momie et les autres meurtres.

— Avery, il faut le signaler pour qu'il y ait une enquête, répondit Dallas avec fermeté. Ce message menace ta vie.

— Je sais…

C'était agréable d'avoir à ses côtés quelqu'un qui se montre aussi protecteur avec elle, songea Avery. Quelqu'un en qui elle avait confiance, surtout maintenant que son monde était sens dessus dessous. Elle ne pouvait pas le nier : elle était effrayée par ce qui était arrivé.

— C'est sûr que je ne vais plus laisser Lulu sortir toute seule, maintenant.

— À ce stade, je ne suis pas sûr de vouloir que *toi*, tu sortes toute seule, répliqua Dallas en s'engageant dans son allée.

Ses mots lui réchauffèrent le cœur. Elle lui était reconnaissante de prendre soin d'elle et de l'accompagner dans cette épreuve. Le message et l'incident avec Lulu l'avaient vraiment secouée.

Il défit sa ceinture, puis se tourna vers elle.

— Avery, je ne veux pas qu'il t'arrive quoi que ce soit. Je ne veux pas qu'il arrive quoi que ce soit à mes bébés.

La réalité s'invita dans l'histoire qui commençait à s'écrire dans sa tête. En fait, il ne la protégeait pas. Elle ne devait pas l'oublier : tout ce qui l'intéressait, c'étaient les bébés. Sans lâcher Lulu, elle sortit du pick-up, et ils entrèrent dans la maison.

Elle se laissa tomber sur le canapé, tandis que Dallas appelait le chef de la police. Lulu avait enfin cessé de trembler et semblait heureuse d'être à la maison. Elle n'était pas partie se cacher, mais s'était roulée en boule dans son panier rose au bout du canapé et s'était aussitôt endormie.

— Il devrait arriver dans quelques minutes, annonça Dallas en raccrochant.

Il s'assit près d'Avery, qui résista à l'envie de s'appuyer à nouveau contre lui. Elle ne devait pas trop compter sur lui. Il n'était pas là pour elle. En outre, elle était une femme forte. Elle n'avait pas besoin de se reposer sur qui que ce soit.

— On m'a déjà menacée, déclara-t-elle. J'espérais que ces nouvelles menaces étaient en l'air, comme les autres.

— Tu ne reçois pas de menaces quand je suis dans les parages.

— En général, ce n'est rien.

— On verra ce que Thompson en pense. Ce qui est arrivé à Lulu n'a pas l'air d'être rien, ajouta-t-il en baissant les yeux sur la chienne. Au moins, elle ne semble pas traumatisée.

— Demain, j'appelle sa toiletteuse pour prendre rendez-vous. Elle a besoin d'une bonne petite coupe.

Un frisson courut le long de son échine. L'image de Lulu cachée sous un buisson, couverte de ce qu'elle avait cru être du sang, allait la hanter pendant longtemps.

— Ça a été tellement affreux de la voir… De voir tout ce sang sur elle.

À sa surprise et à son soulagement, il prit sa main dans la sienne.

— Avery, tu… *On* doit prendre tout ça au sérieux. Ce message était une menace de mort. Avec un peu de chance, quelqu'un réussira à trouver une empreinte dessus, et on saura qui l'a écrit.

— Ce serait bien. J'aimerais bien jeter en prison la personne qui a terrorisé ma chienne.

— J'aimerais bien jeter en prison la personne qui t'a terrorisée, rétorqua Dallas. Je n'ai pas fait attention, la dernière fois… Tu as un système d'alarme ?

— Oui. C'est l'une des premières choses que j'ai fait installer quand j'ai emménagé ici. En tant que femme célibataire vivant seule, j'ai estimé que c'était indispensable d'avoir une alarme.

— Parfait. Ça me tranquillise un peu. À partir de maintenant, tu dois quitter la maison le moins possible.

Quand tu sortiras, il faudra que tu ouvres l'œil et que tu sois sur tes gardes.

— Crois-moi, tu n'as pas besoin de me faire de cours sur la sécurité. Je suis sensible à ces questions depuis que je suis devenue procureure. J'ai toujours su que je pouvais être visée par des voyous.

Lorsque la sonnette retentit, Dallas se leva d'un bond.

— Ça doit être le chef Thompson.

Il ouvrit la porte et invita le policier à entrer. Bien qu'il ait dépassé l'âge de la retraite, l'homme dégageait toujours une autorité naturelle, accentuée par la carrure de ses épaules et son regard direct.

Il avait bonne réputation au bureau du procureur et était réputé pour sa franchise. Mais Avery lui trouva la mine fatiguée et stressée.

Elle lui raconta comment ils avaient trouvé Lulu dans le jardin. Dallas lui tendit l'enveloppe contenant le message, pendant qu'Avery lui résumait ce qui était écrit. Il enfila des gants, sortit le bout de papier et lut les quelques phrases.

— D'après mes collègues Chad et Danny, les petits copains de Dwayne Conway parlent de se venger de moi pour l'avoir mis derrière les barreaux, expliqua-t-elle.

— Je parlerai à Chad et Danny pour voir s'ils ont plus d'informations sur ces menaces.

Les sourcils froncés, Archer contempla le message.

— Il y a peu de chances de trouver une empreinte là-dessus, mais je vais tenter le coup. Ces voyous sont assez malins pour penser à porter des gants quand ils font des sales coups.

— On est désolés de vous embêter avec ça, déclara Avery. Vous êtes déjà débordé, et ça vous fait du travail en plus.

— Vous avez bien fait de m'appeler. Hors de question qu'un de nos procureurs se fasse menacer. Et, malheureusement, les autres crimes ne s'arrêtent pas dans cette ville juste parce qu'on enquête sur l'affaire des momies.

— Vous avez du nouveau sur ces meurtres ? demanda Dallas.

Les mâchoires du policier se contractèrent visiblement.

— Rien. J'espère qu'il y aura une percée une fois qu'on aura la liste des soldats stationnés dans la région à l'époque des premiers meurtres. Mais je suis bien conscient que c'est loin d'être gagné.

— Avery a proposé de se joindre aux recherches, annonça Dallas. Le fait qu'il y ait, ou qu'il y ait eu, autant de campements militaires au Texas, et que les dossiers de cette période n'aient pas été mis en ligne, nous complique la tâche. Enfin, on devrait en venir à bout au cours des prochains jours.

Archer hocha la tête, puis se dirigea vers la porte.

— Je vous tiens au courant si je trouve quoi que ce soit sur ce message et son auteur. Entre-temps, Avery, restez vigilante et appelez-moi en cas de besoin.

Dès que le policier sortit de la maison, elle se laissa retomber sur le canapé. Une vague de lassitude la submergea. Lorsqu'elle avait vu Lulu cachée sous le buisson dans le jardin, un flot d'adrénaline l'avait envahie. Cette adrénaline lui avait permis de tenir le coup, mais à présent Avery était exténuée.

— Ça va ? demanda Dallas en s'asseyant à côté d'elle.

— Je vais bien.

— Tu as peur ?

Un petit rire lui échappa.

— Là tout de suite, je crois que je suis trop fatiguée pour avoir peur.

Il la regarda attentivement.

— Ça va aller, ici, toute seule ?

— Oui, ça va aller.

Elle ne s'attendait pas à ce qu'il passe la nuit chez elle simplement parce qu'elle avait reçu un message menaçant.

— Si tu en es sûre, je vais te laisser te reposer. Tu dois être épuisée, après tout ce qui s'est passé aujourd'hui.

— C'est vrai, admit-elle. Mais c'était une journée merveilleuse avant qu'on ne retrouve Lulu cachée sous les buissons.

— C'était l'une des meilleures journées de ma vie.

Il se leva et tendit la main vers elle pour l'aider à se mettre debout.

— Tu me raccompagnes ? Comme ça, tu pourras brancher l'alarme après mon départ.

Ensemble, ils marchèrent jusqu'à la porte d'entrée. Dallas se tourna vers elle, puis repoussa doucement une mèche de cheveux de son visage.

— Ça va aller ?

— Oui, très bien. Je ne pense pas qu'il se passe quoi que ce soit d'autre. Celui qui a fait ça voulait me faire peur et il a réussi. Ça ne m'étonnerait pas qu'il ait traîné dans le coin à ce moment-là, et je suis sûre qu'il a adoré le son de mon cri horrifié.

Il crispa les mâchoires.

— Mets ton alarme et appelle-moi si tu as besoin de parler ou si tu as peur. Repose-toi bien.

— Promis.

Elle ferma la porte derrière lui et la verrouilla, puis enclencha l'alarme.

L'heure du dîner était passée depuis longtemps, mais Avery n'avait pas du tout faim. Elle avait pourtant l'impression qu'il s'était écoulé des jours, voire des mois, depuis qu'ils avaient mangé une glace ensemble et que tout avait semblé absolument merveilleux.

— Tu es prête à aller te coucher, Lulu ?

La chienne sortit du panier au bout du canapé. Après

avoir bâillé, elle fixa sa maîtresse de ses yeux bruns expressifs. Avery se pencha et la prit dans ses bras.

— Ne t'inquiète pas, ma puce. Je ne laisserai personne te refaire de mal. Demain, avec un peu de chance, Regina pourra s'occuper de ton pelage.

Elle porta Lulu dans la chambre et la posa par terre. Elle était tentée de la laisser dormir dans son lit, mais c'était quelque chose qu'elle n'avait jamais autorisé. Heureusement, la chienne trottina jusqu'à sa corbeille, s'y roula en boule et bâilla à nouveau. Lulu n'avait pas l'air de souffrir de séquelles de ce qui lui était arrivé, songea Avery avec soulagement.

Elle se déshabilla, puis enfila une chemise de nuit de maternité courte. Elle se rendit ensuite dans la salle de bains, où elle se lava le visage et se brossa les dents. Enfin, elle ferma la porte de la chambre pour que Lulu ne puisse pas sortir au milieu de la nuit pour utiliser la chatière.

Elle trouva un vieux journal dans le placard, le déplia et le posa sur le sol devant la porte, où cas où Lulu ne puisse pas se retenir avant le matin.

Une fois au lit, malgré sa fatigue, elle ne put s'empêcher de ressasser les événements de la journée. Elle avait été tellement terrifiée quand elle avait vu Lulu. Tout ce sang… Un frisson la parcourut, et elle serra les draps contre elle.

Quel acte infâme et malveillant… Qui pouvait même penser à faire quelque chose d'aussi odieux ? Celui qui avait agi ainsi était un être malade et malveillant.

Était-elle effrayée par la menace qui avait été portée contre elle ? Peut-être un peu, mais pas plus que cela. Elle avait été sincère avec Dallas quand elle avait dit avoir déjà reçu des menaces qui ne s'étaient pas concrétisées par la suite. Avec un peu de chance, la personne responsable n'irait pas plus loin.

Cela dit, elle comptait bien être sur ses gardes à chaque fois qu'elle sortirait de chez elle.

Elle poussa un long soupir, et en une seconde son esprit alla des menaces anonymes à Dallas. Avant que Lulu ne disparaisse, ils avaient passé une journée magique.

En voyant son visage exprimer une joie incrédule lorsqu'il avait regardé l'écran pendant l'échographie, elle avait senti son cœur se réchauffer comme jamais auparavant. Puis quand il avait senti les bébés donner des coups de pied et bouger dans son ventre, elle avait éprouvé l'immense bonheur de partager de façon intime avec lui le miracle de la vie.

Mais avant qu'il ne s'écarte d'elle, elle avait cru pendant un instant qu'il allait l'embrasser. Ce moment était gravé dans son esprit, parce qu'elle avait eu envie qu'il le fasse. Elle avait éperdument voulu qu'il l'embrasse.

Et c'était dangereux, aucun doute là-dessus. Elle ne devait pas l'oublier : il était avec elle parce qu'elle était enceinte de ses enfants. S'il s'inquiétait pour sa sécurité, s'il éprouvait un certain attachement pour elle, c'était parce que dans un mois et demi elle allait donner naissance à ses bébés.

Même en sachant cela, elle aurait voulu qu'il l'embrasse.

Dallas s'affala dans son fauteuil. Il était inquiet pour Avery. Ce qui était arrivé à sa chienne, ainsi que le message autour du cou de Lulu, l'avait secoué beaucoup plus qu'il ne le lui avait montré.

Il voulait la mettre dans une bulle en plastique pour s'assurer que rien ne leur fasse de mal, à elle et aux bébés. Quel genre de personne menaçait une femme enceinte ? Une vraie pourriture, songea-t-il sombrement. Et qui faisait subir pareil traitement à un pauvre petit chien sans défense ? Qui était le coupable… Ou les coupables ?

Pourvu que ce soit terminé et qu'il ne s'agisse que d'une intimidation sans lendemain. Avery avait dit que les menaces qu'elle avait reçues par le passé n'avaient jamais débouché sur autre chose.

En entendant un coup frappé à la porte, il jaillit du fauteuil pour aller ouvrir.

— Salut, frangin, lança-t-il à Forrest en reculant pour le laisser entrer. Tu veux quelque chose à boire ?

Tout en prenant place sur le canapé, son frère répondit :

— Non, merci, ça va. Comme je ne t'ai pas vu ni parlé ces derniers jours, je me suis dit que j'allais passer pour m'assurer que tu étais toujours en vie.

Avec un rire, Dallas se rassit dans son fauteuil.

— Je suis toujours en vie, mais je suis un peu occupé.

— Qu'est-ce que tu fais de beau ? Je sais que tu n'as pas travaillé avec les autres sur les dégâts de la tempête.

Forrest le regardait avec curiosité. Jusqu'à présent, Dallas n'avait pas parlé d'Avery à sa famille. Tout s'était passé si vite qu'il n'avait pas eu le temps d'annoncer la nouvelle à qui que ce soit.

— Tu connais Avery Logan, n'est-ce pas ?

— Bien sûr. Elle fait partie des gentils. J'espère que lorsqu'on attrapera l'ordure responsable de ces meurtres, elle sera le procureur qui le mettra derrière les barreaux pour de bon.

Son frère avait été un lieutenant de police respecté à Austin avant qu'une balle dans la jambe ne mette fin à sa carrière. Il avait reçu une dispense spéciale pour récupérer sa plaque et enquêter sur l'affaire des momies à Whisperwood.

— Tu savais qu'elle était enceinte de jumeaux ? demanda Dallas.

— Il me semble avoir entendu dire ça.

Forrest fronça les sourcils.

— Pourquoi cette question ? Pourquoi t'intéresses-tu autant à Avery ?

— Il se trouve que ce sont mes bébés. Avery est enceinte de moi.

Son frère se redressa et le fixa comme s'il avait une corne au milieu du front et avait annoncé qu'il épousait son cheval et galopait vers le soleil couchant.

— C'est une blague ? Tu n'as jamais dit que tu sortais avec Avery.

— Je ne l'ai jamais dit parce que je ne l'ai jamais fait, répondit-il en le regardant d'un air penaud. Les jumeaux sont le résultat d'une aventure d'un soir.

Forrest continua à le dévisager.

— Une aventure d'un soir sans préservatif ? Waouh, frangin !

— Je sais, pas franchement responsable, admit Dallas.

— Et c'était quand, cette aventure d'un soir ?

— Il y a sept mois et demi, quand je suis revenu ici en permission pendant quelques jours. Tu te souviendras peut-être que je n'étais pas au summum de ma forme à ce moment-là.

Son frère se rappellerait forcément cette visite, où il avait été rongé par un profond chagrin suite à la mort de sa femme.

— Avery et moi nous sommes croisés au bar.

— C'est évident que vous avez fait plus que vous croiser, ironisa Forrest.

Dallas rit.

— Oui, bon… Ce soir-là, une chose en a entraîné une autre, et tout ce qui compte, c'est que je vais être papa, Forrest.

Dallas ne put dissimuler dans sa voix la joie qu'il

ressentait, ainsi que son enthousiasme à partager la nouvelle avec son frère.

— Tu as l'air heureux, remarqua celui-ci.

— Oui. Je n'ai jamais été aussi heureux de ma vie.

Forrest lui adressa un grand sourire.

— Alors félicitations, frangin. Avery et toi êtes ensemble, maintenant ?

— Non, même si on passe beaucoup de temps ensemble pour mieux faire connaissance. Il n'y a rien de romantique entre nous, mais c'est important qu'on soit sur la même longueur d'onde pour le bien de nos bébés.

Dallas en était conscient, ce n'était pas la stricte vérité. Il éprouvait quelque chose, un soupçon d'attirance romantique pour Avery, mais il était perturbé par ses sentiments pour elle. En tout cas, il n'avait pas l'intention de concrétiser quoi que ce soit avec elle. Ce serait aller au-devant des ennuis.

— Tu l'as annoncé à papa et maman ? demanda Forrest.

— Non, pas encore.

— Pourquoi pas ?

— Je ne l'ai appris que le jour où je t'ai accompagné au palais de justice. Il m'a fallu quelques jours pour digérer la nouvelle. Dis-moi, c'est comment, d'être père ?

Forrest était devenu père instantané quand il était tombé amoureux de Rae Lemmon, qui avait un fils de deux mois.

— C'est génial, répondit son frère en souriant. Je n'avais jamais imaginé que je puisse aimer quelqu'un comme j'aime Rae et le petit Connor. Quand Connor me sourit, j'ai l'impression d'être le roi du monde. J'adore être père et je sais que, toi aussi, tu vas adorer.

— J'adore déjà ça, alors que les jumeaux ne sont même pas encore nés.

Il raconta la visite au médecin et le fait d'avoir vu et entendu ses bébés.

— Et je suppose que tu as mis leur photo sur ton frigo, lança Forrest.

— En effet, répondit Dallas en riant.

— Tu ferais bien de prévenir papa et maman avant qu'ils ne l'apprennent de la bouche de quelqu'un d'autre. Maman va être aux anges. Tu sais comment elle est avec les petits-enfants.

— Je sais. Je vais leur annoncer la nouvelle demain. Je change de sujet, mais est-ce qu'il y a du nouveau sur l'affaire de la momie ou sur le meurtre de Patrice Eccleston ?

Dallas avait posé la même question au chef Thompson, mais le policier n'avait peut-être rien dit parce qu'il était venu chez Avery pour une autre raison.

Forrest fronça les sourcils.

— Pour le moment, l'enquête en est au point mort. Ça nous serait d'une grande aide si les archives militaires datant d'il y a quarante ans étaient toutes au même endroit et étaient mises en ligne dans des dossiers facilement accessibles.

— En parlant de ça…

Dallas se leva et sortit de sa poche le morceau de papier sur lequel Avery avait écrit.

— Avery a offert de nous aider. Elle a trouvé deux hommes qui ont été stationnés dans la région. Elle a l'intention de poursuivre ses recherches, mais elle a ses propres soucis pour l'instant, expliqua-t-il en tendant le papier à son frère.

— Des soucis ? Avec sa grossesse, tu veux dire ?

— Ça, et le fait qu'on l'ait menacée de mort.

Dallas résuma ce qui était arrivé à Lulu et évoqua le message accroché à son cou.

— Waouh ! s'exclama Forrest. Ça, c'est un coup dur. Et elle pense que c'est parce qu'elle a réussi à faire condamner Dwayne Conway ?

— C'est l'idée. Deux de ses collègues lui ont dit que plusieurs copains de Conway parlaient vengeance.

— Et qu'est-ce que tu comptes faire à propos de ça ?

— Pour le moment, j'espère que le responsable avait seulement l'intention de la terroriser une fois et qu'il va s'en tenir là.

— Et s'il ne s'arrête pas là ?

— Je ferai tout ce qui est nécessaire pour les protéger, elle et les bébés, affirma Dallas avec ferveur.

Forrest lui sourit.

— Je n'en attendais pas moins de toi. Nous, les Colton, nous protégeons toujours ceux que nous aimons.

Et en effet, Forrest avait protégé Rae et le petit Connor quand l'un des corps momifiés avait été retrouvé dans le jardin de Rae et que des menaces avaient été portées contre elle.

Les deux frères bavardèrent encore quelques minutes, puis Forrest partit. Après s'être rassis dans son fauteuil, Dallas poussa un soupir las.

Une fois encore, il repensa au moment où il avait eu envie d'embrasser Avery. Il passait peut-être trop de temps avec elle. Il aurait seulement dû l'emmener chez le médecin et la ramener, au lieu de prolonger leur journée ensemble par une glace et un café chez elle.

Mais s'il ne l'avait pas fait, il n'aurait pas été là quand elle avait retrouvé Lulu. Elle aurait vécu ce moment terrifiant seule. Et à présent qu'elle était menacée, ce n'était pas le moment de reprendre ses distances. Au moins, elle avait un système de sécurité dans sa maison, ce qui le rassurait un peu.

Une bonne nuit de sommeil l'aiderait peut-être à discipliner ses émotions concernant Avery. Demain matin, il irait travailler avec les autres sauveteurs. Il n'y avait rien de mieux pour s'éclaircir les idées que d'être à cheval, le soleil vous réchauffant le dos.

Maintenant qu'il avait décidé ce qu'il ferait le lendemain, il était temps de se coucher. Avant d'aller dans sa chambre, il resta un instant sur le seuil de la nursery.

À la vue des deux berceaux, une immense joie l'envahit. *Ivy*. Son nom résonna dans son esprit, et sa joie se dissipa en partie, balayée par une bouffée de chagrin familière.

C'était ce qu'ils avaient planifié ensemble. Ils n'avaient pas forcément envisagé d'avoir des jumeaux, mais ils avaient rêvé du jour où ils deviendraient parents. Ils avaient souvent parlé d'acheter une maison et d'avoir un ou deux enfants. Ils avaient été impatients de commencer leur vie ensemble. Mais la dernière mission d'Ivy avait mis fin à tous ces projets.

Il avait perdu son grand amour, et il n'aimerait plus jamais aucune femme comme il avait aimé Ivy. Elle était dans son cœur à jamais. Il n'y avait plus de place pour un autre amour de ce genre. Il n'y aurait plus jamais de place dans son cœur pour une autre femme.

Il serait père aux côtés d'Avery et, ensemble, ils connaîtraient le bonheur d'aimer leurs jumeaux. Son envie de l'embrasser n'avait été qu'une réaction folle et spontanée au fait de sentir la vie dans son ventre.

Lorsqu'il se détourna de la chambre d'enfants, il se sentait déjà plus calme. Un incroyable coup du sort avait fait d'Avery la mère de ses enfants. Il l'aiderait et la soutiendrait jusqu'à la fin de sa grossesse. Mais une fois que les jumeaux seraient un peu plus grands, il ne verrait Avery que lorsqu'il viendrait les chercher et les déposer au moment de son tour de garde.

Elle serait la mère de ses enfants, et rien d'autre.

6

Le lendemain matin, Avery se réveilla de bonne heure. Elle s'empressa d'appeler la toiletteuse, Regina McGraw, pour lui demander si elle pouvait s'occuper de Lulu dans la journée.

— Désolée, Avery, je ne peux pas la prendre aujourd'hui. Mon planning est complet. Ça devra attendre demain, vers 11 heures. Je suis désolée, mais je n'ai vraiment pas de place.

— Pas de souci, répondit Avery en cachant sa déception. Demain, ce sera très bien.

Elle avait espéré pouvoir faire toiletter Lulu au plus vite. Elle ne supportait plus de voir sa pauvre petite chienne avec cette bande de poils en moins, qui lui rappelait le moment où elle l'avait trouvée sous le buisson.

Cela dit, après tous les drames de la veille, elle n'était pas opposée à l'idée de passer la journée à la maison sans rien faire. Et c'était exactement ce qu'elle fit. Elle ne mit le nez dehors que lorsque Lulu sortit pour faire ses besoins. À chaque fois, elle veilla à avoir tous les sens en alerte, au cas où quelqu'un rôde dans son jardin.

Elle petit-déjeuna sans se presser, puis travailla sur son ordinateur jusqu'à midi. Elle venait de finir de déjeuner lorsque Dallas appela.

— Je voulais seulement savoir comment tu allais aujourd'hui.

— Ça va. Lulu et moi passons une journée tranquille.

Elle tenta de ne pas s'appesantir sur la chaleur qui l'envahit au simple son de sa voix.

— Tant mieux, répondit-il. Je suis sûr que tu avais besoin d'une bonne journée de repos après hier. Je tenais à m'assurer que ça allait.

— Je viens de finir de déjeuner. Qu'est-ce que tu fais aujourd'hui ?

— Ce matin, j'ai rejoint les cow-boys pour continuer à nettoyer les dégâts de la tempête. Là, je suis à cheval et je suis en route vers ma cabane pour déjeuner. Tu as des projets pour cet après-midi ?

— J'ai l'intention de faire une bonne sieste.

— Alors je vais te laisser. Je te parlerai plus tard.

Après avoir raccroché, elle se pelotonna sur le canapé. Elle avait envisagé d'inviter Dallas à dîner ce soir, mais s'en était empêchée. Il avait besoin de vivre sa propre vie sans qu'ils soient ensemble tous les jours. Même les meilleurs amis du monde ne se voyaient pas tout le temps.

Le reste de la journée passa rapidement, et le lendemain matin, à 10 h 40, elle déposa Lulu dans sa voiture pour l'emmener à son rendez-vous.

Regina était une toiletteuse très demandée, avec de nombreux clients en ville. Elle travaillait dans une extension construite le long de sa maison en banlieue.

Aujourd'hui, le soleil brillait de mille feux. Malgré tout ce qui se passait dans sa vie, Avery avait dormi comme un bébé. Elle avait eu peur d'avoir des cauchemars mais, heureusement, rien n'avait troublé son sommeil.

Elle baissa la vitre pour profiter de l'air frais. En passant devant le chemin qui menait au ranch des Colton, elle pensa à Dallas, curieuse de savoir ce qu'il faisait ce matin.

Mais cela ne la regardait pas du tout, se morigéna-t-elle. Elle devait arrêter de se demander ce qu'il faisait quand il n'était pas avec elle. Elle devait même cesser de penser à lui quand ils n'étaient pas ensemble.

Il lui restait une quinzaine de kilomètres à parcourir avant d'arriver chez Regina. De chaque côté de la route, il n'y avait que des pâturages et des clôtures.

Regina vivait sur une propriété de quatre hectares qu'elle consacrait en grande partie à son amour des animaux. Plusieurs chevaux étaient réunis dans un corral, tandis que des chèvres déambulaient dans un enclos. Il y avait des parcs à chiens de toutes formes et de toutes tailles.

La toiletteuse avait une maison basse de type ranch. L'extension qui avait été construite pour son activité professionnelle était presque aussi grande que la maison elle-même. La bâtisse principale était blanche, tandis que l'extension était rose vif et décorée de peintures de chiens et de chats multicolores.

Avery se gara, puis sortit de la voiture en portant Lulu dans ses bras. Une clochette tinta lorsqu'elle franchit le seuil de la petite salle d'attente. Un bureau était installé derrière un long comptoir, mais elle n'y avait jamais vu personne à aucune de ses visites.

Elle n'attendit qu'une minute avant que Regina n'émerge de l'arrière-boutique. Avery expliqua rapidement ce qui était arrivé à sa chienne.

— Ah, laisse-moi regarder cette pauvre petite chérie, s'exclama Regina en prenant Lulu des bras d'Avery. Celui qui a fait ça devrait être fusillé.

— Je suis entièrement d'accord.

Les doigts potelés de la toiletteuse fourragèrent dans le pelage du caniche. Quand elle reporta son attention sur Avery, ses yeux bleu vif pétillaient.

— Ça ne va pas poser de problème. Avec ma tondeuse et mes ciseaux, je vais refaire d'elle la diva qu'elle est.

Avery se mit à rire.

— Je n'en doutais pas.

— J'ai déjà plusieurs chiens ici. Tu peux revenir à 16 heures ? Je devrais en avoir fini d'ici là.

— Ça me va. Alors à tout à l'heure.

Avery suivit des yeux la femme corpulente qui s'éloignait avec sa chienne, puis rejoignit sa voiture.

Lulu ne rechignait jamais à venir ici. Avant de rendre un chien à son propriétaire, Regina veillait à lui donner une cuillerée de beurre de cacahuètes. De cette façon, le dernier souvenir du chien dans son salon était de manger une délicieuse sucrerie.

Avery s'engagea sur la route qui la ramènerait chez elle. Au bout d'une ou deux minutes, elle aperçut un pick-up dans le rétroviseur. Le véhicule se rapprochait d'elle assez rapidement.

— Et la limitation de vitesse, coco ? marmonna-t-elle.

Elle résista à l'envie d'accélérer. Elle respectait la vitesse autorisée et refusait d'aller plus vite. Le conducteur ou la conductrice avait amplement l'occasion de la doubler.

Quand elle regarda à nouveau dans le rétroviseur, elle s'aperçut que le pick-up était presque collé à son pare-chocs. Le véhicule était bleu foncé ou noir, avec des vitres teintées qui l'empêchaient de voir qui était au volant. Elle n'était sûre que d'une chose : le pick-up la suivait de beaucoup trop près.

Elle se décala le plus à droite possible pour lui laisser la place de la dépasser, mais au lieu de cela le véhicule la percuta. La force de la collision lui arracha le volant des mains. Avec un hoquet horrifié, elle l'agrippa à nouveau pour essayer de retrouver le contrôle de la voiture avant de finir dans le fossé.

Qu'est-ce qui ne tournait pas rond chez le conducteur ? Était-il – ou elle – ivre ? Sous l'influence d'une drogue quelconque ? Était-ce un accident ? Bon sang, que se passait-il ? Alors que sa ceinture semblait se serrer autour de son ventre, elle pensa à ses bébés.

Elle poussa un cri lorsque le pick-up l'emboutit à nouveau. Ce n'était pas un accident, c'était certain. La panique envahit son cœur et se répandit dans ses veines. Elle enfonça l'accélérateur dans l'espoir d'échapper à l'autre véhicule.

— Mais qu'est-ce que tu fais ? hurla-t-elle.

Elle ne pensait plus qu'aux bébés qu'elle portait. Elle ne pouvait pas avoir d'accident. Elle devait tout faire pour rester sur la route pour le bien des jumeaux.

Malgré ses efforts pour distancer le pick-up, il la percuta à nouveau. Sa voiture fit une embardée à droite, manquant glisser dans le fossé, avant qu'elle n'arrive à la stabiliser.

Elle avait l'impression d'être en plein film d'horreur, dans lequel un camion tueur la pourchassait sur une route déserte. Et pourquoi n'y avait-il personne d'autre sur cette route pour voir ce qui se passait ? Mais que se passait-il, exactement ? Quelles étaient les intentions du conducteur ? L'expédier dans le fossé, et après ? Lui tirer dessus ? La tuer ?

Le message attaché autour du cou de Lulu lui revint alors en mémoire, et sa peur explosa. Les sanglots lui nouèrent la gorge et des larmes de terreur lui brouillèrent la vue. Devant elle, elle aperçut l'embranchement pour le ranch des Colton. Si elle tournait, le pick-up allait-il la suivre ?

Priant pour que la réponse soit non, elle ralentit au tout dernier moment, puis braqua le volant pour prendre le virage. Un nuage de poussière s'éleva derrière elle mais, heureusement, le pick-up dépassa l'intersection.

Malgré tout, elle continua à foncer vers la cabane de

Dallas. Elle ignorait si le conducteur qui l'avait attaquée allait faire demi-tour pour tenter de la rattraper. Elle sortit son portable de son sac, mais elle était trop occupée à rouler comme une folle pour passer l'appel.

Terrifiée, elle ne cessait de jeter des coups d'œil dans le rétroviseur. Elle ne voyait personne derrière elle, mais redoutait que le pick-up ne surgisse brusquement derrière elle.

Elle finit par arriver devant la cabane de Dallas et s'arrêta en dérapant devant son véhicule. Elle était sauvée. Secouée de sanglots, elle attrapa son téléphone et se précipita vers la porte d'entrée.

— Dallas !

Elle tambourina sur le battant. La peur était comme un animal affolé qui hurlait en elle. Pas de réponse. Elle frappa à nouveau.

— Dallas, je t'en prie, aide-moi !

Malgré la présence de son pick-up, il ne semblait pas être chez lui. Si jamais le conducteur fou débarquait, elle serait une cible facile ici. Les yeux remplis de larmes, elle tourna la tête dans tous les sens. Elle finit par s'accroupir derrière un arbuste à feuilles persistantes sur le côté gauche du perron.

Les doigts tremblants, elle sélectionna le numéro de Dallas. Il répondit à la première sonnerie.

— Dallas, je… je suis devant chez toi. Tu peux… tu peux venir, s'il te plaît ?

— Avery, qu'est-ce qui ne va pas ?

— Je t'en prie, viens. Je… J'ai besoin de toi.

— Ne bouge pas. J'arrive tout de suite.

La main crispée sur son portable, elle tenta de contrôler la terreur qui lui glaçait les entrailles. Si le pick-up avait dû revenir, il serait sûrement déjà réapparu. Même si cela semblait logique, elle ne pouvait empêcher les vagues de peur de déferler sur elle.

Elle ignorait depuis combien de temps elle se cachait derrière l'arbuste lorsque Dallas arriva. Il était à cheval et galopait à toute allure vers la cabane. Il ressemblait à un héros de western chevauchant au secours de l'héroïne.

Elle se redressa, tandis qu'il s'arrêtait et mettait pied à terre.

— Avery !

Elle se remit aussitôt à pleurer. Il se rua vers elle, l'attrapa par les épaules et la dévisagea avec inquiétude.

— Ça va ?

Elle hocha la tête.

— Maintenant, oui.

— Que s'est-il passé ? Qu'y a-t-il ?

Elle jeta un coup d'œil nerveux vers la route.

— S'il te plaît, on peut… on peut rentrer ?

— Bien sûr.

Il la prit par le bras et l'entraîna vers la porte, qu'il déverrouilla. Une fois à l'intérieur, il la guida jusqu'au canapé, puis prit ses mains dans les siennes.

— Maintenant, raconte-moi ce qui t'a bouleversée à ce point.

Elle lui parla du pick-up qui l'avait percutée à plusieurs reprises. À chaque mot, Dallas fronçait de plus en plus les sourcils.

— As-tu réussi à voir la marque ou le modèle du véhicule ? demanda-t-il lorsqu'elle se tut.

— Non. Je sais seulement que c'était un pick-up noir ou bleu très froncé.

— As-tu pu voir qui conduisait ?

— Non. Je ne suis même pas capable de te dire si c'était un homme ou une femme au volant. Les vitres étaient teintées. J'ai eu tellement peur, Dallas. J'étais terrifiée à l'idée que mon corps soit retrouvé dans un fossé au bord de la route.

Quand il l'attira contre lui, elle fondit à nouveau en larmes. Cette fois, c'était de soulagement, parce qu'elle savait qu'elle était en sécurité. Au bout d'un moment, elle cessa de pleurer, et il la relâcha.

— Il faut qu'on appelle le chef Thompson, déclara-t-il en se levant du canapé.

Elle resta assise et l'écouta pendant qu'il passait le coup de fil. Après avoir terminé son récit au policier, il raccrocha.

— Il veut qu'on vienne au poste avec ta voiture. Tu es en état de conduire ? Je vais te suivre en ville.

Elle poussa un soupir tremblant et commença à se lever.

— Je peux conduire.

— Ne bouge pas, détends-toi quelques minutes. Je ne suis pas encore prêt à partir. Veux-tu quelque chose ? Un verre d'eau ? Une tasse de thé ?

— Non, merci.

Maintenant qu'elle était délestée de sa peur, elle se sentait à la fois épuisée et légèrement nauséeuse.

— Je serai dans ma chambre pendant quelques minutes, annonça-t-il.

Elle agita la main vers lui.

— Je t'en prie, vas-y. Je te remercie pour tout ce que tu fais.

— Et je suis content que tu aies eu le réflexe de venir ici pendant votre course-poursuite.

— Moi aussi.

Elle s'appuya contre le dossier et ferma les yeux, tandis que Dallas disparaissait dans sa chambre.

Le message qu'elle avait reçu la veille semblait avoir été une vraie menace, très réelle. Quelqu'un voulait qu'elle soit gravement blessée ou morte. Mais qui ?

Dwayne Conway avait une bande d'amis voyous. Qui parmi eux était responsable ? Par le passé, elle avait parfois eu peur pour elle-même, mais rien de comparable.

Elle posa les mains sur son ventre et le massa lentement, avec tendresse. Elle en serait morte s'il était arrivé quoi que ce soit aux jumeaux.

Désormais, elle avait peur d'être tuée avant de donner naissance à ses beaux bébés. Elle n'attachait pas beaucoup d'importance à son propre sort, mais ses enfants devaient vivre.

Les questions se bousculèrent à nouveau dans son esprit. Qui avait été au volant du pick-up ? Quelles avaient été les véritables intentions du conducteur ? La faire sortir de route pour l'effrayer ? Ou avait-il eu l'intention de la tuer ?

Et, plus effrayant encore, qu'allait-il arriver ensuite ? Y aurait-il une nouvelle tentative de meurtre ? Si oui, quand ? Et où ? C'était impossible de savoir à quoi s'attendre.

— Je suis prêt, déclara Dallas en revenant dans le salon.

Elle se leva et observa le sac en toile qu'il tenait à la main.

— Tu as l'intention de quitter la ville ?

— Non. Je reste en ville. En fait, j'emménage chez toi, Avery.

Elle le dévisagea avec stupéfaction. Il emménageait ?

— Dallas, commença-t-elle à protester.

Il leva la main pour l'interrompre.

— Je ne veux pas en débattre, Avery. Non seulement tu as été menacée verbalement, mais on a essayé de te faire sortir de route. Quelqu'un te veut du mal, et tant qu'on ne saura pas de qui il s'agit, j'ai l'intention d'être à tes côtés jour et nuit.

Les yeux noyés de larmes, Avery sortit de la cabane avec Dallas. Elle ignorait si elle était émotive parce qu'elle avait l'impression que sa vie partait soudain en vrille…

ou parce qu'elle était profondément reconnaissante d'avoir Dallas comme garde du corps jusqu'à nouvel ordre.

Ils laissèrent la voiture d'Avery au poste de police. Les techniciens parviendraient peut-être à prélever de la peinture sur son pare-chocs défoncé, susceptible de les orienter vers une marque et un modèle plus précis du pick-up inconnu.

Après avoir fait une déposition détaillée, ils se rendirent chez Avery. Dès qu'ils entrèrent, une ride soucieuse creusa le front de la jeune femme.

— Qu'est-ce qui ne va pas ? demanda-t-il en posant son sac en toile par terre.

— J'ai installé mon bureau dans une des chambres d'amis, et la seconde est devenue la chambre d'enfants. Je n'ai pas de chambre pour toi.

— Ne t'inquiète pas pour ça. Le canapé, ça m'ira très bien.

— Mais ce ne sera pas confortable, protesta-t-elle.

Il lui sourit.

— Avery, j'étais dans l'armée. J'ai dormi sur des pentes rocheuses et dans des trous humides creusés dans le sol. Crois-moi, ton canapé sera parfait.

Le front d'Avery redevint lisse.

— Tu veux boire quelque chose ? Une tasse de café ?

— Ça, je ne dis jamais non.

Ils se rendirent dans la cuisine, où il s'assit à la table et regarda Avery préparer le café.

En repensant au moment où il l'avait trouvée, courbée, cachée derrière l'arbuste près de son perron, il eut envie de frapper quelqu'un. Quand il l'avait tenue contre lui et l'avait sentie trembler de terreur, il avait eu envie de tuer quelqu'un.

Qui était responsable de ce qui arrivait à Avery ? L'inconnu l'aurait-il tuée s'il avait réussi à la faire sortir de route ? Bon sang, l'idée même le faisait frissonner. Il se serait agi d'un triple meurtre, parce que ses bébés seraient probablement morts en même temps que leur mère.

Il se rappela alors le malotru qui avait bousculé Avery au *diner*. À ce moment-là, il avait semblé s'agir d'un simple incident, mais si c'était lui l'homme qui la menaçait ?

— Comment s'appelait le type qui t'a poussée au restaurant l'autre soir ?

Elle posa une tasse de café devant lui, puis s'assit.

— Joel Asman. Pourquoi ?

— Tu connais les noms de quelques-uns des acolytes de Dwayne Conway ?

Elle fronça à nouveau les sourcils.

— Il y a Phil Saunders, Ray McMann et Chuck Owens. Je les connais parce que j'ai eu quelques petits accrochages avec chacun d'eux au tribunal. Mais je sais qu'il y en a d'autres. Pourquoi ? Tu as l'intention de t'en prendre à eux un par un et de les tabasser au fond d'une ruelle ?

Elle essayait d'insuffler un peu d'humour dans la situation, comprit Dallas.

— N'importe quoi… Un par un, tu plaisantes ? Je m'occuperai d'eux tous à la fois et je leur mettrai une raclée quand même.

Avec soulagement, il vit une étincelle dans ses yeux qui en avait été absente depuis qu'il l'avait rejointe à la cabane.

Cela dit, il n'y avait rien de drôle à propos de ce qui lui était arrivé, et l'étincelle ne dura qu'un instant.

— Malheureusement, on ne peut pas être sûrs qu'il s'agisse d'un de ces hommes, murmura-t-elle. Comme je l'ai dit auparavant, il y a beaucoup de voyous et de dealers dangereux dans cette ville.

Elle abattit soudain ses mains sur la table.

— Je déteste les dealers. Ils sont le rebut de l'humanité. Ils aident les gens à se détruire. Ils prospèrent pendant que les autres meurent.

Surpris, Dallas l'observa. L'éclat d'Avery semblait venir de nulle part, mais en voyant ses yeux s'embuer, il crut comprendre.

— Tu connaissais quelqu'un qui est mort à cause de ça, fit-il doucement. Qui ?

— Personne en particulier, répondit-elle aussitôt, mais les larmes commencèrent à couler le long de ses joues.

Il tendit le bras par-dessus la table et prit une de ses mains dans la sienne.

— Parle-moi, Avery. Pourquoi pleures-tu ?

Elle hésita un instant, puis lui serra la main très fort.

— Mon frère, Zeke. Son vrai prénom, c'était Ezekiel, mais comme c'était trop long pour un petit garçon, on l'appelait Zeke. Et il est mort il y a un peu plus d'un an d'une overdose d'héroïne.

Elle se dégagea, se leva et sortit de la cuisine.

Il attendit un instant, avant de partir à sa recherche. Elle n'était pas allée bien loin. Elle se tenait dans le salon, devant les fenêtres qui donnaient sur le jardin.

Il s'avança derrière elle, mais avant qu'il ne la rejoigne, elle fit volte-face et s'essuya rapidement les joues.

— Je suis désolée, lança-t-elle d'une voix qui tremblait toujours d'émotion.

— Ne le sois pas.

Elle marcha jusqu'au canapé et se laissa tomber dessus. Il s'assit à côté d'elle.

— Tu veux en parler ?

Elle soupira.

— Malheureusement, c'est une histoire des plus banales. Zeke a toujours un peu bataillé contre la dépression. Je crois que c'était en partie dû au fait que notre père a été plutôt absent de nos vies. Oh ! il voulait bien faire, mais il travaillait toute la journée, et puis, le soir, soit il allait au bar traîner avec ses potes, soit il avait des rencards. Il est sorti avec beaucoup de femmes après la mort de ma mère.

— Quel âge aviez-vous quand vous avez perdu votre mère ?

— J'avais dix ans et Zeke, sept. Après ça, je suis devenue comme sa seconde maman. À dix-huit ans, il a commencé à goûter à la drogue, surtout la marijuana, et à beaucoup faire la fête. J'étais au courant. Je lui ai fait la morale. Je lui ai dit que consommer de la drogue était non seulement illégal, mais aussi mauvais pour lui.

Elle soupira à nouveau.

— Malgré ça, à vingt ans, il faisait plus que goûter, et c'était plus que de l'herbe. Ensuite, il a trouvé du travail à Sanders's Animal Farm. Il était vraiment ravi. Zeke adorait les animaux. Alors, être employé dans un endroit où des animaux étaient logés et élevés était parfait pour lui.

Marquant une pause, elle se massa le ventre avec des mouvements circulaires.

— Et ce boulot est resté parfait pour lui jusqu'à ses vingt-sept ans. Mais je me demandais de temps en temps s'il se droguait.

Elle se frotta le front, comme si ses souvenirs lui avaient donné la migraine.

— Zeke et moi, on s'appelait tous les jours sans faute. Tout à coup, il a commencé à m'appeler moins souvent et à ne plus répondre à mes coups de fil.

Elle reposa les mains sur ses cuisses.

— Quand je l'ai enfin affronté, il a admis qu'il se shootait à l'héroïne. Il avait perdu son travail, il n'avait pas d'argent pour payer son loyer et il n'avait rien à manger.

Elle garda le silence un long moment, manifestement

perdue dans des souvenirs douloureux. Ses yeux se remplirent à nouveau de larmes.

— J'ai tout essayé pour le sauver. Je l'ai supplié d'aller en désintox, à mes frais. J'ai payé son loyer et je lui ai acheté à manger. Quand il n'était pas chez lui, je parcourais les rues en voiture pour le retrouver. Je suis allée à des réunions Al-Anon, où j'ai appris que je contribuais à son comportement. Alors j'ai essayé de m'y prendre autrement. Il m'a fait bon nombre de promesses, et à chaque fois je l'ai cru. Mais il ne les a jamais tenues.

Elle regarda Dallas, et dans les profondeurs de ses yeux il vit une douleur tellement forte qu'elle faillit le transpercer.

— Et puis, un matin, je suis allée chez lui pour voir comment il allait, et il était dans sa chambre, par terre, mort. Mon petit frère était mort, Dallas.

Quand elle éclata en sanglots, il la prit dans ses bras et la serra contre lui. Il savait ce qu'elle ressentait. Il comprenait son chagrin. La douleur de la mort ne leur était pas inconnue, ni à l'un ni à l'autre. En sachant qu'elle aussi avait perdu un être aimé, il se sentait plus proche d'elle.

— Je suis désolé, Avery. Toutes mes condoléances.

Il lui caressa doucement le dos, regrettant de ne pas avoir d'élixir magique pour mieux la réconforter.

Au bout d'une ou deux minutes, elle se calma et s'écarta légèrement de lui. Quand elle releva la tête pour le regarder, il éprouva à nouveau le désir de l'embrasser… de lui dérober son chagrin en couvrant sa bouche de la sienne.

Les lèvres d'Avery, qui étaient très proches des siennes, tremblaient légèrement, comme si elle aussi avait besoin de lui. Bon Dieu, comme il avait envie de l'embrasser… Et cela n'avait rien à voir avec une tristesse mutuelle, mais avec un désir brûlant comme la lave.

Elle se redressa brusquement et se dégagea de ses bras. Elle détourna le regard en rougissant.

— Je suis désolée. Il arrive que le chagrin me submerge sans prévenir. Ce soir-là, quand on s'est rencontrés au bar, ça faisait un mois que Zeke était mort. Je me sentais d'humeur folle et téméraire, et c'est pour ça que je t'ai accompagné au motel.

— Je sais que le chagrin fait parfois agir les gens de façon irréfléchie.

Il s'obligea à ravaler son désir pour se reconcentrer sur la conversation. Il comprenait ce qu'elle disait, parce qu'il avait été en proie aux mêmes émotions quand il était entré dans ce bar. Ce soir-là, cela faisait trois mois qu'Ivy était morte.

— Le pire, c'est que l'héroïne que Zeke a consommée ce matin-là avait été mélangée avec du fentanyl, poursuivit Avery. Un dealer avait décidé de couper son héroïne avec une substance mortelle, afin d'avoir plus de produit toxique à vendre.

— Et c'est pour ça que tu détestes les dealers.

Elle hocha la tête.

— Bien sûr, au bout du compte, c'est Zeke qui s'est drogué, et je suis toujours en colère contre lui pour avoir fait ce choix. Mais je sais qu'il y a des familles qui ont un proche toxicomane. Il y a des mères et des pères qui vont se coucher le soir en ayant peur que cette personne meure. Ils se demandent s'ils en ont fait trop ou pas assez pour aider cette personne à se sevrer. Ça me dégoûte qu'il y ait autant de drogues vendues dans les rues et dans les ruelles de Whisperwood. Et maintenant, ça suffit.

Elle se leva.

— Je ne t'ai même pas laissé l'occasion de boire ton café. Suis-moi dans la cuisine, je vais t'en refaire.

Pendant qu'il sirotait sa boisson, ils se contentèrent de

parler de sujets légers, malgré toutes les inquiétudes qu'il avait, et qu'elle aussi devait avoir.

Pour l'instant, il n'y avait qu'une chose à faire : rester à ses côtés, où qu'elle aille et quoi qu'elle fasse. Ils avaient signalé l'incident au chef Thompson et laissé la voiture d'Avery au poste de police. À présent, ils devaient rester sur leurs gardes au cas où une autre attaque survienne.

Et le plus terrifiant, c'était qu'il avait la certitude, au plus profond de lui-même, qu'elle surviendrait.

7

À 16 h 30, ils quittèrent la maison pour aller chercher Lulu. Quand ils arrivèrent sur la portion de route où le pick-up avait percuté l'arrière de sa voiture, Avery sentit une bouffée de détresse et d'angoisse lui comprimer la poitrine, tandis qu'elle se rappelait la terreur qu'elle avait éprouvée.

Qui avait été au volant de ce pick-up ? Qui avait essayé de démolir sa voiture et de la pousser dans le fossé ? Que se serait-il passé si elle avait perdu le contrôle de son véhicule ? se demanda-t-elle en frissonnant.

— Avery, personne ne nous suit, affirma Dallas la quatrième fois qu'elle se retourna pour regarder par le pare-brise arrière. Essaie de te détendre. Tout ce stress ne doit pas être bon pour les bébés.

Elle se renfonça dans son siège et expira longuement à plusieurs reprises. Il avait raison. Peu importait ce qui lui arrivait, elle devait penser en priorité à la santé des jumeaux. Le chef Thompson aurait peut-être des réponses concernant le conducteur qui s'en était pris à elle.

Elle poussa un soupir de soulagement lorsqu'ils se garèrent devant le salon de toilettage. Ils entrèrent, faisant tinter la clochette au-dessus de la porte. Une minute plus tard, Regina sortit de l'arrière-boutique. Elle regarda Dallas d'un air surpris.

— Voyez-vous ça, Dallas Colton… Salut, Dallas. Ça fait un bail.

— Salut, Regina. C'est vrai que ça fait des années.

— Ah, mais je reconnaîtrais cette belle gueule n'importe où, peu importe le nombre d'années écoulées, répliqua-t-elle, avant de jeter un coup d'œil faussement effrayé autour d'elle. Il vaudrait mieux que Joe ne m'entende pas parler à un homme comme ça. Il arrêterait de me cuisiner son effiloché de porc braisé.

Avery et Dallas éclatèrent de rire. Regina et Joe McGraw étaient mariés depuis des décennies. Tout le monde savait à quel point ils s'adoraient.

Elle sourit à Avery.

— Quand Dallas était un jeune garçon, il avait coutume de m'apporter les chiens perdus qu'il trouvait pour les faire laver et toiletter.

— C'est gentil, ça.

Elle le dévisagea avec un respect tout neuf. Le fait qu'il soit attentionné avec les animaux, en particulier les bêtes errantes, était un autre indice qu'il serait un père aimant et affectueux.

— Lulu a été sage ?

Regina sourit.

— Cette petite princesse est toujours sage avec moi. Elle n'est pas agressive pour deux sous. Je vais aller la chercher.

Elle disparut à nouveau, et Avery regarda Dallas.

— Alors comme ça, des chiens errants ?

Il haussa les épaules.

— Il m'arrivait de tomber sur des chiens qui avaient la plupart du temps les poils sales et emmêlés. Après les avoir fait nettoyer, j'essayais de leur trouver une bonne famille. Ce n'était rien du tout.

Portant Lulu dans ses bras, Regina les rejoignit. La

chienne avait été complètement tondue, hormis d'adorables pompons en bas de ses pattes. Elle avait des petits nœuds roses à ses oreilles et du vernis rose sur ses griffes.

— Oh ! Regina, elle est trop mignonne ! s'exclama Avery en s'emparant de Lulu. Tu me feras la facture ?

La toiletteuse se mit à rire.

— Tu sais bien que oui.

Quelques minutes plus tard, ils étaient dans la voiture et roulaient vers la maison d'Avery. Pour la première fois, elle prit vraiment conscience que Dallas n'allait pas passer la nuit chez lui.

— Heu… Je ne savais pas que tu viendrais ce soir, alors je n'ai rien sorti du congélateur pour le dîner.

— Ne t'en fais pas pour ça, je vais commander une pizza.

Il lui lança un bref coup d'œil.

— Avery, je ne veux pas que tu stresses pour quoi que ce soit. Je ne m'attends pas à ce que tu fasses la cuisine pour moi tous les soirs. Tu n'as pas à ramasser mes affaires ou à me distraire. Le plus important, c'est que je ne laisserai personne te faire de mal. Tu es en sécurité avec moi.

Elle ne s'était pas rendu compte à quel point elle avait été tendue et angoissée avant que ces émotions ne se dissipent, chassées par la détermination audible dans la voix de Dallas.

Une fois dans la maison, il prit le téléphone pour commander la pizza. Quand il eut raccroché, Avery désigna le sac en toile.

— Tu peux ranger tes vêtements dans le placard de la chambre d'amis et mettre tes affaires de toilette dans la salle de bains des invités. J'ai ma propre salle de bains.

— Je m'occupe de ça tout de suite.

Pendant qu'il s'installait, elle se laissa tomber sur

le canapé avec Lulu sur les genoux. La journée avait été épuisante. Depuis cet horrible trajet en voiture ce matin jusqu'à l'emménagement de Dallas, elle se sentait dépassée par tout.

Elle était reconnaissante à Dallas d'être là, c'était indéniable. Celui qui voulait lui faire du mal allait forcément continuer ses tentatives, songea-t-elle en frissonnant.

Le chef Thompson et ses hommes parviendraient peut-être à découvrir qui était derrière ces menaces et à l'arrêter.

— Voilà, c'est bon, annonça Dallas en revenant dans le salon.

Lulu sauta de ses genoux et se dirigea vers la chatière. Avery commença à se lever, mais Dallas lui fit signe de ne pas bouger.

— Reste assise. Je vais sortir avec elle.

Il ouvrit la porte de derrière et disparut.

Avery se leva quand même pour aller dans le cellier. Dans un coin, des tapis absorbants pour chiot étaient empilés par terre. Elle en avait fait bon usage quand elle avait appris la propreté à Lulu à l'époque. Elle allait s'en servir à nouveau.

Comme elle ne voulait pas que Lulu sorte toute seule, elle comptait bloquer la chatière. Pendant la nuit au moins, elle la garderait fermée et mettrait un tapis de protection sur le sol.

Elle allait devoir renoncer à plusieurs de ses habitudes. Elle ne pourrait plus entrer le matin dans sa cuisine en culotte et soutien-gorge pour se faire un thé. Certes, elle ne l'avait pas fait depuis un certain temps, mais il lui était déjà arrivé de commencer la journée de cette façon.

Elle ne pourrait plus sauter dans sa voiture pour aller acheter du pain ou du lait à l'épicerie. Elle devrait planifier la moindre de ses décisions à chaque instant.

Et combien de temps ce cauchemar allait-il durer ? Pendant combien de temps Dallas allait-il accepter de mettre sa vie entre parenthèses pour lui servir de garde du corps ? Elle avait déjà été terrorisée deux fois. La personne, ou les personnes qui étaient derrière tout cela en avaient-elles terminé ? Et même si c'était le cas, comment Dallas et elle le sauraient-ils ?

Lulu et lui revinrent dans la maison, puis Dallas verrouilla la porte. Avery lui expliqua sa décision à propos de la chatière.

— Ce sera seulement pour la nuit, quand on ne pourra pas sortir avec elle.

— Je trouve que c'est une bonne idée, approuva-t-il, tandis que la sonnette résonnait. Ça doit être notre pizza.

Avery étouffa un hoquet de surprise lorsqu'il tira un pistolet de sa ceinture. Elle n'avait pas remarqué l'arme auparavant. Après avoir ouvert la porte, il posa le pistolet sur la table basse à proximité, paya, puis saisit le carton.

Reprenant son arme, il se rendit dans la cuisine. Il plaça le pistolet sur le plan de travail et le carton de pizza au milieu de la table.

— Tu as des assiettes en carton ?

— Dans le cellier. Je vais aller les chercher.

Ils s'assirent et commencèrent à manger, tandis que Lulu rongeait un os.

— Que penses-tu de Fred et Wilma ? demanda-t-il en lui servant une part de pizza aux *peperoni*.

Elle secoua la tête en riant.

— Pas question. Tu n'appelleras pas les jumeaux comme des personnages préhistoriques de dessin animé.

— Alors j'imagine que Titi et Grosminet n'auront pas ton approbation non plus.

— Tu essaies seulement de me faire rire, l'accusa-t-elle.

Il lui sourit.

— J'aime le son de ton rire.

— Merci. Je trouve le tien plaisant, moi aussi.

Elle fourra une rondelle de *peperone* dans sa bouche.

— Je vais essayer de ne pas te rendre dingue pendant ton séjour ici.

Il l'observa avec curiosité.

— Comment pourrais-tu me rendre dingue ?

— Parfois, je me lève au milieu de la nuit, parce que je n'arrive pas à trouver une position confortable et que j'ai mal au dos.

— Ça ne va pas me rendre dingue, répliqua-t-il.

— Et parfois je laisse la vaisselle sale du petit déjeuner dans l'évier jusqu'au déjeuner.

— Toujours pas.

Il lui sourit à nouveau.

— Avery, je suis quelqu'un de plutôt facile à vivre. Il en faudrait beaucoup pour que tu me rendes dingue.

— On verra bien, répondit-elle en souriant à son tour.

Tout en mangeant, ils discutèrent des animaux domestiques qu'ils avaient eus par le passé.

— Quand j'étais petit, on a toujours eu des chiens.

— Zeke ramenait constamment des animaux à la maison. Des chiens… Des chats… Il a même adopté un crapaud qui vivait sous un rocher dans notre jardin. Je crois qu'il avait environ six ans à l'époque.

Elle sourit tristement.

— C'était un homme vraiment doux, mais il a été torturé par ses démons la majeure partie de sa vie.

— Je parie que tu as été une grande sœur géniale.

— J'ai fait de mon mieux, en tout cas.

Dallas la contempla chaleureusement.

— Tu vas être une maman épatante.

— J'en ai bien l'intention, répondit-elle avec fermeté.

Ça sera sûrement compliqué avec des jumeaux, mais je suis prête à relever le défi.

— Et je serai à tes côtés, prêt à t'aider.

— J'apprécie vraiment que tu sois avec moi en ce moment, Dallas. J'admets avoir un peu peur, mais j'espère qu'après l'opération de terreur de ce matin, c'en est fini des attaques.

Il l'observa un long moment. Toute la chaleur qui avait émané de lui s'évapora. Ses mâchoires se contractèrent, et il pinça les lèvres.

— Malheureusement, je ne suis pas aussi optimiste que toi. Ce qu'ils ont fait à Lulu, c'était une opération de terreur. Ce qu'ils ont fait ce matin était pire. À mes yeux, c'était une tentative de meurtre. Je ne crois pas qu'ils en aient fini. J'ai peur que ce ne soit que le début.

Il n'aurait pas dû dire cela. Dès l'instant où les mots franchirent ses lèvres, Avery pâlit, et il regretta aussitôt d'avoir parlé.

— Avery, je suis vraiment désolé. Je n'aurais pas dû dire ça.

— Non. Je veux savoir ce que tu penses. Je veux toujours savoir ce que tu penses, affirma-t-elle, tandis que ses joues reprenaient une couleur naturelle.

— La bonne nouvelle, c'est qu'on sait que quelqu'un veut s'en prendre à toi. Par conséquent, on peut se préparer et être sur nos gardes. Je te l'ai déjà dit, et je te le répète : tant que je respirerai, personne ne te fera de mal.

— Et sur ces bonnes paroles, je me ressers.

Elle fit passer une deuxième part de pizza dans son assiette.

— Heureusement, le fait de parler de ma propre mort ne diminue en rien mon appétit, ironisa-t-elle.

Après avoir terminé leur repas, ils rangèrent la cuisine. Ils se rendirent ensuite dans le salon pour se détendre devant la télévision.

À en juger par sa respiration lente et régulière, et sa façon de dessiner des petits cercles sur son ventre, elle semblait se détendre, constata Dallas. Tant mieux. Il voulait la voir détendue. Ces deux derniers jours, elle avait été beaucoup trop stressée.

Une sitcom idiote passait à la télévision. Il sentait son cœur se réchauffer à chaque fois qu'Avery riait. C'était une façon parfaite de finir la soirée : dans la détente et les rires.

Juste après 20 heures, elle se leva du canapé.

— Allez, je vais me coucher.

Elle fronça les sourcils.

— Tu es sûr que ça va aller, sur le canapé ?

— Très bien, la rassura-t-il en se levant à son tour.

— Je vais t'apporter un coussin et une couverture.

Elle revint quelques minutes plus tard, les bras chargés.

— Et voilà… Bon, je te souhaite une bonne nuit.

— Bonne nuit, Avery. J'espère que tu feras de beaux rêves.

Il la suivit des yeux tandis qu'elle s'éloignait dans le couloir, puis entendit la porte de sa chambre se refermer doucement. Il se rassit et éteignit la télévision.

Il avait besoin de se familiariser avec les bruits normaux de la maison, afin de ne pas se précipiter sur son arme cent fois au cours de la nuit.

Le son de la chaudière qui se déclenchait et s'arrêtait, ainsi que le léger bourdonnement du réfrigérateur étaient une conversation normale pour la maison. Ils créaient un bruit blanc qu'il pouvait facilement reléguer au second plan.

Au moins, l'alarme était enclenchée, donc il serait alerté si quelqu'un essayait d'entrer par effraction. Mais il ignorait si le système incluait toutes les fenêtres. Il aurait dû poser la question à Avery. Il lui demanderait demain.

Il passa un rapide coup de fil à Forrest pour lui résumer ce qui se passait et l'informer qu'il resterait chez Avery pour une durée indéterminée. Il appela ensuite son frère Donovan pour le mettre au courant lui aussi.

Il avait apporté son ordinateur. Pendant son séjour ici, il pourrait continuer à chercher les noms des soldats qui avaient été dans la région quarante ans plus tôt.

Malgré tout ce qui était arrivé à Avery au cours des deux derniers jours, Dallas n'avait pas oublié qu'un tueur en série était à l'œuvre à Whisperwood, un meurtrier qu'il voulait contribuer à arrêter.

Au bout d'un moment, il décida d'aller se coucher. Il se rendit d'abord à l'avant de la maison et regarda par la vitre pour voir si quelqu'un rôdait aux alentours. N'apercevant personne, il s'approcha des fenêtres de derrière et scruta les ombres. Rien ne semblait sortir de l'ordinaire.

Il éteignit toutes les lumières, puis retourna près du canapé. Après s'être assuré que son arme était à portée de main, il ôta sa chemise et son pantalon. Seulement vêtu de son boxer, il s'allongea et remonta la couverture sur lui.

Aussitôt, une image des lèvres d'Avery s'imposa à lui. Il avait perdu le compte du nombre de fois où il avait pensé à l'embrasser, où il avait eu envie de l'embrasser, au cours des derniers jours. La prochaine fois que ce désir l'envahirait, il y céderait. S'il l'embrassait une fois, cela ne manquerait pas de lui sortir cette idée de l'esprit pour de bon.

Il avait dû s'endormir, parce qu'il se redressa en sursaut, tous les sens en éveil. Il sortit la main de sous la couverture et s'empara du pistolet. Quelque chose l'avait réveillé : un léger bruit, un changement dans l'air… Quelque chose.

Comme la pièce était éclairée par les rayons de lune, il

put voir qu'il était seul. Mais cela ne signifiait pas qu'un visiteur importun ne se trouvait pas dans la maison.

Sans un bruit, il se laissa glisser du canapé. Son cœur ralentit tandis qu'il adoptait le mode froid et dépourvu d'émotions qui lui avait tant servi quand il était soldat.

Il la sentit avant de la voir. Cette odeur évocatrice qui lui faisait tourner la tête… Avery. Il alluma la lumière du salon et l'aperçut à l'entrée du couloir.

— Avery ! Bon sang, j'ai failli te tirer dessus, s'exclama-t-il en baissant son arme. Qu'est-ce que tu fais là dans le noir ?

Il avait dû parler plus sèchement qu'il n'en avait eu l'intention, parce qu'il vit sa lèvre inférieure trembler.

— Je suis vraiment désolée. Je ne voulais pas te réveiller, mais, apparemment, les jumeaux n'aiment pas beaucoup les *peperoni*. J'ai quelques brûlures d'estomac, alors je voulais boire un verre de lait.

— Allez, viens. On va abreuver ces gamins.

Ils marchèrent ensemble dans la cuisine. Il alluma la lumière et s'assit à la table, tandis qu'elle fonçait vers le réfrigérateur.

Elle portait une longue chemise de nuit en coton blanc ornée de petites fleurs bleues. Le décolleté dévoilait la naissance de ses seins, constata-t-il en essayant de ne pas se focaliser dessus.

D'après l'horloge du micro-ondes, il était 1 h 45.

— Tu as souvent des brûlures d'estomac ?

— Rarement, mais ça arrive. J'aurais dû éviter de manger tout ces *peperoni*.

Elle remplit un verre de lait, puis rejoignit Dallas à la table.

— Je suis vraiment désolée de t'avoir réveillé, mais je n'en pouvais plus. Le lait semble être la seule chose qui parvienne à soulager les brûlures.

— Avery, ne t'en fais surtout pas pour ce qui est de me réveiller. Tu dois suivre le cours de ta vie et ignorer ma présence dans ta maison.

Après avoir bu une gorgée de lait, elle lui sourit.

— C'est un peu difficile d'ignorer le beau gosse à moitié nu allongé sur mon canapé.

Elle rougit aussitôt et baissa les yeux sur son verre.

— Alors, comme ça, tu me trouves beau gosse ? demanda-t-il d'un ton taquin.

Il espérait éviter un moment gênant entre eux. Il était aussi bêtement flatté par ses mots. Il choisit d'ignorer la partie « à moitié nu », même s'il regrettait de ne pas avoir mis son jean avant de venir dans la cuisine.

— Tu sais que tu l'es, répliqua-t-elle. De toute façon, je n'aurais pas couché avec toi aussi vite le soir de notre rencontre si ton physique avantageux ne m'avait pas conquise.

— Alors tu veux dire que tu es une femme superficielle qui ne s'intéresse qu'à la beauté extérieure ?

Dallas avait à nouveau adopté un ton taquin. Elle le contempla d'un air amusé.

— Oui, c'est exactement ce que je dis. Je suis une femme superficielle qui ne s'entoure que de gens beaux.

Il éclata de rire.

— Si tu étais vraiment ce genre de femme, je ne t'apprécierais pas autant.

Elle soutint son regard un long moment.

— C'est important qu'on s'apprécie à long terme, et pas seulement en ce moment.

— Aucune raison que ça n'arrive pas. Et maintenant, bois ton lait pour pouvoir retourner au lit et dormir un peu.

Avery vida son verre, puis le mit au lave-vaisselle. En la suivant dans le couloir, il sentit son odeur flotter autour de lui. Une bouffée de désir l'envahit brusquement.

Un baiser, rien qu'un. Dès l'instant où il l'avait revue, il avait été tourmenté par les souvenirs de leur nuit ensemble. Il voulait un baiser, un seul, pour confirmer qu'il avait enjolivé ces souvenirs.

Quand ils arrivèrent devant la porte de sa chambre, Avery se tourna vers lui.

— Encore une fois, je suis vraiment désolée de t'avoir réveillé.

— Pas de souci.

Il ne se laissa pas le temps d'hésiter, et aucune voix intérieure ne l'incita à la prudence. Dallas la prit dans ses bras, puis s'empara de ses lèvres.

Une douce chaleur se répandit en lui. Ses lèvres étaient souples et accueillantes, et le baiser était meilleur, bien meilleur, que dans ses souvenirs. L'intensité monta d'un cran lorsqu'elle ouvrit la bouche. Sa langue se mêla à la sienne, créant un tourbillon de désir en lui.

Le baiser le bouleversa au plus profond de lui-même. C'était comme une piqûre de rappel : il était un homme en parfaite santé, plein d'énergie, qui n'avait pas eu de contact physique depuis longtemps. Et pour l'instant, il n'en voulait avec personne d'autre qu'Avery.

Dans un coin de sa tête, il était conscient d'une chose : c'était le premier pas sur une route qu'il n'avait pas l'intention d'emprunter. Il avait beau la désirer, il ne pouvait pas… Il ne devait pas faire l'amour avec elle.

D'abord, elle était enceinte de presque huit mois, et il ne comptait pas prendre le risque de faire du mal aux bébés. Ensuite, devenir amants était une très mauvaise idée tout court, étant donné la relation coparentale qu'ils essayaient de construire.

Lorsque ces éléments parvinrent à se frayer un passage dans son esprit, il s'obligea à mettre fin au baiser et recula d'un pas.

— Bonne nuit, Avery.

Sans attendre de réponse, il pivota sur ses talons et s'éloigna dans le couloir.

Une fois installé sur le canapé, il attendit que son cœur retrouve un rythme normal. Ce baiser avait largement surpassé ceux de ses souvenirs. Les lèvres d'Avery avaient été plus douces, plus souples, son corps pressé contre le sien plus chaud que dans sa mémoire.

Il avait du mal à savoir ce qui serait le plus dur : la garder en vie ou maintenir une relation strictement amicale avec elle.

8

Avery venait de se réveiller et était toujours au lit quand son portable sonna le lendemain matin. C'était Breanna.

— Salut, poulette. Je viens aux nouvelles. Comment ça se passe ?

Avery se tourna sur le dos pour jeter un coup d'œil vers la porte. Elle était bien fermée, Dallas ne pourrait pas l'entendre.

— Les choses ont pris un tour un peu étrange.

— Comment ça ?

Elle résuma les mésaventures de Lulu, puis le terrifiant incident de voiture.

— Breanna, je n'ai jamais eu aussi peur de ma vie que quand ce pick-up me rentrait dedans.

— La vache, Avery ! Qu'en dit le chef Thompson ?

— Pas grand-chose. Pour l'instant, il enquête. J'espère qu'il trouvera vite l'identité du responsable. Entre-temps, Dallas a emménagé chez moi pour assurer ma sécurité.

— Voilà qui est très intéressant. Il n'y a toujours aucune étincelle entre vous ?

— Il est là uniquement pour ma sécurité, affirma Avery.

— Ça ne répond pas à ma question. Y a-t-il des étincelles ?

— Breanna, il n'y a rien de ce genre entre nous.

Avery essaya de ne pas penser au baiser inattendu de la veille.

— C'est bien dommage, répliqua son amie. Ce serait un vrai conte de fées si Dallas et toi tombiez amoureux et éleviez les jumeaux ensemble.

Avery se mit à rire.

— Tu sais que je ne crois pas aux *happy ends*. Je n'ai pas envie d'avoir de relation sérieuse avec un homme.

— Avery, tu ne peux pas laisser la mort de Zeke limiter ta capacité à t'attacher aux gens. Ce n'est pas ce que ton frère aurait voulu pour toi. Tu mérites d'avoir un homme génial dans ta vie. Ce serait super que cet homme soit Dallas, étant donné que tu es enceinte de lui.

— Et ce serait super que ton ex-mari te verse la pension alimentaire à temps, mais on sait toutes les deux que ça n'arrivera pas, riposta Avery en riant.

— Mais je suis contente que Dallas soit avec toi. J'espère que tu prends ces menaces au sérieux.

— On prend tout ça très au sérieux.

Elles bavardèrent encore quelques minutes avant de raccrocher.

Avery resta au lit, l'esprit envahi par une myriade de pensées. Les menaces qui pesaient contre elle s'entremêlaient à ses souvenirs de Zeke. Elle avait cessé de croire aux contes de fées à la mort de son frère. Elle n'avait plus jamais voulu aimer quelqu'un et le perdre.

Puis d'autres souvenirs surgirent, des souvenirs de ce qui s'était passé la veille sur le seuil de sa chambre. Ce baiser. Il avait été électrisant et lui avait donné envie d'aller plus loin… beaucoup plus loin.

Était-ce mal de sa part de vouloir faire l'amour avec le père de ses bébés ? Avait-elle tort de vouloir se retrouver dans ses bras ? Il devait ressentir un certain désir physique pour elle. Après tout, il l'avait embrassée en premier.

Mais elle n'était pas assez naïve pour croire qu'une attirance sexuelle entre eux avait un sens sous-jacent. Le désir n'avait rien à avoir avec l'amour. On pouvait éprouver une grande passion sans être amoureux.

Elle finit par se lever et alla prendre une douche. Allaient-ils être gênés à cause de ce baiser ? Pourvu que non… Après s'être habillée, elle rejoignit Dallas dans la cuisine. Il était assis à la table, une tasse de café devant lui.

Il lui adressa un sourire. Au bout de quelques minutes, elle comprit : il agissait comme s'il ne s'était rien passé entre eux. Elle l'imita, tout en continuant à y réfléchir.

Ils venaient de finir le petit déjeuner lorsque le téléphone portable d'Avery sonna. C'était Chad.

— Danny et moi, on voulait savoir si on pouvait passer boire le café et voir comment se porte notre chère amie enceinte.

— Avec grand plaisir.

— Dans une demi-heure, c'est bon ?

— Parfait, répondit-elle.

Après avoir raccroché, elle expliqua :

— C'était Chad. Danny et lui vont venir me rendre visite dans une demi-heure. Ça ne te dérange pas ?

— Avery, tu es chez toi. Tu n'as pas à me demander la permission de recevoir tes amis. À vrai dire, je suis impatient de les rencontrer, étant donné qu'ils t'ont beaucoup aidée pendant que je n'étais pas là.

Il finit son café, puis se leva.

— Ils sont vraiment sympas, déclara-t-elle. Je pense que tu vas les apprécier. Après leur départ, j'ai l'intention de passer le reste de la journée sur l'ordinateur, à chercher des noms de soldats.

Elle se leva à son tour, et ils commencèrent à débarrasser la table.

— Je compte faire la même chose, répondit-il. Plus on

trouvera d'hommes, plus on aura de chances de mettre la main sur le tueur.

— Je connais beaucoup de jeunes femmes qui auront l'esprit plus tranquille une fois que les rues seront à nouveau sûres.

— Je serai plus tranquille quand on attrapera celui qui te veut du mal.

Un frisson traversa Avery.

— Danny et Chad en sauront peut-être plus long là-dessus. Ils ont toutes sortes de contacts dans les rues.

— Alors espérons qu'ils auront des informations.

Une fois la cuisine rangée, ils passèrent dans le salon pour attendre l'arrivée des deux hommes. Avery voulait parler du baiser. Elle voulait savoir s'ils sortaient de la case « seulement amis » pour s'aventurer dans quelque chose de plus intime et d'un peu plus dangereux.

C'était probablement une mauvaise idée de devenir amants. La situation serait encore plus risquée : si les choses tournaient mal, cela ferait naître du ressentiment entre eux, et c'était la dernière chose qu'elle voulait pour ses bébés. Il était vital que Dallas et elle gardent des rapports sains et agréables.

Elle refusait d'avoir une de ces relations conflictuelles avec lui, où les remises des enfants se faisaient dans un climat tendu ou agressif. Elle ne voulait pas se battre à propos des fêtes de fin d'année ou des grandes vacances.

Breanna avait une relation toxique avec son ex-mari. Avery avait constaté les dégâts non seulement chez son amie, mais aussi chez ses enfants. Hors de question que la même chose arrive à Avery ou à ses jumeaux.

Mais même en sachant que s'engager dans une relation intime avec Dallas n'était pas une bonne idée, elle ne pouvait s'empêcher de le regretter. Tout en étant assise à côté de lui sur le canapé à parler de la pluie et du beau temps, elle pensait au merveilleux baiser qu'ils avaient échangé.

Heureusement, Chad et Danny arrivèrent avant qu'ils ne puissent dire ou faire quelque chose de stupide. Elle fit les présentations et ils se serrèrent la main.

— Tout d'abord, j'aimerais vous remercier tous les deux pour ce que vous avez fait pour Avery, déclara Dallas.

— Elle nous est très chère, répondit Chad. Et puis, franchement, elle nous a contraints et forcés à faire la plupart des choses.

— C'est sûr, je suis une vraie dictatrice, répliqua Avery en riant.

— Ce n'est pas vrai, protesta Danny.

— C'est moi qu'elle va martyriser, maintenant, conclut Dallas, les faisant tous rire.

Pendant quelques minutes, ils discutèrent de l'approche de Halloween, une fête que Chad affirma abhorrer.

— J'essaie de ne jamais être chez moi à Halloween. Je déteste tous ces petits monstres qui veulent des bonbons.

— Oh ! moi, j'adore, s'exclama Avery. C'est l'une de mes soirées préférées de l'année. Je trouve tous ces gamins déguisés adorables.

Elle se tourna vers Dallas.

— Quand tu penses que l'année prochaine à la même période, on aura deux bébés avec qui faire la tournée des bonbons…

— Et comme ils seront trop jeunes pour manger autant de sucreries, je devrai leur donner un coup de main, remarqua-t-il. Ce sera difficile, mais il faudra bien que quelqu'un le fasse.

Tandis qu'ils riaient à nouveau, Avery regarda Dallas, le cœur rempli d'émotion. Cet aperçu de leur avenir lui rappelait combien ils devaient être prudents. Ils ne pouvaient pas saboter cette relation. Pour le bien des jumeaux, ils devaient absolument faire les bons choix.

— On a entendu parler de ta mésaventure avec ce conducteur agressif, déclara Chad, choisissant un sujet plus sérieux.

Un courant d'air froid sembla envelopper Avery. C'était le frisson glacé de la peur résiduelle.

— C'était plus qu'une mésaventure, c'était une tentative de meurtre, affirma Dallas avec gravité. Heureusement qu'elle a gardé la tête froide quand c'est arrivé.

— Je suis… On est vraiment contents que tu n'aies rien, intervint Danny.

— Et ça va continuer, répliqua Dallas. J'ai emménagé ici pour y veiller.

Les deux hommes eurent l'air surpris. Chad regarda tour à tour Dallas et Avery, puis reporta son attention sur Dallas.

— Tous les moyens sont bons pour la protéger, pas vrai ? C'est un membre important de l'équipe, et en plus de ça, on l'aime bien.

— Merci, messieurs, lança Avery en riant.

— En réalité, si on est venus ici, c'est aussi parce que l'un de mes informateurs m'a rapporté quelques rumeurs, reprit Chad. Hier soir, il m'a dit que Max Malone était derrière les attaques contre toi.

— On en a aussitôt informé le chef Thompson, ajouta Danny.

Dallas tourna la tête vers Avery.

— Qui est ce Max Malone ?

— Je n'en suis pas sûre, répondit-elle d'un ton songeur. Je n'ai jamais eu affaire à lui. Il n'a jamais comparu devant moi au tribunal.

— C'est une petite frappe, un ami de Joel Asman et Dwayne Conway, expliqua Chad. D'après mon indic, il se vantait d'être derrière l'attaque sur un caniche. On peut supposer qu'il parlait de Lulu.

— J'aimerais l'envoyer en prison pendant un siècle après ce qu'il a fait à ma chienne, s'exclama Avery avec ferveur.

— Et ce qui s'est passé sur la route ? demanda Dallas. Avez-vous entendu des rumeurs là-dessus ?

— Ma source n'a pas pu confirmer si Max était le conducteur du pick-up qui a percuté la voiture d'Avery, fit Chad.

— Le chef Thompson nous a promis qu'il se renseignerait sur Max, poursuivit Danny.

— Si c'est lui qui a martyrisé Lulu, j'espère qu'on ne tardera pas à le coffrer, marmonna Avery en regardant le caniche roulé en boule au bout du canapé.

Pendant quelques secondes, elle revécut le moment où elle avait retrouvé Lulu dans les buissons, tremblante et couverte de ce qu'elle avait cru être du sang. Un nouveau frisson glacé la parcourut. Elle avait vraiment cru sa chienne aux portes de la mort.

Malheureusement, celui qui l'avait maltraitée n'irait pas en prison pour ce qu'il avait fait. Il ne serait passible que d'une amende. Pour n'importe quel ami des bêtes, comme l'était Avery, c'était une défaillance exaspérante du système judiciaire. Cela dit, Max n'irait peut-être pas en prison pour avoir fait du mal à Lulu, mais il risquait bien de purger une longue peine pour avoir menacé une procureure. Le message attaché au cou de la chienne constituait clairement une menace contre Avery.

Quelques minutes plus tard, Danny et Chad repartirent.

— Tu sais que Danny est amoureux de toi, remarqua Dallas après avoir fermé et verrouillé la porte.

— Je ne sais rien de tel, protesta-t-elle aussitôt.

Après un instant de réflexion, elle reprit :

— J'admets qu'il a peut-être un petit béguin pour moi.

— C'est plus qu'un béguin. Crois-moi, cet homme est fou amoureux de toi.

— C'est toi qui es fou de penser ça, rétorqua-t-elle en riant, avant de reprendre son sérieux. Je ne lui ai jamais donné la moindre indication que je voulais plus qu'une relation amicale entre collègues.

Dallas la suivit lorsqu'elle apporta les tasses sales de Danny et Chad dans la cuisine.

— En tout cas, ils ont l'air de chics types.

— C'est le cas. Je suis vraiment contente que tu les apprécies.

— Je vais aller chercher mon ordinateur. Ça t'embête si je m'installe à table ? Je me déplacerai quand il sera l'heure de manger.

— Aucun problème. Moi aussi, je vais me mettre sur l'ordinateur.

— Si le chef Thompson ne nous donne pas de ses nouvelles, je l'appellerai plus tard dans la journée. Je veux savoir ce qu'il a appris sur ce Max, et s'ils ont découvert quelque chose après avoir examiné ta voiture.

Elle fronça les sourcils.

— Je n'arrive pas à croire que quelqu'un à qui je n'ai jamais eu affaire au tribunal m'en veuille à ce point.

— Apparemment, en faisant condamner Conway, tu as mis tous les cafards en émoi. Je reviens tout de suite.

Il quitta la pièce pour aller chercher son ordinateur portable.

Tout au long de l'après-midi, ils restèrent concentrés devant leurs écrans. Mais même s'il était dans la cuisine, et elle dans le salon, Avery n'oublia pas une seconde la présence de Dallas dans sa maison.

Même s'ils étaient dans deux pièces différentes, elle aurait pu jurer sentir son odeur, un mélange de savon mentholé et d'eau de toilette fraîche qu'elle associait désormais à un sentiment de sécurité.

Ils firent une pause pour manger un déjeuner léger, puis à 17 heures, pour le dîner. Elle avait préparé du riz au poulet, accompagné d'une salade et de haricots verts.

Après le repas, ils s'installèrent sur le canapé pour regarder la télévision. Ç'avait été une bonne journée, et même si elle avait mal aux reins, elle ne se sentait pas épuisée comme c'était souvent le cas à cette heure-là.

Pourquoi Dallas lui avait-il indiqué ne pas être intéressé par une relation à long terme ? se demanda-t-elle. Il était sexy et doté d'une merveilleuse personnalité. Il semblait gagner correctement sa vie. Alors pourquoi ne voudrait-il pas se marier et avoir une famille ?

Elle se découvrait curieuse de savoir pourquoi il n'avait pas envie d'une compagne à ses côtés. Elle savait ce qui l'avait poussée à faire ce choix, mais quelle était sa motivation à lui ?

— Dallas, je peux te poser une question personnelle ?

Il se tourna vers elle.

— Bien sûr.

— Pourquoi rejettes-tu l'idée de tomber amoureux et de te marier ? Je sais que tu vas être un père fantastique, mais je crois que tu serais aussi un mari génial. Pourquoi as-tu choisi de ne pas te marier ?

Une soudaine tension émana de lui. Ses épaules se raidirent et son regard se porta sur le mur derrière la tête d'Avery. Pendant un instant, il garda le silence, mais sa respiration devint rapide et irrégulière.

Les sourcils froncés, il fourragea dans ses cheveux.

— J'avais une femme… mon âme sœur, mon grand amour, et elle est morte.

Avery poussa une exclamation surprise.

— Oh ! Dallas, je suis vraiment désolée. Je l'ignorais.

Il finit par reporter son attention sur elle. Ses yeux étaient d'un bleu sombre lorsqu'il haussa les épaules.

— C'est arrivé… Je m'en suis remis, mais je ne veux plus jamais revivre quelque chose comme ça. Ça ne me dérange pas de passer le reste de ma vie seul.

— Comment est-elle morte ? Était-elle malade ?

Elle n'avait même pas su qu'il avait été marié. Elle ignorait pourquoi, mais elle voulait en savoir plus sur la femme qui avait été son âme sœur et son grand amour.

Il se remit à fixer le mur.

— Ivy avait une santé de fer. Elle servait dans l'armée, et au cours de sa dernière mission en Afghanistan, la jeep dans laquelle elle se trouvait a roulé sur un EEI. Deux autres soldats ont été blessés, mais elle a été tuée dans l'explosion.

Tandis qu'il parlait, sa voix était devenue plus grave, étranglée par une émotion manifeste.

— Oh ! Dallas, fit Avery.

Elle savait ce que c'était de perdre un proche dans des circonstances tragiques. Elle connaissait le vide de l'absence, la douleur qui rongeait le cœur en permanence. Il s'était agi de son frère et non de son mari, mais la perte d'un être cher faisait les mêmes dégâts.

— On avait prévu d'acheter une maison et de vraiment commencer notre vie commune après son retour, poursuivit-il. On a parlé de la famille qu'on voulait avoir. On a rêvé de cette vie ensemble.

Sa voix se brisa.

— Toutes mes condoléances, Dallas, murmura-t-elle.

Il détourna à nouveau le regard.

— C'est arrivé de façon si soudaine. Un instant, j'étais un mari et je savais exactement ce que me réservait l'avenir, et l'instant d'après, je ne l'étais plus, et tous mes espoirs et mes projets avaient été anéantis.

Il prit une profonde inspiration, puis expira lentement.

— Alors j'ai décidé que je ne me remarierai jamais, que je ne voulais pas être le mari de quelqu'un d'autre, et je ne crois pas que je changerai d'avis un jour. J'avais trouvé mon âme sœur, et elle est morte.

Avery posa la main sur sa cuisse. Elle voulait le réconforter, mais il n'accepterait peut-être pas d'être consolé par elle. Il resta figé un long moment, puis finit par couvrir sa main de la sienne et se tourna vers elle.

Ses yeux étaient toujours sombres, mais en plus de la douleur, ils exprimaient autre chose… quelque chose qui lui coupa le souffle.

— Ces bébés… C'est comme un don du ciel, déclara-t-il.

Sa voix vibrait d'une émotion différente.

— Et malgré mon amour pour Ivy et le fait que je ne veuille pas me remarier, Avery, j'éprouve un immense désir pour toi.

Il relâcha sa main. Les yeux fixés sur lui, elle sentit son cœur se mettre à battre plus vite, à la fois impatient et incertain.

— Dallas, je ressens le même désir, chuchota-t-elle. Je crois que j'ai eu envie de toi dès l'instant où je t'ai revu.

— Alors qu'est-ce qu'on va faire ? demanda-t-il sans la quitter du regard.

— Je ne sais pas…

Elle avait à peine fini sa phrase que Dallas l'embrassait passionnément. Un brasier sembla s'allumer en elle, et elle ouvrit la bouche. Il effleura sa lèvre inférieure du bout de la langue, avant de partir à la rencontre de la sienne.

Elle avait tellement envie de lui. Elle voulait qu'il soit dans son lit et que son corps nu bouge contre le sien. Quant à son corps à elle… Comment pouvait-il la désirer alors qu'elle était énorme ?

Elle recula la tête.

— Dallas, j'ai envie de toi. Je veux que tu me fasses l'amour, mais je ne ressemble pas vraiment à celle que j'étais la dernière fois qu'on a couché ensemble.

Elle baissa les yeux sur son ventre.

— Je suis grosse, et je comprendrai que ce soit un tue-l'amour pour toi.

Il la dévora du regard.

— Oh ! Avery, tu n'es pas grosse. Tu es enceinte de mes enfants. Je te trouve incroyablement belle, et ton corps aussi.

Son cœur frémit à ces mots… Des mots magiques qui ne firent qu'intensifier son désir pour lui. Ils pouvaient sûrement faire preuve de maturité. Ils devaient bien être capables d'explorer cette folle alchimie entre eux, tout en prenant les meilleures décisions possibles à propos de leurs enfants et de leur relation.

Elle se leva et tendit la main vers lui.

— S'il te plaît, Dallas, viens me faire l'amour. J'ai tellement envie de toi.

Il resta assis un long moment, les yeux rivés aux siens. Il finit par se lever à son tour et prit sa main. Sans un mot, ils marchèrent jusqu'à sa chambre.

Lulu les suivit dans le couloir, mais Avery referma la porte derrière eux pour l'empêcher d'entrer.

Ils s'embrassèrent à nouveau, un baiser torride qui ne fit que confirmer sa décision. Il n'y avait rien de mal dans ce qu'ils s'apprêtaient à vivre.

À la fin du baiser, elle recula. Avec des doigts tremblants, elle commença à déboutonner son chemisier rose pâle. Elle en était au deuxième bouton lorsqu'il s'approcha et lui écarta doucement les mains.

Sans cesser de la caresser du regard, il défit le reste des boutons, puis fit glisser le chemisier de ses épaules.

Le vêtement flotta jusqu'au sol. Dallas passa ensuite son polo par-dessus sa tête et le jeta dans un coin.

Elle avait oublié à quel point son torse musclé était parfait. Maintenant qu'il était juste devant elle, ses mains la démangeaient d'explorer sa peau chaude et ferme.

Elle résista à son envie et s'avança d'un côté du lit. Elle ôta son jean de grossesse, puis se glissa entre les draps, seulement vêtue de sa culotte et de son soutien-gorge en soie. La lueur du crépuscule filtrait à travers la fenêtre, peignant Dallas de nuances d'or et de pourpre.

Elle le regarda avidement défaire et enlever son jean. Gardant son boxer noir, il se mit au lit avec elle.

Il l'attira aussitôt dans ses bras pour l'embrasser. Son corps presque nu était délicieusement chaud contre le sien, et Avery sentit la fièvre monter en elle. Elle avait tant repensé à leur nuit ensemble que son désir de revivre l'expérience était irrépressible.

Le baiser se prolongea, puis Dallas commença à explorer son cou. Elle laissa échapper un gémissement en sentant ses lèvres glisser lentement sur sa peau. Quand il posa les mains sur ses seins, la chaleur de ses paumes à travers le tissu fit durcir ses tétons.

Elle caressa son dos, appréciant le jeu des muscles sous la peau. Son odeur lui donnait l'eau à la bouche. En cet instant, tout en lui mettait ses sens en éveil.

Il passa les mains derrière elle pour défaire son soutien-gorge. Elle se souleva légèrement pour l'aider, tandis qu'il le lui enlevait et le jetait dans le coin où avait échoué son polo. Puis il empauma à nouveau ses seins nus. Des pouces, il taquina et tourmenta ses tétons. Submergée de sensations, elle haleta.

— Avery, murmura-t-il contre sa peau. Tu es tellement belle.

Il couvrit de baisers son ventre rebondi, avant de

s'arrêter à sa culotte. Il fit le parcours inverse pour revenir à ses seins.

Un plaisir intense courait toujours dans ses veines, et elle plongea les mains dans les cheveux de Dallas. La dernière fois qu'elle avait fait l'amour avec un homme, c'était avec lui. C'était comme si elle n'avait fait que l'attendre depuis ce jour, comme si son corps n'avait désiré que lui et personne d'autre.

Peu importait ce qui arriverait demain. D'une façon ou d'une autre, ils s'en sortiraient. Ce soir, à ce moment précis, elle ne voulait pas penser à ce qui était rationnel ou judicieux. Elle ne voulait pas s'inquiéter à propos de possibles récriminations ou regrets. Elle voulait seulement vivre l'instant présent avec lui et leur désir mutuel.

Il se remit à embrasser son ventre. Centimètre après centimètre, il descendit jusqu'à sa culotte. Cette fois, lorsqu'il l'atteignit, il tira dessus pour la baisser. Avery souleva les hanches pour lui faciliter la tâche. Elle voulait… Elle avait besoin qu'il la touche le plus intimement possible.

Son cœur semblait sur le point d'exploser hors de sa poitrine. Elle était incapable de s'imaginer faire l'amour avec un autre homme. Dallas était le seul homme avec qui elle voulait être, maintenant et pour toujours.

Elle agrippa son boxer, impatiente qu'il soit aussi nu qu'elle. Comprenant le message, il s'en débarrassa aussitôt. Elle referma la main sur son sexe dressé. Sa peau était douce comme de la soie.

Elle entama un mouvement de va-et-vient, lui arrachant un grognement inarticulé. Puis il poussa un long gémissement rauque, qui la ravit, parce que c'était le signe qu'elle lui donnait du plaisir.

Il la laissa faire quelques instants, avant de repousser sa main. À son tour, il commença à la caresser.

Elle se cambra pour venir à la rencontre de ses doigts.

Perdant le peu de raison qui lui restait, elle s'abandonna aux incroyables sensations qui l'envahissaient.

Des vagues successives de plaisir la submergèrent, la rapprochant de l'extase tant attendue. Enfin, elle atteignit l'orgasme et cria son nom. Encore tremblante, elle chuchota :

— J'ai besoin de toi maintenant, Dallas. Prends-moi, tout de suite.

Il se positionna au-dessus d'elle, mais hésita. Ses yeux brillaient dans la pièce presque entièrement obscure.

— Moi, ça va, Avery. Je… Je peux m'arrêter là. Je ne veux pas te faire mal.

— Ça n'arrivera pas. Je te promets que tu ne feras aucun mal à personne. J'ai envie de toi, Dallas. Je veux que tu sois en moi.

Il ferma les yeux et, pendant un instant, elle crut qu'il allait s'écarter. Mais il riva à nouveau son regard au sien au moment où il la pénétrait. Tout en veillant à se tenir éloigné de son ventre, il trouva un angle pour pouvoir bouger à sa guise.

Elle poussa un sifflement de plaisir lorsqu'il plongea en elle. Tandis qu'il effectuait de profonds allers-retours, elle s'agrippa à ses épaules, puis à ses biceps contractés. Elle adorait le contact de sa peau chaude sous ses paumes.

Elle ondula des hanches au rythme des coups de reins de Dallas. Pris dans un tourbillon frénétique, ils commencèrent à haleter. Très vite, elle se retrouva à nouveau au bord du précipice.

Ils basculèrent ensemble. Alors qu'il se répandait en elle, Avery cria, emportée par le plaisir. Il se tint suspendu au-dessus d'elle un long moment. Malgré la faible luminosité, elle vit l'expression transportée sur son visage.

Il baissa la tête pour l'embrasser une dernière fois, puis se laissa retomber à côté d'elle.

— Waouh…, murmura-t-il.

— Double waouh.

Sept mois et demi plus tôt, leurs ébats avaient été fabuleux, mais ceux d'aujourd'hui les surpassaient. Elle se mit à glousser.

— On dirait deux ados qui n'ont jamais fait l'amour avant.

Il se souleva sur un coude et lui caressa le ventre.

— Je crois que ça prouve qu'on a déjà couché ensemble.

Il approcha les lèvres de son nombril.

— Tout le monde va bien, là-dedans ?

Avery pouffa à nouveau.

— Crois-moi, tout le monde va très bien.

Il passa à nouveau la main sur son ventre, comme s'il câlinait les bébés à l'intérieur.

— Si tu continues, je vais m'endormir, le prévint-elle.

Après une dernière caresse, il recula le bras, et dans la semi-pénombre, elle vit son sourire s'effacer. Il allait dire quelque chose qui allait gâcher ce moment, comprit-elle. Elle n'avait aucune envie de l'entendre affirmer qu'ils avaient fait une erreur.

Sans lui laisser le temps de parler, elle s'écarta de lui et se leva.

— Je reviens, murmura-t-elle.

Une fois dans sa salle de bains, elle fit un brin de toilette, puis enfila une longue chemise de nuit et une robe de chambre légère. Même après ces quelques minutes, son cœur continuait à battre à un rythme inhabituel.

Tu ne peux pas être amoureuse de lui, lança-t-elle à son reflet dans le miroir. Aimer Dallas ne pourrait que compliquer leur relation de coparents. Elle refusait d'être amoureuse de lui, mais à cet instant, elle se sentait plus proche de lui que de tous les autres hommes qui avaient fait partie de sa vie.

Non, elle ne tombait pas amoureuse de Dallas. Elle

adorait faire l'amour avec lui, voilà tout. Son corps aimait le sien, et c'était sans importance. Ce qu'ils venaient de vivre ne changeait rien entre eux.

En ressortant de la pièce, elle trouva Dallas debout au pied du lit. Il avait remis son jean, mais avait dû être interrompu par un appel, parce qu'il avait son portable à l'oreille.

— Non… Non, je ne peux pas, déclara-t-il à son interlocuteur. Non, je dois penser à Avery.

— Que se passe-t-il ?

Elle n'aurait pas posé la question si elle n'avait pas entendu son prénom.

— Une seconde, Donovan, fit-il, avant de se tourner vers elle. Un petit garçon s'est perdu sur le ranch des Miller, mais ils peuvent le retrouver sans moi.

— Non. Tu devrais y aller. Je peux rester seule sans problème.

À en juger par le pli sur son front, il hésitait.

— Je t'en prie, vas-y, Dallas, insista-t-elle. La recherche et le sauvetage, c'est ce que tu fais. Alors il faut que tu ailles les aider à ramener cet enfant chez lui.

Il hésita encore une seconde, puis se remit à parler dans l'appareil.

— D'accord, Donovan, je m'équipe et je me mets en route. Ouais… Ça marche, je te retrouve là-bas.

Il raccrocha et jeta le portable sur le lit, puis passa son polo par-dessus sa tête.

— Tu es sûre que ça va aller ?

— Ne t'en fais pas, le rassura-t-elle. Il y a l'alarme, et je n'ai pas l'intention d'ouvrir la porte à qui que ce soit.

Dallas reprit son téléphone et le rangea dans sa poche arrière. Ensemble, ils se rendirent dans le salon, où il récupéra ses clés et son pistolet sur l'une des tables en bout de canapé.

Une fois sur le seuil, il se tourna vers elle.

— N'oublie pas de remettre l'alarme, et appelle les secours s'il se passe quoi que ce soit.

— Il ne va rien se passer du tout. Je me sens complètement en sécurité dans cette maison. Ce n'est qu'à l'extérieur que je ressens le danger. Allez, file.

Après son départ, elle enclencha l'alarme, puis marcha jusqu'au canapé et s'affala sur les coussins. Lulu vint aussitôt danser à ses pieds en gémissant, comme si elle était contrariée d'avoir été ignorée pendant aussi longtemps.

Elle la souleva et la posa à côté d'elle. Après avoir appuyé la tête sur sa cuisse, la chienne leva les yeux vers elle, comme si elle cherchait des réponses à des questions qu'Avery ne se posait pas. Des questions portant sur la nature de ses sentiments pour Dallas.

À la mort de son frère, elle s'était persuadée qu'elle ne voulait pas de relation avec un homme. Mais les paroles de Breanna lui revinrent à l'esprit. Zeke n'aurait pas voulu qu'elle passe sa vie toute seule. Il aurait souhaité qu'elle trouve l'amour.

À présent, en réfléchissant à son avenir, elle n'était plus sûre qu'être sans un homme, sans son âme sœur, était ce qu'elle voulait, et ce revirement était lié à Dallas.

Mais, plus tôt dans la soirée, il lui avait parlé de sa femme et de sa décision de ne jamais se remarier. Il avait déjà eu son âme sœur, il ne pouvait donc pas être celle d'Avery.

Pour l'instant, elle ne pouvait pas se fier à ce qu'elle ressentait. Sa vie était en plein bouleversement. Elle était la cible de menaces et participait à l'enquête sur un tueur en série. Ses hormones devaient être déréglées. Elle devait éviter de faire confiance à son jugement pour quoi que ce soit.

Elle appuya la tête sur le dossier et ferma les yeux. Des

images de ce que Dallas et elle venaient de vivre repassèrent au ralenti dans son esprit. Il l'avait comblée, mais rien qu'en sentant son odeur sur sa peau et le goût de ses lèvres sur les siennes, elle avait à nouveau envie de lui.

Et cela l'effrayait. Parce que, malgré tout ce qu'elle venait de se dire, une conclusion s'imposait : son plus gros défi allait être de s'empêcher de tomber amoureuse du père de ses bébés.

9

En arrivant au ranch des Miller, Dallas trouva ses frères qui l'attendaient. Il était rentré chez lui et avait sellé son cheval, Scout. Muni de l'équipement utilisé pour la recherche et le sauvetage, il avait galopé jusqu'au ranch, qui n'était pas loin de celui des Colton. Forrest était lui aussi à cheval, tandis que Donovan était au volant d'un pick-up. D'autres voisins étaient également venus aider.

David et Holly Miller étaient paniqués. Comme ils avaient cinq enfants, ils n'avaient pas vu leur petit garçon de sept ans se glisser hors de la maison. Michael était parti en disant à son frère qu'il allait chercher des mûres.

La nuit était tombée, mais l'enfant n'était pas rentré. La famille avait déjà fouillé la maison et la grange, mais il n'y avait aucune trace de lui.

— Pour autant que je sache, il n'y a pas de ronciers sur le domaine, déclara David d'un ton inquiet.

— Alors pourquoi irait-il en chercher ? demanda Donovan.

— Ça doit être à cause du livre que je lui ai lu hier soir avant de dormir, répondit Holly, au bord des larmes. Ça parlait d'un pays magique derrière un roncier.

Elle se remit à pleurer.

— Je n'aurais jamais dû lui lire ce livre. Tout ça, c'est ma faute.

David passa le bras autour de ses épaules et la serra contre lui.

— Ma chérie, tu ne pouvais pas savoir que Michael allait faire ça.

— Je vous en supplie, retrouvez-le, gémit-elle. Il est tout seul dehors, en pleine nuit, et il a peur du noir.

En pensant à la terreur qu'il ressentirait si l'un de ses jumeaux disparaissait, Dallas sentit son cœur se serrer. Il ne pouvait pas imaginer ce que Holly et David traversaient. Pourvu que rien de tragique n'arrive au petit garçon…

Il ne fallut que quelques minutes aux hommes pour élaborer un plan d'action, puis ils quittèrent la maison. Après s'être remis en selle, Dallas sortit sa puissante lampe électrique. Par chance, c'était la pleine lune, et sa lueur rendait le paysage plus visible.

— Michael ! appela-t-il, tandis que Scout avançait au pas en direction du pâturage au loin.

De chaque côté de lui, Dallas voyait les faisceaux des lampes et entendait les autres volontaires crier le nom du garçon. Ils se déplaçaient tous lentement, pour s'assurer que le moindre centimètre carré de la propriété soit inspecté.

Heureusement, il n'y avait aucune raison de croire que l'enfant avait été enlevé. Holly et David n'avaient vu personne rôder autour de leur maison. Sans oublier que Michael avait prévenu son frère qu'il quittait la maison.

Alors où pouvait aller un petit garçon en quête de ronciers ? Quelle distance avait-il pu parcourir ? S'était-il éloigné au point de perdre ses repères et de s'égarer ? C'était probablement ce qui s'était passé. Si la chance était de leur côté, Michael les entendrait et répondrait à leurs appels.

Les minutes défilèrent… De longues minutes qui finirent par faire une demi-heure, puis une heure. Ils passèrent devant plusieurs dépendances, qu'ils fouillèrent consciencieusement, mais le petit n'était pas là.

Il n'y avait rien de pire qu'un enfant disparu. Ce genre d'événement galvanisait une communauté. Plus le temps passait, plus de personnes se joignaient aux recherches. Les lampes des volontaires ressemblaient à des lucioles illuminant la nuit.

Dallas chevauchait près d'un ravin menant à un lit de rivière asséché lorsqu'il entendit ce qui semblait être un faible cri. Il tira sur les rênes et tendit l'oreille. S'agissait-il d'un animal ? Il n'en était pas sûr.

Il fit avancer son cheval plus près du bord.

— Michael ! cria-t-il à nouveau.

— Oui, c'est moi ! répondit une petite voix. Je suis en bas. Aidez-moi !

Dallas poussa un profond soupir de soulagement, avant d'appeler Donovan sur son portable.

— Je l'ai retrouvé. Il est au fond d'un ravin.

— Il va bien ?

— Il parle, alors je crois que ça va.

— Je vais t'envoyer des hommes. De mon côté, je vais retourner à la maison pour prévenir ses parents.

Donovan avait conseillé à David et Holly de rester chez eux pendant que l'équipe de sauveteurs professionnels faisait son travail. De plus, si l'enfant finissait par revenir à la maison tout seul, il souhaiterait y retrouver ses parents.

— Au secours ! cria à nouveau Michael. Il y a quelqu'un, là-haut ?

— Je suis là, mon grand, répondit Dallas.

Il rangea son portable dans sa poche, mit pied à terre et guida Scout encore plus près du bord.

— Michael, je m'appelle Dallas et je suis là pour t'aider. Est-ce que tu peux remonter ?

— Non, je ne peux pas. Je me suis fait mal à la cheville. Je… Je ne peux pas me lever. Ça fait mal.

Des bruits de sanglots s'élevèrent du ravin.

— Tout va bien, Michael. Ne pleure pas. Je vais descendre te chercher. On va te ramener à ton papa et à ta maman en un rien de temps. Ils sont très inquiets pour toi.

Se tournant vers son cheval, Dallas ouvrit la sacoche de selle. Il en sortit la trousse de premiers secours et y prit un rouleau de bande élastique. Il ne savait pas le degré de gravité de la blessure de Michael, mais il comptait lui bander la cheville avant de le remonter.

Même si les versants du ravin étaient assez raides, il n'y avait pas besoin d'équipement spécial pour descendre. La main serrée sur sa lampe, Dallas commença le périple. Il manqua déraper lorsque des cailloux et des mottes de terre se détachèrent sous ses pieds et dévalèrent la pente.

Quand il arriva en bas, il braqua la lampe vers une petite silhouette assise par terre, un garçon blond aux grands yeux bleus qui pleurait à chaudes larmes.

— Salut, Michael. Comment es-tu arrivé là ? demanda Dallas en s'asseyant à côté de l'enfant.

— Je voulais voir s'il y avait des ronciers ici, mais quand j'ai commencé à descendre, je me suis tordu la cheville et j'ai roulé jusqu'en bas, et je n'ai pas réussi à remonter. Vous êtes fâché contre moi ?

— Non, je ne suis pas fâché contre toi. Est-ce que tu t'es fait mal ailleurs qu'à la cheville ?

— Je me suis écorché le coude.

— Fais-moi voir.

Dallas dirigea le rayon de sa lampe sur le coude du petit garçon. Il était en effet éraflé, mais rien de trop grave.

— Je parie que maman et papa sont fâchés contre moi, reprit Michael d'une voix tremblante, à nouveau au bord des larmes.

— Je pense qu'ils ont seulement hâte de te retrouver. Ils t'aiment très fort. Bon, maintenant, laisse-moi jeter un coup d'œil sur cette cheville.

Elle était enflée. Elle ne semblait pas cassée, mais il s'agissait au moins d'une entorse.

— Quand j'essaie de m'appuyer dessus, ça fait super mal, expliqua Michael, avant de se remettre à pleurer. J'ai cru qu'on n'allait jamais me retrouver et que mes os allaient se transformer en poussière et que j'allais m'envoler.

— Eh bien, tu n'as plus à t'en faire pour ça.

Dallas lui banda la cheville, puis s'accroupit.

— Tu peux monter à califourchon sur mon dos ?

Le petit garçon fit de son mieux pour se cramponner à Dallas, qui conseilla :

— Accroche-toi bien. On y va.

D'autres lampes percèrent l'obscurité au-dessus d'eux. Quelques-uns des sauveteurs les avaient rejoints.

— Dallas, tu as besoin d'une corde ou d'un coup de main ? demanda Forrest d'une voix forte.

— Non, je crois que ça va aller.

La montée ne lui demanda pas trop d'efforts. Une fois arrivé près de son cheval, il déposa Michael sur la selle, puis monta derrière lui.

— Allez, je te ramène chez toi.

Les bras autour de l'enfant, il prit la direction du ranch. Dans quelque temps, il aurait son fils ou sa fille à cheval devant lui, songea-t-il. À cette pensée, l'enthousiasme de la paternité l'envahit à nouveau.

Quand ils arrivèrent, Dallas mit pied à terre, récupéra Michael et monta les marches du perron en portant l'enfant.

— Vous pouvez l'amener là, déclara Holly en faisant un geste vers le salon et le canapé.

Dallas la suivit dans la pièce, ainsi que plusieurs des

autres hommes. Dès qu'il essaya de poser l'enfant, les bras de Michael se resserrèrent autour de son cou.

— Merci, monsieur Dallas, de ne pas m'avoir laissé être perdu pour toujours. Merci de ne pas avoir laissé mes os être soufflés par le vent.

Il embrassa Dallas sur la joue, avant de le lâcher.

Attendri par ce gentil bisou, Dallas se redressa. Holly s'avança aussitôt vers son fils et le prit dans ses bras.

— Ce serait bien qu'un médecin jette un œil sur sa cheville, déclara-t-il. A priori, c'est seulement une entorse, mais ce serait une bonne idée de faire une radio.

— On va s'en occuper, affirma David.

Il leur serra la main et les remercia tous avec effusion.

Quelques minutes plus tard, Dallas galopait en direction de chez lui. Il mit son cheval à l'écurie, puis retourna chez Avery. C'était un soulagement que cette opération de sauvetage se soit bien terminée et que les blessures du petit garçon n'aient pas été plus graves.

Michael allait sûrement avoir droit à deux choses dans un proche avenir : un bandage plus efficace et un remontage de bretelles en règle de la part de ses parents pour avoir quitté la maison sans permission.

Maintenant qu'il était tranquillisé pour l'enfant, il était submergé de pensées d'Avery et de ce qui s'était passé entre eux avant qu'il ne parte.

Refaire l'amour avec elle avait été aussi sensuel et magique que la première fois. En fait, cela avait été encore mieux, parce qu'il tenait à Avery, alors que la première fois, elle n'avait été qu'une séduisante inconnue.

Il secoua la tête pour chasser ces pensées. Maintenant que la tension déclenchée par la recherche diminuait, il était trop fatigué pour essayer de comprendre ses sentiments pour Avery.

Il était presque 2 heures quand il frappa doucement à

la porte. Dommage qu'il n'ait pas de clé et qu'il ne puisse pas entrer sans la déranger, se dit-il.

Il dut frapper trois fois avant qu'elle ne vienne lui ouvrir. Elle avait les cheveux ébouriffés et les yeux gonflés de sommeil, mais elle lui adressa un beau sourire et lui demanda des nouvelles de l'enfant disparu.

— On l'a retrouvé, et il est en sécurité chez lui, avec ses parents, répondit Dallas. Allez, retourne au lit, maintenant.

Elle ne discuta pas. Alors qu'elle repartait vers sa chambre, Lulu sur les talons, il refréna le désir de l'accompagner et de se blottir entre les draps en la tenant dans ses bras.

Il marcha jusqu'au canapé et s'allongea. Elle avait dû dormir ici en l'attendant, comprit-il aussitôt. Son odeur imprégnait l'oreiller et la couverture.

Inspirant son doux parfum, il s'endormit en quelques minutes. Il se réveilla juste après l'aube, même s'il était rentré après 2 heures du matin.

Bien qu'il n'ait plus du tout sommeil, il ne bougea pas du canapé. Avery ne serait pas debout avant des heures. Avant qu'elle ne se réveille, il devait trouver quoi lui dire, voire décider s'il allait lui parler de ce qui s'était passé entre eux la veille.

S'il avait couché avec elle, se dit-il, c'était parce que leur conversation avait réveillé de vieux souvenirs et creusé un abîme de chagrin en lui. Il avait voulu être avec Avery pour apaiser sa douleur à propos de sa femme. Il avait eu besoin de chaleur et de passion pour oublier un peu sa peine. N'importe quelle femme aurait fait l'affaire, conclut-il avec fermeté.

Mais il se mentait probablement à lui-même. Il avait fait l'amour avec Avery pour une seule raison : il en avait eu envie. C'était aussi simple… et aussi compliqué que ça. Hier soir, il avait concrétisé le désir qui avait brûlé en lui dès l'instant où il l'avait revue. Sa passion avait été pour Avery, et personne d'autre.

En assouvissant ce désir, il avait espéré le faire disparaître. Mais cette tentative s'était soldée par un échec. Cela n'avait fait que nourrir sa passion pour elle.

Il était temps que cela s'arrête. Il devait se contrôler. En faisant l'amour avec Avery, il avait compromis son avenir avec elle et les enfants. Il ne pouvait pas courir le risque de tout gâcher avec elle. Ils devaient revenir à une relation purement amicale, malgré ce qui s'était passé entre eux la veille.

Dès qu'elle se réveillerait, ils devraient en parler. Il lui dirait qu'ils avaient fait une erreur.

Il finit par se lever et se rendit dans la salle de bains. Après avoir pris une douche rapide, il alla dans la cuisine pour se préparer du café.

Assis à la table, il but à petites gorgées, l'esprit rempli d'autres pensées troublantes. Tout d'abord, il voulait que la personne qui avait attaqué Avery soit mise derrière les barreaux. Mais ce n'était pas la seule chose qui le préoccupait.

Hier soir, après avoir retrouvé Michael et avant de repartir du ranch des Miller, il avait parlé avec ses deux frères. Donovan lui avait confié à quel point tout le monde était frustré par le manque de pistes dans l'affaire de la momie.

Sept femmes avaient été assassinées quarante ans plus tôt. Le tueur avait été capturé et était mort en prison. Mais les récents meurtres étaient reliés à cette vieille histoire. Les forces de l'ordre étaient passées à côté de quelque chose.

Dallas le savait : le chef Thompson et ses hommes faisaient leur maximum, mais l'enquête en était au point mort, et aucune nouvelle information ne leur parvenait.

Il détestait plus que tout la peur qu'éprouvaient les jeunes femmes de Whisperwood. Forrest lui avait dit qu'à la nuit tombée, les rues de la ville étaient presque désertes, les femmes s'enfermant chez elles à double tour.

Qu'avaient-ils raté à l'époque ? À côté de quoi passaient-ils maintenant ? Elliot Corgan était allé en prison pour les meurtres de ces femmes. Était-il possible qu'un innocent ait été condamné ? Malheureusement, ils ne pouvaient pas retourner interroger Elliot. On ne pouvait pas poser de questions à un mort.

S'était-il vraiment pendu ? La culpabilité l'avait-elle poussé à se supprimer ? Ou avait-il été « aidé » afin de protéger quelqu'un d'autre ?

Dallas en était à sa troisième tasse de café lorsque Avery apparut. Elle était superbe, avec un chemisier aussi vert que ses yeux et un jean qui moulait ses jambes minces. Elle sentait le savon mentholé et ce parfum suggestif qui le mettait toujours en émoi.

— Salut, lança-t-elle en prenant un mug dans le placard.

— Salut à toi. Comment vont Jack et Jill ce matin ?

Elle rit.

— Ils vont bien.

Il la regarda préparer son thé, puis s'asseoir en face de lui.

— Tu as bien dormi ? demanda-t-il.

— Après ton retour, j'ai dormi comme un bébé. Et toi ?

— Ça a été.

— Raconte-moi ce qui s'est passé hier soir. Tu as dit que tu avais retrouvé le petit garçon. Où était-il ?

Il lui expliqua qu'il avait déniché Michael au fond d'un ravin et que l'enfant cherchait un roncier.

— Je n'arrêtais pas de penser que si mon fils se perdait un jour, j'espérais que de nombreuses personnes partent à sa recherche et le retrouvent.

— Espérons qu'aucun de nos enfants ne se perdra jamais. Et faisons un pacte : on ne leur lira jamais de livre sur un pays magique derrière un roncier.

— Je suis entièrement d'accord, répondit-il en serrant sa tasse entre ses mains.

Il n'avait aucune envie d'avoir cette conversation, mais il n'avait pas le choix.

— Avery, il faut qu'on parle d'hier soir.

— Ah oui ?

Une lueur vulnérable apparut dans son regard.

— Dallas, avant que tu dises quoi que ce soit, je veux que tu saches que, pour moi, ça a été plus que merveilleux.

Les sourcils froncés, il contempla son café. Pourquoi diable avait-elle dit cela ? La conversation n'allait en être que plus difficile.

— Ce n'était pas merveilleux pour toi ? demanda-t-elle d'une voix douce.

Il releva aussitôt les yeux.

— Non… Je veux dire, si, c'était merveilleux, mais tu sais qu'on ne peut pas recommencer.

— Je n'ai aucune attente. On pourrait faire l'amour une dizaine de fois que je n'attendrais toujours rien de toi, à part être un père merveilleux pour nos bébés.

Si seulement elle pouvait ne pas le regarder avec un tel désir… Elle n'aurait pas dû dire qu'ils pouvaient faire l'amour encore et encore sans que leur relation ne change. Ce ne serait pas le cas. Les relations n'étaient pas immuables. En outre, il était toujours résolu à ne pas vouloir se remarier.

Ils n'avaient aucun avenir en tant que partenaires romantiques. Il finirait par la blesser, quoi qu'il dise, et les choses deviendraient ensuite gênantes et compliquées.

— Avery, je pense que ce serait mieux si on ne recommençait pas. On sait tous les deux que ce n'est pas le genre de relation qu'on a besoin d'avoir.

Elle garda le silence un long moment avant de reprendre la parole :

— Très bien, comme tu veux.

Dallas eut l'impression d'entendre du regret et de la déception dans sa voix. Elle détourna le regard du sien et se mit à scruter son mug.

Et voilà… Il culpabilisait déjà. Il voulait retirer ce qu'il avait dit, mais c'était impossible. Il avait fait ce qu'il fallait.

— On mange ? demanda-t-elle en relevant les yeux sur lui. J'ai envie d'une omelette.

— Bien volontiers.

Il soupira intérieurement, soulagé que la conversation sur le fait de faire l'amour soit terminée.

Tout en mangeant, ils discutèrent de ce qu'ils préféraient manger au petit déjeuner.

— J'avoue raffoler des *biscuits and gravy*[1], déclara Dallas. Quoiqu'une omelette au fromage avec du bacon et des toasts soit aussi sur le podium, ajouta-t-il en désignant son assiette.

— Les *pancakes*. Des *pancakes* nappés de beurre et de sirop.

— Des gaufres avec des fraises et du sucre.

— Des œufs Bénédicte, riposta-t-elle avec un grand sourire.

— Des œufs tournés.

Avery éclata de rire.

— C'est comme si on jouait à une espèce de jeu de guerre culinaire.

Il sourit à son tour.

1. Petits pains semblables à des *scones* servis avec de la sauce brune au jus de viande.

— Alors je me déclare vainqueur de ce jeu.

— Non, mais en quel honneur ? demanda-t-elle, une étincelle enjouée dans les yeux.

— Crois-moi, en matière de jeux culinaires, je serai toujours le vainqueur.

— Bon, d'accord. Je t'accorde cette victoire. Mais ça ne veut pas dire que tu remporteras toutes les batailles. On verra qui sera le plus doué pour changer une couche.

Au soulagement de Dallas, elle semblait normale après leur conversation et n'hésitait pas à le taquiner. La bonne ambiance continua à régner entre eux tandis qu'ils finissaient le repas, puis s'installaient devant leurs ordinateurs. Il était le premier surpris d'être aussi à l'aise avec Avery.

Malgré ce qui s'était passé entre eux la veille et la conversation plutôt difficile qu'ils avaient eue ce matin, il avait l'impression de construire une amitié solide avec elle.

Il trouvait sa capacité à faire le clown absolument charmante. Il aimait aussi leurs discussions sérieuses sur la parentalité, la politique, leurs visions du monde et leurs ambitions personnelles.

Il allait devoir se faire à l'idée qu'à certains moments, quand elle le regardait, son cœur se mettait à battre plus vite, ou que son odeur le troublait d'une façon qui n'avait rien d'amicale.

Au cours de ces derniers jours, il avait été incapable de se rappeler le sourire d'Ivy, et cela l'inquiétait. À chaque fois qu'il essayait de s'en souvenir, il ne voyait que celui d'Avery.

Il ne voulait pas oublier son épouse, la femme à qui il avait promis sa vie. Il ne voulait surtout pas déprécier à quel point il l'avait aimée. Il avait besoin de sa présence dans son cœur.

Il évacua toutes ces pensées de son esprit lorsqu'il se mit au travail. La veille, Donovan lui avait dit que le chef

Thompson et ses hommes étaient soumis à rude épreuve. Ils enquêtaient non seulement sur les meurtres, mais aussi sur l'usage croissant de drogues à Whisperwood.

Dallas et Avery travaillèrent jusqu'à midi, puis firent une pause pour le déjeuner : sandwichs et chips. Une fois le repas fini, elle se leva de table et posa les mains sur ses reins en grimaçant.

— Tu as mal au dos ? demanda-t-il.

— Oui. Popeye et Olive sont en plein rodéo.

Amusé par les noms de vieux personnages de cartoon qu'elle avait utilisés, il sourit, puis demanda :

— Tu veux t'allonger sur le canapé pour que je te fasse un petit massage ?

Le regard d'Avery s'éclaira.

— Oh ! Dallas, ce serait merveilleux. Ça ne t'embête pas ?

— Je ne te l'aurais pas proposé si ça m'embêtait.

Cela dit, dès qu'elle fut confortablement installée sur le côté et qu'il commença à lui masser le bas du dos, il eut envie de faire marche arrière.

Elle gémit de plaisir lorsqu'il pétrit sa peau nue. Elle avait le visage tourné vers le dossier et les yeux fermés.

Ce serait si facile de se pencher pour l'embrasser sur la joue. Ce serait tellement simple de monter les mains un peu plus haut et de défaire son soutien-gorge, afin de commencer quelque chose qu'il n'avait aucun droit de commencer.

Il se concentra sur le massage pendant deux ou trois minutes, puis recula.

— Ça va mieux ? demanda-t-il en l'aidant à se redresser.

— Beaucoup mieux. Merci.

— Je vais retourner devant l'ordinateur.

Soulagé de s'éloigner un peu d'elle, il se rendit dans la

cuisine et se rassit à la table pour travailler. Avery faisait sûrement de même dans le salon.

Ils gardèrent la même routine au cours de la semaine suivante. Ils petit-déjeunaient ensemble, avant de faire des recherches sur Internet jusqu'au déjeuner. Après le repas, il continuait à traquer les soldats, pendant qu'elle faisait fréquemment la sieste.

Chad et Danny leur rendirent à nouveau visite, mais n'avaient rien de nouveau à leur apprendre sur les menaces contre Avery. Chad évoqua quelques-uns des procès sur lesquels ils travaillaient et demanda l'avis de la jeune femme.

En écoutant Avery discuter avec ses collègues, Dallas fut à nouveau frappé par son intelligence et la passion qu'elle avait pour son travail. Après la naissance des jumeaux, elle comptait reprendre son métier, et il n'avait rien contre. Il n'avait pas le moindre doute sur la question : elle était capable d'être à la fois une mère fabuleuse et une procureure extraordinaire.

Assis côte à côte sur le canapé, ils se détendaient à la fin d'une nouvelle journée ensemble. Lulu était pelotonnée sur les cuisses de Dallas, qui lui caressait le dos.

Il ignorait depuis combien de temps il n'avait pas éprouvé un tel contentement. Il y avait une profonde sensation de paix en lui, une paix qui était due, il le savait, à Avery.

Il avait commencé à se sentir plus chez lui ici que dans sa propre cabane. Dans cette maison, il y avait de la chaleur, des rires et l'anticipation de l'avenir avec ses bébés.

Sa cabane était devenue synonyme de solitude et d'isolation. Il redoutait le jour où il allait devoir y retourner. Quand les jumeaux seraient nés et qu'il pourrait les emmener chez lui, il recommencerait peut-être à apprécier l'endroit.

La semaine dernière, ils étaient sortis deux fois : une

fois pour faire les courses et une autre pour récupérer la voiture d'Avery auprès des autorités. À aucun moment, il n'avait senti de danger autour d'elle. Heureusement, ces sorties s'étaient déroulées sans encombre.

Ce qui lui avait posé le plus de problèmes au cours de cette dernière semaine étaient ses sentiments grandissants pour la mère de ses enfants.

Pour commencer, il désirait Avery avec une énergie qui brûlait en lui nuit et jour. Il était également choqué par le degré d'affection qu'il lui portait. Il adorait être à ses côtés. Elle le charmait avec son rire, et il voulait savoir ce qui lui trottait dans la tête quand elle devenait pensive.

Il aimait leurs conversations et appréciait les moments de silence entre eux. Oui, c'était indéniable : elle et sa maison avaient commencé à lui faire l'effet d'un foyer. Pourtant, ce n'était pas le sien. Il devait constamment se répéter que ce n'était qu'un lieu de pause temporaire dans sa vie de fou.

— Je crois que je vais aller me coucher, déclara Avery lorsque le programme qu'ils regardaient s'acheva. Je me demande s'il pleut.

Il la suivit des yeux lorsqu'elle marcha jusqu'à la fenêtre et regarda dehors. Elle se raidit aussitôt.

— Dallas, murmura-t-elle. Il y a quelqu'un dehors. Je… Je crois que c'est Joel Asman.

Elle se tourna vers lui, le visage blême.

— Pourquoi est-il là ? Qu'est-ce qu'il fait là ?

Il attrapa son arme.

— Verrouille la porte derrière moi, ordonna-t-il d'un ton pressant, avant de foncer dehors.

Il aperçut aussitôt Joel sur le trottoir. Quand l'homme se mit à courir, Dallas se lança à sa poursuite. Il avait espéré qu'Avery était hors de danger, mais la présence de Joel devant chez elle indiquait le contraire.

À quoi diable jouait ce type ? Joel resta sur le trottoir pendant seulement quelques secondes, avant d'obliquer pour traverser les pelouses des voisins. Dallas le suivit, maudissant les nuages qui rendaient la visibilité difficile.

Étant donné que c'était l'homme qui avait bousculé Avery au *diner*, et qu'il faisait partie de la même bande de voyous que Dwayne Conway, Dallas voulait l'attraper à tout prix.

Un chien aboya au loin tandis qu'ils couraient dans un jardin. Il n'était pas question de faire feu. Joel n'avait violé aucune loi en se tenant sur le trottoir devant la maison d'Avery. Cela dit, en toute honnêteté, Dallas n'aurait aucun scrupule à lui mettre une raclée pour avoir fait peur à Avery.

Joel sauta par-dessus une clôture. Dallas était sur le point de l'imiter lorsqu'une horrible pensée le frappa. Qu'avait fait ce type devant la maison ? Absolument rien. Il s'était seulement tenu là, comme s'il attendait d'être vu.

Pour que Dallas le prenne en chasse ? Pour qu'une autre personne cachée dans le jardin fasse irruption dans la maison ? Son cœur tressauta dans sa poitrine, puis sembla s'arrêter.

Avery était seule chez elle. Y avait-il une brute meurtrière à sa porte en ce moment même ? Bon sang… Dallas fit volte-face et repartit au pas de course. Son cœur battait désormais à mille à l'heure. Venait-il de tomber dans un piège ? Avait-il laissé le champ libre jusqu'à Avery ?

Il devait rentrer à la maison. Il devait rejoindre Avery. Pantelant, il força l'allure, courant plus vite qu'il ne l'avait jamais fait.

Avery ! Son nom tournait en boucle dans son cerveau. Il devait la rejoindre. Il fallait qu'elle soit indemne. Il ne se le pardonnerait jamais s'il lui arrivait quoi que ce soit.

En apercevant la maison, il fonça encore plus. Il atteignit

la porte et se mit à tambouriner. Quand Avery l'ouvrit, il la serra dans ses bras.

— Tu vas bien, marmonna-t-il dans ses cheveux. Dieu merci, tu vas bien.

À cet instant, il comprit : il était en train de tomber amoureux de la mère de ses enfants.

10

Le lendemain matin, Avery et Dallas venaient de finir leur petit déjeuner lorsqu'on frappa à la porte. C'était le chef Thompson. Dallas l'invita à entrer et lui proposa du café. Il avait appelé le policier la veille pour lui parler de l'apparition d'Asman devant la maison.

— Je ne dis pas non, répondit Archer, avant de s'installer dans le fauteuil en face du canapé.

Avery lui servit une tasse, puis Dallas et elle s'assirent sur le canapé et attendirent que leur visiteur parle.

— Je suis désolé, j'ai quelque peu tardé à venir vous donner des nouvelles, commença Archer.

Il marqua une pause pour boire une gorgée de café.

— Pas la peine de vous excuser, le rassura Avery. On sait que vous avez du pain sur la planche en ce moment.

— J'ai eu une petite conversation avec Joel Asman ce matin. C'est un sale voyou, mauvais comme la gale.

— Comment a-t-il expliqué sa présence ici hier soir ? demanda Dallas.

— Il a dit qu'on était en démocratie, qu'il avait le droit de se tenir sur n'importe quel trottoir de la ville et que ça n'avait rien d'illégal. Je crois qu'il voulait vous mettre les nerfs en pelote, lança-t-il à Avery.

— Si c'était son but, alors il a réussi, répliqua-t-elle sèchement.

Elle regarda Dallas, se rappelant sa panique quand il était rentré à la maison après avoir pourchassé Joel dans la rue.

— Malheureusement, il a raison : je ne peux pas l'arrêter pour s'être tenu sur le trottoir, confirma le policier. Pour en revenir à un autre incident : on est toujours à la recherche du pick-up qui vous a percutée.

Il leur avait déjà appris qu'en analysant les dégâts sur la voiture d'Avery, ils avaient réussi à identifier que le pick-up en question était noir. Malheureusement, les hommes dans la région qui avaient un pick-up noir n'avaient aucune raison de s'en prendre à Avery, et Max Malone, le principal suspect, n'avait aucun véhicule à son nom.

— Quelqu'un a planqué ce pick-up dans une grange ou une remise quelque part, s'exclama Dallas d'un ton plein de frustration. L'avant du véhicule est forcément endommagé.

— Et Joel Asman a fourni un alibi à Max pour le moment où l'attaque s'est produite, ajouta le chef Thompson.

— Donc on ne peut vraiment pas savoir si ces deux-là ont quelque chose à voir avec les autres incidents.

— D'après les informateurs de Chad, ce sont eux qui déblatéraient sur Avery après le procès de Conway, répondit Archer. Alors ce ne serait pas surprenant qu'ils aient été derrière ces attaques mais, malheureusement, je n'ai aucune preuve.

Après avoir bu une gorgée de café, il poursuivit :

— Pour ce qui est du jour où le message a été attaché au cou de votre chienne, Joel Asman et Max Malone se servent d'alibis mutuels. Ça a été la même chose pour l'attaque sur la route. Jusqu'ici, je n'ai pas réussi à démonter leurs alibis. Voilà où nous en sommes pour l'instant.

La frustration du policier était perceptible dans sa voix.

— Merci pour tout ce que vous faites, déclara Avery.

Archer se leva et vida sa tasse d'un trait.

— Je suis vraiment désolé de ne rien avoir de plus à vous apprendre pour l'instant.

Dallas et Avery se levèrent à leur tour.

— On vous remercie quand même d'être venu, répondit-elle en récupérant la tasse.

— Je vous raccompagne, fit Dallas.

Tandis que les deux hommes se dirigeaient vers la porte d'entrée, Avery rapporta la tasse dans la cuisine. Elle était déçue que le policier n'ait pas eu de réponses à leur donner.

Cela faisait presque deux semaines que Dallas était chez elle. Depuis deux jours, Avery débattait avec elle-même pour décider de la suite des événements.

Elle n'était pas sûre du moment où c'était arrivé, mais au cours de leur cohabitation, elle était tombée folle amoureuse de Dallas.

Et à chaque jour qui passait, cet amour ne faisait que grandir. Dallas était le rêve qu'elle n'avait jamais su avoir. Leur vie ensemble était comme un fantasme qu'elle désirait désormais convertir en réalité.

Sa volonté de vivre seule sans l'amour d'un homme avait changé. Elle pleurerait l'absence de son frère jusqu'à la fin de ses jours, mais elle avait compris une chose : elle avait toujours la capacité d'aimer, et d'aimer profondément.

Dallas avait réussi à vaincre ses mécanismes de défense, avait abattu tous les murs qu'elle avait tenté d'ériger autour d'elle après la mort de Zeke. Et cela ne la rendait pas heureuse. Elle n'était pas heureuse du tout.

Cette histoire sentait le chagrin d'amour à plein nez, mais Avery ne voyait absolument pas comment l'éviter. Elle ne croyait pas aux contes de fées, et même si c'était le cas, Dallas avait déjà vécu le sien avec sa femme. Il avait été très clair : il ne cherchait pas à en revivre un autre.

Certes, il avait eu envie d'elle, mais quand il avait parlé d'Ivy, l'amour dans sa voix avait été notable. Elle avait beau être tombée amoureuse de lui, il ne lui avait donné aucune indication qu'il était prêt à renoncer à sa vie solitaire.

Ils n'avaient pas échangé d'autres baisers. Ils n'avaient pas eu d'autres contacts physiques, même si, à certains moments, elle avait l'impression de sentir son désir pour elle palpiter dans l'air.

Mais le désir n'était pas forcément lié à l'amour. Il était évident qu'elle ne pouvait pas le forcer à l'aimer assez pour vouloir être son mari, ce qui lui brisait le cœur.

Elle retourna s'asseoir sur le canapé au moment où Dallas revenait dans le salon.

— Plutôt frustrante, cette visite, fit-elle remarquer.

Il prit place à côté d'elle.

— C'est le moins qu'on puisse dire. Je n'arrive pas à croire que les voyous de cette ville puissent menacer quelqu'un en toute impunité.

— Je n'arrive pas à croire qu'ils soient assez malins pour se trouver des alibis que la police ne puisse pas infirmer.

— Tôt ou tard, la situation va changer. L'un d'eux fera une erreur ou se vantera auprès de la mauvaise personne. On doit seulement faire preuve de patience.

Elle était à bout de patience. Combien de temps Dallas allait-il devoir rester chez elle à jouer les gardes du corps ? La vraie question était la suivante : pendant combien de temps allait-elle pouvoir vivre avec lui sans lui avouer ses sentiments ?

Malheureusement, elle n'avait toujours rien appris sur lui qui la décourage de l'aimer. Il était ordonné, se montrait toujours agréable et serviable. Il devait bien avoir une faille dans son armure, et elle estimait soudain vital de la trouver.

— Je n'ai pas envie de cuisiner ce soir.

— Pas de problème, je vais m'en occuper, répondit-il sans sourciller.

— Je ne suis pas sûre d'aimer ce que tu feras.

Elle se pelotonna dans un coin du canapé et jeta un coup d'œil vers lui.

— D'accord, très bien, répondit-il en riant. Alors dis-moi ce que tu voudrais que je fasse, et j'essaierai de satisfaire tes papilles gustatives.

Sa réponse l'irrita par sa gentillesse.

— Et si je te disais que tu cuisines comme un pied ? demanda-t-elle.

Il se remit à rire.

— Alors je suggérerais que les jours où tu n'as pas envie de cuisiner, on se fasse livrer ou on aille manger dehors. Je ne voudrais surtout pas t'obliger à manger quelque chose que j'ai cuisiné si tu trouves ça mauvais.

— Ce n'est pas mauvais. J'ai dit ça pour voir si j'arrivais à t'énerver.

Il haussa un sourcil.

— Pourquoi chercherais-tu à m'énerver ?

— J'étais curieuse de voir comment tu es quand tu perds patience.

— Tu devrais savoir maintenant qu'il en faut beaucoup pour me mettre en colère.

— Mais je ne le sais vraiment pas, protesta-t-elle.

Elle se leva, se sentant à la fois agitée et agacée.

— J'ai l'impression que tu as adopté un comportement exemplaire depuis que tu es ici.

Il éclata à nouveau de rire.

— Je peux te promettre que je me comporte tout à fait normalement.

— Arrête de rire, je suis sérieuse, s'exclama-t-elle en le fusillant du regard.

Au fond d'elle-même, elle savait qu'elle se montrait déraisonnable, mais elle avait besoin… elle *voulait* être fâchée contre lui.

— D'accord… Alors, qu'est-ce que tu veux savoir ? demanda-t-il, toute trace d'humour disparue de son visage.

— Quand tu es en colère, que fais-tu ?

Si seulement il lui disait qu'il hurlait en proférant des grossièretés, qu'il donnait des coups dans les murs et cassait des objets, songea-t-elle.

Il fronça les sourcils.

— Je ne sais pas. Je suppose que ça dépend de ce qui me met dans cet état.

Il plissa légèrement les yeux.

— De quoi as-tu peur, Avery ? Que je m'énerve et que je batte mes enfants ? Est-ce que ton intention, en ce moment même, est de me mettre en colère ?

— Peut-être… Peut-être que je veux voir comment tu agis quand tu n'es pas en mode « comportement exemplaire ».

— Je pourrais dire la même chose de toi, riposta-t-il. Tu ne m'as peut-être pas montré ta vraie personnalité depuis que je suis ici.

— J'ai été moi-même à cent pour cent. Je suis trop enceinte et trop fatiguée pour être autre chose.

Alors qu'elle lui jetait un autre regard noir, il pencha la tête sur le côté et l'étudia un long moment.

— Y a-t-il une raison pour laquelle tu essaies de provoquer une dispute ?

Il avait raison, c'était exactement ce qu'elle tentait de faire. Elle voulait se quereller avec lui et se mettre en colère contre lui. Elle voulait qu'il fasse ou dise quelque chose qui la découragerait de l'apprécier autant…, de l'aimer.

Mais alors qu'elle l'observait, ses yeux se remplirent

de larmes. Ses émotions devinrent incontrôlables, et elle se mit à pleurer.

— Avery, murmura Dallas en se levant du canapé.

Elle leva la main pour l'empêcher d'approcher.

— Je… Je crois que j'ai besoin de faire une sieste, parvint-elle à dire, avant de s'enfuir vers sa chambre.

Elle laissa libre cours à ses larmes pendant plusieurs minutes. Lulu ne l'avait même pas suivie, préférant rester avec Dallas dans le salon. La petite traîtresse…

Au bout d'un moment, elle finit par se demander pourquoi elle pleurait. Elle avait vécu sa vie sans problème avant d'aimer Dallas Colton et elle y parviendrait aussi après en être tombée amoureuse. Elle agirait dans l'intérêt de ses enfants, c'était tout ce qui comptait.

Elle finit par s'endormir et se réveilla une heure plus tard. En repensant à ce qui s'était passé avec Dallas avant qu'elle ne s'enfuie dans sa chambre, elle se sentit toute penaude.

Une fois hors du lit, elle alla dans la salle de bains pour se passer un peu d'eau sur le visage. Elle lui devait des excuses, songea-t-elle en sortant de sa chambre. Quand elle le rejoignit dans la cuisine, où il mangeait un sandwich jambon-fromage, il lui adressa un sourire hésitant.

— Salut, lança-t-elle, avant de s'asseoir sur la chaise en face de lui.

— Tu te sens mieux ?

— Je me sens surtout pleine de remords pour ce qui s'est passé tout à l'heure. Je suis vraiment désolée, Dallas. Je ne sais pas ce qui m'a pris.

— Ne t'en fais surtout pas pour ça. Tu veux un sandwich ? demanda-t-il en commençant à se lever.

— Reste assis, je m'en occupe.

Tout en prenant le jambon et le fromage dans le réfrigérateur, elle demanda :

— Il s'est passé quelque chose pendant ma sieste ?

— Absolument rien.

À son grand soulagement, ils n'abordèrent pas le sujet de sa petite crise de nerfs de tout le repas.

Plus tard dans la soirée, elle éprouva à nouveau le besoin de prendre ses distances. Ils étaient assis l'un à côté de l'autre sur le canapé, à regarder un film idiot qui n'avait pas la capacité de la faire sortir de sa tête.

— Tu es bien silencieuse, ce soir, remarqua-t-il, rompant le silence qui régnait entre eux. Ça va ?

— Ça va. Je regarde le film, c'est tout.

Elle plissa le front.

— En fait, ce n'est pas tout à fait vrai. Je pensais qu'il était peut-être temps de te renvoyer chez toi.

Il la regarda en haussant un sourcil.

— Et qu'est-ce qui te fait penser ça ? Je te rends dingue ?

— Mais non, idiot. Tu sais très bien que tu es l'invité parfait.

— Alors pourquoi essaies-tu de te débarrasser de moi ?

— Je n'essaie pas de me débarrasser de toi. C'est un plaisir de t'avoir chez moi.

Le problème, c'était qu'elle aimait beaucoup trop l'avoir chez elle.

— Mais, Dallas, je dois être honnête. Ça fait deux semaines, et je n'ai pas reçu d'autres menaces.

— Comment appelles-tu ce qui s'est passé hier soir avec Joel Asman ?

— Je suis d'accord avec le chef Thompson : il a essayé de me mettre les nerfs en pelote, mais il n'a pas essayé d'entrer par effraction, il n'a rien fait qui me donne une sensation de danger imminent. C'est très égoïste de ma part de te garder ici. Tu dois retourner à ton travail avec les cow-boys. Tu dois retrouver le cours de ta vie.

— As-tu envisagé qu'il n'y ait peut-être pas eu d'autres

menaces contre toi parce que je suis ici ? Que ce type n'avait peut-être rien tenté hier soir parce qu'il savait que j'étais dans la maison ?

— D'accord… Alors comment savoir quand il n'y aura plus du tout de menace ? As-tu l'intention de vivre ici pour toujours ?

Elle n'aurait rien contre, bien sûr, mais sa présence était devenue une forme de torture. À chaque minute passée avec lui, elle tombait un peu plus amoureuse. Bientôt, elle ne serait plus capable de dissimuler ses sentiments pour lui. Elle devrait lui dire ce qu'elle ressentait.

— Accordons-nous encore une semaine, suggéra-t-il. D'ici là, Chad et Danny auront peut-être eu du nouveau de la part de leurs indics, des informations qui nous rassureront un peu.

— Je crois que je vais appeler Chad demain matin. Il nous dira peut-être que l'apparition de Joel sur le trottoir était son chant du cygne et que ces voyous sont passés à autre chose.

Dallas fronça les sourcils.

— Je n'ai jamais vraiment compris quel était leur objectif final.

— Que veux-tu dire ? Ils veulent se venger parce que j'ai fait condamner Dwayne Conway.

— J'aurais pensé qu'ils menaceraient quelqu'un si ça leur apportait quelque chose. Tu ne travailles même pas en ce moment.

Le front toujours plissé, il changea de position.

— Jusqu'ici, ils se sont montrés plutôt idiots en déblatérant contre toi à travers toute la ville, puis en faisant venir Asman ici. S'il t'arrive quoi que ce soit, il sera le principal suspect par sa propre faute.

— Personne n'a dit que ces types avaient inventé la poudre, ironisa-t-elle.

— Pour ce qui est de reprendre le cours de ma vie, il se trouve que pour l'instant votre sécurité, à toi et aux bébés, est toute ma vie, affirma-t-il. À moins que ma présence ne te dérange, ne te fais pas de souci pour moi. Je suis exactement là où je veux être.

Réprimant un soupir, elle reporta son attention sur la télévision. Si seulement il voulait être là pour elle… et pas seulement pour les bébés dans son ventre.

Mais elle ne pouvait pas se voiler la face. Il n'était pas amoureux d'elle. Il ne voulait pas construire un avenir avec elle où ils seraient autre chose que des coparents.

Une autre femme parviendrait-elle à le faire changer d'avis à propos d'un remariage ? Une autre femme finirait-elle par compter assez pour qu'il laisse sa défunte femme dans le passé et envisage un avenir avec elle ?

Avery l'espérait. Si elle ne pouvait pas l'avoir, alors elle escomptait qu'il trouve l'amour avec quelqu'un d'autre. Elle le lui souhaitait de tout son cœur. Elle n'imaginait pas qu'il soit vraiment heureux pour le restant de ses jours avec un fantôme pour seule compagnie.

— Avery, regarde les choses en face : tu es coincée avec moi pendant encore un petit bout de temps.

Il lui lança le sourire éclatant qui déclenchait des frissons dans tout son être. Elle lui sourit à son tour, tout en prenant une décision : elle devait passer la semaine suivante à chercher comment cesser d'être amoureuse du père de ses enfants.

11

Cela faisait trois jours que le chef Thompson était passé leur donner des nouvelles. Depuis, Avery avait semblé préoccupée et un peu distante. Et si elle n'était pas distante, elle paraissait souvent au bord des larmes.

Et il avait horreur de la voir pleurer.

Dallas s'était creusé l'esprit pour essayer de comprendre ce qu'il avait fait pour la contrarier, mais rien ne lui sautait aux yeux.

Ce devait être en rapport avec la grossesse, avait-il fini par conclure. La date de l'accouchement approchait, et c'était peut-être ce qui la rendait préoccupée et émotive. Il ne prétendait pas savoir comment une femme enceinte se sentait à l'approche du terme. Après tout, c'était peut-être un comportement tout à fait normal.

En tout cas, c'était sûr, elle était mal dans sa peau. Tous les soirs, quand ils prenaient place sur le canapé, il lui fallait plusieurs minutes pour trouver une position confortable. Son ventre semblait s'être encore arrondi au cours des derniers jours.

En plus de cet inconfort, elle était peut-être contrariée parce qu'elle n'avait pas pu préparer le nid comme elle l'aurait souhaité. D'après ce qu'il savait, elle ne dormait pas plus qu'avant. Elle n'avait même pas goûté à ses olives et ses chips.

— Tu veux d'autres toasts ? demanda-t-elle, le tirant de ses pensées.

— Non, merci, c'est bon.

Il but une gorgée de café, puis reposa la tasse.

— Je me disais quelque chose. Si tu veux prendre rendez-vous chez la manucure, je serais ravi de t'emmener au salon et d'attendre avec toi. Je sais que tu avais envie de te faire faire les ongles avant l'arrivée des bébés.

Elle l'observa un long moment, les yeux écarquillés et soudain remplis de larmes.

— Merci.

— Avery, qu'est-ce qui ne va pas ? demanda-t-il avec inquiétude.

Elle se tamponna les yeux avec sa serviette, puis agita les mains comme pour le rassurer. Elle émit un rire étranglé qui ressemblait à un sanglot.

— Ne t'inquiète pas. Mes hormones sont tout chamboulées. Si ça ne te dérange vraiment pas, alors je vais prendre rendez-vous pour demain ou après-demain.

— Aucun problème, affirma-t-il. Bon… Y a-t-il quelque chose que je puisse faire à propos de cette histoire d'hormones ?

Elle rit.

— Non, mais merci de poser la question.

Après avoir repris son sérieux, elle se leva et commença à débarrasser la table.

— Dès que j'ai fini ici, je retourne devant l'ordinateur.

Elle avait repris ses distances. C'était audible dans sa voix. Elle quitta la cuisine avant même qu'il n'ait terminé son café. Elle en avait peut-être assez qu'il soit chez elle. Elle commençait peut-être à considérer sa présence comme une intrusion. Après tout, à en juger par certaines de leurs conversations au cours des trois derniers jours, elle semblait essayer de se débarrasser de lui.

Il était partagé. Il ne voulait pas la laisser sans défense face au genre de personne qui avait tourmenté Lulu et lui avait écrit ce message menaçant. Il ne voulait pas courir le risque qu'un rôdeur attende qu'il parte pour passer à l'attaque. Voilà pourquoi il rechignait autant à quitter la maison… À quitter Avery.

Il finit par ouvrir son portable. S'il se concentrait assez sur l'affaire du tueur en série, il cesserait peut-être de penser à Avery et de s'inquiéter pour elle.

Ils travaillaient depuis environ une heure lorsqu'elle l'appela dans le salon.

— J'ai trouvé un nom que je reconnais, déclara-t-elle. Corgan, Horace Corgan. Apparemment, il a été renvoyé de l'armée pour manquement à l'honneur il y a trente-neuf ans. Qui est-ce, exactement ?

— Si je me souviens bien, c'est un cousin d'Elliot et d'Adam.

Songeur, Dallas fronça les sourcils. Adam était un propriétaire de ranch respecté. Elliot était mort en prison après avoir été condamné pour les meurtres de jeunes femmes qui avaient secoué la petite ville quarante ans plus tôt.

— Horace aurait des boutons militaires en sa possession, non ? demanda Avery.

— Oui, j'imagine.

— Et s'il était une espèce d'imitateur qui s'est mis à tuer récemment ?

— Au point où on en est, tout est possible. Je ne crois pas que quelqu'un ait pensé à Horace. Il a peut-être été interrogé au début, mais je me demande s'il a fait l'objet d'une enquête approfondie.

— Quand Elliot a été arrêté, je suis sûre que personne d'autre n'a été inquiété. Tout le monde a cru qu'Elliot était coupable.

— Il faut que j'appelle Forrest pour lui dire ce que tu as trouvé. Je dois aussi prévenir le chef Thompson.

Dallas retourna dans la cuisine pour passer l'appel.

— Horace Corgan…, répéta Archer. On ne s'est pas du tout intéressés à lui, c'est vrai. Et vous dites qu'il a été renvoyé de l'armée pour manquement à l'honneur ?

— Oui. Il aurait eu des boutons militaires en sa possession, chef.

— Ben ça alors, marmonna le policier. Comment a-t-on pu passer à côté de ça ? Je vais essayer de mettre la main sur son adresse actuelle. Je reviens vers vous.

Dallas n'eut pas longtemps à attendre. Archer le rappela quelques minutes plus tard, muni de l'information.

— Si c'est possible, j'aimerais que Forrest et vous vous chargiez de l'interroger. Demain, ce serait bien, mais j'ai trop à faire ici, je ne peux pas me libérer.

— Pas de problème. J'en parlerai à Forrest, et on va s'en occuper.

— Très bien. Je vous enverrai l'adresse exacte à tous les deux par SMS. Horace aura peut-être quelque chose d'intéressant à nous apprendre.

Dallas enchaîna en appelant son frère pour préparer leur périple. Après avoir raccroché, il retourna dans le salon, où Avery l'attendait sur le canapé.

— Ça te dit, une virée à Austin demain matin ? demanda-t-il.

— Qu'est-ce qu'il y a à Austin ?

— Horace Corgan. Le chef Thompson est d'accord pour que Forrest, Rae, toi et moi allions lui parler. D'après le chef, Horace est en mauvaise santé. S'il est responsable des récents meurtres, il voudra peut-être soulager sa conscience.

— Ce serait drôlement chouette, répondit Avery. Je suis partante, bien sûr.

— C'est un long trajet. Tu es sûre de pouvoir supporter toutes ces heures de route ?

— Si Horace Corgan a des réponses qui peuvent nous aider, je n'ai pas l'intention de rater l'occasion de les entendre, répliqua-t-elle avec fermeté. Rouler en voiture n'est pas un problème.

— Je voulais aussi savoir si tu serais d'attaque pour une soirée dehors.

Elle le regarda d'un air circonspect.

— Où ça ?

— Je me suis dit qu'on pouvait aller au *diner*. J'aimerais découvrir le genre de ragots qui circulent sur Horace, or il y a des personnes âgées qui mangent là-bas presque tous les soirs.

Il vit un éclair de peur apparaître au fond de ses yeux verts. Elle faisait peut-être de son mieux pour le convaincre de reprendre une vie normale. Elle voulait peut-être se convaincre elle-même que tout danger avait disparu. Mais cette ombre dans son regard indiquait qu'elle en doutait encore. Était-ce la peur qui l'avait empêchée de prendre rendez-vous chez sa manucure plus tôt ?

— Avery, je ferai tout ce qui est mon pouvoir pour assurer ta sécurité, mais je comprendrai que tu ne veuilles pas y aller.

Elle releva le menton, et la lueur apeurée dans ses yeux disparut, remplacée par une volonté de fer.

— Je refuse d'être prisonnière dans ma propre maison. J'adorerais aller au *diner* avec toi ce soir.

À cet instant, en voyant sa force intérieure illuminer son regard, il dut bien l'admettre : elle était exactement le genre de femme dont il pourrait tomber amoureux… S'il cherchait à retomber amoureux. Ce qui n'était pas le cas…

C'était la première fois qu'ils sortaient de chez elle depuis que Joel Asman s'était tenu sur le trottoir et avait contemplé la maison avec une malveillance qui avait glacé Avery.

Juste après 17 heures, ils prirent la direction du *diner*. Heureusement, il n'y avait personne aux alentours, et personne ne semblait les suivre.

Avery était vêtue d'un chemisier vert clair et d'un pantalon de grossesse marron. Elle avait particulièrement soigné son maquillage et ses cheveux, pas tant pour Dallas que pour elle-même. Elle voulait montrer à tout le monde en ville qu'elle n'avait pas peur, que les méchants ne gagnaient pas en l'obligeant à rester cloîtrée chez elle.

Cela dit, elle trouva un peu angoissant le trajet entre la maison et le pick-up de Dallas, qui était garé dans l'allée. Une fois en sécurité dans le véhicule, elle commença à se détendre.

— Je dois admettre que ça fait du bien de prendre un peu l'air.

— Ce soir, on est en mission, non seulement pour manger un bon repas, mais aussi pour collecter le plus d'informations possible sur Horace Corgan.

— Si ça se trouve, on résoudra l'affaire dès demain, fit-elle remarquer avec optimisme.

— Ce serait fantastique, mais je ne me fais pas trop d'illusions.

Il se gara et coupa le contact. Après avoir détaché sa ceinture, il se tourna vers elle.

— Avery, si quelqu'un ou quelque chose dans le restaurant t'amène à te sentir en danger, dis-le-moi. Je te ramènerai à la maison en un clin d'œil.

— Dallas, tant que je suis avec toi, je me sens complètement en sécurité. Et maintenant, allons-y et voyons ce qu'on peut découvrir. En plus, comme d'habitude, les jumeaux ont faim.

Dès qu'ils entrèrent, Dallas se pencha vers elle.

— Voici la personne que j'espérais trouver ici ce soir.

Il désigna un petit homme mince assis dans un box.

Avery le reconnut aussitôt : George Severnson, un veuf de quatre-vingt-quatorze ans qui jouait encore du violon à la perfection et était le plus vieil habitant de la ville.

Ils s'approchèrent de lui.

— Bonsoir, George. On peut se joindre à vous ? demanda Dallas.

Les yeux bleus du vieillard se plissèrent, tandis qu'il leur adressait un sourire édenté.

— Ce n'est pas si souvent que quelqu'un veut s'asseoir avec un vieux bonhomme comme moi.

— À vrai dire, on voudrait vous poser quelques questions.

— Asseyez-vous, je vous écoute, fit George en désignant la banquette en face de lui.

Ils venaient de s'installer lorsque la serveuse apparut pour prendre leurs commandes. Avery prit le pain de viande, tandis que Dallas choisissait un cheeseburger au bacon et George, des spaghettis.

— George, c'est moi qui régale, déclara Dallas.

— Eh bien, dans ce cas, je vais aussi prendre une part de cette tourte aux pommes au caramel que j'aime tant. Bon sang, on va même dire deux parts, lança-t-il à la serveuse. Je vais en rapporter une à la maison.

Il regarda tour à tour Dallas et Avery.

— Ça doit être des questions importantes si vous me soudoyez avec un repas gratuit.

— On y viendra dans une minute, répondit Dallas. Vous jouez toujours du violon ?

Les yeux bleu pâle du vieil homme s'illuminèrent à nouveau.

— Dès que j'en ai l'occasion. En fait, j'ai gagné un concours de talents au Elk's Club l'autre soir.

— Bravo.

Pendant que les deux hommes parlaient musique, Avery jeta un coup d'œil autour d'eux. Elle observa les autres convives, s'assurant qu'aucun des « amis » de Dwayne Conway n'était présent dans le *diner*.

Heureusement, elle n'en vit aucun. Ils devaient être dans une grotte quelque part, à planifier sa mort, songea-t-elle sombrement.

Elle s'aperçut alors que George la dévisageait, l'air d'attendre quelque chose.

— Pardon ?

— Votre homme vient de me dire que vous étiez enceinte de ses jumeaux. C'est une vraie bénédiction, félicitations.

— Merci.

Elle sourit, tout en s'interrogeant : devait-elle tenter d'expliquer à George que Dallas n'était pas son homme ? Elle décida de ne rien dire. De toute façon, sa relation avec Dallas était beaucoup trop compliquée pour qu'elle y réfléchisse en cet instant.

— Ma femme, Dieu ait son âme, n'a pas pu me donner d'enfants, déclara George. Mais je l'aimais du plus profond de mon cœur.

Pendant un instant, l'homme frêle parut encore plus vieux qu'il ne l'était. Une profonde tristesse se lisait sur son visage ridé.

Il redressa les épaules, et la tristesse s'effaça.

— Mais c'est du passé. Aujourd'hui, j'adore mon violon et cette tourte aux pommes au caramel.

Au même moment, la serveuse leur apporta leurs assiettes.

— Et si vous me disiez ce que vous attendez de moi ? demanda George.

Il aspira un spaghettis, dont le bout lui frappa la joue, la tachant d'un peu de sauce. Il l'essuya de sa manche.

— On voudrait savoir si vous avez des choses à nous apprendre sur Horace Corgan, répondit Dallas.

— Bonté divine, c'est un nom qui remonte de loin…

George les regarda d'un air surpris.

— Mais que diable voudriez-vous savoir sur cet homme ?

— Tout ce que vous pouvez nous dire sur lui, répondit Avery. C'est vraiment important, George.

Il fronça les sourcils.

— Je ne sais pas grand-chose. On n'évoluait pas vraiment dans les mêmes cercles. Je sais que Beau Lemmon et lui étaient plutôt proches.

Son front se plissa davantage.

— Est-ce qu'on a découvert qui a tué Beau ? C'est pour ça que vous êtes là ?

— Malheureusement non, admit Dallas. On ne le sait toujours pas.

Beau Lemmon était le père de Rae Lemmon. Rae et Forrest étaient tombés amoureux récemment. Rae avait été anéantie lorsque Beau avait été retrouvé dans une tombe sur sa propriété. Forrest avait été à ses côtés pour l'aider à surmonter son chagrin. Beau avait été assassiné, et jusqu'ici, il n'y avait pas eu d'indices pour les mettre sur la piste de son meurtrier.

George secoua la tête et engloutit une autre bouchée de spaghettis.

— Il se passe des choses bizarres dans cette ville. Vous pensez que Horace est responsable de la mort de Beau ?

— On ignore encore si Horace est responsable de quoi que ce soit, répliqua Dallas. On voudrait seulement avoir une idée générale du genre d'homme qu'il était.

— Vous savez qu'il a été renvoyé de l'armée pour manquement à l'honneur. Je ne connais pas tous les détails, mais ça ne m'étonnerait pas que ça ait été lié au fait de flirter avec des femmes. Horace aimait beaucoup les jeunes femmes, expliqua George en secouant la tête.

— Ce n'est pas contre la loi, d'aimer les jeunes femmes, fit remarquer Avery une heure plus tard, sur le chemin du retour.

— C'est vrai, mais je suis quand même impatient de parler avec Horace demain.

— À quelle heure part-on ?

— Forrest et Rae viennent nous chercher vers 9 heures.

Après s'être garé dans l'allée d'Avery, il contourna le véhicule pour l'aider à descendre. Il entoura ses épaules d'un bras protecteur tandis qu'ils marchaient vers la porte d'entrée.

Une fois à l'intérieur, ils s'assirent sur le canapé.

— Il est fort possible qu'Horace n'ait rien à voir avec tout ça, fit-elle observer.

— C'est vrai, mais il aurait eu des boutons militaires en sa possession, et on sait que des boutons ont été retrouvés sur plusieurs scènes de crime. Au moins, on pourra peut-être l'éliminer pour de bon de la liste des suspects. Il n'a été questionné qu'une seule fois au début de l'enquête. Dans tous les cas, il faut le réinterroger.

Ils continuèrent à discuter de l'affaire pendant une demi-heure, puis Avery décida d'aller se coucher, même s'il était encore tôt.

Elle avait de plus en plus de mal à trouver une position confortable, que ce soit au lit ou ailleurs. Plus les jours passaient, plus elle était impatiente que les bébés naissent. Elle avait hâte qu'ils soient hors de son corps et dans ses bras.

Une fois entre les draps, elle se mit à contempler le

plafond. C'était dans le calme absolu de la nuit que son esprit était le plus chaotique. Et tout ce chaos concernait Dallas et ses sentiments pour lui.

Malgré tout ce qui était lié au bon sens et à la pensée rationnelle, elle voulait qu'il soit dans ce lit avec elle. Elle voulait sentir ses bras autour d'elle et son cœur battre contre le sien.

Mais elle devait faire preuve d'intelligence. Une bonne relation avec Dallas était le meilleur cadeau qu'elle puisse offrir à ses bébés. Elle ne pouvait pas laisser ses émotions tout gâcher.

La menace qui pesait contre elle finirait par être résolue, et Dallas retournerait dans sa cabane. Elle ne le verrait probablement que lorsqu'il viendrait chercher et ramènerait les enfants. Malgré son inconfort physique, elle repoussa toutes ces pensées de sa tête et ferma les yeux. Enfin, elle parvint à s'endormir.

Dallas la serra contre lui tandis qu'ils regardaient dans un berceau, puis dans l'autre. Les jumeaux gazouillèrent de concert, respirant la santé et le bonheur.

Il la tourna vers lui et la fixa droit dans les yeux.

— Je t'aime, Avery.

Il captura ses lèvres en un baiser ardent qui lui coupa les jambes.

Soudain, ils étaient dans son lit et faisaient l'amour avec toute la passion et l'affection qu'ils ressentaient l'un pour l'autre. Avery s'accrocha à lui, certaine de son avenir, de leur avenir ensemble. C'était le conte de fées dont elle avait eu peur de rêver, la fin heureuse en laquelle elle croyait désormais.

Et voilà qu'elle courait. Elle dévala une rue obscure, puis une autre. Joel Asman et Max Malone la pourchas-

saient, chacun d'eux brandissant un énorme couteau qui brillait au clair de lune.

Soutenant d'un bras son gros ventre, elle avait le souffle court et les poumons douloureux.

— Dallas !

Elle cria son nom encore et encore, alors que les deux hommes gagnaient sur elle.

Mais ses appels au secours résonnèrent dans les rues sombres sans que personne ne semble les entendre. À moitié aveuglée par les larmes, elle comprit que les voyous allaient la rattraper. Ils allaient la tuer, et avec sa mort, ses bébés allaient mourir.

— Dallas ! hurla-t-elle à nouveau en une ultime supplique.

— Avery, réveille-toi. Chérie, tu fais un cauchemar.

La voix grave de Dallas se fraya un passage à travers toutes les strates de sommeil et triompha du cauchemar. Elle ouvrit les yeux, se redressa, puis passa les bras autour du cou de Dallas, secouée de sanglots.

— Tout va bien. Avery, tu es en sécurité.

Il lui caressa le dos, tandis qu'elle enfouissait le visage au creux de son cou.

— Ils… Ils me couraient après avec des couteaux. J-Joel et Max. Ils… ils allaient me… me tuer.

— Personne ne va te tuer, Avery. C'était seulement un mauvais rêve.

Au bout d'un moment, elle parvint à contrôler ses larmes.

— Je suis désolée, Dallas, murmura-t-elle en le lâchant. Je ne voulais pas te réveiller.

Il sourit et essuya du pouce les larmes sur ses joues.

— Me réveiller ? Bon sang, tu m'as fait une peur

bleue. Je t'ai entendue crier mon nom. J'ai cru que j'allais te trouver en train d'accoucher au beau milieu de ce lit.

— Non, pas d'accouchement en cours. J'étais seulement persuadée que j'allais me faire assassiner.

Même si elle était désormais bien réveillée, la terreur du cauchemar continuait à courir dans ses veines.

— Je suis désolée de t'avoir tiré du sommeil et de t'avoir fait une peur bleue.

— Tu vas réussir à te rendormir ?

Elle commença à hocher la tête, mais s'interrompit.

— Je sais que c'est beaucoup demander, mais tu voudrais bien passer le reste de la nuit ici avec moi ?

— Bien sûr, acquiesça-t-il aussitôt.

Elle se déplaça pour lui laisser la place de se glisser sous le drap à côté d'elle.

Il ne portait qu'un boxer, et quand il la prit dans ses bras, sa peau nue la réchauffa. Il n'y avait rien de sexuel dans leur étreinte. Sa présence la réconforta et lui donna une sensation de sécurité, ce qui lui permit de se rendormir.

Lorsqu'elle se réveilla le lendemain matin, elle était à nouveau seule dans le lit. Mais les draps gardaient encore la chaleur corporelle de Dallas. Il n'était pas levé depuis longtemps.

Heureusement, il n'y eut aucune gêne entre eux lorsqu'ils prirent le petit déjeuner et se préparèrent pour la journée de voyage. Austin se trouvait à environ trois cents kilomètres de Whisperwood. Dans son état, un trajet de sept heures en voiture allait lui sembler interminable, mais elle n'aurait renoncé pour rien au monde.

Même si elle était en congé, elle n'en suivait pas moins les meurtres qui avaient lieu en ville. Elle était particulièrement intéressée par l'affaire de la momie.

À 8 h 45, Dallas et elle attendaient dans le salon l'arrivée de Forrest et Rae.

— J'ai hâte de parler avec Rae, déclara-t-elle en caressant Lulu, qui était blottie sur ses cuisses. Je veux qu'elle me raconte la naissance du petit Connor et ce que ça fait d'avoir un enfant de trois mois.

— Quoi qu'elle te dise, pour toi, ce sera tout ça fois deux, répondit Dallas avec un sourire chaleureux.

— Je suis sûre qu'on arrivera à s'en sortir.

Quelqu'un klaxonna devant la maison.

— Ça doit être eux, remarqua-t-il en se dirigeant vers la porte.

Après avoir posé Lulu sur le sol, Avery prit son sac et le suivit dehors. Dallas s'assit à l'avant à côté de Forrest, tandis qu'elle s'installait sur la banquette arrière avec Rae.

Rae était une jolie jeune femme brune qui travaillait comme assistante juridique dans le cabinet Lucas, Jolley et Fitzsimmons. Elle était enjouée et amicale, et pendant presque tout le trajet jusqu'à Austin elles discutèrent de l'accouchement et des défis de la parentalité.

— Je te préviens, Dallas : ne prends pas pour argent comptant tout ce qu'elle te dira pendant le travail, lança Rae. Il est possible qu'elle t'insulte et qu'elle veuille te taper dessus.

Ils éclatèrent tous de rire.

— Je suis certain de pouvoir affronter tout ce qu'elle me dira, affirma Dallas.

— Vous avez assisté à tous les cours de préparation à la naissance ? demanda Rae.

Il se tourna vers Avery, la mine paniquée.

— Des cours de préparation à la naissance ? On était censés faire ça ?

— Avec tout ce qui s'est passé, on n'a pas vraiment eu le temps.

— Tout ce que tu dois faire, Dallas, reprit Rae, c'est rappeler à Avery de bien respirer pendant les contractions.

— D'accord. Je devrais y arriver.

Alors qu'ils étaient à mi-chemin de leur parcours, Rae suggéra :

— Et si on faisait une pause ? Je suis sûre qu'Avery aimerait se dégourdir les jambes, et moi aussi.

Avery lui sourit avec gratitude. Pendant leur halte, les trois autres firent le plein de café, tandis qu'elle achetait une bouteille d'eau et un beignet au chocolat.

Plus ils se rapprochaient d'Austin, plus la tension devenait palpable dans le véhicule. Forrest, en tant que policier en mission, réfléchissait sûrement aux questions qu'il allait poser à Horace. Dallas devait avoir des pensées similaires à l'esprit.

Non seulement Horace avait le même genre de boutons militaires vieux de quarante ans qui avaient été retrouvés près des corps des victimes, mais il était aussi le cousin de l'homme qui était mort en prison après sa condamnation pour sept meurtres de femmes.

Était-il possible qu'Horace ait tué les victimes récentes ? Était-il possible qu'il ait été complice de la folie meurtrière de son cousin toutes ces années plus tôt ? Il y avait tant de questions. Après aujourd'hui, ils auraient peut-être enfin des réponses.

— On est presque arrivés, déclara Forrest. Je voudrais parler de l'affaire, pour qu'on soit tous sur la même longueur d'onde avant d'aller interroger Horace.

— Tout a commencé quand Maggie Reeves a trouvé un squelette sur le domaine de Live Oak Ranch après l'ouragan, commença Dallas. C'était celui de la septième fille assassinée il y a quarante ans.

— Emmeline Thompson, la petite sœur du chef Thompson, poursuivit Rae. Puis le corps de Patrice Eccleston a été découvert dans le parking de Lone Star

Pharma et le cadavre momifié, dans mon jardin. Et ensuite, mon père a été assassiné.

Comme la voix de Rae s'étranglait sous l'effet de l'émotion, Avery lui serra la main pour la réconforter.

— Et on va trouver la personne responsable de sa mort, s'exclama Forrest avec fermeté.

— On sait tous qu'Elliot Corgan est allé en prison pour le meurtre de ces femmes et qu'il s'est ensuite suicidé, enchaîna Dallas. Mais maintenant, j'en viens à me demander s'il était vraiment coupable.

— C'est vrai qu'à l'époque le suicide d'Elliot a soulevé quelques questions, ajouta Forrest.

Le silence retomba. Ils prirent la sortie pour Austin, puis, au bout d'un moment, tournèrent dans une rue bordée d'arbres et de petites maisons aux jardins soignés.

— Ça devrait être par là, sur la droite, indiqua Forrest.

Il dépassa encore deux maisons, avant de s'engager dans l'allée d'une bâtisse blanche délabrée aux volets noirs. Pourvu qu'ils trouvent des réponses ici, songea Avery. Pour le moment, Horace était leur meilleur espoir de résoudre les meurtres de Whisperwood.

12

Dallas ne savait pas à quoi s'attendre lorsqu'il frappa à la porte d'Horace Corgan, mais il n'avait pas du tout envisagé d'être accueilli par une infirmière en uniforme.

La femme, âgée d'une cinquantaine d'années, portait un badge l'identifiant comme Jane Oliver. Forrest dut lui montrer sa plaque pour qu'elle les autorise à entrer dans le petit salon.

Même si la pièce semblait propre et bien rangée, l'odeur de la maladie imprégnait l'air.

— Nous devons parler à Horace, déclara Forrest à Jane.

Elle fronça aussitôt les sourcils d'un air désapprobateur.

— M. Corgan est très malade.

— Est-il en mesure de parler ?

— Eh bien… oui.

— On a seulement besoin de lui poser quelques questions, intervint Dallas.

— J'espère que vous n'avez pas l'intention de le mettre à l'épreuve, répondit-elle. Il se fatigue facilement.

— C'est grave, ce qu'il a ?

— M. Corgan a un cancer des poumons de stade 4. Sa santé s'est énormément détériorée ces deux dernières semaines. Depuis peu, il est sous oxygène à plein temps. Il essaie aussi de reprendre un peu de force après une récente crise cardiaque. Il est vraiment très malade.

— On a quand même besoin de lui parler, répliqua Forrest fermement.

Heureusement que son frère avait une détermination sans faille, pensa Dallas. Ils n'avaient pas fait tout ce trajet pour être refoulés par une infirmière trop protectrice.

La même expression désapprobatrice s'afficha sur le visage de Jane.

— Suivez-moi, ordonna-t-elle sèchement.

Elle les précéda dans le couloir jusqu'à une petite chambre, où le vieil homme était couché et branché à toutes sortes de machines.

— Ces personnes sont ici pour vous parler, monsieur Corgan.

Jane alla se poster à la tête du lit, où un écran d'ordinateur bleu affichait les constantes vitales du malade.

Horace avait l'apparence d'un mourant. Son corps squelettique était à peine visible entre les draps bleu clair. Sa respiration sifflante emplissait l'air, de même que les cliquetis et les vibrations des différentes machines. Son visage avait le teint terreux indiquant l'approche de la mort.

Après s'être identifié, Forrest présenta les autres. Horace sourit.

— Je n'ai pas beaucoup de visiteurs. Que me vaut ce plaisir ?

Il se tourna vers Jane.

— Redressez-moi.

Elle repositionna les oreillers derrière lui pour qu'il soit assis un peu plus droit.

— On a quelques questions à vous poser, monsieur Corgan, annonça Forrest.

— Des questions à propos de quoi ? Et appelez-moi Horace. Pas la peine d'être aussi cérémonieux avec moi.

— D'après nos informations, vous avez fait partie de l'armée, déclara Dallas.

— C'était il y a bien des années.

— On sait aussi que vous avez vécu à Whisperwood à une époque, poursuivit Forrest.

— C'est exact.

— Avez-vous gardé vos boutons militaires ? demanda Dallas.

— Oui, jusqu'à ce que je commence à les perdre ici et là. Mais je suis sûr que vous n'êtes pas ici pour me parler de vieux boutons.

— En fait, on est ici à propos de meurtres qui ont été commis à Whisperwood il y a quarantaine d'années, ainsi que des meurtres qui s'y produisent actuellement, répondit Dallas.

Horace s'esclaffa, mais son rire se transforma en violente quinte de toux.

— Je me demandais si quelqu'un aurait un jour l'idée de venir me parler de ça, finit-il par souffler.

— On est là, maintenant, pour vous en parler, répliqua Forrest.

— Que voulez-vous savoir ? Si j'ai tué ces femmes ? J'avoue que, quand j'étais dans la fleur de l'âge, j'avais un goût prononcé pour les jeunes beautés.

Il fit une pause, et son regard devint distant. Un sourire incurva ses lèvres, un sourire qui donna la chair de poule à Dallas. Il jeta un coup d'œil vers Avery, qui semblait aussi mal à l'aise que lui.

Le vieil homme reporta son attention sur ses visiteurs.

— J'ai réussi à échapper à la justice, mais bon sang, on dirait que je ne vais pas réussir à échapper au diable, qui est prêt à m'embarquer beaucoup plus tôt que je ne le voulais.

— On est désolés pour votre santé, lança Forrest, mais on a besoin de réponses, Horace.

Il ne réagit pas à cette intervention, mais garda le silence de longues secondes.

— Cette gentille petite Emmeline…, dit-il enfin.

Pendant un instant, sa respiration se fit plus bruyante. Son regard se perdit à nouveau dans le vide, comme si Horace s'était replongé dans un lointain passé.

Personne ne parla. Toutes les personnes présentes, hormis le vieil homme, semblaient retenir leur souffle, attendant d'entendre ce qu'il allait dire ensuite. Mais dès l'instant où Horace avait mentionné le nom de la petite sœur du chef Thompson, qui était l'une des victimes, la tension de Dallas était montée en flèche.

— Elle me mettait au supplice, cette petite, avec son joli minois et son côté aguicheur. Mais je ne l'intéressais pas. Tant pis… J'avais décidé qu'il fallait que je l'aie d'une façon ou d'une autre, et je l'ai eue.

Ses yeux brillaient d'un éclat malsain.

— Je suppose que je peux l'admettre à présent : je l'ai prise de toutes les façons possibles et puis je l'ai tuée. Pour préserver sa beauté, je l'ai momifiée avant de l'enterrer.

L'infirmière laissa échapper un léger hoquet et s'écarta du lit, les yeux rivés sur son patient. Dallas entendit Avery émettre le même son et la regarda pour s'assurer qu'elle allait bien. Il ne fallait pas qu'elle soit bouleversée au point d'accoucher prématurément.

— Ça va ? demanda-t-il à mi-voix.

Elle hocha la tête. De son côté, Dallas était choqué par ce qu'Horace venait de faire : il avait avoué le viol et l'assassinat de la petite sœur du chef Thompson.

— Et les six autres femmes ? demanda Forrest.

À nouveau, l'air dans la pièce devint lourd.

Horace leur adressa un sourire sournois.

— Vous n'êtes pas au courant ? Mon cousin Elliot est allé en prison pour ces meurtres.

Il éclata de rire, puis partit dans une quinte de toux étranglée qui dura de longues minutes. Quand il eut terminé, Jane lui tendit un mouchoir pour essuyer le sang qu'il avait expectoré.

— Elliot était le bouc émissaire idéal, affirma-t-il. Il a été incapable de garder son clapet fermé assez longtemps pour s'éviter la prison. Il a balancé ses convictions misogynes à tous ceux qui l'écoutaient et s'est mis tout seul dans la position de principal suspect dans toutes ces affaires.

Le sourire d'Horace s'effaça, et son visage squelettique se renfrogna.

— Mais j'ai appris qu'il voulait faire appel et qu'un avocat était intéressé par l'affaire. Elliot avait l'intention de raconter tout ce qu'il savait. Et il en savait beaucoup trop. Il allait exposer mon nom, et c'était bien la dernière chose que je voulais.

— D'après ce qu'on a entendu dire, il s'est suicidé en prison… en se pendant dans sa cellule, déclara Dallas.

Il était sidéré par ce que l'homme avait déjà avoué : il avait violé et tué Emmeline. Un mystère de résolu. Qu'allait-il leur révéler maintenant ?

Horace émit un bref éclat de rire.

— Elliot était une vraie mauviette, il n'aurait jamais été capable de se suicider. C'est fou ce qu'on peut convaincre un type condamné à perpétuité de faire contre un peu d'argent de poche.

— Alors quelqu'un a aidé Elliot à mourir, résuma Forrest. Ce n'était pas un suicide.

— Exact.

Horace sourit à nouveau, de ce rictus sournois que Dallas trouvait très perturbant.

— Alors, qui a tué les six autres femmes il y a quarante ans ? demanda Dallas. C'était Elliot ou c'était vous ?

Les lèvres minces d'Horace s'étirèrent en un sourire qui transforma son visage décharné en masque mortuaire.

— Elles étaient toutes mes beautés, tellement douces et jolies. Je n'ai pas pu m'en empêcher. Je les ai toutes prises, et quand j'en ai eu terminé avec elles, je les ai enterrées.

Enquêtes résolues, songea Dallas en dévisageant le vieil homme qui avait assassiné sept jeunes femmes.

— Pourquoi avouer maintenant ?

— Qu'est-ce que j'ai à perdre ? Qu'est-ce que vous allez faire ? Jeter un vieillard mourant en prison ? Si c'est là que j'atterris, au moins, j'aurai un lit et trois repas quotidiens pour le restant de mes jours. Mais je serai placé en hôpital, où j'aurai tout ce dont j'ai besoin, et personne ne pourra m'embêter.

— Et les restes momifiés qui ont été retrouvés sur ma propriété ? demanda Rae. Savez-vous quelque chose à propos de cette victime ?

Horace ferma à moitié les yeux, comme s'il se replongeait à nouveau dans le passé.

— Ah, ma douce Leora.

Ses paupières papillonnèrent, puis se fermèrent, et sa respiration se fit plus bruyante et rapide.

— Leora comment ? demanda Rae.

— Leora Sweeney, répondit Horace en rouvrant les yeux. C'était la meilleure amie d'Emmeline. Quelle belle jeune femme ! Évidemment, il me la fallait, elle aussi.

— Et mon père ? Vous l'avez tué ? fit-elle d'une voix pleine de chagrin.

— Qui diable est votre père ?

— Beau… Beau Lemmon, répondit Forrest en attirant Rae contre lui.

— Non, je n'y suis pour rien.

À nouveau, le malade partit dans une quinte de toux qui le laissa pantelant.

— Respirez par le nez, conseilla l'infirmière. Respirez bien l'oxygène, Horace.

Le vieil homme hocha la tête, puis l'appuya sur l'oreiller tout en obéissant.

— C'est bon, on en a fini ? demanda-t-il après avoir repris son souffle.

— Encore une question, répondit Forrest. Avez-vous tué Patrice Eccleston ?

Horace fronça les sourcils.

— Non. Je n'ai jamais entendu parler d'elle.

Dallas regarda son frère.

— On devrait peut-être sortir d'ici pour discuter.

Avant de partir, ils devaient s'assurer d'avoir posé à cet homme toutes les questions nécessaires.

— Oui, vous avez épuisé M. Corgan, lança Jane d'un ton désapprobateur.

Laissant l'infirmière avec son patient, ils retournèrent dans le salon.

— Waouh, murmura Avery. Je n'arrive pas à croire qu'il nous ait avoué tout ça.

— Il n'a plus grand-chose à perdre, à présent, répliqua Forrest. C'est vrai qu'il a l'air malade, mais j'aimerais bien jeter un œil sur son dossier médical pour voir s'il continue à nous manipuler d'une façon ou d'une autre.

Dallas lança un regard curieux vers son frère.

— À quoi penses-tu ?

— Il compte peut-être sur notre compassion. Il n'est peut-être pas aussi proche de la mort qu'il le prétend, et il espère qu'on ne dénoncera pas un homme au bord de l'agonie.

— Mais il n'aurait pas pu savoir qu'on venait aujourd'hui, remarqua Avery. En toussant, il a craché du sang, je l'ai vu. Il est mourant, ça me semble évident.

Les sourcils froncés, Forrest poussa un profond soupir.

— Vous avez raison. Je n'ai pas les idées claires. Après ce qu'il nous a raconté, j'ai l'esprit en ébullition. Tout ce que je sais, c'est que c'est un vieil enfoiré diabolique.

— Absolument, acquiesça Dallas. L'un d'entre vous voit d'autres questions à lui poser avant qu'on ne reparte ?

— Je crois qu'on a obtenu beaucoup plus de réponses que ce qu'on imaginait, railla Forrest. Ce pauvre Elliot a été condamné pour les meurtres de son cousin, avant de se faire assassiner.

Tandis qu'il secouait la tête, Jane les rejoignit. Elle devait être sous le choc, étant donné ce qu'elle venait d'apprendre sur son patient.

— Il dort, annonça-t-elle sans s'adresser à personne en particulier.

— Je dois appeler le chef Thompson pour lui demander comment procéder, déclara Forrest. Je suis sûr qu'il va vouloir travailler avec les autorités locales.

— Au moins, il va enfin savoir qui a tué sa sœur, fit Avery. Ça lui permettra peut-être de faire son deuil.

— Malgré toutes ces révélations, on ne sait toujours pas qui a tué Beau et Patrice, leur rappela Dallas. Je suis sûr que si Horace était responsable de ces morts, il nous l'aurait dit.

Ils avaient mis la main sur un meurtrier, mais un autre continuait à se balader dans les rues de leur ville.

Alors que Forrest sortait son téléphone portable de sa poche, un bruit de toux leur parvint de la chambre. Horace était en train de tousser à s'en arracher les poumons.

L'infirmière se précipita dans la pièce, et ils lui emboîtèrent le pas. La canule à oxygène n'était plus en place, et le vieil homme était visiblement en détresse respiratoire. Sa peau grise avait pris une teinte bleutée. Ses mains semblaient coincées sous le drap. L'une des machines commença à émettre une alarme stridente.

Il cessa brusquement de tousser.

— Melody, parvint-il à murmurer.

Ses yeux se révulsèrent, et le son de l'alarme changea, indiquant qu'il n'y avait plus ni pouls ni tension.

Horace Corgan était mort.

Il était presque minuit lorsque Forrest les déposa devant la maison d'Avery. Malgré l'heure tardive, la fatigue physique et les événements choquants de cette longue journée, Avery sentait toujours l'adrénaline circuler en elle.

Juste après avoir été identifié, le Tueur aux momies était mort. Cela aurait dû leur permettre de tirer un trait sur cette affaire, mais le décès soudain d'Horace avait été plus que suspect. Non seulement sa canule à oxygène avait été enlevée avant sa mort, mais on avait aussi découvert qu'il avait eu les mains liées sous le drap.

Et qui diable était Melody ? C'était le dernier mot qu'avait prononcé Horace avant de mourir. Mais aucun d'entre eux ne connaissait de Melody.

— Quelle journée…, dit Avery en soufflant, tout en s'affalant sur le canapé.

Lulu sauta aussitôt sur ses genoux, puis Dallas se laissa tomber à côté d'elle.

— Ça a été une très longue journée pour toi. Comment te sens-tu ?

— Comme si je devais être épuisée, mais je ne le suis pas. J'ai un peu mal partout après le trajet, mais rien de grave. Tout ça a vraiment été bizarre et horrible.

Elle avait écouté un homme avouer les assassinats de nombreuses jeunes femmes, puis elle l'avait regardé mourir dans des circonstances mystérieuses.

— Au moins, ça a permis de résoudre de nombreuses

affaires, mais sa mort a été étrange, déclara Dallas. À mes yeux, ça ressemble fortement à un meurtre.

— La fenêtre de sa chambre était entrebâillée et il n'y avait pas de moustiquaire. C'est possible que quelqu'un soit entré par là. Il aurait pu lui attacher les mains et lui enlever sa canule à oxygène, avant de repartir pendant qu'on parlait dans le salon.

— Mais, malgré tous les secouristes et les policiers qui ont débarqué chez Horace, l'infirmière Jane Oliver a réussi à filer en douce. Alors soit elle l'a tué, soit elle sait quelque chose sur sa mort, conclut Dallas, les sourcils froncés.

Tout ce qui s'était passé avait été très perturbant. La police d'Austin les avait longuement interrogés tous les quatre, avant de les laisser repartir. Était-ce l'infirmière qui avait enlevé la canule du visage d'Horace et lui avait attaché les mains pour l'empêcher de sauver sa propre vie ?

— Avec un peu de chance, les autorités parviendront à la retrouver et à la questionner, répondit Avery en réprimant un bâillement. Au moins, tous les vieux meurtres ont été résolus.

La tension intérieure qui lui avait permis de tenir le coup jusqu'ici commença à se dissiper.

— Je vais aller me coucher. Je me sens épuisée, tout à coup.

Après avoir posé Lulu par terre, elle se leva du canapé. Dallas l'imita et descendit le couloir à ses côtés.

— J'espère que tu feras la grasse matinée demain. Je sais que la journée a été très longue pour toi.

Une fois devant sa chambre, Avery se tourna vers lui. À sa surprise, il se pencha vers elle et s'empara de ses lèvres en un doux baiser qui fit naître une agréable onde de chaleur en elle.

Il recula et sourit, de ce sourire qui avait la capacité

d'intensifier la chaleur qui l'envahissait, mais aussi de lui causer un léger pincement au cœur.

— Bonne nuit, Avery, murmura-t-il, avant de faire demi-tour.

Lulu sur les talons, Avery entra dans sa chambre et referma la porte. Quelques minutes plus tard, elle était au lit, tentant d'apaiser le chaos qui agitait toujours son esprit en fin de journée.

Elle finit par s'endormir. Le lendemain, quand elle se réveilla, il était presque 11 heures, constata-t-elle avec stupéfaction. Après s'être douchée et habillée, elle rejoignit Dallas, qui était assis sur le canapé devant la télévision allumée. Lulu était blottie contre lui. Au cours de la matinée, il avait dû ouvrir la porte de la chambre pour faire sortir la chienne.

— Salut, madame la marmotte, lança-t-il.

— Salut. Qu'est-ce que tu regardes ?

— Tout ce qui passe annonçant que le Tueur aux momies a été identifié. Ça fait la une à l'échelle nationale. Tu viens de rater le chef Thompson en pleine conférence de presse.

— Laisse-moi me préparer mon thé, et ensuite tu pourras me raconter tout ça.

Elle se rendit dans la cuisine puis, munie de sa tasse, s'installa à côté de lui.

— Alors, qu'est-ce que j'ai raté ?

— Pas grand-chose, étant donné que tu as été là en personne pour l'essentiel des faits. Le plus important, c'est que Jane Oliver est toujours dans la nature et que les autorités veulent la retrouver pour l'interroger.

— C'est plutôt suspect, murmura Avery.

Elle but une gorgée de thé, avant de poser la tasse sur la table basse devant eux.

— Mais si c'est elle qui l'a tué, avait-elle d'autres

motivations ou a-t-elle agi parce qu'elle avait entendu ce qu'il a fait ?

— C'est un mystère que la police devra résoudre. Au moins, on peut enfin arrêter de chercher des noms de soldats. Tu devrais peut-être appeler le salon de manucure pour essayer de prendre un rendez-vous pour cet après-midi.

— Je pourrais y aller directement, sans rendez-vous. J'aimerais bien faire cette manucure-pédicure avant l'arrivée des bébés. J'ai le pressentiment que je n'aurai plus beaucoup de temps pour moi une fois qu'ils seront là.

Il sourit.

— Alors décide de l'heure, et je me ferai un plaisir de t'y emmener.

— Merci, Dallas. C'est vraiment gentil.

Elle reporta son attention sur la télévision. Si elle le regardait une minute de plus, elle avait peur de révéler à quel point elle était amoureuse de lui.

Elle ignorait combien de temps elle allait pouvoir passer avec lui sans lui parler de son amour. Et c'était certain, cela allait tout gâcher.

Elle devait penser à ses bébés en priorité. Elle ne voulait surtout pas compromettre sa relation avec leur père. Hors de question d'être mal à l'aise au moment de la remise des enfants ou pendant leurs interactions.

À 14 heures, ils quittèrent la maison. Comme d'habitude, Dallas regarda dans son rétroviseur dès qu'il s'engagea dans la rue, puis il prit la direction de Natalie's Nails.

— Tu crois vraiment que je suis toujours en danger ? demanda Avery.

— Je ne sais pas, répondit-il après un moment d'hésitation. Mais je ne suis pas encore prêt à laisser ça au hasard. Toi, oui ?

Elle posa une main sur son ventre. Ce n'était pas

seulement sa sécurité qui était menacée, mais aussi celle de ses bébés.

— Je suppose que non, admit-elle.

Elle allait devoir garder ses sentiments pour lui enfouis tout au fond d'elle, même si c'était difficile. Au moins, pendant une heure, le temps de son soin, elle allait pouvoir penser à autre chose.

Natalie's Nails était comme une oasis au milieu du désert. Des palmiers et de l'eau bleue étaient peints sur les murs. Grâce à plusieurs fontaines, l'air résonnait du gargouillis de l'eau. Il régnait dans le salon une atmosphère de sérénité, en dépit des odeurs d'acétone et d'autres produits chimiques utilisés pour transformer des ongles courts en magnifiques œuvres d'art.

Pendant que Maria, l'une des employées de Natalie, remplissait une cuvette d'eau chaude et mousseuse, Avery commença à se détendre. Après lui avoir immergé les pieds, la femme s'éloigna, les laissant seuls.

Dallas s'assit dans le gros fauteuil de massage noir à côté d'elle.

— Alors ça consiste en quoi, exactement, une pédicure ? demanda-t-il avec curiosité.

— D'abord, on laisse tremper les pieds pendant quelques minutes, puis Maria reviendra les frotter avec une brosse. Ça exfoliera toute la peau morte et ce sera incroyablement agréable. Ensuite, elle me coupera les ongles. Elle me massera les pieds avec toutes sortes d'huiles et de lotions pour qu'ils soient tout doux et bien reposés. J'ai vu beaucoup d'hommes ici se faire faire des pédicures. Tu devrais essayer.

— Non, non, répondit Dallas. Pas la peine.

Elle lui fit un grand sourire.

— Allez, Dallas. En fait, je te défie, ici et maintenant, de te faire faire ta première pédicure avec moi.

Il jeta un coup d'œil vers Maria, puis reporta son attention sur Avery.

— Tu es sûre qu'il y a des hommes qui font ça ?

— Absolument. Tu es partant ? N'oublie pas que je suis enceinte de tes enfants, que je suis énorme et que tu ne veux pas me contrarier.

— Ce n'est pas très fair-play, protesta-t-il en riant.

Il se pencha pour ôter ses bottes de cow-boy.

— Très bien, je relève le défi.

Avery fit un geste vers Maria. Quelques minutes plus tard, Dallas avait lui aussi les pieds plongés dans une cuvette d'eau savonneuse.

— Je dois admettre que c'est vraiment agréable.

— Si tu veux, tu peux enclencher la fonction massage.

Il baissa les yeux sur le panneau de commandes, qui lui proposaient notamment de choisir entre l'option chauffante, vibrante ou shiatsu.

Après avoir enfoncé plusieurs boutons, il se détendit dans le fauteuil.

— C'est génial. Je pense que les femmes gardent ce secret aux hommes depuis trop longtemps.

Ravie qu'il soit à côté d'elle, elle se mit à rire.

— Tu sais, dans certains salons, on plonge les pieds dans des bassins remplis de petits poissons qui viennent dévorer nos peaux mortes.

Il se redressa vivement et sortit ses pieds de la cuvette.

— Ils font ça ici ?

Elle rit à nouveau, amusée par l'expression paniquée sur son visage.

— Non, je te jure qu'il n'y a pas de bestioles bizarres là-dedans.

Il replongea les pieds dans l'eau.

— Le seul endroit où j'aie envie de voir des poissons est au bout d'une canne ou dans une poêle à frire.

— Je présume que tu as l'intention d'apprendre à pêcher aux enfants.

— Et à monter à cheval et à apprécier le grand air.

— Ce serait super, approuva Avery. Je préférerais largement avoir des enfants qui aiment mieux être à l'extérieur plutôt qu'à la maison avec des jeux vidéo.

— On est bien d'accord. Mais je veux quand même qu'ils soient de bons élèves et qu'ils prennent de bonnes habitudes de travail.

Elle gloussa.

— Ils ne sont pas encore là qu'on s'inquiète déjà de leurs habitudes de travail.

— J'ai hâte qu'ils soient là.

Il soutint son regard un long moment, et l'amour qu'elle avait pour lui enfla à nouveau en elle.

— Moi aussi, j'ai hâte, répondit-elle.

À son soulagement, Maria et une autre employée vinrent s'occuper de leurs pieds.

Il était évident que Dallas se sentait mal à l'aise. Le fait qu'il soit sorti de sa zone de confort, qu'il ait accepté cette pédicure rien que pour lui faire plaisir, touchait énormément Avery.

Elle choisit un joli vernis à ongles rose nacré pour ses orteils et ses doigts, tandis que Dallas déclinait la proposition. Une heure plus tard, ils quittèrent le salon.

— Merci de m'avoir accompagnée, déclara-t-elle lorsqu'ils furent en route pour chez elle.

— Merci de m'avoir fait découvrir les joies de la pédicure. Et si tu dis à qui que ce soit que j'en ai fait une, je serai obligé de te tuer, annonça-t-il d'un ton taquin.

Elle rit.

— Tu es bien un homme !

Une fois de retour à la maison, ils s'assirent sur le canapé.

— Et si tu profitais du reste de la journée pour te reposer ? suggéra Dallas. Ce soir, je m'occupe du dîner.

— Ne compte pas sur moi pour protester.

À 18 heures, ils mangèrent des cheeseburgers et des frites, puis s'installèrent à nouveau sur le canapé en attendant l'heure d'aller se coucher. Dehors, la nuit tomba et l'obscurité s'épaissit. Assise à côté de lui, Avery avait presque peur de prendre la parole, tant son amour pour lui emplissait tout son être.

Au lieu de s'autoriser à avouer ses sentiments, elle décida de tenter autre chose. En le faisant parler de la femme avec qui il avait été marié, elle comprendrait peut-être pour de bon que Dallas ne serait jamais à elle.

En outre, elle éprouvait une soudaine curiosité à propos de celle envers qui il s'était engagé pour la vie. Une femme qui, d'après Dallas, occupait une telle place dans son cœur qu'elle n'en laissait aucune pour une autre.

— Parle-moi d'Ivy, Dallas.

Il se raidit aussitôt. Venait-elle de faire une grosse erreur ? se demanda-t-elle.

13

Les yeux fixés sur Avery, Dallas attendit l'atroce onde de chagrin qui le submergeait toujours quand il pensait à sa femme morte. Il attendit et attendit, mais la douleur habituelle ne le transperça pas. Seul un souffle de tristesse le traversa. Celle d'avoir perdu un être cher qu'il n'oublierait jamais, mais c'était un sentiment qu'il pouvait supporter.

— Pardon, s'empressa-t-elle de dire. Je n'aurais pas dû demander.

— Non, c'est bon.

Il se renfonça sur le canapé. Pour la première fois depuis sa mort, il autorisa les souvenirs d'Ivy à refaire surface.

— Elle était belle et déterminée.

— Comment vous êtes-vous rencontrés ?

— Au bureau de recrutement de l'armée, où on s'est tous les deux engagés pour quatre ans.

Les souvenirs continuèrent à l'envahir.

— Il y a tout de suite eu quelque chose de très fort entre nous, et on est allés boire un café ce jour-là.

Il se leva. Tout en parlant de la femme qu'il avait perdue, il avait besoin de marcher.

— Elle était gaie et pleine d'humour. Trois mois plus tard, on était mariés. Et ensuite, on a été déployés dans des endroits différents.

— Ça a dû être très difficile.

— On a géré la situation du mieux possible. On faisait des appels vidéo tous les jours et on essayait de prendre nos permissions en même temps.

— Raconte-moi le genre de personne qu'elle était.

C'était étrange, songea-t-il en se tournant vers Avery. Les souvenirs de sa femme morte étaient moins précis qu'ils ne l'avaient été. Quand il essayait de visualiser Ivy dans sa tête, il ne voyait plus qu'Avery. Quand il pensait aux moments de joie, il repensait aux rires qu'il partageait avec la mère des jumeaux.

— Même si elle avait un solide sens de l'humour, c'était la plupart du temps une femme sérieuse qui savait exactement ce qu'elle attendait de l'avenir. Ses parents étaient divorcés et son père avait disparu de sa vie quand elle avait six ans. Sa mère a eu du mal à joindre les deux bouts. Si Ivy s'est engagée dans l'armée, c'était en partie pour l'accès à des possibilités éducatives. Elle voulait s'assurer de toujours avoir les moyens de subvenir à ses propres besoins et à ceux des enfants qu'elle pourrait avoir.

— C'est une démarche intelligente pour n'importe quelle femme, de nos jours, répondit Avery.

Hochant la tête, il marcha jusqu'à la fenêtre et scruta l'obscurité. Il attendait toujours d'être consumé par le chagrin familier, mais ce n'était tout simplement pas le cas. Il ressentait plutôt une profonde tristesse, parce qu'elle était morte trop jeune et qu'ils n'avaient pas pu concrétiser leurs nombreux projets de vie.

L'existence lui avait accordé un cadeau inattendu et des perspectives d'avenir inédites. Ivy était son passé, une part importante qu'il n'oublierait jamais. Il aurait toujours de l'amour pour elle dans son cœur, mais il n'y avait pas de place pour elle dans ce nouvel avenir.

En se tournant vers Avery, il fut surpris de voir ses joues inondées de larmes.

— Avery ! Que se passe-t-il ?

Il revint se rasseoir à côté d'elle.

— Pourquoi pleures-tu ?

Elle secoua la tête et s'essuya les joues.

— Ce n'est rien, répondit-elle en gardant la tête baissée.

— Avery, regarde-moi. Ça ne peut pas être rien. « Rien » ne fait pleurer personne.

D'autres larmes ruisselèrent à la suite des premières.

— C'est idiot, je t'assure. Ça ira mieux dans une minute.

— Mais qu'est-ce qui a déclenché ces larmes ? insista-t-il.

Elle reposa les mains sur ses cuisses et le regarda. Ses yeux étaient immenses, lumineux et adorables.

— Je t'aime, d'accord ? Je t'aime, Dallas. Je t'aime de tout mon cœur et de toute mon âme, et je veux passer tous mes jours et toutes mes nuits avec toi.

Elle plaqua la main sur sa bouche, tandis qu'il la dévisageait avec stupéfaction.

Il ne s'était pas attendu à cela. Bien sûr, il le savait, elle se sentait proche de lui, elle appréciait qu'il veille sur elle et elle aimait le genre de père qu'elle l'imaginait devenir.

Mais cette… déclaration d'amour le sidérait.

Avant qu'il ne puisse répondre, la fenêtre du fond explosa vers l'intérieur, brisée par une grosse pierre qui atterrit par terre.

— Reste ici et verrouille derrière moi, ordonna-t-il.

Il saisit son arme sur la table basse, puis sortit par la porte de derrière au pas de course.

Tous ses nerfs étaient comme électrifiés. Ses yeux mirent quelques secondes à s'ajuster à l'obscurité. Celui qui avait lancé cette pierre par la fenêtre était forcément dans le jardin. Dallas était résolu à le capturer et à le faire arrêter.

De nombreux arbres et arbustes pouvaient servir de cachette. Le coupable se tapissait ici dans l'ombre, il en était sûr. Mais où, bon sang ?

Gagné par la froideur du chasseur, Dallas assura sa prise sur son arme. Il le sentait, quelqu'un était à proximité. Il devait seulement trouver où et décider de ce qu'il allait faire ensuite.

Il n'avait pas pris le temps de regarder si la pierre était accompagnée d'un message. De toute façon, ce qui l'intéressait, c'était mettre la main sur le criminel. Comme il n'avait pas entendu de bruits de pas rapides, rien n'indiquait que celui qui avait lancé la pierre se soit enfui.

En approchant d'un des arbustes, Dallas sentit ses muscles se contracter. La lune était voilée par les nuages, mais il faisait assez clair pour voir que personne n'était caché là. Alors où était passé cet enfoiré ?

Alors qu'il marchait vers un autre arbuste, quelque chose le frappa à l'arrière du crâne. Des lueurs aveuglantes explosèrent dans son cerveau, et il tomba à genoux, avant de s'effondrer sur le sol.

Il savait désormais ce que le voyou cherchait en lançant cette pierre à travers la fenêtre : il avait voulu faire sortir Dallas pour pouvoir s'en prendre à Avery.

Avery ! Il hurla son nom dans sa tête, puis l'obscurité l'envahit.

Où était Dallas ? Pourquoi mettait-il autant de temps ? Avery fixa la grosse pierre qui avait été propulsée à travers sa fenêtre. Rien n'était écrit dessus. Aucun message ne l'accompagnait. C'était une pierre ordinaire.

Elle jeta un coup d'œil inquiet vers la porte de derrière. Où diable était Dallas ? Pourquoi n'était-il pas encore revenu ? Elle sursauta en entendant un coup frappé à la porte d'entrée. Était-ce lui ?

Elle s'en approcha à grands pas et regarda par l'œilleton. C'était Chad. Que faisait-il ici ? se demanda-t-elle en lui ouvrant.

— Chad, as-tu vu Dallas en arrivant ?

— Il se trouve que oui. Je l'ai aperçu qui courait dans la rue. Que se passe-t-il ?

Elle l'entraîna dans le salon et pointa du doigt la pierre sur le sol.

— Ça vient d'être lancé par ma fenêtre. Dallas est sorti pour essayer de trouver qui a fait ça.

Chad fronça les sourcils.

— Alors de mauvaises choses continuent d'arriver ? J'étais venu te dire que, d'après les bruits qui courent, tu n'es plus en danger. Les copains de Dwayne Conway ont trouvé de meilleures cibles.

— Alors que se passe-t-il et où est Dallas ? demanda-t-elle, au bord de la panique.

— Peut-être que Dallas sera bientôt de retour ou peut-être qu'il ne reviendra jamais.

Surprise, elle dévisagea son ami.

— Chad… Qu'est-ce qu'il te prend de dire une chose pareille ?

Elle émit un petit rire gêné. Que faisait Chad ici ? C'était une drôle de coïncidence, qu'il arrive précisément à cet instant.

— Ça te fait peur, Avery ? De penser que ton petit copain le garde du corps risque de ne pas revenir te protéger ?

Avery le fixa, tandis que son cœur s'emballait.

— Que… Que se passe-t-il, Chad ? Pourquoi es-tu venu ?

Il n'était encore jamais passé chez elle à une heure aussi tardive.

Pour la première fois, elle remarqua que ses iris étaient du bleu glacial et électrique qu'elle n'avait vu qu'au tribunal. Il n'y avait pas une once de chaleur dans ses yeux.

Un tendon se mit à saillir sur son cou, et Lulu geignit, comme si elle réagissait à la tension dans la pièce. Avery se baissa pour prendre la chienne dans ses bras.

— Que se passe-t-il, Chad ?

— Je vais te dire ce qui se passe, Avery. Pauvre Danny. Tu as brisé le cœur de mon copain.

— De quoi parles-tu ? demanda-t-elle, le cœur battant désormais à un rythme éperdu. Comment lui ai-je brisé le cœur ?

Nom d'un chien, où était passé Dallas ? Que lui avait fait Chad ?

— Tu t'es servie de lui, répliqua Chad. Tu l'as laissé acheter des couches, monter des berceaux, croire qu'il allait faire partie de ta vie et de celle des bébés. Ensuite, tu l'as bazardé dès que Colton le cow-boy s'est repointé dans ta vie. Tu sais qui fait ce genre de choses, Avery ? Une garce fait ce genre de choses.

Choquée par ses paroles, elle cligna des yeux. Une garce ? C'était ce qui avait été écrit sur le message autour du cou de Lulu. « Garce ! »

— Depuis le début, c'était toi, souffla-t-elle en reculant d'un pas.

— Ouais, c'était moi. Tu as mis Danny au rencard. Exactement comme ma femme, cette sale garce, s'est débarrassée de moi. Vous êtes pareilles, toutes les deux. Vous vous servez des hommes, et ensuite vous les échangez contre quelqu'un que vous jugez meilleur.

— Ce n'est pas vrai. Je ne suis pas du tout comme ça.

Elle fit un autre pas en arrière.

— Chad, tu me connais. On est amis. Toi, moi et Danny… on est amis.

— On était amis. On ne l'est plus. Tu as tout gâché, Avery.

— Qu'est-ce que tu as fait à Dallas ?

Sa peur se transforma en terreur, lui laissant un horrible goût acide dans la bouche. Ses bras se hérissèrent de chair de poule et ses cheveux se dressèrent sur sa nuque.

— Ne t'en fais pas pour ce foutu Colton, répondit-il. Il est en train de faire une bonne sieste.

— Une sieste ? Qu'est-ce que tu veux dire ?

Oh non… Qu'avait fait Chad à Dallas ?

— Je l'ai frappé à la tête assez fort pour l'endormir un bon coup… ou peut-être pour le faire tomber dans le coma. En tout cas, il sera dans les vapes assez longtemps pour que je fasse ce que j'ai besoin de faire.

— Et qu'as-tu besoin de faire ?

Elle était tellement terrifiée qu'elle en avait le souffle court. Elle avait non seulement peur pour elle, mais aussi pour ses bébés et Dallas. Une boule se forma au fond de sa gorge.

Chad sourit. Avery n'avait jamais vu ce sourire à moitié fou sur son visage auparavant.

— Tu sais que Danny est comme un petit frère pour moi. Tout ce que je veux, c'est son bonheur. Il est amoureux de toi, Avery. Il est amoureux de toi, et tu lui as brisé le cœur. Si Danny ne peut pas vous avoir, les bébés et toi, alors personne ne vous aura.

Il sortit un couteau de sa poche. Un couteau à la lame brillante et acérée.

Comprenant enfin ses intentions, elle poussa un hurlement, puis fit volte-face et s'enfuit dans le couloir. Chad lui emboîta le pas à grandes enjambées déterminées. Elle se précipita dans sa chambre, claqua et verrouilla la porte.

Une bouffée de panique l'envahit. Son portable était dans son sac dans le salon. Elle ne pouvait pas appeler à l'aide, et d'après ce que Chad lui avait dit, elle ne pouvait pas compter sur Dallas.

Pourvu qu'il ne soit pas mort, supplia-t-elle intérieurement. Le coup avait-il été puissant ? Avait-il été frappé assez fort pour en mourir ? Un sanglot monta dans sa gorge, puis se transforma en cri lorsque Chad donna un coup dans la porte.

Il rit.

— Tu crois vraiment qu'un petit verrou de rien du tout va m'empêcher d'entrer ?

Il frappa à nouveau la porte, qui trembla sous l'impact. Elle n'allait pas tenir bien longtemps. Avery posa Lulu, puis courut près de la commode. Elle devait tenter de barricader cette porte au plus vite.

Elle ignora la brusque sensation de serrement au niveau de son ventre et l'élancement douloureux dans son dos. Elle était obligée de se concentrer sur ce qu'elle devait faire pour empêcher Chad d'entrer dans sa chambre.

Secouée de sanglots, elle poussa la commode de toutes ses forces, mais ne parvint à la déplacer que de quelques centimètres.

— Chad, je t'en supplie, arrête. Je te promets que je ne dirai rien à personne. Va-t'en, et on ne reparlera jamais de tout ça.

— Je ne vais nulle part, sauf de l'autre côté de cette porte.

— Tu vas te faire attraper si tu ne pars pas maintenant, s'exclama-t-elle en poussant à nouveau la commode.

— Et comment vais-je me faire attraper ? Le chef Thompson et tous les autres croiront que ta mort est la conséquence d'une vendetta liée à l'emprisonnement de Dwayne Conway. Je suis un procureur respecté. Personne ne me soupçonnera jamais.

— Et Joel Asman ? Qu'est-ce qu'il a à voir dans tout ça ?

— Rien. J'ai payé ce voyou pour venir devant chez toi et te faire peur.

— Chad, Dallas va pouvoir t'identifier. Quelqu'un saura que c'était toi, affirma-t-elle avec désespoir.

— Dallas n'a pas vu qui l'a frappé, et ma voiture est garée plus bas dans la rue. Personne ne sait que je suis ici, Avery.

Elle hurla lorsqu'il percuta à nouveau le battant de tout son poids. Il avait raison. Personne ne le soupçonnerait. Elle-même ne l'avait pas fait. Son ventre se serra à nouveau, mais ce n'était pas le moment de se concentrer sur cette douleur. Elle devait réussir à mettre cette commode devant la porte avant qu'il ne la fracasse.

Lulu avait disparu sous le lit. Malheureusement, Avery ne pouvait pas faire la même chose. Elle poussa à nouveau la commode, sans cesser de sangloter et de haleter. Peu à peu, le meuble avança vers la porte.

— Je vais te tuer, Avery, et je vais te découper le ventre, et en sortir les bébés, et les tuer aussi. C'est ce que méritent toutes les garces.

— C'est ce que veut Danny ? demanda-t-elle, essayant de le faire parler.

Au moins, quand il parlait, il ne se jetait pas sur la porte.

— Danny n'est au courant de rien, et il n'en saura jamais rien. Mais si tu continues à vivre, ça le torturera tous les jours de te voir heureuse avec un autre homme. Si tu es morte, il te pleurera pendant un temps, puis reprendra le cours de sa vie. Alors tu dois mourir, Avery ! s'écria Chad.

Il se jeta sur la porte avec tant d'agressivité que le bruit du bois en train de se fendre résonna dans l'air.

Elle hurla à nouveau et poussa de toutes ses forces sur la commode, qui glissa enfin devant le battant.

Avery s'effondra près du meuble. Elle pleurait à gros sanglots et avait du mal à reprendre son souffle. Elle n'arrivait pas à croire ce qui se passait. Chad était forcément fou. Il avait dû perdre l'esprit quand sa femme avait demandé le divorce.

Il percuta la porte plusieurs fois, mais la commode l'empêcha de parvenir à ses fins. Puis le silence retomba, seulement troublé par les pleurs d'Avery.

Elle parvint à se relever, ignorant la douleur intense qui lui vrilla le ventre et le dos. Où était Chad ? Se trouvait-il devant la porte de la chambre, à attendre qu'elle s'aventure dans le couloir ?

Ce silence ne signifiait probablement pas qu'il était parti. Elle pouvait l'identifier. Elle pouvait raconter à tout le monde ce qu'il avait fait. Il n'allait pas renoncer maintenant. Les choses étaient allées beaucoup trop loin.

Un nom résonnait en elle encore et encore. *Dallas. Dallas.* Même si elle s'en sortait, allait-elle devoir vivre le reste de sa vie sans Dallas ? Ses bébés devraient-ils grandir sans leur père ?

À cette pensée, une douleur atroce l'envahit. Ses jumeaux avaient besoin de Dallas dans leur vie. Elle avait besoin de lui. Il fallait qu'il fasse partie de sa vie, d'une façon ou d'une autre.

— Chad ?

Elle devait savoir où il était dans la maison.

— Chad, parle-moi. Je t'en supplie, Chad, on peut discuter de tout ça ?

Le silence continua à régner. Ce n'était pas un silence paisible, mais tendu, dans l'attente d'une explosion imminente. Difficile de dire quand elle aurait lieu ou ce qui risquait d'être détruit.

Avery balaya la pièce du regard, cherchant quelque chose, n'importe quoi, qui puisse faire office d'arme. Dans la salle de bains, elle ne trouva qu'une paire de ciseaux de manucure. Plutôt dérisoire contre le gros couteau de Chad…

Elle avait aussi à sa disposition une bombe de laque pour cheveux qu'elle pourrait lui vaporiser dans les yeux et un flacon d'alcool à quatre-vingt-dix degrés dont elle pourrait l'asperger. De bien piètres armes s'il essayait d'entrer dans la chambre, mais c'était toujours mieux que rien.

Elle s'empara de la laque sur la coiffeuse, puis retourna près de la porte de la chambre. S'il parvenait à passer la tête à l'intérieur, elle tenterait de l'aveugler avec un jet de bombe.

Tout son corps lui faisait mal, en particulier une douleur qui lui transperçait le dos. Elle avait dû se déchirer quelque chose en poussant la grosse commode devant la porte. Elle passa outre. L'important était de rester sur ses gardes.

— Chad ? cria-t-elle à nouveau.

Elle était tellement tendue qu'elle avait l'impression que son corps allait exploser en mille morceaux à n'importe quel instant. S'il le voulait vraiment, il pouvait probablement pousser la porte, malgré la commode. Il était grand et faisait de la musculation.

Alors où était-il ? Que faisait-il ? Avait-il l'intention de la garder prisonnière dans sa chambre jusqu'à ce qu'elle perde pied ? Jusqu'à ce qu'elle meure de faim ?

Au matin, on s'inquiéterait forcément de l'absence de Chad du travail. Ou peut-être que quelqu'un appellerait Avery pour s'assurer qu'elle allait bien. Breanna lui passerait sûrement un coup de fil. Si elle ne parvenait pas à la joindre, elle passerait la voir. Quelqu'un reconnaîtrait la voiture de Chad garée dans la rue. Non, il ne tiendrait pas à être encore ici demain matin.

Peu importe ce qui allait se passait… C'était pour bientôt.

Son ventre se crispa à nouveau, et la douleur l'envahit, une douleur si intense qu'elle faillit tomber à genoux.

Elle comprit alors ce qui arrivait : elle avait commencé le travail. C'était bien trop tôt, songea-t-elle, désespérée. Ses bébés n'étaient pas encore censés arriver ! Elle s'assit au bord du lit, puis s'efforça de prendre des inspirations profondes et régulières.

Elle devait empêcher que cela n'arrive. Elle ne pouvait pas donner naissance maintenant, dans une chambre dont la porte était surveillée par un homme qui voulait les tuer tous les trois.

Ravalant ses sanglots hystériques, elle pria pour que les contractions cessent, pour qu'il ne s'agisse que de fausses douleurs provoquées par le stress énorme qu'elle subissait.

— Chad, parle-moi, s'il te plaît ! cria-t-elle à travers le battant. Je n'ai jamais eu l'intention de blesser Danny. Je lui parlerai, j'essaierai d'arranger les choses avec lui. On peut oublier tout ça et reprendre le cours de nos vies.

En entendant un bruit de verre brisé derrière elle, elle fit volte-face. Chad était en train d'entrer par la fenêtre de la chambre. Elle n'avait même pas pensé à cette possibilité. À l'évidence, la douleur l'empêchait de réfléchir.

Avant qu'elle ne puisse réagir, il était dans la pièce. Comme la commode se trouvait devant la porte, elle ne pouvait pas s'enfuir. Même la salle de bains était désormais trop loin.

— Chad… Je t'en supplie…

L'homme qu'elle avait considéré comme un collègue, un membre de l'équipe et un ami lui sourit, mais elle ne lui avait jamais vu un tel sourire. Il exprimait tant de malveillance et de haine qu'elle en eut le souffle coupé.

— Danny aurait eu une vie heureuse si tu avais été sa femme et s'il t'avait aidée à élever tes enfants. Mais il n'était pas assez bien pour toi. Dès que tu en as eu l'occasion, tu l'as jeté au profit d'un des fameux Colton.

— Chad, tu sais bien que ça n'a jamais été comme ça entre Danny et moi, protesta-t-elle.

— Mais ça aurait pu l'être… Ça aurait dû l'être ! hurla-t-il.

Il leva le couteau et s'avança vers elle.

Brandissant la bombe, elle appuya sur le poussoir. La laque l'atteignit dans les yeux, et il hurla à nouveau tout en levant les mains vers son visage.

Avery en profita pour courir vers la salle de bains, mais avant qu'elle ne puisse l'atteindre, il parvint à l'attraper par la cheville et la fit tomber par terre.

Paniquée, elle tenta de lui donner un coup de pied. Elle battit des jambes et se démena pour éviter le couteau et l'empêcher de s'emparer d'elle.

Quand elle le frappa au visage, il poussa un nouveau cri rageur.

— Ça suffit, Avery. Tu vas mourir.

Un grondement masculin résonna, et Dallas surgit comme un diable à travers la fenêtre. Il attrapa Chad par la chemise et l'éloigna d'Avery en le soulevant. Avec un gémissement étranglé, elle se traîna à l'écart. Sous ses yeux horrifiés, Dallas essaya d'ôter le couteau de la main de Chad d'un coup de pied.

Dallas avait l'air à moitié mort. Son front et ses cheveux étaient maculés de sang. Son visage semblait exsangue, mais ses yeux brillaient tandis qu'il affrontait l'autre homme.

— Pose ce couteau, Chad, ordonna-t-il.

— Elle doit mourir. Tu ne vois pas ? Dallas, elle va se servir de toi, c'est tout. Tu vas être coincé à élever ces gamins pendant des années, puis elle te jettera et se mettra avec quelqu'un d'autre. C'est une vraie garce.

Dallas bondit en avant et enfonça son poing dans la

mâchoire de Chad, le projetant vers l'arrière. L'homme récupéra rapidement et leva le couteau au-dessus de sa tête. Avec ce qui ressemblait à un cri de guerre, il passa à l'attaque.

Avery hurla. Dallas parvint à attraper le poignet de Chad et à tenir le couteau à distance, mais c'était une épreuve de force, et il était en mauvaise posture.

Le couteau se rapprochait de plus en plus de lui. La fatigue se lisait sur son visage.

— Dallas ! cria-t-elle, tandis qu'une autre vague de douleur la submergeait.

Sa voix sembla lui faire l'effet d'une décharge d'énergie. Avec un grondement enragé, il parvint à arracher le couteau de la main de Chad. Il le lança vers Avery, puis sortit son pistolet de l'arrière de son jean.

— C'est fini, Chad, déclara-t-il d'un ton las. Tu aurais dû m'achever quand j'étais inconscient. Je ne veux pas te tirer dessus, mais tu peux me croire, je le ferai si c'est nécessaire. Avery, va appeler le chef Thompson.

Elle se releva. Sans cesser de braquer son arme sur Chad, Dallas déplaça la commode, suffisamment pour qu'elle puisse sortir de la chambre. Une fois dans le salon, elle prit son téléphone dans son sac et passa l'appel. Ensuite, elle se roula en boule sur le sol, terrassée par une douleur atroce qui lui donna l'impression d'être déchirée en deux.

C'était terminé, se dit-elle, soulagée, tout en haletant. Chad allait être arrêté, et elle n'aurait plus à s'inquiéter à propos de lui pendant longtemps.

Pour l'instant, elle n'avait qu'une priorité : aller à l'hôpital. Ses bébés arrivaient, qu'elle le veuille ou pas. Et ils arrivaient en avance. Et elle avait peur.

Elle était toujours par terre lorsque le chef Thompson et ses hommes arrivèrent. Ils firent irruption par la porte d'entrée, qu'elle n'avait pas verrouillée après l'arrivée de Chad.

Quelques minutes plus tard, Dallas la rejoignit dans le salon. Alors qu'une nouvelle contraction la traversait, elle laissa échapper un long gémissement.

— Avery… Ma chérie, tu es blessée ? demanda-t-il en s'accroupissant à côté d'elle. Il t'a fait du mal ?

Pendant un instant, elle fut incapable de répondre. Elle parvint à saisir la main de Dallas, tout en cherchant à reprendre son souffle. Quand elle en fut capable, elle marmonna :

— Non… Non, il ne m'a pas fait de mal. Les bébés arrivent.

Elle lui serra la main encore plus fort.

— Dallas, les bébés arrivent, et je suis morte de peur.

14

Heureusement, une ambulance était déjà arrivée devant la maison d'Avery. Dallas la souleva dans ses bras et la porta à l'intérieur du véhicule, où elle fut placée sur le brancard.

— Foncez ! cria-t-il au conducteur, tout en s'installant à l'arrière avec Avery et le secouriste.

L'ambulance démarra sur les chapeaux de roues. Le cri que poussa Avery rivalisa d'intensité avec la sirène. Fou d'inquiétude, Dallas se tourna vers le secouriste.

— Faites quelque chose ! Elle a mal !

Le jeune homme lui adressa un sourire patient.

— Elle est en travail, monsieur. J'ai déjà contacté l'hôpital. Ils savent qu'on est en chemin.

Au moins, il vérifia les constantes vitales d'Avery, mais il n'avait pas fini qu'elle se tordait à nouveau de douleur en gémissant.

— Avery, ma chérie, murmura Dallas en repoussant une mèche de cheveux de son visage. Je suis désolé. Je suis vraiment désolé.

Ses yeux se focalisèrent un instant sur lui, et elle laissa échapper un éclat de rire.

— De quoi es-tu désolé ? Ce n'est pas toi qui es déchiré en deux par des enfants qui se battent pour être l'aîné.

— Mais si je pouvais souffrir à ta place, je le ferais. Je te le jure, je voudrais endurer cette douleur à ta place.

Elle lui donna une légère tape sur le bras.

— Oh ! tais-toi, mon grand, et laisse le dur labeur à nous les femmes du monde entier. Voilà pourquoi seules les femmes donnent naissance… parce que les hommes sont incapables de gérer ça.

— On est bientôt arrivés ? demanda Dallas au conducteur.

Avery poussa un gémissement guttural, qui exprimait une telle douleur qu'il en eut les larmes aux yeux.

Était-ce censé se passer de cette façon ? Ou était-elle en danger parce que les jumeaux arrivaient deux semaines et demie trop tôt ? Y avait-il un problème ?

Il avait mal à la tête et se sentait un peu nauséeux, mais c'était le cadet de ses soucis pour l'instant. Enfin, ils atteignirent l'hôpital. Le personnel des urgences, qui attendait leur arrivée, prit aussitôt Avery en charge.

— Si tu as l'intention d'assister à la naissance de tes bébés, il faudrait qu'un médecin examine ta blessure à la tête et que je la nettoie un peu, déclara Sandra Bowen, une infirmière avec qui il avait une relation amicale.

Il la regarda avec affolement.

— Je n'ai pas le temps. Je dois y aller tout de suite pour être avec elle. Les bébés arrivent.

— On nous a dit que les contractions étaient espacées de trois ou quatre minutes. On a le temps de nettoyer ta tête avant la naissance. Et puis tu dois avoir envie d'être le plus beau possible quand ils te verront pour la première fois. Si tu y allais comme ça, avec le visage tout ensanglanté, tu leur ferais probablement très peur.

Il finit par l'accompagner dans une salle d'examen. Elle nettoya le sang, puis on lui fit passer une radio. L'un des médecins lui apprit qu'il avait une commotion cérébrale légère, mais même s'il avait le crâne en mille morceaux, Dallas ne voulait qu'une chose : être avec Avery.

Enfin, on l'accompagna jusqu'à la chambre où elle se trouvait. Allongée sous une couverture, elle avait les pieds dans les étriers. Une infirmière se tenait à la tête du lit, près d'un moniteur qui bipait et d'un pied à perfusion où une poche était accrochée.

— Avery ! s'exclama-t-il en se précipitant vers elle. Comment vas-tu ?

Elle lui sourit. Elle ne lui avait jamais semblé aussi belle.

— Je vais *bien*... !

Elle renversa la tête en arrière et l'agita sur l'oreiller, aux prises avec une nouvelle contraction.

— Combien de temps ça va durer ? demanda Dallas à l'infirmière.

Elle se mit à rire.

— Qui sait ? Les bébés arrivent à leur rythme. Ça peut prendre une heure ou deux, ou ça peut durer jusqu'à demain matin.

— Demain matin ? s'étrangla-t-il. Vous ne pouvez pas lui donner quelque chose contre la douleur ?

— Dallas, je vais bien, intervint Avery. C'est normal, et je ne peux pas prendre d'antidouleur. C'est ça, un accouchement. J'ai hâte de tenir ces bébés dans mes bras.

Au cours des trois heures suivantes, Avery subit les douleurs de l'accouchement. Assis à côté d'elle, Dallas lui tint la main et l'aida à respirer pour supporter les contractions.

Le Dr Sanders passa dans la chambre à plusieurs reprises pour voir comment sa patiente allait. Dallas leva les yeux vers elle lorsqu'elle les rejoignit à nouveau.

— Comment ça va ? demanda le médecin d'un ton enjoué.

— Je ne referai plus jamais l'amour, souffla Avery.

Le Dr Sanders éclata de rire.

— J'ai déjà entendu cette résolution plusieurs fois auparavant, mais en général, au bout d'un an ou deux, ces femmes sont de retour ici pour donner naissance à leur deuxième ou troisième enfant. Je vais vous examiner pour voir où on en est.

Avery haletait, comme si elle ne parvenait pas à absorber assez d'oxygène. Une lueur paniquée apparut dans ses yeux, qui terrifia Dallas.

Le médecin procéda à plusieurs vérifications, puis fronça les sourcils.

— Je crois qu'on a un problème.

Elle se tourna vers l'infirmière.

— On doit l'emmener au bloc pour une césarienne. Les deux bébés et Avery sont en souffrance.

Avant que Dallas ne puisse comprendre ce qui se passait, Avery avait disparu et il était dans la salle d'attente. Une peur affreuse l'envahit. Avery et les deux bébés étaient en souffrance ? Au point de devoir aller au bloc ?

Que se passait-il ? N'avait-il sauvé Avery que pour la perdre lors de l'accouchement ? Il ne voulait pas perdre ses bébés. Il ne voulait pas non plus perdre Avery. Le Dr Sanders devait tous les sauver.

Tout en arpentant la salle d'attente, il réfléchit à tout ce qui s'était passé depuis le moment où il avait vu Avery en haut des marches du palais de justice. Il l'avait trouvée tellement belle. Les souvenirs de leur nuit ensemble avaient aussitôt refait surface, et son cœur s'était mis à battre plus vite.

Son esprit créa un kaléidoscope des moments qu'ils avaient passés ensemble depuis le jour où elle était entrée dans sa vie. Ils avaient tellement ri. Il avait passé tant de soirées pleines de contentement avec elle.

Enfin, il repensa à ce qu'elle lui avait avoué juste avant

que la pierre ne traverse la vitre. Elle lui avait dit qu'elle était amoureuse de lui et qu'elle voulait passer toutes ses journées et toutes ses nuits avec lui.

Avec tout ce qui était arrivé, il avait à peine eu le temps d'intégrer ce qu'elle lui avait dit. Et maintenant, il ne lui restait plus qu'à prier pour qu'elle survive à l'accouchement, afin qu'il puisse lui dire ce qu'il voulait pour l'avenir.

Avery revint lentement à elle. Pendant quelques instants, elle resta confuse et désorientée. Elle remarqua d'abord le soleil qui pointait juste au-dessus de l'horizon à la fenêtre à proximité. Elle fronça les sourcils. Pourquoi ne faisait-il plus nuit ? Elle s'aperçut alors qu'elle était dans un lit d'hôpital et qu'une perfusion était reliée à son bras.

En tournant la tête, elle aperçut Dallas non loin d'elle. Affalé sur une chaise, il dormait à poings fermés, le front creusé de rides de fatigue.

Tandis que le brouillard qui lui avait embrumé le cerveau se levait peu à peu, elle se remémora les événements de la nuit. Chad qui tentait de la tuer… Les contractions douloureuses… Ses bébés ! Elle posa aussitôt les mains sur son ventre relativement plat. Elle ne se rappelait pas avoir accouché. Pourquoi ne se souvenait-elle de rien ? Oh non… Qu'était-il arrivé à ses bébés ?

— Dallas…

Mais sa voix n'était qu'un murmure râpeux. Folle d'inquiétude, Avery se racla la gorge et fit une nouvelle tentative.

— Dallas.

Il ouvrit les yeux. Jaillissant de la chaise, il se précipita près d'elle.

— Avery, ma chérie… Dieu merci, tu es réveillée, tu vas bien. C'est merveilleux. Comment te sens-tu ?

— Les bébés… Qu'est-il arrivé aux bébés ?

Maintenant qu'elle avait repris tous ses esprits, elle était paniquée de ne pas pouvoir se rappeler ce qui s'était passé exactement.

— Ils vont bien, répondit Dallas.

Son grand sourire la fit frémir de soulagement.

— Ils sont magnifiques, Avery. Ils sont un peu petits, mais ils sont tous les deux absolument parfaits. Notre fils est arrivé deux minutes avant sa petite sœur.

— J'ai besoin de les voir. J'ai besoin de les tenir.

— D'abord, laisse-moi aller chercher le médecin. Je vais lui dire que tu es réveillée.

Une fois près de la porte, il se retourna vers elle.

— Avery, tu m'as fait une peur bleue hier soir. J'ai cru… J'ai cru que j'allais vous perdre… tout perdre.

Après son départ, Avery poussa un soupir tremblant. Il avait dû s'inquiéter pour les bébés. C'était ce qu'il avait voulu dire en parlant de tout perdre.

À présent qu'elle était bien réveillée, elle avait un peu mal au ventre. Elle avait eu une césarienne, comprit-elle en regardant à nouveau par la fenêtre.

La lumière de l'aube annonçait une nouvelle journée… Une merveilleuse journée. Elle avait mis au monde deux bébés parfaits. La joie l'envahit, une joie immense qu'elle n'avait jamais éprouvée auparavant. C'était comme si personne n'avait jamais donné naissance avant elle, comme si elle avait créé un miracle tel que l'Univers n'en avait encore jamais vu.

Rien de ce qui s'était passé avant ce moment n'avait d'importance. Elle voulait simplement serrer son fils et sa fille contre elle. Elle voulait sentir leur douce odeur innocente de nouveau-nés et se délecter de leur présence.

Dallas revint dans la chambre, accompagné du Dr Sanders.

— Comment va la jeune maman ? demanda le médecin.

— Ça va, répondit Avery. Mon ventre me fait un peu souffrir, mais je veux surtout tenir mes bébés dans mes bras.

— Je vais jeter un coup d'œil sur vos agrafes, et ensuite on vous les amènera.

Après avoir examiné son abdomen, elle annonça :

— Tout va bien. Vous nous avez fait une petite frayeur, mais heureusement, tout est bien qui finit bien.

— Je veux mes bébés, répéta Avery, avant de changer de position en grimaçant.

— On vous les amène tout de suite. Je vais demander à l'infirmière de vous donner des antalgiques.

À cet instant, une infirmière entra, un bébé dans chaque bras. Des larmes de joie montèrent aux yeux d'Avery. Elle se moquait d'avoir des antalgiques. Elle voulait seulement tenir ses bébés. La femme lui tendit d'abord son fils, puis sa fille.

Ils dormaient tous les deux, mais elle les serra contre elle. Non seulement ils étaient parfaits, mais ils étaient aussi absolument magnifiques. Des petites touffes de cheveux dorés couvraient leurs têtes, et leurs visages minuscules étaient angéliques. Debout à côté d'elle, Dallas les observait tous les trois.

— On va vous laisser seuls, annonça le Dr Sanders en faisant signe à l'infirmière de la suivre hors de la chambre.

— Je n'avais jamais éprouvé ce genre d'amour, murmura Avery, les yeux rivés sur ses enfants.

— Je comprends exactement ce que tu veux dire, répondit Dallas. Je t'avais dit qu'ils étaient parfaits.

— Ils sont tellement beaux que j'en ai presque le souffle coupé.

L'infirmière revint, munie d'une seringue.

— Ça va calmer le plus gros de la douleur, déclara-t-elle en injectant le médicament dans la poche de perfusion.

— Le meilleur antidouleur, c'est de tenir ces bébés, affirma Avery.

— Ils sont adorables, répondit la femme avec un sourire.

Alors qu'elle quittait la pièce, Danny apparut sur le seuil. Il tenait un vase rempli de fleurs et semblait au supplice.

— Je… Est-ce que je peux entrer une minute ? Je comprends tout à fait si tu ne veux pas me voir ou me parler.

Il paraissait au bord des larmes. Avery jeta un coup d'œil vers Dallas, puis reporta son attention sur son collègue et ami.

— Entre, Danny.

Il fit deux pas dans la pièce. Dallas récupéra les fleurs et les posa sur la table à proximité.

— Tout d'abord, félicitations, lança Danny, la voix tremblante d'émotion. Je suis vraiment content que vous alliez tous bien.

— Merci, répondit Dallas. On est très heureux.

— Je ne savais pas.

Les mots semblaient arrachés du fond de sa gorge.

— Je ne savais pas que Chad essayait de te faire du mal, je le jure.

Ses yeux se remplirent de larmes.

— Si j'avais su, je l'aurais arrêté.

Il regarda tour à tour Avery et Dallas.

— Je n'arrivais pas à y croire quand j'ai appris ce qui s'est passé, ce qu'il a fait et ses motivations. Je suis incapable de comprendre à quel point il a perdu l'esprit.

Les larmes roulèrent le long de ses joues, et son expression se fit à nouveau torturée.

— Je veux seulement que tu sois heureuse, Avery.

Il se tourna vers Dallas.

— Et je sais que vous la rendrez heureuse. J'avais besoin que vous sachiez tous les deux que je n'ai rien à voir avec la folie qui a eu lieu hier soir.

— Je le sais, Danny, répondit Avery en lui souriant.

Elle ne lui en voulait pas pour ce que Chad avait fait. Danny était une victime innocente, comme elle l'avait été.

— Je suis désolé, je suis vraiment désolé, fit Danny d'une voix étranglée.

Dallas s'approcha de lui et lui tendit la main.

— Tout va bien.

Danny hésita, puis serra la main tendue. Il fit ensuite un pas en arrière.

— Je vais y aller, maintenant, et vous laisser tranquilles.

— Merci pour les fleurs, déclara Avery.

— C'était la moindre des choses, répondit-il, avant de quitter la chambre.

— Je crois que les actions de Chad vont hanter Danny pendant longtemps, fit-elle remarquer.

— Tu as raison. J'espère qu'il ne va pas s'autoflageller trop longtemps.

Dallas revint près du lit.

— Et maintenant, je crois qu'on a des choses à régler, tous les deux.

— Des choses à régler ? répéta-t-elle en le dévisageant avec perplexité.

— Avant que cette pierre ne vole par la fenêtre et que la situation ne se corse, tu m'as dit quelque chose.

Avery se rappela brusquement sa déclaration d'amour. Une éternité semblait s'être écoulée depuis qu'elle lui avait dit combien elle l'aimait et voulait qu'il fasse partie de sa vie, non seulement comme coparent, mais aussi comme compagnon amoureux.

Elle était désormais gênée par ses aveux. En outre, elle ne voulait pas que ce premier moment avec ses bébés soit gâché lorsqu'il lui dirait qu'il ne ressentait pas la même chose.

— Ne t'en fais pas pour ça, Dallas. Contentons-nous

de profiter de nos jumeaux. Tu les as déjà tenus dans tes bras ?

— Oui. De vrais petits miracles. Mais il leur faut des prénoms.

Elle se détendit.

— Oui, il est temps de prendre cette mission au sérieux.

Elle pencha la tête et déposa un baiser sur le front de son fils, puis sur celui de sa fille. Son cœur se gonfla à nouveau de joie.

— Pour tout dire, j'aimerais appeler notre fils Ezekiel Dallas Colton, si ça te convient.

Elle lui lança un regard incertain, mais il sourit.

— Je trouve que c'est un beau nom pour notre fils. Et notre petite fille ?

— Si tu veux l'appeler Ivy, je n'y verrais pas d'inconvénient.

Dallas fit un pas vers elle.

— Avery, même si je suis touché par cette suggestion, Ivy fait partie de mon passé. Que penses-tu de Ariana Josephine ?

— C'est magnifique, répondit Avery. Ezekiel et Ariana. Je crois qu'on a trouvé.

— Et maintenant, il faut qu'on parle de nous. C'est vrai, ce que tu m'as dit hier soir avant que tout parte en vrille ?

Il riva son regard au sien.

— Tu étais sincère quand tu as dit que tu m'aimais et que tu voulais passer tes jours et tes nuits avec moi ?

Elle avait peur de lui répéter ce qu'elle avait dans le cœur. Elle était terrifiée à l'idée qu'il la rejette et que leurs rapports en pâtissent. Les bébés étaient là, à présent. Elle ne voulait vraiment pas de tension ou de gêne entre Dallas et elle.

— Je pensais chacun des mots que j'ai dits, mais on

peut tout oublier et profiter simplement de notre vie de coparents avec ces jolis bébés.

— Je ne veux pas oublier, rétorqua-t-il. Tu m'as dit ce que tu ressentais pour moi, mais je n'ai pas eu l'occasion de te dire ce que je ressentais... Ce que je ressens pour toi.

Le cœur battant la chamade, Avery observa l'homme qu'elle aimait. Son visage était indéchiffrable. Elle n'avait pas la moindre idée de ce qu'il s'apprêtait à dire.

Il se pencha vers elle, si près qu'elle pouvait sentir son odeur familière, une odeur qui symbolisait désormais pour elle l'amour et la sécurité.

— Quand j'ai perdu Ivy, j'ai juré de ne plus jamais aimer une autre femme. J'avais trouvé l'amour, et le destin me l'avait cruellement arraché. Mais ensuite, ce même destin t'a mise sur mon chemin, et avec la promesse des jumeaux, je me suis rendu compte que je pouvais être à nouveau heureux.

— Ça me fait plaisir, Dallas. Je veux que tu sois heureux.

— Mais ça ne me suffit pas d'être heureux comme père célibataire, Avery. Je veux tout. Je veux que toi et les enfants fassiez partie de ma vie tous les jours et toutes les nuits pour toujours.

La lueur qui se mit à briller dans ses yeux bleus fit naître une douce chaleur en elle.

— Je t'aime, Avery. Je t'aime de tout mon cœur et de toute mon âme.

Elle voulait le croire. Elle en brûlait d'envie, mais elle avait peur.

— Dallas, je t'en supplie, ne m'aime pas à cause des jumeaux, murmura-t-elle.

— Avery, ne te sous-estime surtout pas. Je rêve d'avoir dans ma vie une femme de caractère qui arrête les méchants, aime ses enfants et m'adore.

— Oh ! Dallas, je suis cette femme, et je veux être

cette femme pour toujours ! s'exclama-t-elle, les yeux brouillés par les larmes.

— Alors promets-moi de m'épouser. Dès que tu sortiras de l'hôpital, dès que ce sera possible, promets-moi de m'épouser et de faire de moi le plus heureux des hommes.

Son amour pour elle était évident. Il faisait briller ses yeux et frémir sa voix grave. Quand elle éclata de rire, les bébés froncèrent les sourcils, puis se mirent à pleurer.

— Oui, répondit-elle joyeusement, par-dessus les cris de leurs jumeaux. Oui, Dallas, je veux t'épouser.

Il se pencha et s'empara de ses lèvres. Dans ce baiser, Avery sentit l'amour et l'engagement. Elle sentit un avenir rempli d'amour, de rire et de chaos. Oh oui, avec des jumeaux, ce serait le chaos. Mais elle le savait, ils relèveraient tous les défis qui se présenteraient à eux ensemble, avec des cœurs unis et un amour qui durerait toute leur vie.

JULIE MILLER

Une présence rassurante

Traduction française de
CATHERINE VALLEROY

BLACK ROSE

HARLEQUIN

Titre original :
K-9 PROTECTOR

1

— Maman, il était juste en train de te draguer !

Le Dr Hazel Cooper sursauta en entendant sa fille aînée ouvrir la porte de la salle de consultation. Froissant la lettre qu'elle lisait, elle la fourra dans la poche de sa blouse et plaqua un sourire sur son visage.

— Tu veux dire le sergent Burke ? J'avais les mains couvertes de cérumen et de larves. Il fallait que je vérifie si la mycose de Gunny était guérie, et il m'a aidée à le tenir. Nous avons parlé de son rappel de leptospirose. Ça n'a rien à voir avec de la drague !

Ashley enfila une paire de gants stériles et fit glisser une pile de gazes et de bouts de coton souillés dans la poubelle.

— J'aurais pu tenir le chien.

— Gunny est le bébé de Burke. Et il aime bien mettre la main à la pâte.

— J'imagine, la taquina Ashley. Il t'a frôlée en faisant le tour de la table, et toi tu n'as pas bougé.

Hazel secoua la tête en entendant cela.

— C'était une question de logistique. Je voulais juste lui montrer que l'infection avait disparu.

— Moi, je dirais que tu protestes un peu trop.

Ashley tira les rideaux de la salle d'examen, ce qui

permit à Hazel de voir l'homme en uniforme faire monter son berger tchèque, Gunny, à l'arrière de son véhicule.

— Il est célibataire, non ? Je parie que toutes les femmes se jettent à sa tête. Et pourtant, il t'amène son chien, vous plaisantez et vous vous frôlez.

Jedediah Burke lança un ordre, et le chien sauta à l'intérieur de la voiture. Un animal à la fois gracieux et musclé. Comme son maître. En tant que commandant de la brigade canine du KCPD, Burke dirigeait l'entraînement de douze chiens, outre ses devoirs d'officier de patrouille. Son T-shirt noir se tendit étroitement sur ses épaules et remonta au-dessus de l'épaisse ceinture de cuir et du holster qu'il portait.

Hazel réprima un frisson quand Burke se pencha à l'intérieur de son véhicule, faisant saillir une certaine partie de son anatomie. Il était en forme et se bonifiait avec l'âge, comme un bon vin. Et elle appréciait vraiment un bon merlot.

Cette analogie la surprit elle-même. Les fantasmes de sa fille devaient déteindre sur elle. Elle tira le rideau et se détourna de la fenêtre. Oui, Jedediah Burke était séduisant, mais cela faisait longtemps qu'elle était rangée des voitures. Depuis seize ans, elle se débrouillait parfaitement sans homme.

Certes, nombre de ces années avaient été difficiles et solitaires. Mais après l'erreur monumentale qu'elle avait faite en disant « Oui » à son ex-mari, pouvait-elle prendre le risque d'éprouver autre chose que quelques frissons de désir ? Pour quel homme accepterait-elle de céder à ses hormones et de mettre à nouveau son cœur dans la balance ?

— Burke n'est pas célibataire, corrigea-t-elle pour tempérer l'enthousiasme de sa fille. Il est divorcé.

Elle jeta la seringue dans la poubelle adéquate et retira ses gants.

— Quelle coïncidence ! Toi aussi !

Ashley lui tint la poubelle ouverte pour qu'elle y jette ses gants.

— Vous avez au moins un point en commun. Et je parie que vous avez plein de choses à vous dire, en dehors des soins vétérinaires et du métier de policier. Les mariages ratés… Les cœurs brisés… Vous vous êtes déjà réconfortés l'un l'autre ? Je parie qu'il est génial au pieu.

— Ashley Marie Cooper ! Je ne suis pas seulement ta mère, je suis ton patron !

Elle jeta un coup d'œil à la porte, s'assurant qu'elle était fermée et que personne n'écoutait cette conversation.

— Ne me parle pas de « pieu ». Surtout ici, au travail, où on pourrait t'entendre.

— Mais je n'ai pas parlé de toi, répliqua Ashley d'un ton taquin. Ou bien tu pensais la même chose que moi ?

— Ça suffit !

Hazel alluma l'écran de l'ordinateur posé près de l'évier pour mettre à jour le dossier de Gunny.

— Le sergent Burke ne drague pas. Et moi non plus.

Ashley tripotait à nouveau les rideaux.

— Alors pourquoi est-il en train de revenir ?

— Quoi ?

Hazel pivota sur elle-même pour regarder par la fenêtre. Burke gravissait à grands pas le perron en ciment de la clinique.

— Je t'ai vue ! Tu viens de faire bouffer tes cheveux.

Hazel laissa retomber sa main.

— Je les avais dans les yeux.

Ashley effleura sa bouche.

— Un peu de rouge à lèvres ne te ferait pas de mal non plus. Tu devrais en avoir un tube dans ta poche.

Elle sortit un baume rose framboise de la sienne.

— Tiens, prends le mien.

Hazel recula.

— Tu devrais t'intéresser à un jeune homme de ton âge au lieu de m'inventer une vie amoureuse.

Elle reporta son attention sur l'ordinateur.

— Burke et moi travaillons ensemble. Il dirige la brigade canine et je m'occupe de ses chiens. Nous sommes amis. Collègues. Point final.

Ashley prit un flacon de désinfectant dans le placard et vaporisa la table d'examen.

— Alors tu manques terriblement de pratique. Il a regardé tes fesses quand tu t'es penchée. Depuis quand n'es-tu pas sortie avec un homme ?

— À quoi rime cette conversation ?

— Parce que tu viens aussi de regarder ses fesses. À moins que ce soit son menton carré ou ses beaux yeux bruns qui te plaisent ?

— Pourquoi le détailles-tu comme ça ? Il est assez vieux pour être ton père.

— Mais pas assez vieux pour être le tien.

Ashley lui passa un bras autour des épaules.

— Et puis, quand on est sexy, on l'est à n'importe quel âge.

Bien que Hazel adore travailler avec Ashley, elle allait devoir imposer des règles quant aux conversations mère-fille. Surtout à portée d'oreille du personnel.

Depuis le divorce et la condamnation de leur père à quinze ans de prison, Ashley et Polly tentaient par tous les moyens de la convaincre de retrouver un partenaire.

Bien sûr, à l'époque, elles n'avaient que quatre et six ans. Si seulement elles avaient connu la véritable raison de ce divorce – et su pourquoi la peine initiale de leur père avait doublée ! Elles étaient déjà suffisamment traumatisées, et Hazel avait tout fait pour les protéger. Il y avait des choses qu'il n'était pas bon de dire aux enfants.

Elle se retourna pour déposer un baiser sur la joue de sa fille.

— Juste pour cette remarque, tu finiras de nettoyer ici. Je crois que les corgis de Mme Stinson m'attendent.

— Il n'y a pas qu'eux qui t'attendent.

Un petit coup à la porte mit miséricordieusement fin à cette conversation. Avant que Hazel ne réagisse, la porte s'ouvrit et Jedediah Burke se montra dans l'encadrement.

— Hé, doc.

Son accent traînant chatouilla les oreilles de Hazel et la fit frémir. Il retira sa casquette du KCPD, un geste de politesse qui réveilla quelque chose d'enfoui en elle.

— La réceptionniste m'a dit que vous étiez encore là et que je pouvais entrer.

Bonté divine, Ashley avait raison, il était beau. Une coupe de cheveux militaire et une barbe très courte mêlée de fils argent soulignaient la régularité de ses traits.

Pourquoi Ashley lui avait-elle mis ces idées dans la tête ? Aucune femme ne pouvait manquer de remarquer que Jedediah Burke était séduisant. Mais elle n'avait jamais réagi ainsi à sa virilité et à son autorité naturelle. Jedediah Burke, ancien militaire devenu policier, était Burke, une connaissance de longue date, un collègue, un ami. Il n'était pas plus destiné à lui servir de cavalier que l'auteur des lettres tordues qu'elle recevait.

Le rappel de ces messages stoppa le fil de ses pensées et lui permit d'afficher un sourire amical.

— Bien sûr. Vous avez oublié quelque chose ?

— Deux choses. Je crois que j'ai laissé le jouet de Gunny dans la salle. Si je le perds, il ne voudra plus m'obéir.

Ashley ramassa l'objet en question derrière une chaise et le lui tendit.

— Le voilà.

— Merci.

Il lui sourit avant de reporter ses yeux couleur de whisky sur Hazel.

— Et puis j'ai oublié de vous dire que je vais entraîner de nouvelles recrues demain matin. Ensuite le reste de la brigade canine vient déjeuner. C'est Ed's Barbecue qui fournit le déjeuner, pour remercier Pike et Hans d'avoir arrêté ces petits cambrioleurs le mois dernier. Vous êtes la bienvenue.

— Ed's Barbecue ?

Elle n'eut pas besoin de feindre l'enthousiasme à la mention de son restaurant préféré.

— Vous aurez des pommes de terre à la crème ?

Burke sourit jusqu'aux oreilles.

— On ne peut pas manger de porc braisé sans pommes de terre.

— Je ne veux pas rater ça. Je viendrai dès que je le pourrai. N'oubliez pas de m'en garder.

— Je n'y manquerai pas. À demain.

Il remit sa casquette et en effleura le bord dans une sorte de salut militaire.

— Doc. Ash.

— Burke…

La porte à peine refermée, Ashley ne put contenir son enthousiasme. Elle serra sa mère contre elle.

— Tu vois ? Il flirte avec toi ! Il t'a invitée à déjeuner.

— Du calme, ma fille.

Hazel lui tapota le bras.

— Ses subalternes seront là aussi, ainsi que leurs chiens. Je ne vois rien de romantique à discuter analyses de sang et rappels de vaccinations de chiens baveux.

Ashley leva les yeux au ciel dans une posture théâtrale.

— Tu me tues, maman. Burke est à tomber à la renverse

et en plus il est gentil. Vous avez les mêmes centres d'intérêt et vous communiquez sans peine. Qu'est-ce que tu veux de plus ?

Hazel retourna à son ordinateur pour achever ses mises à jour. Ashley la suivit et reprit d'un ton plus mûr :

— Tu es une femme séduisante, intelligente et drôle. Tu ne devrais pas rester seule. Papa ne fait plus partie de nos vies depuis seize ans. Oui, il a été libéré il y a quelques mois, mais nous avons bien fait comprendre que nous ne voulions plus de lui dans notre vie. Polly et moi, nous sommes adultes, maintenant. Tu n'as plus besoin de t'occuper de nous et de nous protéger vingt-quatre heures sur vingt-quatre. Tu peux tourner la page et retomber amoureuse.

Elle haussa les épaules comme si toute protestation aurait été malvenue.

— Polly et moi, nous sommes d'accord. Jedediah Burke est le candidat idéal pour toi.

— Tu as entraîné ta sœur dans une discussion sur ma vie amoureuse ?

Deux ans plus jeune qu'Ashley et jeune élève infirmière, Polly était la plus silencieuse de ses deux filles, mais on ne pouvait nier qu'elle était aussi têtue que sa sœur.

— Bien sûr que oui.

Avec un soupir de lassitude, Hazel se tourna vers sa fille.

— D'abord, je suis votre mère. Je vous aime toutes les deux et je ne cesserai jamais de vous protéger. Deuxièmement, je sais que ça vous amuse, mais vous devez cesser de jouer les entremetteuses. Si Burke entendait parler de cette conversation, il serait très embarrassé. Sans parler de moi si quelqu'un surprenait les grands projets que vous avez pour nous.

Il y eut un autre coup à la porte, et une fraction de

seconde Hazel retint son souffle, attendant ou espérant le retour de Burke.

Mais ce fut Todd Mizner, un autre employé, qui pénétra dans la pièce, lui rappelant que l'activité de la clinique battait son plein à cette heure de l'après-midi. Todd était un peu plus âgé qu'Ashley et très séduisant dans le genre professeur, avec des lunettes à monture noire et des cheveux longs attachés en queue-de-cheval. Sa fille pouvait faire pire que de s'intéresser à un type aussi mignon que lui.

Hazel se retourna pour jeter un regard entendu à Ashley.

— En parlant de grands projets…

Mais sa fille secoua sa queue-de-cheval blonde et quitta la pièce.

Bien sûr. Au grand chagrin de Hazel, Todd n'était pas assez voyou pour convenir aux goûts aventureux d'Ashley. Bien qu'elle ait heureusement laissé derrière elle une adolescence mouvementée, sa fille restait une rebelle. Ce trait de caractère venait certainement des longues années d'incertitude qui avaient suivi la trahison d'Aaron, le divorce, le procès et l'incarcération.

— Ce n'est pas aussi confortable quand les rôles sont inversés, hein ? cria-t-elle dans le dos d'Ashley avant que la porte se referme.

Todd rejoignit Hazel au comptoir tandis qu'elle imprimait les notes du dossier de Gunny.

— Que vouliez-vous dire ?

— Rien. Conversation entre filles.

Il la contourna pour prendre la souris.

— J'ai développé les radios du caniche à la hernie discale. Apparemment, il a une fracture du bassin.

— Oh zut !

Cela signifiait une opération au lieu de la thérapie au laser qu'elle avait prévue. Elle prit ses lunettes dans sa poche de poitrine et attendit qu'il affiche les radios sur l'écran.

Todd marmonna un juron, lui rappelant qu'il était debout juste derrière elle.

— Cet ordinateur n'en fait qu'à sa tête. Je n'arrive pas à les télécharger.

Quel que soit le problème, Hazel n'avait pas le temps de s'y intéresser. Des patients attendaient.

— D'accord. J'irai les regarder à la radio. Allez salle 3 vous occuper de la maîtresse de Maggie. Je sais qu'elle est stressée par l'accident. Veillez à ce qu'il y ait une boîte de mouchoirs dans la pièce et voyez si vous pouvez afficher les radios sur l'écran là-bas. Je veux les lui montrer pour lui expliquer ce qui se passe.

— Ashley ne peut pas le faire ?

— Elle est en train d'accueillir Cassie et Reggie.

Les corgis de Mme Stinson devraient attendre jusqu'à ce qu'elle ait évalué les blessures du caniche et décidé de son traitement.

— Vu l'âge qu'a son chien, Mme Miller pense sans doute qu'on ne peut plus rien faire pour lui. Je ne veux pas qu'elle reste seule.

Pointant le menton, elle sourit à Todd.

— Allez la distraire avec votre charme, Mizner, jusqu'à ce que j'arrive.

— Mais vous m'avez promis que je pourrais vous assister pour la prochaine opération. Je voudrais suivre toute la procédure, depuis la consultation initiale jusqu'à ce que le chien remarche. Ou qu'on le mette dans un fauteuil roulant si la thérapie et l'opération ne marchent pas…

— Nous en discuterons plus tard. La priorité est de nous occuper de nos patients, et cela comprend le maître ou la maîtresse.

— Plus j'ai d'expérience, mieux c'est. Un de ces jours, je vais terminer mon internat…

Todd posa la main sur le comptoir derrière elle et lui fit un clin d'œil.

— Et vous et moi serons associés à part entière.

C'était ça qui l'ennuyait chez Todd, cette tendance à la familiarité. Elle le repoussa gentiment.

— Les distances, Todd. Nous en avons déjà parlé, vous vous en souvenez ?

Il n'était peut-être pas si bien que ça pour sa fille, après tout. Todd était doué avec les animaux, mais ses compétences sociales laissaient à désirer.

Il recula en levant les mains d'un air moqueur.

— Je n'ai aucune intention équivoque, docteur Coop. Vous savez que je suis inoffensif. Vous êtes nerveuse aujourd'hui, pour une raison quelconque.

Non. Il se comportait d'une manière qu'elle n'appréciait pas. Pas comme un employé avec sa patronne. Pas comme un jeune homme assez jeune pour être son fils. Elle désigna la porte, lui rappelant que c'était elle la cheffe.

— Salle 3.

— Oui, madame. Comme vous voudrez.

Tandis que Todd traversait le couloir, Hazel poussa la porte battante menant à la zone réservée où elle effectuait les opérations, stockait les médicaments et rangeait les équipements spécialisés. Elle alla directement à la radio pour voir comment se portait la pauvre Maggie après sa chute dans l'escalier.

Ce dont elle avait besoin, c'était de temps et de tranquillité pour s'éclaircir les idées. Elle prit ses lunettes dans sa poche pour étudier les radios. Mais dès qu'elle les eut chaussées, elle pensa à la lettre et les retira aussitôt.

Elle n'eut pas besoin de la relire. Elle connaissait chaque mot par cœur.

Je vous ai observée, Hazel.

Vos yeux verts sont si intelligents, si jolis. Même quand vous portez vos lunettes, ils brillent et m'ensorcellent. Aucun homme ne vous mérite.

Je veux faire partie de votre vie… Je veux que nous partagions tout.

Je vous veux.

Je vous veux.

Je vous veux…

Hazel ne s'apercevait peut-être pas quand on la draguait, son aptitude aux relations amoureuses était peut-être rouillée, mais elle savait que quelque chose clochait là-dedans. Un homme qui écrivait une dizaine de fois « Je vous veux » dans une lettre et qui refusait de la signer ou même d'indiquer son adresse ne lui voulait pas du bien.

Cette lettre, ainsi que les huit autres qu'elle avait reçues chez elle, lui disait qu'elle était devenue l'obsession de quelqu'un.

Le sentiment d'être épiée et harcelée dans un endroit où elle aurait dû se sentir en sécurité ressemblait beaucoup à…

Elle laissa échapper un petit cri en entendant frapper à la porte.

— Todd, je vous ai dit…

— Waouh…

Jedediah se tenait à nouveau sur le seuil. Bien qu'il ait adopté une posture d'excuse, sa carrure impressionnante donna à Hazel l'impression que la pièce avait rétréci.

— Je suis désolé, vous étiez concentrée…

Prenant conscience qu'elle avait plaqué une main sur son cœur, elle chaussa à nouveau ses lunettes. Mais il n'était pas dupe. Il lui avait fait peur et il le savait. Évitant son regard scrutateur, elle étudia les radios.

— Vous n'êtes pas encore parti ?

Au bout d'un instant, il hocha la tête.

— J'ai oublié de vous dire à quelle heure est le déjeuner demain. J'aurais pu vous envoyer un texto, mais j'étais là.

Il pénétra dans la pièce et fit halte près de son fauteuil. À l'inverse de Tom, elle eut terriblement envie de s'appuyer contre lui, surtout lorsqu'il posa gentiment une main sur son épaule.

— Il s'est passé quelque chose ? Vous avez perdu un patient ?

Bon sang. Il sentait bon, aussi. Un mélange enivrant de savon épicé et de parfum d'automne s'accrochait à lui, intensifié par l'étroitesse de la pièce.

Hazel envisagea de le renvoyer avec quelques mots anodins. Puis son insigne en cuivre, pincé à sa ceinture, entra dans son champ visuel. Burke représentait l'aide et la sécurité de plus d'une manière. Elle le connaissait depuis cinq ans. Elle pouvait lui faire confiance. Elle fourra ses lunettes dans la poche de sa blouse et pencha la tête.

— Je peux vous demander quelque chose ? En tant que policier ?

— Bien sûr.

Il recula, et son attitude compatissante laissa place à la vigilance.

Prenant la lettre dans sa poche, elle la lissa quelques instants avant de lui tendre.

— Voudriez-vous lire ça ?

Il allait certainement penser qu'elle était paranoïaque. Ou peut-être se fâcherait-il qu'elle n'ait pas signalé ces lettres plus tôt. Son expression s'assombrit à mesure qu'il parcourait la missive.

— Est-ce normal ? demanda-t-elle.

— Qui vous a écrit cela ?

Elle hésita une fraction de seconde.

— Je ne sais pas.

— Alors non, ça ne l'est pas.

Il s'adossa au chambranle et la regarda.

— Un petit ami largué dont je dois m'inquiéter ?

L'ami la taquinait pour l'égayer, mais le policier attendait une réponse. Elle lui avait demandé son opinion, elle se devait d'expliquer pourquoi une lettre inoffensive la perturbait autant.

— Au début, je pensais que c'était mon ex-mari, Aaron, qui m'écrivait à nouveau. Vous vous souvenez sans doute de lui, il a fait la une des JT il y a quinze ans.

Burke hocha la tête mais attendit qu'elle poursuive.

— Il avait l'habitude de m'écrire des âneries de ce style quand nous sortions ensemble. Je lui ai dit que cela ne m'impressionnait pas et il a cessé. Il disait toujours qu'il aimait mes manières directes – jusqu'à ce qu'il passe en jugement. À ce moment-là, il n'avait plus du tout envie que je sois directe. Depuis la prison, il m'a écrit des litanies de reproches pour avoir témoigné contre lui. J'ai demandé à un juge de les faire cesser. Il ne devait plus prendre contact avec moi. Il y avait trop de menaces à l'époque. Beaucoup des gens qu'il avait ruinés nous menaçaient. Je n'avais pas besoin en plus de ses vilains messages. Bref, j'ai cru que le ton obsessionnel de ces lettres était celui de mon ex.

— *Ces* lettres ? répéta Burke en élevant la feuille de papier. Il y en a plus d'une ?

Il aurait été stupide de cacher la vérité à un flic.

— C'est la neuvième que je reçois depuis mon anniversaire, le 5 août.

— Neuf lettres en neuf semaines ?

— Les premières étaient plutôt inoffensives. Mais… Il semble de plus en plus exalté au fil du temps.

Burke retourna le papier, mais il n'y avait rien d'autre.

— L'enveloppe était tamponnée par la poste ?

— Kansas City. Mais pas d'adresse d'expéditeur.

— Aaron est toujours en prison ?

Hazel secoua la tête.

— Il a été libéré sur parole à la fin de l'année. L'ordonnance de protection devrait l'empêcher de prendre contact avec moi ou les filles. Et ces lettres… Elles ne contiennent pas exactement des menaces, mais elles sont… perturbantes.

— Vous savez où il vit maintenant ?

Elle reprit la lettre qu'il lui tendait.

— Notre vie est bien plus paisible sans lui. Je ne veux pas tenter le sort en m'informant de lui, même à travers des tiers.

— Je me renseignerai.

Burke lui prit la main, pas tant pour la rassurer que pour la mettre en garde.

— Mais j'imagine qu'il est ici, à Kansas City.

2

— Hon-hon…

Hazel examinait les oreilles de Gunny.

— C'est tout rose et propre. Aucun signe d'infection.

Burke fit le tour de la table d'examen tandis qu'elle se déplaçait pour inspecter l'autre oreille du chien. Bien qu'il ait toute confiance en son chien, Burke s'était porté volontaire pour le tenir pendant que Hazel contrôlait le résultat du traitement. Avec les salles d'examen pleines et la salle d'attente bondée, il était clair que le vendredi après-midi était une période surchargée. Et puis son aide lui donnait quelques minutes pour mettre Hazel au courant de ce qu'il avait découvert sur ces lettres.

Un détail dans le dossier d'Aaron l'avait particulièrement perturbé. Le flic en lui voulait creuser, mais l'homme n'était pas certain d'aimer ce qu'il trouverait. En outre, si Hazel avait choisi de ne pas parler de cet incident, il préférait ne pas mettre la question sur le tapis. Pas tout de suite, en tout cas. Il savait ce qu'étaient la trahison et le divorce : la partie lésée faisait ce qu'elle pouvait pour tourner la page.

Mais s'il y avait une menace crédible ou s'il pensait que l'histoire allait se répéter, alors la discrétion ne serait plus de mise. Il exigerait la vérité de Hazel afin de se faire une idée des risques qu'elle courait. Et si elle ne voulait toujours pas en parler, il avait d'autres moyens d'obtenir les détails qu'il voulait. Mais il n'aimait pas plus qu'elle l'idée de le faire dans son dos.

Burke gratta la tête noire de Gunny, davantage pour l'empêcher de s'endormir qu'autre chose. Puis il prit sa respiration avant de se lancer. Hazel lui avait demandé un service en tant que flic, non en tant qu'homme. Et il trouvait de plus en plus difficile de respecter les distances qu'elle lui imposait.

— J'ai parlé à l'agent de probation d'Aaron et je lui ai signalé les lettres. Kranitz lui posera la question. S'il pense qu'il en est l'auteur, il lui rappellera l'ordonnance de protection. Si une lettre arrive après cela, Aaron retournera en prison.

Hazel hocha la tête sans cesser d'inspecter l'oreille du chien.

— Cela ne l'empêcherait pas de les faire poster par quelqu'un d'autre. Même au plus fort du procès, il s'est toujours débrouillé pour qu'on fasse ses quatre volontés. Je ne sais toujours pas s'il payait ses acolytes ou s'il comptait sur son charme. Il a toujours été comme ça.

Pas même un clignement d'œil indiquant ce qu'elle avait subi de la part de son ex. Au lieu de cela, elle se redressa en souriant.

— Cette oreille est parfaitement saine aussi. Je déclare votre ami à quatre pattes bon pour le service.

Burke n'insista pas, parce qu'il craignait que Hazel se retranche derrière cette distance qu'il avait patiemment surmontée. Il ne voulait pas que leur proximité, qui était davantage qu'une amitié mais moins que ce qu'il recherchait, en soit affectée.

— Tant mieux.

Il caressa le flanc de Gunny, tandis que Hazel lui grattait la tête autour des oreilles. Il sourit en voyant le chien tourner la tête pour savourer le contact des mains de Hazel. Ignorant un pincement de jalousie, il ordonna au chien de s'asseoir.

— Tu te ramollis, mon gros. Il faut que je te prévoie plus que des séances d'entraînement.

Hazel posa l'endoscope sur la paillasse derrière elle et revint caresser les bajoues de Gunny.

— N'écoute pas ce méchant sergent, dit-elle d'un ton taquin. Tu es aussi solide que n'importe quel flic.

— Ne l'encouragez pas, répliqua Burke. J'ai déjà du mal à contenir son ego.

Ils continuèrent à chouchouter le chien au lieu de se remettre au travail. Si Hazel ne lui avait pas montré ces lettres et ne lui avait pas demandé de l'aider, il n'aurait eu aucune raison d'être là. Et s'il ne pouvait dire avec certitude qui les avait envoyées, il avait fait tout ce qu'il pouvait pour la tranquilliser.

— Votre immeuble semble relativement sûr, avec le portail et l'Interphone. Je n'aime pas ces vitres du haut en bas de votre appartement, mais au moins vous n'êtes pas au rez-de-chaussée. En outre, les serrures de la porte d'entrée et de l'escalier de secours sont de bonne qualité.

— Un bâtiment rénové a des limites structurelles. J'ai économisé longtemps pour acheter cet appartement. Et puis il n'est qu'à quelques minutes en voiture de la clinique et c'est un quartier agréable, proche de la bibliothèque, des hôtels et du Centre de congrès.

Burke hocha la tête. Aucun logement n'était véritablement sûr quand quelqu'un était déterminé à y pénétrer. Et le fait que l'homme ait avoué qu'il l'avait observée le faisait penser qu'il savait exactement où elle vivait. Ou travaillait. Ou les deux.

— J'ai aussi parlé des menaces potentielles à la police

de l'hôpital. Ils feront leur possible pour ouvrir l'œil là-bas. L'appartement de Polly et Ashley est bien sécurisé.

Il immobilisa les doigts dans le pelage de Gunny, à proximité de son harnais.

— J'ai également obtenu l'adresse actuelle d'Aaron. Si le harcèlement ne stoppe pas, et que vous vouliez que Gunny et moi nous lui rendions visite, je le ferais.

Elle pâlit et s'interrompit.

— J'espère qu'on n'en arrivera pas là. Vous avez soigneusement enquêté.

— Comment ferais-je mon boulot autrement ?

Hazel lui pressa l'avant-bras. Ce contact peau contre peau l'électrisa.

— Merci.

— Je vous en prie.

Il était assez grand pour l'embrasser par-dessus la table s'il en avait envie. Et Dieu qu'il en avait envie ! Il avait aussi envie de l'inviter à sortir avec lui. Quelque chose chez Hazel Cooper lui donnait l'impression d'être à nouveau un adolescent. Sans doute parce qu'il n'avait pas désiré une femme depuis longtemps. Elle le faisait rire, elle comprenait son humour, elle était intelligente et diablement douée dans son métier et, bien qu'elle les camoufle sous des blouses et des jeans, elle avait des courbes affriolantes. Sa coupe de jeune garçon attirait l'attention sur ses jolis yeux verts et mettait en valeur son long cou, une étendue de peau crémeuse qu'il aurait aimé effleurer de ses lèvres.

Mais il respectait son vœu silencieux de garder leur relation dans le domaine de l'amitié.

En outre, son ex-femme, Shannon, l'avait suffisamment échaudé pour qu'il choisisse une femme dont l'amitié et la loyauté étaient sans réserve. Dommage qu'il ne puisse jouir à la fois d'amitié et d'amour chez la même femme.

Il ne se serait peut-être pas comporté comme un obsédé avec elle si cela avait été le cas.

Il fallut un coup de langue de Gunny sur le menton de Hazel pour briser le charme qui le possédait. Burke rompit sagement le contact et recula tandis qu'elle se mettait à rire.

— Désolé. Je suppose qu'il en a assez. Gunny, descends. Bon chien.

Il flatta les flancs de son chien, se donnant quelques secondes pour se recomposer un masque de bienséance. Non, il ne serait pas jaloux que son chien ait embrassé Hazel le premier.

Celle-ci gratta Gunny près de la queue avant de se tourner vers la paillasse pour ouvrir un flacon rempli de friandises pour chiens.

— Tu veux une récompense ?

La queue du chien vint frapper la jambe de son maître.

— Qui est le meilleur patient de tous ? C'est ça, c'est toi, Gunny.

Hazel leva la main pour faire asseoir l'animal.

— Assis. C'est bien. Voilà pour toi.

Burke appréciait qu'elle respecte l'entraînement du chien et ne se contente pas seulement de le gâter, même si son partenaire canin ne voyait aucun inconvénient à se vautrer sur le canapé dès qu'on lui ôtait son harnais.

Hazel caressa Gunny une dernière fois autour des oreilles avant d'ouvrir la porte de la salle. Burke était content que les oreilles du chien ne le démangent plus. Le Dr Coop avait fait du bon travail. Elle sourit.

— Allez, vous deux, je vous raccompagne.

Gunny lui emboîta automatiquement le pas, sans se laisser distraire par les gens, les animaux, les armoires d'aliments et de friandises. Il fit cependant halte pour effleurer le nez de Cleo, un schnauzer miniature doté d'un seul œil et de trois pattes, qui fit le tour du comptoir en trottant pour le saluer. Hazel amenait sa petite chienne au travail tous les jours. Elle dormait dans son panier ou jouait les hôtesses auprès des clients et de ses patients préférés. Gunny était incontestablement sur la liste des préférés de Cleo. Si Burke avait été enclin aux idées fantasques, il aurait dit que Gunny et Cleo avaient le béguin l'un pour l'autre, à en juger par la façon dont ils se reniflaient la queue avec enthousiasme.

Hazel Cooper était encline aux idées fantasques. Tandis que Cleo dansait entre ses jambes et encourageait Gunny à jouer, Hazel se pencha pour caresser le schnauzer.

— C'est ça, ton petit copain est là.

— Cleo sait qu'elle a été stérilisée, n'est-ce pas ? plaisanta Burke. Le flirt ne débouchera sur rien pour eux.

— Une fille a bien le droit de regarder, non ?

Quand Hazel se redressa, son regard balaya le ventre, la poitrine et le menton de Burke avant de croiser le sien. Une bouffée de chaleur passa entre eux, et Burke sentit sa bouche s'assécher. Eh bien, eh bien. Quel genre de signal ambigu était-ce là ? Le bon docteur l'avait maté de bas en haut. Elle avait aussi le droit de regarder ? Mais elle voulait tout de même garder leur relation sur un plan amical ? Les règles de fréquentation avaient peut-être changé depuis sa jeunesse.

Quelle que soit la nature de l'éclair qui l'avait traversée, elle l'ignora consciencieusement et se pencha par-dessus le comptoir pour parler à la réceptionniste.

— Vous pouvez envoyer la facture au siège de la police, lui dit-elle avant de regarder à nouveau Burke.

Il aimait cela chez elle – qu'elle croise toujours son regard et ne mâche pas ses mots. Avec son mètre quatre-vingt-dix, il la dépassait sans doute de huit ou dix centimètres, mais cela ne dissuadait pas la vétérinaire de le regarder dans les yeux, quelle que soit la distance à laquelle ils se trouvent.

— Je n'ai pas besoin de revoir Gunny jusqu'à sa prochaine visite de contrôle ou son rappel de vaccins. Veillez bien à lui nettoyer les oreilles. S'il commence à trembler de la tête ou à se gratter, vous pouvez utiliser la pommade que je vous ai donnée. Appelez-moi, bien sûr, si cela ne donne pas de résultats.

— Je n'y manquerai pas.

Il était à court de prétextes pour s'attarder encore. Le bilan de santé de Gunny était bon. Cleo avait posé les deux pattes de devant sur son dos, comme pour devenir elle aussi un grand chien. Et si Gunny semblait apprécier le pseudo-massage de son amie, Burke avait à faire. Il n'avait plus rien à rapporter sur l'ex-mari de Hazel. Il tira sa casquette de sa poche arrière et la vissa sur ses cheveux courts.

— Je ferais mieux de retourner au boulot. Je vous tiendrai au courant si je découvre autre chose… Il regarda autour de lui… Sur l'affaire dont nous avons parlé.

— Merci, articula-t-elle en silence, appréciant visiblement sa discrétion. À bientôt, alors.

Burke hocha la tête. Hazel claqua des lèvres pour attirer l'attention de sa chienne.

— Cleo, viens ici.

Après une sorte de culbute sur sa patte arrière, Cleo se redressa vivement et trotta vers sa maîtresse. Hazel prit la pile de courrier que la réceptionniste avait posée sur le comptoir et se mit à trier les lettres et les magazines. Ordonnant à son chien de venir au pied, Burke se tournait vers la porte quand il entendit une petite exclamation derrière lui.

— Docteur Coop ?

Se retournant, il vit les lettres et un léger paquet chuter.

— Hazel ?

Elle leva vers lui un regard de panique. Que diable se passait-il ? Il contempla les enveloppes à ses pieds, se demandant laquelle représentait une menace.

— Vous avez eu une autre lettre ?

Avec un bref signe de tête à son intention et un sourire forcé en direction des gens présents dans la pièce, elle se secoua et s'accroupit pour ramasser les lettres et les magazines.

— Peut-être. Je ne sais pas. Il n'y a pas d'adresse d'expéditeur sur le paquet, et l'adresse est dactylographiée. Comme les autres. Mais il n'y avait pas eu de paquet jusqu'ici.

Comme Cleo, Gunny était curieux de savoir pourquoi son docteur préféré s'était accroupie à son niveau. Les chiens reniflèrent Hazel, le courrier éparpillé… Puis Gunny s'assit.

— Les autres sont arrivées chez moi. C'est la première à arriver ici.

L'inquiétude de Burke fit place à la peur quand il vit Gunny lever son long museau brun vers lui. Oh bon sang…

— Ce n'est peut-être rien, reprit Hazel. Tout le monde ne met pas d'adresse d'exp…

— Ne touchez à rien !

Il la prit par le bras, la releva et la plaça derrière lui tout en l'éloignant du comptoir. Il ramassa Cleo d'une seule main et la mit dans les bras de Hazel.

— Que faites-vous ? s'étonna Hazel.

Burke sortit son insigne et le tint en l'air pour s'identifier aux yeux et aux oreilles de toute la salle.

— Votre attention, s'il vous plaît. Je suis le sergent Jedediah Burke, de la police de Kansas City.

Il fit pivoter son regard de façon à inclure tout le monde dans le hall.

— Je veux que vous restiez exactement là où vous êtes. Pouvez-vous maîtriser vos animaux ? Ne bougez pas.

Hazel pressa Cleo contre sa poitrine.

— Burke ?

— Vous comprise. Ne bougez pas. Ne posez pas votre chien par terre.

Il la repoussa encore d'un pas avant de fixer son insigne à sa ceinture et de faire sortir Gunny par les portes vitrées.

Quand il revint, il vit les regards apeurés, les airs interrogateurs et les rires nerveux. Mais personne ne remit en cause ses ordres. Il laissa Gunny se frayer un passage entre les étagères d'aliments, un chat qui miaulait dans sa cage et le comptoir jusqu'au courrier répandu sur le sol.

Gunny se mit à nouveau en position d'alerte quand il atteignit l'enveloppe matelassée. Burke jura. Il glissa une récompense entre les dents du chien et l'éloigna de l'enveloppe en le félicitant pour son travail.

Les lettres d'amour de Hazel venaient de prendre soudain un tour beaucoup plus sinistre.

Burke prit sa radio et appela l'opératrice de la police, tout en rassurant Hazel d'un regard. Rien de plus, car il devait agir.

— Je veux que tout le monde – personnes et animaux – évacue le bâtiment aussitôt que possible.

Il survola les visages du regard.

— Restez au moins à vingt mètres des portes, sur le parking. Éteignez vos téléphones. N'envoyez pas de textos et n'appelez personne.

Il regarda à nouveau Hazel car il savait pouvoir compter sur son sang-froid, même si elle avait peur.

— Je vais avoir besoin d'un décompte des personnes pour être sûr que tout le monde est là où il devrait être.

— Bien sûr.

Elle fit signe aux réceptionnistes de se lever tandis que Burke se positionnait devant l'enveloppe, afin que personne ne marche dessus par accident.

— Linda, allez chercher le personnel dans les salles du fond. Dites à tout le monde de sortir sur le parking. Mettez en laisse tous les animaux que nous avons en pension et amenez-les dans les niches dehors. Todd…

Elle désigna la porte battante au moment où le jeune homme sortait d'une salle d'examen.

— Faites sortir les deux chiens que nous avons stérilisés ce matin. Ashley…

— Je vais m'occuper des clients, maman.

Bien qu'elle se meuve avec décision, la peur se lisait sur le visage de la fille de Hazel quand elle fit halte devant Burke et lui demanda :

— Que se passe-t-il ?

— Ce ne sont que des précautions, répondit-il en désignant la sortie du menton. Appelons ça un exercice d'incendie.

— Il y a un incendie ? murmura-t-elle. L'alarme ne s'est pas mise en marche.

Hazel déposa Cleo dans les bras d'Ashley et fit pivoter sa fille vers la porte.

— Tout va bien, chérie. Fais juste ce que te dit Burke. Je vais vérifier les salles d'examen.

Ashley hocha la tête puis donna le bras à une cliente âgée pour l'escorter sur le parking, où se rassemblaient les autres clients. Hazel ouvrit la porte de chacune des salles et conduisit les animaux et les gens dans le hall.

— À vingt mètres de distance, rappela Burke à Todd en voyant le jeune homme se ruer hors de la salle de réveil avec des chiens.

Todd jeta un regard inquiet à Hazel, laquelle venait de franchir les doubles portes du vestibule.

— Vous venez, docteur Coop ?

— J'arrive.

À travers la vitre, Hazel compta les membres de son personnel, s'assurant de leur sécurité avant de faire demi-tour et de revenir à Burke qui donnait des détails à l'opératrice. Normalement il se serait servi de son portable, mais il ne voulait pas prendre le risque d'utiliser un signal sans fil avant d'en savoir plus.

— Que se passe-t-il ? demanda Hazel quand il eut raccroché.

Elle avait besoin d'une explication.

— Je sais qu'il n'y a pas d'incendie. J'ai entendu l'opératrice parler d'envoyer une brigade. Qui va venir ?

— La brigade de déminage.

Elle écarquilla les yeux avant de contempler le paquet anonyme.

— Une bombe ? Je pensais que ce n'était qu'une… Je n'ai pas eu de lettre cette semaine. J'espérais qu'Aaron avait cessé après que son agent de probation lui avait parlé. Est-ce que ça n'a fait que l'énerver ?

Il comprit qu'elle espérait qu'il dise que c'était une fausse alerte.

— Vous pensez qu'il a envoyé une bombe à ma clinique ? Avec tous ces gens ? Ces animaux innocents ?

Burke caressa la tête de son chien.

— Gunny m'a prévenu qu'il y avait un explosif. Il ne se trompe jamais.

Prenant Hazel par le coude, il l'entraîna vers le vestibule. Il aurait aimé supprimer la peur qu'il lisait dans ses yeux.

— Il faut que vous sortiez vous aussi. Gunny et moi allons inspecter le bâtiment.

— Mais…

Elle s'immobilisa, refusant de partir.

— À quoi sert la brigade de déminage, alors ? Vous ne devriez pas avoir des renforts ?

Elle plaqua une main en éventail sur la poitrine de Burke, lequel sentit son cœur battre plus vite.

— Ou une tenue de protection ?

— C'est ce que nous allons faire.

Il posa une main en coupe autour de sa joue.

— Mais j'ai besoin que vous soyez en sécurité avant de me mettre au travail. Et que vous preniez la responsabilité de tous ces gens dehors.

Elle acquiesça d'un signe de tête. Puis, ses yeux verts plongés dans les siens, elle recouvrit sa main et lui dit :

— Je vous vois dehors.

Comme si elle pouvait garantir qu'ils seraient réunis par la seule force de sa volonté.

Les bombes n'avaient aucune sorte de garantie. Il en avait vu bien trop quand son unité militaire était déployée au Moyen-Orient. Il en avait aussi vu plus qu'il n'aurait imaginé depuis qu'il portait cet uniforme. La volatilité des explosifs que Gunny avait été entraîné à détecter, leur nature même faisaient qu'il n'y avait aucune garantie possible.

Il lui adressa un bref signe de tête avant d'ouvrir la porte et la faire sortir.

Il la regarda rejoindre Ashley et le technicien à la queue-de-cheval avant de sentir la pression que Gunny exerçait sur sa main. Pour le chien, la détection de bombes et la fouille de bâtiments étaient un sport qui s'achevait avec une récompense s'il réussissait à trouver sa cible. Mais Burke savait combien son travail était sérieux.

Les renforts étaient en route. Mais le KCPD et la brigade de déminage ne pourraient rien faire à moins qu'il ne leur certifie qu'il n'y avait pas d'autres explosifs, pas d'autres victimes potentielles, pas de malfaiteurs aux aguets. Leur travail à Gunny et à lui était de s'assurer qu'il était sans danger de pénétrer dans le bâtiment.

— Gunny, *voran* !

Burke tira sur la laisse de Gunny et lui donna un ordre en allemand.

— Allez, mon garçon. Au travail !

3

— Oui, c'est bien, Shadow.

Hazel examina l'incision du labrador stérilisé le matin même, ajusta le collier numérique autour de son cou et lui tapota la poitrine avant de refermer la porte de la cage.

La chienne bâilla et posa la tête sur un coussin, comme si elle venait de passer une journée au spa au lieu de subir une opération et une alerte à la bombe. Hazel aurait bien aimé se débarrasser du stress aussi facilement. Maintenant que les voitures de police et les camions de pompiers étaient partis et qu'il ne restait plus personne de la brigade de déminage en dehors de Justin Grant, un ami de Burke, elle aurait dû pousser un soupir de soulagement. Tous ses clients avaient déplacé leurs rendez-vous et étaient partis une fois que la police les avait autorisés à sortir leur véhicule du parking. Les animaux dont elle était responsable étaient sains et saufs. Les membres du personnel, bien que secoués par l'incident, étaient retournés à leurs tâches dès qu'on les avait informés qu'il était sans danger de rentrer dans le bâtiment.

Mais « sans danger » était tout relatif.

Hazel ne pouvait s'empêcher de penser que le C-4 et le mécanisme de déclenchement enveloppés dans un tas de fils non connectés avaient un autre but qu'une grosse frayeur. Pourquoi un homme qui écrivait des lettres d'amour lui avait-il envoyé un paquet contenant une bombe en pièces détachées ? Pensait-il que la peur la pousserait à se tourner vers lui ? Était-il en colère parce qu'elle n'avait pas répondu à ses déclarations d'amour ? Non qu'elle puisse répondre, de toute façon, à quelqu'un qui refusait de s'identifier. Et si le paquet venait bien d'Aaron, lui en voulait-il tellement encore qu'il lui avait adressé ce qu'on ne pouvait que qualifier de menace de mort ?

Seize ans auparavant, il ne s'était pas montré aussi courtois. Pendant quelques secondes cauchemardesques, Hazel en oublia de respirer. Elle revécut cette horrible nuit, destinée à l'empêcher définitivement de témoigner contre lui.

Même s'il n'y avait rien d'écrit, il y avait un message pour elle dans ce paquet.

Si seulement elle savait qui l'avait envoyé, elle aurait pu se protéger : donner le nom de l'homme au KCPD et poursuivre sa vie. Elle avait déjà affronté des menaces de mort des années auparavant, quand on avait découvert les agissements d'Aaron et que les gens qui lui avaient fait confiance avaient tout perdu. Bon sang, elle avait affronté Aaron lui-même, qui était encore plus effrayant. Mais comment faire correspondre « Je vous veux » à une promesse de mort et de destruction ?

Qu'avait-elle fait de mal pour qu'on lui en veuille autant ?

Hazel se releva et, s'adossant à la paroi de la cage, s'entoura de ses bras. Elle ferma les yeux quelques instants pour absorber les odeurs et les bruits familiers de la clinique. De la respiration de Shadow aux bruissements et aux vocalisations des animaux qui s'installaient pour la nuit, de l'odeur âcre de l'antiseptique utilisé pour les équipements aux senteurs musquées des animaux eux-mêmes – c'était son monde, sa zone de sécurité, l'endroit où elle se sentait le plus chez elle. Elle dirigeait cet endroit, elle était responsable de son temps, de sa destinée. Elle était entourée de sa fille et d'amis, elle faisait un travail qu'elle adorait.

Être là l'aidait à se centrer, à rassembler la force qu'il lui fallait pour traverser ce cauchemar : être la cible de la dangereuse obsession d'un inconnu.

Elle inspirait profondément pour se calmer, quand l'air changea soudain d'odeur autour d'elle. Elle ouvrit les yeux une fraction de seconde avant que Todd Mizner ne l'attire contre lui pour la réconforter.

L'étreinte du jeune homme lui fit plus peur qu'elle ne la réconforta.

— Ça va, doc ? C'était une grosse frayeur, non ?

Si elle n'avait pas senti le tremblement de ses bras, elle l'aurait réprimandé pour ce contact inopportun. Mais Todd était sans doute aussi ébranlé par l'incident qu'elle. Comme certains hommes, il avait sans doute du mal à admettre sa propre peur et préférait réconforter plus faible que lui. Au lieu de le repousser, elle posa les mains sur sa taille quelques secondes avant de reculer.

— Je vais bien, Todd. Merci de vous en inquiéter. Heureusement, personne n'a été blessé. Nous avons rouvert la clinique et je pense que tout ira bien.

Il ajusta ses lunettes sur son nez avant de froncer les sourcils.

— Nous vous soutenons tous, ici, vous le savez, n'est-ce pas ?

— Je sais, Todd. Merci.

Elle lui pressa le bras et le tapota exactement comme elle l'avait fait avec le chien, puis se dirigea vers la cage suivante.

— Comment va l'équipe ? demanda-t-elle. Vous vous en sortez ?

— Ce n'est pas à nous que le paquet était adressé.

En tendant le bras pour ajuster le collier du chien, il heurta à nouveau son épaule. Même s'il lui arrivait souvent de se cogner accidentellement à ses employés quand ils s'occupaient d'un animal, les paroles qu'il prononça alors la décidèrent. Elle devait avoir une conversation avec lui sur la différence entre « amical » et « trop amical ».

— Vous savez, si vous voulez boire un verre pour évacuer la pression après le boulot, je serai ravi de vous inviter quelque part.

— Todd…

Voyant qu'elle allait refuser, il leva les mains et recula d'un pas comme s'il comprenait qu'il venait de franchir les limites.

— On pourrait tous y aller. Faire la fête après ce qui nous est arrivé aujourd'hui.

Hazel referma la cage avant de répondre.

— Non, merci. Si vous et les autres voulez y aller, parfait. Je suis ravie que vous vous souteniez mutuellement. Mais je crois que je vais rentrer directement chez moi. Je suis épuisée.

— Vous êtes sûre ?

Sa déception fut évidente quelques secondes avant qu'il affiche bravement un sourire.

— Peut-être une autre fois.

Elle fit exprès de vérifier sa montre au lieu de répondre à cette invitation ouverte.

— Vous feriez mieux de sortir une dernière fois les chiens que nous avons admis aujourd'hui avant de fermer.

— À vos ordres, patronne.

Après le départ de Todd, Hazel passa par son bureau pour prendre son sac, éteindre les lumières et fermer les portes reliant les salles. Peut-être n'y avait-il rien d'inhabituel dans l'inquiétude de Todd pour elle. Quand elle arriva à la réception, le personnel avait éteint les ordinateurs, ayant fini de préparer le planning et les ordonnances du lendemain. Une par une, les secrétaires la serrèrent dans leurs bras et lui souhaitèrent bonne nuit, répétant l'invitation de Todd à se joindre à eux pour un verre. Hazel les remercia, les félicita d'avoir gardé leur sang-froid pendant la crise et leur ordonna de s'amuser.

Le temps qu'elle attache la laisse de Cleo, ferme la porte d'entrée et descende la rampe pour reprendre son pick-up, le crépuscule avait tourné au gris et une odeur d'orage se répandait dans l'air. Deux autres véhicules étaient garés dans le parking, tous deux portant les marques blanches et noires du KCPD. Son regard se porta instantanément sur l'homme aux larges épaules adossé à l'un d'eux, les bras croisés dans une posture faussement détendue. Burke était en conversation avec le responsable de la brigade de déminage, Justin Grant. Les deux hommes étaient visiblement amis, à en juger par leurs mines hilares. Justin était plus jeune, plus blond, un peu plus grand que Burke et bâti comme un coureur de fond. Bien sûr, la plupart des hommes paraissaient minces à côté de la charpente musclée de Burke.

Hazel écarquilla les yeux quand cette observation lui traversa l'esprit et elle se hâta d'entraîner Cleo vers une petite pelouse pour lui faire faire ses besoins. Que faisait-elle ? Elle comparait Burke aux autres hommes ? Grant était bel homme mais elle l'avait à peine remarqué après avoir noté la présence de Burke. Elle n'était pas naïve au point de nier qu'elle était attirée par Burke au moins de manière inconsciente – toute femme le serait. Mais depuis quand ses pensées conscientes s'attachaient-elles au robuste sergent ?

Quand Burke l'aperçut, il se redressa et sourit.

C'était peut-être la raison de sa réaction. Il semblait toujours faire attention à elle quand ils étaient dans le même espace. Cela pouvait expliquer la conscience aiguë qu'elle avait de lui. Pourquoi n'aurait-elle pas été consciente d'un homme qui se focalisait sur elle ?

Ce n'était que cela : un flic alerte, un homme poli, quelques hormones vagabondes qui appréciaient l'attention après ces années de solitude – et les dernières années avec Aaron, quand il l'ignorait un jour, l'écrasait le suivant et avait finalement fait d'elle la cible de son désespoir. Burke et elle partageaient une amitié spéciale depuis le moment où elle avait commencé à travailler avec lui et les autres agents de la brigade canine. Il la respectait. Il était calme. Parfois il la faisait rire. Son instinct d'autoprotection était un peu en berne après ces lettres d'amour et les événements de la journée, ce qui rendait ses pensées plus éparpillées, ses sensations plus aiguës. Il n'y avait pas à s'inquiéter qu'elle développe des sentiments pour lui. Demain, elle se réveillerait avec des forces intactes et pourrait repousser ces sentiments à l'arrière-plan, où ils avaient leur place.

— Cleo, viens ici.

Son chien ayant abondamment marqué son territoire, Hazel réprima ces pensées décalées et fit le tour de son pick-up pour rejoindre les deux hommes. Cleo fila devant elle, avide de les renifler, ou peut-être de flairer l'odeur de Gunny, allongé dans sa cage sur le siège arrière du pick-up de Burke. Cleo renifla les chaussures de Grant avant de poser les pattes avant sur le genou de Burke, sautillant sur sa patte arrière et agitant la queue.

— Du calme, fifille, lui dit-elle.

— Doc…

Justin rit en la saluant, amusé par le favoritisme de la chienne.

— Qui est cette petite diva ?

— Cleo. Elle a été heurtée par une voiture et abandonnée au bord de la route. Elle est restée longtemps chez nous, et comme personne ne la réclamait, mon équipe l'a adoptée et a fait d'elle la mascotte de la clinique. J'ai l'honneur de la ramener à la maison le soir. Et elle est folle amoureuse de ce gros balourd.

— Vous avez tout fermé ? demanda Burke.

Il s'agenouilla pour gratter Cleo autour des oreilles, calmant l'énergie frénétique du schnauzer de sa voix grave et ses grandes mains.

— Elle sent probablement l'odeur de Gunny sur moi. J'ai un succès fou avec ces demoiselles à poil.

Il s'adressa au petit chien, exerçant sa magie d'entraîneur.

— Du calme, petite. Gunny a travaillé dur cet après-midi et il a besoin de se reposer. Tu pourras jouer avec lui demain, peut-être. Voilà, c'est bien.

Le temps qu'il finisse de parler, la chienne à trois pattes s'était allongée sur le flanc et haletait tandis que Burke lui caressait le ventre. Hazel se détendit en entendant cette voix grave et apaisante. Elle aurait aussi haleté s'il lui avait murmuré de petits riens en la caressant comme ça.

Elle se détourna, saisie d'une tension différente. D'où venaient ces pensées érotiques ? Pourquoi réagissait-elle à Burke d'une manière totalement nouvelle ? Depuis qu'Ashley lui avait mis ces idées en tête, elle était incapable de compartimenter ses émotions comme elle le faisait habituellement. Elle devait vraiment découvrir qui était derrière ces menaces et reprendre le cours normal de sa vie.

Ignorant volontairement l'homme agenouillé devant elle, Hazel s'adressa à Justin.

— Vous êtes sûr que c'est sans danger de reprendre le travail demain matin ?

— Oui, madame.

Le jeune officier semblait inconscient de la gêne qui

lui colorait les joues, ou bien il était trop poli pour en faire état.

— Nos équipes n'ont rien trouvé dont vous deviez vous inquiéter, en dehors de cette enveloppe.

— Une enveloppe avec une bombe, précisa-t-elle, encore un peu sous le choc qu'une telle chose ait abouti sur son lieu de travail.

— En l'occurrence, ce n'étaient que des pièces détachées, la rassura Justin. Rien n'était branché pour exploser. Le C-4 requiert une charge électrique passant par un détonateur ou une mèche. La petite explosion déclenche la grande. Aussi perturbant que ce soit de recevoir un cadeau comme celui-là, rien n'aurait pu se passer. Même si vous aviez approché une allumette, ça aurait brûlé, pas explosé. De toute façon, nous avons récupéré le C-4, et l'enveloppe est en route pour le labo.

— Personne n'envoie des explosifs par la poste sans raison, remarqua Burke.

Il se releva, et ses épaules emplirent le champ de visuel de Hazel.

— Ce type a enfreint la loi juste en mettant ce paquet dans une boîte aux lettres et en mentant sur son contenu. C'est un gros risque à prendre.

Justin acquiesça d'un signe de tête.

— L'expéditeur est peut-être un expert en explosifs, qui savait que l'engin ne fonctionnerait pas, et c'était soit un gag, soit un avertissement quelconque. Sans doute le deuxième, étant donné les lettres dont vous nous avez parlé.

Hazel avait la chair de poule. L'air froid poussé par l'orage la faisait frissonner, et elle s'entoura de ses bras, souhaitant avoir autre chose que sa blouse pour la réchauffer.

— Quelqu'un a pensé que ce serait drôle ?

Elle n'aurait pas dû être surprise de sentir le bras de Burke lui entourer les épaules et sa main lui frotter le bras.

— Du point de vue de ce type, pas du vôtre. Il veut peut-être vous faire savoir combien ses sentiments pour vous sont sérieux. Ou il espère vous effrayer pour que vous vous tourniez vers lui.

Elle était également étonnée de découvrir combien il était facile d'absorber la force et la chaleur de Burke.

— Il n'a même pas le courage de dire qui il est. Croit-il vraiment que me menacer va me faire oublier le côté affreux de ces lettres et me faire tomber amoureuse de lui ?

— Une autre possibilité est qu'il ne soit qu'un novice qui n'a aucune idée de ce avec quoi il joue et n'a pas compris que l'engin ne pouvait pas exploser.

Justin secoua la tête, comme s'il aimait encore moins cette possibilité.

— Je préfère ne pas penser qu'il va continuer d'essayer jusqu'à ce qu'il y arrive.

— Ne vous inquiétez pas, doc.

Burke lui serra les épaules un peu plus étroitement.

— Gunny et moi sommes à votre service chaque fois que vous en avez besoin.

Elle lui pressa la main.

— Cleo et moi, nous vous en sommes reconnaissantes. Merci.

À la mention de son nom, le petit chien se leva et se mit à danser autour de ses jambes. Elle aurait aimé partager l'enthousiasme de l'animal pour cette conversation.

— Donc vous pensez qu'il va faire une nouvelle tentative ? demanda Hazel au jeune homme.

— S'il est déjà passé des lettres à des menaces comme celle-ci, oui. Du moment qu'il a accès au matériel nécessaire, je doute qu'il s'en tienne là.

Hazel releva le menton en entendant cette sombre prédiction. Seize ans auparavant, au plus fort du procès, elle avait été bombardée de mails haineux, d'appels anonymes et de menaces contre ses filles et elle – comme si elle était coupable par association de la manière dont Aaron avait détruit tant de vies. Si seulement ces gens avaient su à quel point il avait détruit la sienne, ils auraient peut-être éprouvé de la sympathie pour elle au lieu de la haine. Mais en dehors de bousculades au tribunal et du harcèlement de ses filles à l'école – la goutte d'eau qui avait scellé sa décision de témoigner contre Aaron et de finaliser le divorce – aucune de ces menaces n'avait abouti à une violence comme celle-là. Pas du genre de violence dont les gens mouraient.

— Il essaie d'attirer mon attention. Il est sans doute trop lâche pour me faire vraiment mal.

Les deux hommes échangèrent un regard, comme si elle faisait preuve de naïveté. Mais elle n'allait pas expliquer à un homme qu'elle venait juste de rencontrer qu'elle n'avait plus aucune naïveté en elle – juste l'espoir fou d'avoir traversé le pire de ce que la vie avait à lui offrir et d'aller vers un avenir meilleur.

— J'espère que c'est le cas, dit Justin. Dans l'intervalle, je vais continuer à enquêter. Voir si je peux trouver d'où vient le C-4. Le type doit avoir des contacts dans le bâtiment ou l'armée – ou au marché noir – pour avoir pu mettre la main sur ce type d'explosif.

Il tendit la main à Burke.

— Je te tiens au courant.

— Dis bonjour à Emilia et aux enfants, répondit celui-ci. Quand arrive le numéro 3 ?

— Cet été.

— Tu sais que les scientifiques savent ce qui cause cela, n'est-ce pas ?

Justin sourit.

— Ne me fais pas la leçon sur les bébés, mon vieux. Tu adores être le parrain de J.J.

— C'est vrai. Dis-lui que j'amènerai Gunny la prochaine fois pour qu'ils puissent jouer.

— D'accord.

Justin regarda Hazel et lui tendit la main.

— Docteur Coop. Je suis désolé de ce qui est arrivé.

— Merci, monsieur Grant.

— Justin.

Tandis qu'ils se serraient la main, il désigna Burke du menton.

— Si vous fréquentez ce type, j'imagine que nous nous rencontrerons à nouveau.

Si affronter des bombes ou examiner des oreilles de chien pouvaient difficilement être appelés « fréquenter », Hazel prit conscience qu'elle avait passé plus de temps avec Burke cette dernière semaine qu'elle ne l'avait fait au cours des deux derniers mois. Justin pensait-il qu'il y avait quelque chose entre eux ? D'abord, Ashley avait prétendu que Burke la draguait, et maintenant le jeune homme venait pratiquement de leur coller une étiquette de couple. Il fallait qu'elle soit prudente. S'appuyer sur Jedediah Burke pouvait devenir une habitude dont elle aurait du mal à se défaire. Avait-elle imaginé sa main pressant brièvement son épaule ? Et pourquoi cette pression subtile suffisait-elle à l'immobiliser à son côté ?

Justin fit quelques pas vers son véhicule.

— Appelle si tu as besoin de quoi que ce soit.

— Cinq sur cinq, répondit Burke.

Son bras était toujours posé sur ses épaules quand Justin démarra et sortit du parking.

Le vent se leva. Cleo tira sur sa laisse, prête pour d'autres explorations. Le vent parut plus froid à Hazel quand elle s'éloigna de Burke pour laisser le petit chien atteindre la pelouse. Le froid qu'elle ressentait était-il physique, mental ou les deux ? Elle frotta son bras de sa main libre et regarda le ciel, où filaient les nuages. Le vent rabattit sa frange dans ses yeux et souleva des mèches sur sa tête.

— On dirait qu'un orage se prépare.

Un soupir de Burke s'éleva derrière elle.

— Alors nous en sommes réduits à cela ? Parler du temps comme deux personnes qui se connaissent à peine ?

Il s'approcha d'elle et écarta ses cheveux de ses yeux avant de mettre la main en coupe autour de son menton.

— Promettez-moi une chose. N'ayez jamais peur de me parler de ce qui vous préoccupe.

Elle hocha la tête.

— Pareil pour vous. Vous m'avez toujours parlé sans détour, et je ne veux pas que ça change.

Il remua le bout des doigts sur sa nuque tendue.

— Alors, dans un esprit d'honnêteté… Vous avez l'air épuisée. Ça va aller ?

— Rien qu'une bonne nuit de sommeil ne puisse guérir.

— Quelque chose que je peux faire pour vous ?

Hazel avait fermé les yeux sous le discret massage, jusqu'à ce qu'elle prenne conscience qu'elle se comportait comme Cleo, profitant sans vergogne de ses caresses. Elle rouvrit les yeux et vit Burke l'observer, attendant sa réponse.

— Je pensais que ça allait se calmer et ça n'a fait que changer de proportion.

Elle enroula les doigts autour du poignet de Burke, l'immobilisant assez longtemps pour lui avouer quelque chose d'embarrassant.

— Et si je n'arrive pas à gérer ça ? Je ne suis plus toute jeune.

— Vous n'êtes pas seule, cette fois.

Burke la serra contre lui et noua ses bras autour d'elle.

— Je suppose que vous faites allusion à ce bazar avec votre ex ?

Elle acquiesça en silence. Il ne connaissait pas les détails, mais il en savait assez pour comprendre qu'elle avait traversé l'enfer.

— Ce que vous avez perdu en énergie juvénile, vous l'avez gagné en expérience. Vous réussirez à affronter cette histoire. Et si vous êtes en train d'insinuer que vous êtes trop vieille, pas assez forte, pour affronter ce que la vie vous réserve, je vais devoir me fâcher avec vous.

Elle lâcha un rire à ce compliment.

— Je vous ai déjà dit que vous êtes bon pour mon ego, sergent Burke ?

— Je vais seulement droit au but, m'dame.

La petite voix qui lui rappelait d'ordinaire de maintenir une distance professionnelle faiblissait de minute en minute. Elle s'appuya contre lui, apaisée par les solides battements de son cœur. Elle noua les bras autour de sa taille et il posa son menton sur son crâne, l'enveloppant de sa chaleur. Elle plaqua les mains dans son dos et accepta que ses seins soient chatouillés par son corps contre le sien. Dieu, que c'était bon. Il était solide, viril. Il sentait bon. Si elle n'avait pas eu ses appréhensions habituelles, il n'aurait été que trop facile de craquer pour lui. S'il pouvait exercer une telle magie avec ses mains, elle imaginait que ses baisers seraient sexy et ensorcelants. Serait-il doux ? Autoritaire ? Les deux ?

Quant au sexe… Son expérience avec Aaron avait été toute de fioritures après l'ardeur des débuts. Puis, comme la confiance, leurs rapports s'étaient détériorés au point de n'être plus que mécaniques, engendrant déception et sentiment de négligence. En dehors de son mari, elle n'avait pas eu d'autres partenaires. Elle avait l'impression que faire l'amour avec Burke serait aussi direct que l'homme lui-même. *Je vous veux. Ce sera bien. Faisons-le.*

Ses seins n'étaient pas la seule partie de son corps

qui s'éveillait au désir. Fantasmer sur Jedediah Burke, imaginer ce qui pouvait se passer entre eux lui rappelait qu'elle était aussi un être sexuel, qui s'était privé bien trop longtemps. Son mariage s'était effondré et elle était passée en mode de survie. Elle s'était concentrée sur son rôle de mère, de chef d'une entreprise qui les entretenait, elle et ses filles. Elle avait trouvé la paix dans son travail et le moyen d'atténuer les méfaits d'Aaron en aidant les animaux qu'on lui confiait. Mais quelque part en chemin, elle avait oublié ce que c'était d'être dans les bras d'un homme, d'être désirée par lui, de vouloir quelque chose qui n'appartiendrait qu'à elle.

Elle entrouvrit les lèvres en sentant le désir monter en elle. L'agitation remplaçant peu à peu la fatigue, elle déplaça sa joue contre l'épaule de Burke. Quelques-uns de ses cheveux s'accrochèrent dans les poils de sa barbe naissante. Elle se sentait incapable de renoncer à son étreinte. Elle ouvrit les yeux et vit le logo KCPD sur le flanc de sa voiture, ce qui lui rappela pourquoi elle s'était tournée vers lui.

— Vous n'en avez pas déjà fait assez aujourd'hui ? Si vous n'aviez pas été là, j'aurais ouvert ce paquet.

Il déposa alors un baiser sur sa tempe. Ses bras se resserrèrent imperceptiblement autour d'elle.

— Je n'ai fait que mon travail, doc.

Sa voix grave et rauque fit frissonner Hazel. Son corps réagissait au sien. Les observations d'Ashley étaient-elles exactes après tout ? Cet homme fort et gentil voulait-il quelque chose de plus entre eux ?

— Haze…

Elle recula le haut du corps et tourna le visage vers sa bouche.

— Burke, je…

Un bip dans son sac interrompit l'erreur qu'elle était

sur le point de commettre. Un texto. À la fois soulagée et déçue, elle se dégagea. Elle avait davantage besoin d'un ami que d'une relation qui risquait de mal tourner. Et elle n'imaginait pas que le baiser qu'ils avaient failli partager aurait débouché sur autre chose que des complications inutiles.

— Désolée.

Elle prit son téléphone dans son sac.

— Au cas où ce serait une urgence…

Burke se détourna en se frottant la mâchoire tandis qu'elle balayait l'écran. Elle se demanda si c'était la tension ou le soulagement qui le faisaient jouer des épaules. Au lieu de s'inquiéter de sa réaction à ce presque baiser, alors qu'elle-même ne savait pas ce qu'elle ressentait, elle afficha le texto.

Elle ne reconnut pas le numéro mais l'ouvrit quand même. C'était un gif animé de la voiture de sa fille. Elle sourit, pensant que Polly lui avait envoyé un message drôle.

Mais le numéro n'était pas celui de Polly. Elle fronça les sourcils, prise de confusion. Puis la confusion laissa place à une frayeur qui lui tordit l'estomac.

Les mots qui accompagnaient l'image n'avaient rien de drôle.

Je vais m'en prendre à toi et à tout ce à quoi tu tiens.

Ne fais pas l'erreur de croire que je ne suis pas une menace ou que je ne surveille pas chacun de tes mouvements.

Tu es à moi.

L'image explosa avec des fusées de dessin animé, puis se dissipa révélant la carcasse brûlée d'une voiture.

— Burke…

Une colère monumentale l'aveugla un instant. Elle pivota sur elle-même et leva l'appareil.

— Burke !

Il jura en lisant les mots. Puis il vérifia l'heure et jura encore, avant de promener son regard autour d'eux. Dans le petit centre commercial de l'autre côté de la rue, des voitures faisaient la queue au drive-in d'un fast-food. Le ciel d'un gris lumineux se reflétait sur les vitrines, l'empêchant de voir si quelqu'un l'épiait depuis l'intérieur d'un des magasins.

— Il vient juste de l'envoyer. Il vous a en ligne de mire. Ou bien il connaît vos horaires, vos habitudes.

Hazel ne vit personne qui la regardait, riant de pouvoir si facilement l'atteindre.

— Polly possède une Kia de cette couleur. Je suis sûre qu'elle l'a prise pour aller travailler ce matin. Elle fait son internat d'infirmière à l'hôpital Saint-Luke.

Hazel regarda à nouveau le gif, souhaitant pouvoir deviner l'identité de son tourmenteur avec un indice quelconque.

— Est-ce qu'il menace ma fille… ?

Qu'elle ait dix ou vingt et un ans, sa plus jeune fille serait toujours son bébé. Et un message tordu comme celui-ci l'effrayait plus que n'importe quelle lettre d'amour ou assemblage de fils électriques.

Burke passa une main sous son bras et la conduisit du côté passager de son pick-up.

— Montez. Appelez Polly. Nous allons à l'hôpital.

— Je peux conduire.

— Non.

Il ouvrit la portière.

— Non ? C'est ma fille. Je dois…

Ses grandes mains entourèrent sa taille et il la souleva pour la déposer à l'intérieur de la voiture. Puis il se pencha pour prendre Cleo et la déposa sur ses genoux. Enfin, il se posta devant elle et la regarda droit dans les yeux.

— Vous êtes en colère. Et vous avez peur pour votre fille. Je ne veux pas que vous conduisiez en téléphonant et en vous inquiétant pour elle.

L'intensité de son regard brun lui fit détourner les yeux. Elle n'avait pas besoin de protester de son indépendance, il avait raison. Elle le remercia d'un hochement de tête.

— C'est vrai.

Il fit le tour du véhicule pour prendre le volant et démarra.

— Donnez-moi le numéro.

Hazel s'exécuta tandis qu'il reculait hors de son emplacement et prenait sa radio pour appeler le central. Gunny s'était redressé dès que son maître était monté en voiture et se mit à gémir doucement quand ils s'engagèrent dans la circulation. Cleo était debout sur ses pattes, cherchant à toucher le museau du chien à travers la grille qui les séparait, mais Hazel l'entoura de ses bras pour la retenir.

Burke s'identifia et signala le texto avant de demander à l'opératrice d'alerter la brigade de déminage et le KCPD. Puis il récita le numéro de téléphone et lui demanda de retrouver l'origine de l'appel. En raccrochant, il jeta un coup d'œil à Hazel.

— Ils vont enquêter sur ce numéro, mais j'imagine que c'est un téléphone à carte prépayée.

Il tendit la main pour caresser la tête de Cleo.

— Quand nous saurons que tout va bien pour Polly – et tout ira bien pour elle – vous et moi allons descendre dans le centre et déposer plainte pour harcèlement.

— Merci.

Il fit glisser sa main sur le dos de Cleo jusqu'à ce qu'il trouve celle de Hazel et la presse.

— Vos filles et vous ne craignez rien, doc. Je vous le promets.

Reposant les deux mains sur le volant, il désigna le téléphone de Hazel du menton.

— Appelez-la.

Hazel composa le numéro de Polly tandis que le pick-up filait le long de Front Street en direction du centre. Un crachin piquetait le pare-brise. Burke mit les essuie-glaces et alluma son gyrophare et sa sirène tandis qu'ils plongeaient dans la circulation de l'heure de pointe.

— Hé, maman. Quoi de neuf ?

Ce fut un soulagement d'entendre la voix de Polly.

— Tu es à l'hôpital ?

— Et où serais-je, sinon ? lança Polly.

Hazel entendit des voix et des rires à l'arrière-plan.

— C'est ma grosse journée : cours et travail. Mon séminaire commence dans une demi-heure.

Un éclair clignota entre les nuages et le tonnerre gronda, ajoutant à l'urgence du moment.

— Ne quitte pas l'hôpital, lui ordonna Hazel. Nous sommes en route pour venir te voir

— Nous ?

— Le sergent Burke conduit.

— Oh ! miam…

Elle entendit Polly s'excuser auprès des gens avec qui elle était, et le bruit de fond diminua.

— Tu veux dire le sergent beau gosse qui aime autant les chiens que toi ? Qui fait presque craquer son uniforme aux épaules ? Ce sergent Burke-là ?

Hazel grogna, rassurée de ne pas avoir mis l'appel sur haut-parleur. Mais elle ne put s'empêcher de glisser un regard à Burke pour confirmer l'observation de sa fille. Si Polly la taquinait sur sa vie amoureuse, elle devait aller bien.

— Tu as parlé avec ta sœur.

— Nous avons peut-être bavardé le week-end dernier en buvant quelques verres. Tu sais que nous l'aimons bien, n'est-ce pas maman ? Si tu décides un jour d'avoir un petit ami, nous approuverions le sergent Burke.

Hazel ne voulait pas avoir à nouveau cette conversation. Elle devait se concentrer sur le problème immédiat.

— Tu es venue en voiture à l'hôpital, ce matin ?

— Bien sûr que oui.

— Et tu es ressortie depuis ?

— Non. J'avais cours. On a fait la tournée de la maternité avec le Pr Owenson. J'ai vu que la météo annonçait de la pluie, alors j'ai mangé un morceau à la cafétéria au lieu de retourner à l'appartement.

Bien. Ses filles partageaient un appartement, et, sachant qu'Ashley était retournée à la maison après le travail, elle était soulagée de savoir que sa fille aînée ne courait aucun danger.

— Où est ta voiture, maintenant ?

— Dans le parking Ouest.

Polly hésita, saisissant sans doute l'urgence de son ton.

— Maman, qu'est-ce qu'il se passe ?

— Reste à l'intérieur de l'hôpital. Ne prends ta voiture sous aucun prétexte.

Burke lui fit signe de mettre le téléphone sur haut-parleur.

— Polly ? C'est Jedediah Burke.

— Hé, sergent. Que se passe-t-il ?

— Fais ce que te dit ta mère et contacte la sécurité de l'hôpital pour isoler ta voiture. Dis-leur de ne toucher à rien. Nous serons là dans dix minutes.

La pluie tombait maintenant à verse. Pouvait-il le garantir ?

— Les secours sont en route.

— Oh ! Maintenant, vous me faites peur tous les deux, dit Polly.

Hazel reconnut la tension dans la voix de sa fille.

— Est-ce que ça a à voir avec le paquet que maman a reçu aujourd'hui ? Ashley m'en a parlé cet après-midi.

— C'est possible. Je ne veux pas t'effrayer, mais je crois que quelqu'un a trafiqué ta voiture. Au moins une voiture qui ressemble à la tienne.

— Trafiqué ? Qu'est-ce que tu veux dire ? Qu'on a dégonflé mes pneus ?

Même par-dessus le bruit de l'orage et de la circulation, Hazel entendit la respiration précipitée de sa fille.

— Je suis en train de me diriger vers la façade Sud de l'hôpital. Je vois ma voiture d'ici. Elle est là. Exactement où je l'ai laissée. Je suis arrivée assez tôt pour avoir une place en surface.

— N'y va pas, l'avertit Hazel. Reste à l'intérieur jusqu'à notre arrivée.

— Ça va, maman. Je regarde juste…

Puis Polly hoqueta et se tut. Hazel faillit pousser un hurlement. Mais comme toutes les femmes Cooper, elle pratiquait la médecine et savait que la panique ne faisait qu'aggraver les choses.

— Polly ?

— Sergent ? Maman ? Il y a un type en capuche noire qui tourne autour de ma voiture.

La voix blanche de sa fille dit à Hazel qu'elle avait peur.

— Je ne vois pas son visage. Qu'est-ce qu'il fait là,dehors, avec toute cette pluie ? Il n'y a personne d'autre…

— Appelle la sécurité, ordonna Burke.

Il traversa un carrefour à vive allure. Gunny gémit avec excitation et Cleo se mit à aboyer.

— Il s'en va en courant. Il descend la rampe qui mène au parking souterrain. Je ne vois pas où il va. J'entends des sirènes. Ce ne sont pas des ambulances. Il les a peut-être entendues aussi.

— Fais ce que te dit Burke, chérie. Contacte la sécurité et reste à l'intérieur. Nous serons bientôt là.

Hazel entendit un bruit étouffé, comme un coup de tonnerre au loin. L'orage avait-il atteint Saint-Luke ?

— Oh mon Dieu.

Elle entendit à peine le murmure de sa fille.

— Polly ? Dis-moi que c'était le tonnerre.

Burke secoua la tête.

Hazel comprit au son de sa respiration que sa fille courait.

— Je vais tout de suite voir la sécurité.

— Parle-moi, jeune fille.

— Ça va, maman. Mais venez vite. Ma voiture vient d'exploser !

4

Il pleuvait des cordes quand les pompiers eurent fini d'éteindre les flammes. Tout le monde rentra à l'intérieur de l'hôpital, sauf les techniciens de scène de crime. Cleo sur les genoux, Hazel était assise dans une pièce moquettée, caressant Gunny qui somnolait à ses pieds et écoutant Burke, Justin et un pompier impassible nommé Matt Taylor.

Après les inévitables questions des policiers, Polly avait insisté pour suivre la dernière demi-heure de son séminaire. Hazel comprenait son besoin de se concentrer sur autre chose que sur cet incident. En outre, comme sa mère, Polly était un bourreau de travail et voulait achever la tâche qu'elle s'était fixée. Ashley était arrivée quelques minutes après Hazel et Burke, tout aussi inquiète. Les deux sœurs étaient si proches que Polly lui avait sans doute demandé de venir immédiatement après avoir raccroché avec sa mère.

Bien que la journée l'ait épuisée, Hazel se sentait mieux sachant que ses filles étaient réunies dans le même lieu et qu'elle pouvait les voir. Elle aurait cent fois préféré revivre les derniers mois avec Aaron que de laisser quelqu'un leur faire du mal.

Cleo remuait sur ses genoux chaque fois qu'un employé, un patient ou un visiteur les dépassaient. On aurait dit que, malgré ses handicaps, la petite chienne veillait sur sa maîtresse. À moins d'être enregistrés comme chiens de thérapie, les animaux n'étaient pas autorisés dans l'hôpital, mais personne ne semblait remarquer l'odeur de chien mouillé. Le berger de Burke avait fait son travail, alertant les secours sur la présence d'explosifs dans la colonne de direction de la voiture de Polly, alors même que les pompiers l'avaient recouverte de mousse et que l'orage avait éclaté. Avec l'aide de trois autres chiens renifleurs de bombes, Gunny et Burke avaient inspecté tous les véhicules garés dans le parking ainsi que l'intérieur de l'hôpital.

Mais c'était uniquement la voiture de Polly qu'on avait ciblée. Comme l'expliquait Matt Taylor, l'incendie venait du carburant contenu dans le réservoir, et seuls des dommages mineurs avaient été infligés aux véhicules environnants. Mais Hazel continuait de s'inquiéter. On s'en était pris à la voiture de sa fille. Des heures après l'explosion, la peur et la colère lui donnaient encore le vertige.

Si Polly n'avait pas décidé de dîner à l'hôpital, elle aurait pu être dans sa voiture, coincée dans un embouteillage. Elle aurait pu être horriblement blessée, ou même… Hazel crispa les doigts sur le pelage mouillé de Gunny. Elle refusait de penser à ce mot.

La menacer était une chose. S'en prendre à ses enfants en était une autre.

Les lettres l'avaient perturbée, la bombe en pièces détachées aussi. Mais bien qu'elle ait demandé l'aide de Burke elle n'avait pas pris la situation suffisamment au sérieux. Ses filles étaient désormais impliquées dans cette campagne de terreur insensée. Un sentiment d'alarme la hérissait tout entière. Elle ne pouvait plus prier pour que le danger disparaisse de lui-même, il lui fallait affronter son ennemi, l'identifier et lâcher Burke et le KCPD sur lui.

Débarrassé de sa veste et de son casque, Matt Taylor, les mains sur les hanches, continuait de parler.

— Si les explosifs avaient été placés à l'arrière, près du réservoir, nous aurions eu affaire à quelque chose de tout différent. En l'état, en dehors des éclats qui ont endommagé les voitures voisines, la plupart des dégâts viennent de la combustion de l'essence. Le réservoir n'a pas explosé.

Le regard de Justin passa de Matt à Burke.

— Donc, une fois de plus, soit le gars ne sait pas ce qu'il fait, soit il a délibérément planifié cela – une lente escalade plutôt que le maximum de dégâts dès le début.

Ses yeux verts se posèrent sur Hazel, indiquant qu'il savait qu'elle les écoutait. Oui, les dégâts étaient suffisants, sachant qu'ils parlaient de la voiture de Polly. Cela la bouleversait d'entendre tout cela, mais elle voulait savoir.

— Mais comment a-t-il su quel véhicule piéger ? Le fichier du Département des véhicules motorisés n'est pas en accès libre, reprit Justin.

— Parce qu'il épie Hazel et ses filles, répliqua Burke avec une colère mal dissimulée. Il s'est introduit dans leur vie d'une manière ou d'une autre pour apprendre tout ce qu'il peut sur elles – où elles travaillent, où elles vivent, leurs habitudes, les voitures qu'elles conduisent…

Il se frotta vivement le menton.

— Il faut ferrer ce type. Découvrir pourquoi il fait ça et le mettre hors d'état de nuire.

— Écoute, ton entraînement des chiens est sans prix. Mais tu n'es pas inspecteur, mon vieux.

Burke jeta un regard noir à Justin. Était-ce le « mon vieux » ou le rappel qu'il n'avait pas trouvé à son goût ?

— Si Gunny arrive à flairer une bombe dans un

campus de cette taille, que je sois damné si je ne trouve pas le type qui l'a posée.

Tout en remuant ses épaules pour se débarrasser de sa tension, il concéda :

— Je ne vais pas jouer les cow-boys. Je tiendrai Bellamy et Cartwright au courant. Du moment qu'ils font la même chose avec moi.

Cooper Bellamy et Seth Cartwright étaient les inspecteurs qui étaient venus prendre les dépositions de Burke, Hazel et Polly. Maintenant que les techniciens avaient posé une bâche et des lampes à brouillard autour de la carcasse, ils recueillaient les déclarations des experts criminels et interrogeaient les agents de sécurité de l'hôpital sous la pluie.

Pour le moment, sans numéro de téléphone traçable, sans adresse d'expéditeur et sans réponse quant à la question de savoir où le poseur de bombe s'était procuré les explosifs, la description de Polly d'un homme de grande taille, vêtu de noir, qui avait disparu dans le parking souterrain, était ce qu'ils avaient de mieux.

— Je tiendrai aussi le KCPD au courant, dit Matt en serrant les mains de Justin et Burke. Je vous ferai passer le rapport de l'expert incendie dès que nous l'aurons.

— Merci, Matt.

Matt salua Hazel en la dépassant.

— Madame…

— Merci, monsieur Taylor.

Elle le suivit du regard jusqu'à la porte et vit le jeune pompier échanger un regard avec Ashley. La jeune femme le salua d'un sourire avant de revenir à la conversation animée qu'elle avait sur son portable.

Une idée traversa soudain l'esprit de Hazel. Un geste amical oublié pouvait-il être la cause de toute cette terreur ? Un fou se croyait-il amoureux d'elle parce qu'elle lui avait souri ou s'était montrée polie ?

Cela faisait des années que Hazel s'était promis de ne plus fréquenter personne. Aaron l'avait poussée à se méfier des hommes. Même si elle avait parfois été tentée de faire connaissance, elle y avait renoncé. Au début parce que ses filles avaient besoin d'elle et de la stabilité qu'elle pouvait leur assurer. Et plus récemment parce que la prudence émotionnelle était devenue une seconde nature pour elle. Comment se risquer dans une nouvelle relation si elle n'était pas meilleure juge des caractères ?

C'était une question de survie élémentaire. Elle ne donnait pas de grain à moudre aux hommes qui s'intéressaient à elle. Elle leur exposait ses règles, les laissait tomber en douceur s'ils les transgressaient et gardait son cœur à bonne distance.

Avait-elle fait une erreur quelque part ? Au fil des ans, elle avait entretenu plusieurs relations amicales – Burke, des clients, des collègues… L'un d'eux nourrissait-il des sentiments qui lui auraient échappé ? L'aurait-elle encouragé à croire à son amour en lui adressant un geste, un sourire, un merci ?

« Il s'est introduit dans leur vie… » La phrase de Burke résonnait comme un tocsin dans sa tête.

À qui parlait Ashley ? À en juger par son sourire et son ton animé, ce devait être son petit ami – ou un garçon qui allait le devenir. Savait-elle désormais à qui sa fille s'intéressait ? Ashley avait rompu avec le dernier en date parce qu'il devenait trop sérieux à son goût. Béni soit son caractère extraverti, elle ne se voyait pas de sitôt s'établir et faire des bébés. Ashley prétendait qu'ils s'étaient séparés en bons termes. Mais un homme qui parlait de mariage pouvait-il vraiment se satisfaire d'une rupture hâtive ?

Hazel se retourna pour jeter un œil dans le couloir menant aux vestiaires. La queue-de-cheval de Polly était plus foncée que celle d'Ashley mais tout aussi reconnaissable. Elle conversait avec un homme beaucoup plus âgé, vêtu d'un jean en lambeaux et d'un treillis de l'armée. Ils s'immobilisèrent près de la porte donnant sur le parking. Avec sa barbe hirsute et sa casquette vissée sur de longs cheveux gris, ce devait être un des patients que sa fille traitait dans le cadre de son programme de bénévolat, pensa Hazel. Polly avait bon cœur et elle était fière de son penchant à aider les autres.

Elle sursauta cependant quand l'homme étreignit Polly. Elle ne connaissait pas cet homme qui se cramponnait à son bébé comme à une bouée. Non qu'elle connaisse tous ses patients, ses camarades ou ses professeurs. Mais cet inconnu se croyait-il amoureux simplement parce que sa fille l'avait soigné et lui avait souri ?

Hazel avait-elle des hommes comme celui-là dans sa vie ? Était-ce ainsi que naissait un harceleur ?

Identifier l'homme à l'origine des lettres et des explosifs passait par une question simple. Hazel se promit de relire ses dossiers pour se rafraîchir la mémoire sur ses clients, les commerciaux et les consultants à qui elle avait eu affaire. Elle pousserait Polly et Ashley à faire de même avec leurs cercles d'amis et de connaissances. Mais pour l'instant, elle voulait découvrir qui était l'homme aux cheveux gris. En outre, cela lui donnerait l'occasion de savoir comment Polly tenait le choc après avoir perdu son bien le plus cher, à savoir son moyen de transport.

Une main chaude enveloppa soudain son épaule, et elle glapit plus fort que Cleo.

— Du calme…

Burke ôta sa main et recula d'un pas.

— Je ne voulais pas vous faire peur. Ça va ?

— Désolée.

Émergeant de ses spéculations, elle plongea le regard dans les yeux bruns de Burke. Puis elle se pencha pour survoler le hall derrière lui.

— Justin est parti ?

— Oui. L'inspecteur Bellamy dit qu'ils ont découvert d'autres morceaux de bombe et il voulait qu'il les examine avant qu'ils partent au labo.

Elle hocha la tête, satisfaite de voir tous ces professionnels à l'œuvre, mais souhaitant en même temps qu'ils aient davantage à lui dire.

— Ils ont émis un avis de recherche pour le type décrit par Polly.

— Un homme grand et entièrement vêtu de noir, c'est plutôt vague, non ?

— Oui, mais c'est un début.

Il devait avoir lu ses doutes sur son visage. Et il ne pouvait avoir manqué les regards qu'elle jetait à ses filles ou celui dont elle suivait le SDF qui, ayant quitté Polly, traversait le hall pour ressortir.

— Les filles vont bien ? Ce type les a embêtées ?

— Jeunes femmes. Ce ne sont plus des filles.

Le SDF avait-il jeté un regard à Ashley au moment où il sortait ?

— Et la réponse est non, pas que j'aie pu voir. Il parlait à Polly. Sans doute un patient. J'imagine que je soupçonne tout le monde, maintenant.

— Tout le monde ? releva Burke, se demandant sans doute s'il était aussi sur la liste.

— J'aimerais savoir qui est l'auteur de cette…

Hazel se remit debout et posa Cleo sur la moquette près de Gunny. Elle mit les deux laisses dans la main de Burke.

— Ça ne vous ennuie pas ? Je voudrais aller voir

Polly. J'aimerais savoir qui est cet homme et répondre au moins à une de mes questions.

— Je garde un œil sur Cleo.

Burke inclina la tête vers la blonde pétillante qui riait au téléphone.

— Et aussi sur elle.

Cette promesse lui réchauffa le cœur, chassant l'impression d'impuissance désespérée qui la hantait depuis l'épisode à la clinique. Burke se doutait-il de la gratitude qu'elle éprouvait pour sa présence et sa capacité à prendre la situation en main ? Il avait démontré sa force morale alors que ses propres forces lui manquaient. C'était une chance qu'il fasse partie de sa vie. Elle posa la main sur sa poitrine et toucha le blason du KCPD qui s'y trouvait. Imagina-t-elle le frisson sous ses doigts ?

— Je ne sais pas comment je serais venue à bout de cette journée sans vous. Merci.

Il recouvrit sa main de la sienne, la pressant contre son cœur dont elle perçut les forts battements.

— Je ne fais que mon travail.

Elle secoua la tête.

— Vous avez fait bien plus que votre travail, Jedediah. Depuis combien de temps ne vous êtes-vous pas reposé ? Et vous êtes toujours ici.

Il haussa les sourcils en l'entendant utiliser son prénom, et elle se rendit compte qu'elle ne l'avait jamais appelé ainsi. Il avait toujours été le chef de la brigade canine, Burke. Ou sergent. Ou sergent Burke.

Elle aimait le son rythmé de son prénom sur sa langue.

— Je peux vous appeler comme ça ? Jedediah ?

— Oui.

Le grondement rauque de sa voix chatouilla toutes sortes de terminaisons nerveuses chez elle. Sa volonté de le maintenir à distance s'en trouva comme éparpillée.

— Jedediah, c'est bien. Dois-je toujours vous appeler docteur Coop ?

Bonté divine ! Cet homme aurait pu lire l'annuaire que sa voix aurait fait battre son cœur.

— Bien sûr que non. Mais Hazel est un prénom démodé. J'ai presque toujours eu un diminutif. On m'a baptisée d'après une de mes grands-mères. J'ai toujours été la seule Hazel en classe, au milieu des Lisa, des Karen et des Mary.

Elle remua les doigts sous sa main, se demandant paresseusement comment un homme de cinquante ans parvenait à se maintenir dans une telle forme.

— Je parie qu'il n'y avait pas beaucoup de Jedediah non plus.

— Vous étiez unique. Vous l'êtes toujours.

Pourquoi cela sonnait-il comme un compliment ? Parlait-il d'autre chose que de son prénom ? Et elle ? Comment un merci avait-il débouché sur cet échange ambigu ? Ashley avait-elle raison ? Burke et elle étaient-ils en train de flirter ? Elle avait des règles, bon sang. Des règles pour protéger son cœur, sa famille, s'empêcher de commettre les mêmes erreurs qu'avec Aaron. Elle avait besoin d'un cadre, de limites. Craquait-elle pour cet homme ?

Hazel retira brusquement sa main.

— Excusez-moi.

Mais de quoi s'excusait-elle exactement, elle n'en savait rien. Lui avait-elle fait miroiter un espoir ? L'avait-elle laissé penser qu'une relation pourrait se nouer entre eux ? Était-ce ce qu'il voulait ? Ce qu'elle voulait elle ?

— Haze…

Secouant la tête, elle se détourna et se hâta de rejoindre Polly.

— Je suis désolée, jeta-t-elle à nouveau.

Serrant son sac contre elle, elle se dirigea vers le vestiaire, au bout du couloir. Elle ne voulait pas être de ces femmes qui utilisaient un homme puis le repoussaient. Cela aurait trop ressemblé à la manière dont Aaron l'avait traitée. Elle refusait de faire croire à Jedediah qu'il avait ses chances avec elle, alors qu'elle ne pouvait garantir que c'était ce qu'elle voulait aussi. Le blesser serait bien pire que de ne jamais laisser se développer une relation sérieuse. Jedediah méritait mieux que cela de sa part. Et elle se devait de donner un exemple d'honnêteté dans les relations pour ses filles.

Se promettant d'avoir une conversation avec lui quand ses nerfs seraient un peu moins ébranlés par les bombes et les menaces, Hazel tira la porte du vestiaire avant qu'elle ne se referme. Le temps de pénétrer à l'intérieur, elle avait repris une expression impassible, même si ce calme n'était que de façade.

Elle vit Polly dans l'allée centrale, entre deux rangées de casiers.

— Toc, toc. Je peux entrer ?

Polly lui fit signe de s'avancer.

— Bien sûr, maman.

Adressant un signe de tête à deux membres du personnel qui bavardaient devant un banc, Hazel les contourna. Polly se tenait devant son casier ouvert. Hazel lui passa un bras autour des épaules et la serra contre elle.

— Alors jeune fille, tu tiens le coup ?

Un gros soupir souleva la poitrine de sa fille.

— Honnêtement ?

— Bien sûr.

Les yeux verts de Polly plongèrent dans les siens.

— Je suis épuisée. C'était déjà une longue journée avant que tes ennuis ne débordent sur moi.

Elle serra à son tour sa mère contre elle, pour enlever à ses paroles leur note culpabilisante.

— Désolée. Ce n'est pas ce que je voulais dire. Je ne te reproche pas ce qui s'est passé. Je me suis tellement inquiétée pour toi que je n'ai pas compris qu'il fallait que je m'inquiète pour moi aussi.

Souriante, elle s'écarta et se mit en devoir d'enlever sa blouse pour passer un jean et un T-shirt.

— Aller demain chez l'assureur ne me dit rien du tout.

— Je peux t'aider, si tu veux.

Polly se tapota la poitrine du pouce.

— Je suis adulte, maman.

Hazel tapota la sienne, lui rappelant que certaines choses ne changeraient jamais.

— Maman, Polly.

Elle s'assit sur le banc, tandis que Polly retirait ses sabots et enfilait des baskets. Puis elle ramassa la blouse que sa fille avait laissée tomber par terre et la roula en boule. Sans savoir pourquoi, elle la porta à son nez et la flaira. Elle sentit l'odeur subtile du gel de douche de Polly, ainsi que les désinfectants et les pommades qu'elle avait utilisés au cours de la journée. Mais elle fronça les sourcils, quand elle prit conscience que c'étaient les seules odeurs qui parvenaient à ses narines. Était-ce un préjugé de sa part de penser qu'un homme qui vivait dans la rue aurait dû transférer une senteur âcre sur les vêtements de sa fille ?

— Ne n'inquiète pas.

Polly lui arracha le vêtement des mains et le fourra dans son sac à dos.

— La lessive est sur ma liste de choses à faire ce soir.

— Ce n'est pas ça… Maintenant que je suis paranoïaque à propos de tous les hommes, je me demandais… Qui était cet homme qui t'a étreinte ?

— Russell ?

Polly dégagea sa queue-de-cheval de l'encolure de son T-shirt et regarda son reflet dans le petit miroir fixé dans son casier.

— C'est un des SDF dont ma classe s'occupe. Ils viennent à l'hôpital, et nous leur administrons des soins de routine, ou nous assistons les médecins et les infirmières. Ce soir, ça a donné à Russell l'occasion de se mettre à l'abri de la pluie. Il dort normalement au refuge de Yankee Hill Road, mais c'est à plusieurs blocs d'ici.

Elle marmonna un juron métaphorique.

— J'ai oublié de lui demander s'il avait de l'argent pour le bus.

— Au moins, il ne fait pas froid, ce soir, souligna Hazel. S'il se mouille, il n'attrapera pas de rhume.

— Tu as raison.

Polly chercha quelque chose sur l'étagère.

— Il me rappelle un peu grand-père. Il m'a dit que je lui avais manqué ce soir. Le temps que je rejoigne les collègues, les autres étaient partis. Mais lui m'a attendue. Il a entendu parler de ce qui m'est arrivé et il a compris que j'étais bouleversée.

Elle tira un petit rectangle de carton de l'étagère de son casier et le tendit à sa mère.

— Il m'a donné cette carte. N'est-ce pas adorable ?

Hazel supposait qu'il n'y avait pas à s'inquiéter d'un patient aux allures de grand-père. C'était elle, après tout, qu'un importun menaçait. En outre, un homme qui avait découpé une carte de vœux usagée et utilisé des crayons de couleur n'avait sans doute pas l'argent suffisant pour acheter du C-4 et des timbres.

Souriant avec tendresse, Polly s'assit pour attacher ses baskets.

— Même dans sa situation, il pense à moi.

Hazel tourna la carte pour lire le message, écrit en plusieurs couleurs.

De toutes les personnes au monde, vous êtes celle à qui je pense aujourd'hui. Désolé pour votre voiture. Russell D.

— De toutes les personnes au monde, hein ? Ton père avait l'habitude de dire ce genre de niaiserie quand il voulait s'excuser de ne pas avoir tenu ses promesses.

Un message qui s'accompagnait habituellement de fleurs coûteuses ou d'un cadeau qu'ils ne pouvaient se permettre. Elle aurait préféré être simplement prévenue qu'il ne pouvait être à l'une des représentations théâtrales d'Ashley ou l'un des matchs de Polly.

Trop de grands gestes et pas assez de fiabilité avaient lentement érodé sa confiance en Aaron, jusqu'à ce que ses filles soient sa seule raison de rester. À la fin, elle avait admis qu'il n'y avait plus rien à sauver. Et après l'accident qui n'en était pas un… Partir avec Ashley et Polly avait été le meilleur moyen de les protéger. Effacer Aaron de leur vie avait été le seul moyen de faire cesser les lettres coléreuses, puis suppliantes, qui arrivaient de la prison. Le temps qu'il accepte son sort et commence à écrire à ses filles, elles avaient perdu l'envie de reconstruire une relation avec lui.

Polly lui donna un petit coup d'épaule pour la tirer de ses souvenirs amers.

— Hé, je sais à quoi tu penses. Ce n'est pas de papa que nous parlons. Russell n'est pas le champion de la créativité, mais je crois qu'il est sincère.

Hazel entrelaça ses doigts aux siens et les pressa.

— Tu as absolument raison. C'est l'intention qui compte.

— Je suppose que c'est difficile de nouer des liens avec les gens quand on est dans cette situation. Mais je crois qu'il attend avec impatience que je vérifie sa tension chaque semaine.

Polly remit la carte dans son casier.

— Ça veut dire que je compte dans sa vie, non ?

Souriante, Hazel se leva pour l'étreindre à nouveau.

— Tu comptes pour tous depuis le jour de ta naissance, chérie. Je crois qu'il n'y avait pas un seul chiot, oisillon ou insecte que tu ne voulais pas sauver quand tu étais petite.

Polly plissa le front.

— C'est drôle, je n'aime plus autant les insectes.

— On peut se joindre à la fête ?

Hazel se pencha vers Ashley pour l'inclure dans cette embrassade familiale.

— C'est bon de te voir rire, maman, dit sa fille aînée, rayonnante.

L'humeur de Hazel s'était considérablement allégée depuis son arrivée.

— Ça fait du bien, reconnut-elle. Être avec mes filles préférées me fait toujours du bien. Vous êtes sûres que vous allez bien toutes les deux ?

— Les femmes Cooper ont résisté à toutes les tempêtes. On se sortira de ça aussi. *Cooper Power* !

— *Cooper Power,* répéta Polly en heurtant le poing de sa sœur.

Hazel s'émerveillait de leur relation. Peu importe ce qu'elle accomplirait encore dans sa vie, elle savait qu'avoir élevé ces deux jeunes femmes formidables serait toujours sa plus grande réussite.

Tandis que Polly prenait sa veste dans son casier, Ashley tira une carte de visite de son sac.

— Ce n'est pas une nouvelle voiture, mais j'ai un cadeau pour toi, frangine.

— Un cadeau ?

Polly prit la carte et la retourna pour la lire.

— La carte de Burke, avec tous ses numéros.

Ashley leur montra qu'elle en avait aussi une.

— Il m'a dit de l'appeler si nous avions besoin de quoi que ce soit – qu'il soit en service ou à la maison. Qu'il s'agisse d'un pneu crevé ou de nous raccompagner à notre voiture.

Elle sourit à sa sœur.

— Même si tu n'as pas de pneu crevé d'ici quelque temps.

— Tu remues le couteau dans la plaie, banane.

Polly fourra la carte dans sa poche.

— C'est terriblement gentil de la part du sergent.

En effet. Sans parler, sans la toucher, Jedediah réussissait à contourner ses défenses. Son affectueuse proposition réchauffait le cœur de Hazel et lui donnait une raison de plus de jeter ses règles aux orties et d'envisager la possibilité d'une relation.

Ashley glissa la carte dans son sac.

— Il m'a dit que je pouvais l'appeler Burke. La plupart de ses amis l'appellent comme ça.

— C'est vrai ?

Les filles échangèrent un regard entendu, puis Polly demanda :

— Comment l'appelles-tu, maman ?

Apparemment, elle l'appelait Jedediah désormais. Mais le dire à ses filles lui aurait donné l'impression de trahir une sorte de secret intime.

— Ne croyez pas que je ne vois pas où vous voulez en venir. Burke est un homme bien. Nous avons une dette envers lui, pour toute l'aide qu'il nous a apportée. Je suis touchée qu'il vous englobe dans son offre de protection.

— Il te protège ? Oooh…

Ashley tapa dans ses mains.

— Comme un garde du corps ? Ou un petit ami ?

Hazel grogna.

— Je suis venue voir si vous alliez bien. Visiblement, c'est le cas, si vous avez le temps de vous soucier de ma vie amoureuse.

— Ou de son absence, souligna Ashley.

— Ça suffit…

Hazel pointa un index sévère en direction de ses filles.

— Je voudrais que vous veniez dormir à la maison. Il y a toute la place voulue à l'appartement. Il faut que nous restions ensemble jusqu'à ce qu'on arrête ce type.

— Dormir chez toi ?

Ashley fronça les sourcils. Les deux femmes qui bavardaient venaient d'ouvrir la porte en grand pour partir et toutes trois aperçurent l'homme qui attendait dans le couloir, les chiens à ses côtés. Adossé au mur, Burke lisait quelque chose sur son téléphone, l'air à la fois las et vigilant. Comme s'il formait un mur de protection entre leur petite famille et le monde extérieur.

— Et si tu as des invités ?

Le regard de Hazel s'attarda sur l'expression de Burke, tandis que la porte se refermait lentement.

— Premièrement, je ne reçois pas Burke, ni aucun autre homme. Et deuxièmement, vous serez toujours prioritaires, même s'il y avait un homme dans ma vie.

Elle se demanda comment Burke se détendait après des journées comme celle-ci, et sur qui il se reposait quand il avait lui-même besoin d'être épaulé. Polly lui pressa la main.

— Quand vas-tu te faire passer en premier, maman ? Ashley et moi, nous sommes adultes, maintenant. Ne te sers pas de nous comme prétexte pour ne pas t'occuper de toi et ne pas chercher le bonheur.

— Et sois maligne et trouve-le avec lui, la pressa

Ashley. Burke est canon. Tu sais ce que ça veut dire, n'est-ce pas ?

— Oui, je connais le terme. Je suis votre mère, pas votre grand-mère.

Ashley sourit jusqu'aux oreilles.

— Donc, tu penses aussi qu'il est sexy.

C'était un fait.

— J'aimais mieux quand je pouvais vous envoyer dans votre chambre.

Hazel secoua la tête, se rappelant que c'était elle-même qui avait fait en sorte que ses filles soient sûres d'elles.

— D'accord, j'essaierai de moins jouer les mères poules. Mais n'oubliez pas que ce type n'a rien d'une plaisanterie. Je veux que vous veilliez l'une sur l'autre.

— C'est promis, dit Polly.

— Faites attention à tout homme qui a l'air de s'intéresser à vous. N'allez nulle part toutes seules. Verrouillez votre porte. Vous connaissez les mesures de sécurité. Appelez-moi ou appelez la police si quelque chose vous semble bizarre. Quoi que cet homme veuille de moi, je ne le laisserai pas faire du mal à mes filles.

Ashley prit sa sœur par la taille.

— Je veillerai sur elle, maman.

Puis s'adressant à Polly, le menton levé :

— J'ai rendez-vous avec Joe ce soir. Tu pourrais venir, je suis sûre qu'il sera avec un ami.

— Non, merci.

Polly se dégagea pour hisser son sac à dos et refermer son casier.

— Je dois étudier.

— Qui est Joe ? demanda Hazel.

Elle savait que ce n'était pas le garçon qu'avait laissé tomber Ashley. L'idée qu'un inconnu fasse partie de sa vie à ce stade la préoccupait.

— C'est avec lui que tu parlais au téléphone ?

— Hon-hon. C'est un type que j'ai rencontré il y a quelques semaines en allant à l'enterrement de vie de jeune fille de Fontella, au Pickle.

— Le Pickle ?

Hazel fronça les sourcils.

— C'est un bar en terrasse, avec des courts de pickeball. Il est videur là-bas. Je te l'ai dit, non ?

Hazel était au courant du mariage de son amie, mais pas du nouveau petit ami.

— Non.

— Il est sympa, maman, intervint Polly. Je l'ai rencontré quand il est venu chercher Ash. Il a plus de tatouages que n'importe qui que je connaisse, mais il est marrant et super sympa. Faut pas juger un livre à sa couverture, tu sais.

Un videur ? Des tatouages ? Marrant et sympa ? Ses filles avaient vraiment grandi.

— Et je vais le rencontrer ?

— Ça ne t'ennuie pas si je l'invite à l'appartement, alors ? demanda Ashley à Polly, ignorant la question de Hazel. On pourrait commander des pizzas. Joe et moi on regardera un film pendant que tu potasseras tes bouquins.

Polly haussa les épaules.

— Pas de problème. Comme ça, aucune de nous ne sera seule.

Elle désigna la sortie du menton, indiquant l'homme qui patientait de l'autre côté.

— Pas vrai, maman ?

Hazel leva les mains en signe de reddition, avant d'embrasser ses filles.

— J'imagine que je suis en minorité. Faites juste attention. Et appelez-moi demain si je ne vous vois pas, pour que je sois sûre que vous allez bien.

— On le fera. Je t'aime.

Ashley la serra dans ses bras avant de reculer.

— Burke est fatigué. Et il a faim aussi, j'imagine.

Elle poussa légèrement sa mère.

— Va le nourrir. Il a besoin d'un peu d'attention.

— C'est un adulte.

Hazel résistait à l'élan d'empathie qu'elle éprouvait au moment même.

— Il peut s'occuper de lui.

Polly adopta une approche plus logique.

— Il est resté avec toi toute la journée. Il est 21 heures passées, et aucun de vous n'a dîné. Ce serait sympa de l'inviter à dîner pour le remercier de nous avoir soutenues aujourd'hui, non ?

— C'est ce que ferait une bonne amie, ajouta Ashley.

Elle toucha ses lèvres.

— Mais les hommes aiment bien qu'on se fasse jolie.

— Ça suffit, avec le rouge à lèvres.

Hazel leur adressa un regard sévère, mais se rendit compte que cette tactique, qui marchait quand elles étaient enfants, n'avait plus aucune efficacité. De plus, elles avaient raison.

— D'accord. Je lui dois une faveur pour son aide aujourd'hui, en effet.

Elle prit à contrecœur le tube que lui tendait Ashley et mit un peu de couleur sur ses lèvres avant de le lui rendre. Mais elle pressa les doigts de sa fille, déterminée à lui faire admettre son point de vue.

— Vous devez comprendre que vous ne pouvez pas forcer les choses entre Burke et moi juste parce que ça vous amuse. Je suis très bien comme je suis. Ma vie me satisfait – sauf en ce qui concerne ce monstre qui ne nous laisse pas tranquilles. Je suis bien plus préoccupée par notre sécurité que par l'idée de retomber amoureuse.

— Elle a dit « retomber amoureuse » ? demanda Polly à sa sœur.

— C'est ce que j'ai entendu. Elle l'aime. C'est juste qu'elle ne veut pas le reconnaître.

Ashley souriait jusqu'aux oreilles.

— Je vais voir si Joe a un copain avec qui il pourrait te brancher, si c'est plus ton genre d'homme.

— Un videur avec des tatouages et la moitié de mon âge ? Non, merci.

Polly passa un bras sous le sien et la fit pivoter en direction de la porte.

— Maman… Il n'y a rien de mal à être heureuse et à tomber amoureuse si tu as trouvé l'homme qu'il te faut. Et je ne vois pas comment le sergent Burke pourrait constituer une erreur comme papa.

Mais si c'était elle l'erreur ? Si c'était elle dont le jugement était faussé ?

Même si leur cœur était bien placé, ses filles ne connaissaient pas les détails de l'enfer qu'Aaron leur avait fait traverser. Mais elle oui. Elles croyaient l'aider en la poussant vers Burke – et elles ne laisseraient pas tomber tant qu'elle n'aurait pas cédé.

Hazel émit un soupir de lassitude et échangea encore des embrassades avec ses filles avant de pousser la porte donnant sur le couloir.

— Appelez-moi quand vous serez à la maison.

Burke rangea immédiatement son téléphone et se redressa. Ralentissant à peine le pas, elle lui prit la main et l'entraîna vers le hall.

— Venez avec moi.

Il ordonna aux chiens de les suivre, avant de nouer leurs doigts de manière plus naturelle.

— Tout va bien ?

— Si on écarte deux petites fouineuses qui ne savent pas se mêler de leurs affaires, oui, tout va bien.

Il s'immobilisa, l'arrêtant aussi.

— J'ai manqué quelque chose ?

Hazel leva les yeux et ne put s'empêcher de sourire.

— Peu importe. À moins que vous n'ayez mieux à faire, je vous emmène dîner chez moi.

5

Mieux à faire ?

Burke attendait depuis longtemps un geste de Hazel. Et même s'il n'y avait pas eu de déclaration d'amour ni d'aveu de désir, cette invitation avait tout l'air d'une avancée dans leur relation.

D'un commun accord, ils avaient opté pour l'achat de hamburgers, après être passés à la clinique pour récupérer la voiture de Hazel.

Burke avait eu la chance de trouver une place à quelques rues de son immeuble, tandis qu'elle se garait dans le parking fermé de celui-ci. Le bâtiment était une ancienne manufacture de machines-outils en bordure du Missouri. Le court trajet que Hazel devait effectuer jusqu'à l'entrée piétonne donna à Burke le temps de faire faire ses besoins à Gunny. Puis ils prirent l'ascenseur jusqu'au quatrième étage.

Le loft de Hazel était spacieux et doté d'une paroi vitrée donnant à l'ouest, sur les gratte-ciel du centre-ville. Burke fut surpris de voir que les tuyaux apparents et les murs de briques du bâtiment originel avaient été préservés. Bien qu'on ait posé des cloisons pour créer deux chambres et deux salles de bains, le reste du loft était assez vaste pour qu'on s'y sente tout à fait à l'aise.

La porte à peine franchie, Hazel se débarrassa de

ses chaussures, nourrit les chiens et trouva une vieille couverture pour que Gunny s'allonge à côté du sofa où s'était blottie Cleo. Puis elle invita Burke à s'asseoir sur l'un des tabourets de cuisine et sortit des bières fraîches du réfrigérateur, et des assiettes et des serviettes en papier du placard pour donner à leurs sandwichs l'air d'un véritable repas. Ils parlèrent de la décoration féminine et confortable de l'appartement, de l'obsession de sa fille aînée pour le rouge à lèvres – une plaisanterie qu'il ne comprenait pas – et du souci de Hazel concernant l'achat d'une nouvelle voiture pour sa fille cadette.

Burke insista pour qu'elle reste assise pendant qu'il débarrassait la table et chargeait le lave-vaisselle, puis offrit d'aller avec Polly choisir un nouveau véhicule. Ils évoquèrent la pluie qui le forçait à changer ses horaires d'entraînement, le dernier match des Royals, et la courte barbe de Burke, que Hazel préférait le matin. Ils parlèrent de tout et de rien, sauf de bombes, de lettres d'amour et de la menace que posait le harceleur inconnu.

Il décida qu'il aimait les lèvres de Hazel, qu'elles brillent, fassent la moue, s'étirent en un sourire ou bougent avec précision quand elle parlait. Et même s'il appréciait l'intimité de cet espace confortable et de cette conversation tardive, il n'aima pas qu'elle évite d'expliciter la raison pour laquelle Gunny et lui se trouvaient là. Il avait toujours admiré la force de Hazel – élever seule ses filles, diriger sa clinique, s'occuper des autres et respecter le strict code de conduite auquel elle croyait.

Mais elle se laissait certainement aller, parfois. Savait-elle qu'elle n'avait pas besoin de le distraire ? Elle n'était pas forcée de rire de ses plaisanteries pathétiques ni de veiller à ce qu'il reprenne une troisième part de glace. Il avait inspecté son appartement et vérifié l'escalier de secours et les serrures des fenêtres, il s'était assuré que le verrou de la porte d'entrée était correctement posé et avait tiré les voilages du salon pour la dérober aux regards. Son offre de protection était un fait. Mais il était aussi là pour lui permettre de baisser sa garde, de céder à la fatigue et à tout ce qu'elle pouvait éprouver.

Il referma le lave-vaisselle et aperçut du coin de l'œil le bâillement qu'elle essayait de dissimuler en léchant sa cuillère. Il imagina le glissement de cette langue sur ses propres lèvres et remua inconfortablement en sentant une vague de chaleur se ruer dans son aine. Elle avait une bouche magnifique. Il lui était de plus en plus difficile d'ignorer ce désir, ce sentiment de justesse chaque fois qu'il passait un moment avec elle. Il était sûr à quatre-vingt-dix-neuf pour cent qu'elle ressentait la même chose, étant donné les regards qu'elle lui jetait quand elle croyait qu'il avait le dos tourné. Mais tout en admirant ce qui la rendait si séduisante, il maudissait son entêtement à feindre d'ignorer les possibilités.

— Désolée, s'excusa-t-elle en avalant le reste de la sauce caramel. Ce n'est pas à cause de vous, je vous le promets.

— Laissez quelque chose à faire au lave-vaisselle.

Souriant, Burke se pencha en avant pour lui prendre la cuillère des mains et ramasser son bol vide. Il les rinça et les ajouta à la machine, choisissant soigneusement ses mots avant de se tourner vers elle.

— Vous savez que je suis là pour vous quand vous avez besoin d'une oreille ou d'une épaule.

Il posa les mains à plat sur la surface de granit et se pencha vers elle.

— Vous en avez vu des dures aujourd'hui. Faites-moi confiance pour vous protéger. Laissez-moi m'occuper de vous un peu pendant que vous laissez tomber vos cheveux, et que vous vous détendez.

Elle souffla sur sa frange dorée, qui faisait ressortir le vert franc de ses yeux.

— Quels cheveux ?

Très bien. Elle se moquait de son affection. Il valait mieux qu'il parte avant de commencer à lui expliquer qu'il aimait sa coupe super-courte, découvrant des oreilles délicates qu'il avait envie de mordiller. Se frottant le menton, il se dirigea vers le canapé, où il avait déposé sa casquette et la laisse de Gunny.

— J'imagine qu'il est temps pour moi de vous laisser. Vous n'avez plus besoin de moi. Je vais ramener Gunny.

Avant même qu'il lui en donne l'ordre, le chien se redressa.

— Gunny, *hier*.

Il vissa la casquette sur sa tête et attacha la laisse au collier du chien.

— Burke…

Le tabouret de Hazel grinça sur le plancher. Ses pieds nus ne faisaient aucun bruit, mais il sentit l'odeur familière de son shampoing avant de l'entendre.

— Jedediah…

Ses muscles tressautèrent quand elle posa une main ferme sur son bras. Il lui jeta un coup d'œil par-dessus son épaule. Elle inclinait le visage vers lui, et ses yeux étaient las, soucieux et sincères.

— Je suis désolée. Je ne voulais pas prendre vos sentiments à la légère. C'est juste que je ne suis pas prête à les affronter. Ni les miens, d'ailleurs. Pas ce soir.

Il enveloppa ses doigts dans les siens et se retourna.

— Vous n'avez pas à vous excuser. J'avais beaucoup plus de choses en tête que je n'en ai dites. Vous et moi sommes si proches, Haze, que j'oublie parfois que vous ne voulez pas la même chose que moi.

— Ce n'est pas forcément vrai.

Les yeux plissés, il l'étudia tandis qu'elle faisait une pause. Qu'était-elle en train de dire, exactement ? Il inspira fortement et s'ordonna d'être patient, alors que tout en lui voulait se jeter sur le mince fil d'espoir qu'elle venait de lui donner. Le contact de sa main lui manqua quand elle le relâcha pour s'entourer de ses bras. Mais elle ne recula pas et ne cessa pas de le fixer dans les yeux.

— Je suis restée si longtemps seule que j'ai oublié comment me comporter dans une relation…

Elle haussa les épaules, un geste qui rappela à Burke qu'à part enlever ses chaussures et ses chaussettes, elle avait gardé sa blouse toute la journée. Elle devait être au bout du rouleau. Et pourtant elle écartait sa fatigue pour achever cette conversation.

— Je sais que le mot « amis » ne décrit pas exactement ce que nous sommes l'un pour l'autre. Mais…

Elle secoua la tête et sourit sans finir sa phrase.

— Merci de m'avoir soutenue aujourd'hui. Et merci d'avoir donné votre carte à Ash et Polly. Cela les a réconfortées de savoir qu'elles peuvent se reposer sur quelqu'un en dehors de leur mère, et cela m'a fait du bien aussi.

— *Sitz.*

Gunny s'assit à ses pieds, langue pendante, attendant un ordre plus intéressant. Burke mit la main dans la poche de son gilet et tendit une carte à Hazel.

— Voici pour vous.

Il la glissa dans sa main dépourvue de bijoux et constata, un peu contrarié, que même ce léger effleurement de leurs doigts suffisait à l'émouvoir.

— Je vous fais la même promesse qu'à elles. Vous pouvez m'appeler à toute heure du jour et de la nuit. Que je sois en service ou non. Je serai là pour vous.

— Je sais. Ça me rassure autant que vos étreintes. Et croyez-moi, je les adore.

Elle lui posa une main sur l'épaule et se mit sur la pointe des pieds pour l'embrasser sur la joue.

— Merci.

En reposant les talons à terre, elle caressa du bout des doigts sa barbe. Il sentit son cœur battre sauvagement à ce contact. Elle devait savoir ce que cela lui faisait.

— Je vais peut-être changer d'avis sur cette barbe. Il y a juste assez de poils argentés pour me rappeler un loup.

Il sentit son souffle effleurer son cou, comme si elle éprouvait la même chaleur que lui.

— Un loup alpha.

Elle lui gratta gentiment les poils, et il sentit son sang courir plus vite dans ses veines. Puis elle plissa les yeux comme si elle pensait soudain à quelque chose.

— Vous êtes le mâle alpha de la meute KCPD, n'est-ce pas ?

Vous ne voulez pas la même chose que moi.

Ce n'est pas forcément vrai.

Oui. Elle le sentait aussi.

Comment diable était-il censé rester de marbre quand elle le touchait ainsi ?

Quand son regard surpris se leva vers le sien, Burke baissa la tête et pressa sa bouche sur ses lèvres. Alors qu'il s'attendait à une sorte de résistance, ses lèvres s'écartèrent pour l'accueillir. Elle plaqua une main sur sa joue, gémissant dans sa bouche tandis qu'il en prenait doucement possession. Il goûta la douceur de sa lèvre inférieure avant de glisser sa langue entre ses lèvres. Hazel eut un léger mouvement de tête. Mais alors qu'il hésitait, il comprit qu'elle ne disait pas non. Au contraire, elle frottait sa bouche contre la sienne, semblant prendre plaisir à la texture de sa barbe de loup, ou quoi que cette métaphore idiote signifie pour elle. Il traduisit ces mots par « Je vous trouve aussi irrésistible » et laissa son baiser prendre la forme qu'elle voulait, se délectant de cette friction hautement inflammable.

Il la sentit s'appuyer contre lui et se dresser sur ses orteils pour pousser plus loin cette exploration sensuelle. Il lui encadra le visage de ses mains et passa derrière ses petites oreilles pour soutenir sa nuque.

Hazel leva la main pour repousser sa casquette et lui caresser les cheveux. Souriant de cette nouvelle fascination pour lui, Burke entreprit sa propre exploration, parsemant sa mâchoire de brefs baisers jusqu'à ce qu'il trouve les pulsations de son pouls derrière son oreille. Hazel renversa la tête, arquant le cou pour lui permettre de l'embrasser. Ses pieds nus se recroquevillèrent sur ses bottes, et il sentit de fiers tétons se presser sur sa poitrine. Il glissa une main sur sa hanche pour empoigner son petit derrière rond et la plaquer contre son membre tendu. Elle lui passa les bras autour des épaules et se suspendit à lui, se tortillant pour ramener sa bouche sur la sienne.

Mais il avait attendu ce baiser un sacré bout de temps, et il n'avait pas encore satisfait son envie de mordiller son oreille et de se faire les dents sur l'anneau d'or piqué dans son lobe.

— Combien de temps avons-nous repoussé cela ? souffla-t-il contre son oreille.

Il sentit avec délectation qu'elle tremblait sous ses lèvres. Elle planta les doigts dans son gilet, pour sentir ses muscles en dessous. Il souhaita avoir eu le temps de l'enlever avant de commencer à l'embrasser.

— Je suis las de faire semblant que nous ne nous voulons pas…

— Assez de mots.

Elle posa une main sur l'angle de sa mâchoire dans un geste désespéré.

— Ne faites…

Il captura ses lèvres et introduisit sa langue dans sa bouche, goûtant le caramel, la crème et une saveur qui n'appartenait qu'à elle.

Son soupir d'abandon lui dit qu'il lui avait donné exactement ce qu'elle voulait.

Burke s'adossa à la porte, l'entraînant avec lui, ravi de sentir ses courbes se presser contre lui. Hazel se suspendit à son cou et s'abandonna au baiser suivant.

La friction de leurs corps créait des ondes de choc en cascade dans son corps, faisant monter un grognement de désir au fond de sa poitrine.

— Oh ! Seigneur, j'avais tellement envie de toi. Tellement envie de ça.

— Tu sais depuis combien de temps je n'ai pas été avec quelqu'un ? Depuis combien de temps je n'ai même pas pensé à embrasser…

Elle manquait peut-être de pratique, mais elle n'avait rien oublié de ce qui pouvait exciter. Elle était avide de toucher, plongeant ses doigts dans ses cheveux, caressant son cou, ses épaules. Ils se cognèrent le nez et vacillèrent quand il la fit pivoter dans ses bras. Elle sourit et recommença immédiatement à mordiller son menton.

— Ça fait si longtemps que je… Je ne me rappelle pas comment on fait pour satisfaire ce besoin criant.

Elle rit contre sa bouche.

— J'aurais besoin d'une remise à niveau.

— Tu ne m'entendras pas me plaindre.

— Mais…

— Assez de mots, plaisanta-t-il.

Il encadra à nouveau son visage, accrochant ses cheveux, pour guider sa bouche vers la sienne.

— Tout va bien, ma puce. J'en ai envie aussi. Je n'arrive pas à croire que nous avons finalement…

— Ma puce ?

Elle interrompit le baiser et s'immobilisa entre ses bras, comme si elle reprenait ses esprits. Peut-être avait-il rêvé lui aussi, en se disant qu'ils avaient passé un cap. Avant qu'il puisse reprendre son souffle, elle le lâcha et reposa ses talons au sol.

— Je crois que je me suis laissé un peu emporter.

Il se redressa et l'attira à nouveau dans ses bras.

— Peloter comme un jeune homme, ce n'est pas mon style en général. J'imagine que j'ai fait des réserves.

Malgré cette plaisanterie, il se promit de ralentir avant d'aller trop loin.

Mais c'était déjà le cas, apparemment. Hazel le repoussa à deux mains.

— Comment m'as-tu appelée ?

L'illusion était morte. Burke secoua la tête pour s'éclaircir les idées.

— Je ne sais pas. Ma puce ? Je peux t'appeler mon ange ou ma chérie, si tu préfères…

— Non.

Elle fixait vaguement le milieu de sa poitrine, rejouant les dernières minutes dans sa tête.

— Ne m'appelle pas comme ça.

Au moins, elle avait la courtoisie de chercher sa respiration, comme il avait du mal à reprendre la sienne. Elle ne pouvait nier que ce baiser l'avait affectée.

— D'accord. Je ne le ferai plus…

Il lui frotta les bras de haut en bas jusqu'à ce qu'il puisse à nouveau se servir de son cerveau.

— On peut y aller doucement…

— Burke…

Elle se dégagea, les yeux braqués sur lui.

— Jedediah, il faut arrêter ça. Nous ne sommes plus des ados. Nous avons mieux à faire que de céder à nos pulsions. Nous sommes tous deux épuisés et nous n'avons pas la tête claire.

— Moi si. Je ne regrette rien.

Il lui tendit à nouveau les bras, espérant apaiser ses doutes, mais elle le repoussa à bout de bras.

— Stop.

— Parce que je t'ai appelée ma puce ?

Burke leva les mains en un geste de reddition, prêt à accepter son refus, même s'il ne comprenait pas pourquoi. Les fines rides qu'elle avait aux coins des yeux se creusèrent un peu en une expression d'excuse.

— C'est comme ça qu'Aaron m'appelait.

Jurant intérieurement, Burke se passa la main dans ses cheveux ébouriffés.

— Comment pouvais-je le savoir ? Je suis désolé.

Il sentait encore le désir faire des étincelles au bout de ses doigts. Mais au lieu d'essayer de la toucher, il se pencha pour ramasser sa casquette sur le sol, près de Gunny.

— J'imagine que j'ai tout gâché, hein ?

Malgré sa fatigue, le désir tendait encore son corps comme un arc. Ce baiser avait été paradisiaque et n'avait fait qu'alimenter le brasier en lui. Il voulait davantage de Hazel Cooper. Il voulait avoir le droit de l'embrasser quand il la quittait. Mais il ne voulait pas la quitter. Il voulait rester toute la nuit. Sentir ces orteils mignons remonter le long de sa jambe et son corps fondre sous le sien quand elle s'abandonnerait à ses étreintes.

— Je ne te fais pas de reproche. Mais c'est le coup de semonce dont j'avais besoin pour me rappeler mes règles. Je ne m'engage pas dans une relation. Je ne veux pas… Pas avec toi.

Il reçut cela comme une gifle en pleine face. Mettant sa casquette sur sa tête, il prit la laisse de Gunny.

— C'est très clair.

Hazel referma les doigts sur son gilet, l'empêchant de se tourner vers la porte.

— Pas parce que je ne suis pas tentée de voir où ça nous mènerait… mais parce que je suis tentée. J'ai ignoré notre attirance mutuelle parce que je ne voulais pas risquer ce que nous avons déjà. Je ne veux pas que tu disparaisses de ma vie.

Pourquoi cela lui donnait-il l'air si triste ? Il captura sa main et la plaqua sur son cœur.

— Voyons si j'ai bien compris. Tu rejettes la chance de devenir plus que des amis parce que tu as peur que cela puisse devenir incroyable entre nous ?

— Et si ça ne l'est pas ? Je l'avoue, cela fait des années que je n'ai pas été avec un homme. Et ça me manque. Et si ce n'était qu'une histoire de phéromones ? Ou que nous avons tellement envie de rapports intimes que nous sautons sur des sentiments qui n'existent pas vraiment ? Pense comme cela pourrait déformer ce que nous avons déjà.

Elle souligna chacun de ses mots en tapotant de l'index sur sa poitrine.

— Ce que je veux, c'est quelque chose de réel. Quelque chose de spécial.

Réel et spécial. Cela lui paraissait idéal.

— Les unions les plus solides que je connaisse ont d'abord été basées sur l'amitié. Ça ne veut pas dire qu'il n'y a pas de passion. Il y a tout cela dans une relation.

— Le mariage ? Il y a un abîme du premier baiser à un échange d'alliances.

Hazel recula, mettant enfin de la distance entre eux.

— Tu as divorcé il y a longtemps, Burke. Tu es sûr que tu peux t'engager sérieusement dans une relation ? Ou même que tu le veux ?

Il était redevenu Burke. Quand elle le repoussait, c'était pour de bon.

— Après Shannon, je n'ai pas retrouvé de femme en qui j'aie confiance, jusqu'à ce que je te rencontre. Je te désire depuis des années, et tout ce temps, jusqu'à ce soir, tu m'as tenu à distance. Mais je suis toujours là. Je pense que cela démontre mon sérieux.

Après un instant, elle hocha la tête, lui concédant au moins cela.

— Tu es aussi divorcée depuis longtemps. Peut-être est-ce toi qui as peur de t'engager.

— Je plaide coupable. Mais j'ai mes raisons.

— Je sais bien. Mais, Haze, quand le cœur est impliqué, il y a toujours un risque. Tu es sûre que ce n'est pas seulement d'avoir mal que tu as peur ?

— Pourquoi ? Tu vas me faire mal ?

Elle essayait d'en faire une plaisanterie, mais aucun d'eux ne rit.

— Je sais que tu ne le ferais pas. Mais la dernière fois que j'ai écouté mon cœur, j'ai failli en mourir. Je ne peux pas me permettre d'être à nouveau impulsive.

— Quoi ?

Son mariage avait été dissous des années avant qu'ils ne se rencontrent. Et même si les méfaits de son mari avaient fait la une des journaux, il était dans l'armée à l'époque et il n'avait pas entendu parler de tous les détails. Et une fois qu'il avait fait connaissance de Hazel telle qu'elle était maintenant, il ne s'était pas demandé comment elle était quand elle était avec son ex. Au cours de ses récentes recherches sur le passé d'Aaron il avait noté l'accusation de tentative de meurtre en sus de l'escroquerie et du détournement de fonds. Mais il n'avait aucune idée de qui était la victime.

Un glacial sentiment d'effroi le fit frissonner.

— Que veux-tu dire par « failli en mourir » ?

6

— C'est une longue histoire, et je suis trop fatiguée pour te la raconter ce soir.

Le frisson qu'avait eu Burke devait être contagieux. Hazel s'approcha du canapé sur lequel elle avait jeté sa blouse et l'enfila par-dessus son T-shirt.

— En bonne épouse, j'ai soutenu Aaron quand j'ai découvert qu'il avait soutiré leurs investissements à tous ces gens. Je lui ai laissé le bénéfice du doute. J'espérais que c'était quelqu'un d'autre qui avait fait ça et qu'il n'était que le bouc émissaire.

— Je suis sûr qu'il t'en a fait voir de toutes les couleurs, reconnut Burke. Mais qu'est-ce que cela a à voir avec nous ?

Elle alla à la fenêtre et tira l'un des voilages pour scruter la nuit sans lune, parsemée des lumières de la ville.

— Même après qu'Aaron avait été arrêté et que le district attorney me harcèle pour que je témoigne contre lui, j'ai tout fait pour que notre mariage tienne le coup. Ashley et Polly avaient six et quatre ans. Elles ne comprenaient pas ce qu'il se passait : pourquoi leurs amies avaient soudain cessé d'appeler, pourquoi les enfants étaient méchants avec Ashley à l'école.

Burke poussa un juron à mi-voix.

— Je ne savais pas que cela avait été aussi dur.

— J'ai fait tout ce que j'ai pu pour que les choses soient

le plus normales possibles pour elles. J'ai renoncé à mes économies, à mon image, à mon bonheur et à ma sécurité parce que je pensais qu'il fallait le faire. Je pensais que l'amour allait gagner.

Hazel lâcha le rideau et lui fit face.

— Mais non.

Elle s'enveloppa de ses bras, et Burke sentit tout son corps le supplier de traverser la pièce et de la serrer contre lui.

— J'ai travaillé dur pendant longtemps pour regagner ce que j'avais perdu. Je ne sais pas si je serais prête à tout risquer à nouveau.

— Tu n'as pas tout regagné, releva-t-il avec tristesse. Tu ne te fies plus à ton jugement. Tu ne te fies plus à ton cœur.

De tristes yeux verts croisèrent les siens, et elle acquiesça d'un signe de tête.

— J'ai payé très cher mon amour pour Aaron.

Pour se donner contenance, Burke se baissa pour caresser Gunny. L'inaction le rendait nerveux, comme lui. Mais Hazel avait besoin de parler.

— Nous faisons tous des erreurs, doc. Bon sang, j'en ai eu ma part. On peut en tirer des leçons et passer à autre chose. Commettre des erreurs ne signifie pas qu'on n'a pas le droit d'être heureux.

— Je comprends s'agissant des leçons. Mais la plupart des gens ne font pas des erreurs aussi grossières que celle que j'ai faite en épousant Aaron.

À cet instant, Burke se jura de demander les attendus de l'affaire Cooper et de les lire jusqu'au dernier mot. Il avait l'horrible sentiment qu'il ne savait pas encore le pire, et il aurait aimé que Hazel lui fasse assez confiance pour le lui dire. Mais elle était comme verrouillée de l'intérieur. Il ne saurait pas ce qu'il voulait savoir ce soir-là.

— Tu ne peux pas juger tous les hommes à l'aune de ton ex. Je ne suis pas comme lui, et tu le sais. Je ne te demanderai jamais de te changer. Et je serais furieux si tu croyais le devoir pour me plaire.

Gunny poussa un aboiement empathique et Cleo sauta au bas du canapé pour voir ce qui bouleversait son ami.

— Je suis un homme patient, mais tu m'en demandes trop. Je pourrais cesser de faire des tentatives.

Hazel prit le schnauzer borgne dans ses bras et le serra contre elle en le rejoignant à la porte.

— Quand tu dis ça, on dirait que je te fais marcher. Mais je te jure que ce n'est pas mon intention. C'est pour ça que je n'aurais jamais dû t'embrasser.

— Je sais que tu ne veux pas me faire mal. N'ajoute pas la culpabilité à tout ce que tu endures déjà. Ton honnêteté est l'une des raisons qui me donnent envie d'être avec toi. Mais ce ne serait pas juste de ma part d'insister quand tu es aussi vulnérable.

Il gratta les oreilles de Cleo, ravi que Hazel accepte au moins du réconfort de son chien, si ce n'était de lui.

— Si cela peut faire une différence, tu n'as pas le monopole de l'appréhension, s'agissant de tout risquer dans une nouvelle relation. M'engager avec toi est aussi un risque pour moi. Je n'aimerais pas échouer à nouveau.

— Tu n'as pas échoué, dit-elle.

Son expression avait changé. Elle affichait maintenant un air de soutien inconditionnel.

— Quand nous sommes devenus amis, tu m'as dit que ta femme t'avait trompé quand tu étais outre-mer. Ça ne peut pas être de ta faute.

À ses yeux, aux yeux de tout le monde, Hazel était une battante. Pourquoi ne pouvait-elle mettre ce combat au service de son propre bonheur ? Croyait-elle vraiment qu'ils ne pouvaient qu'échouer s'ils cédaient à leurs sentiments ?

— J'imagine que nos liens n'étaient pas assez forts pour que Shannon accepte de vivre sans moi. Je ne dois pas inspirer ce genre de loyauté. Pas à elle et, apparemment, pas à toi non plus.

— Bien sûr que si. Regarde les hommes et les femmes avec lesquels tu travailles, les chiens que tu dresses. Regarde-nous. Cette loyauté, cette confiance, c'est précisément ce que je ne veux pas abîmer.

— Tu pourrais avoir les deux : l'amitié et l'amour.

Il cessa de caresser le chien et effleura le visage de Hazel du bout du doigt.

— Si tu me fais assez confiance pour être ton ami, alors pourquoi ne peux-tu me faire assez confiance pour t'aimer ?

— Je ne risquerai pas ma sécurité émotionnelle pour une partie de jambes en l'air ou une extase temporaire, alors que ça peut finir avec des larmes.

— Qui dit que je t'offre une partie de jambes en l'air ? plaisanta-t-il, malgré la preuve de son désir quelques minutes auparavant.

— Je suis prudente, pas aveugle, dit Hazel en jetant un bref coup d'œil à son entrejambe.

C'était bon de la voir sourire à nouveau.

— Promets-moi une chose, peu importe ce qu'il se passe entre nous. Ne me mens jamais.

Il lui retourna son sourire.

— Promis.

— Et moi, je promets que je ferai tout mon possible pour ne pas te donner de faux espoirs. Pour ne pas te faire mal.

Au diable ces précautions. Il glissa une main sur sa nuque et, ignorant le chien entre eux, l'embrassa sur la bouche, lui arrachant un hoquet de surprise. Il l'embrassa avec force et avec application. Il l'embrassa jusqu'à ce qu'elle comprenne qu'il ne se lasserait jamais de l'embrasser. Puis il recula.

— Voilà pour les phéromones. Ce n'est pas un mauvais point de départ pour une relation.

Il tendit le bras derrière lui pour ouvrir la porte.

— J'ai déjà beaucoup vécu, Haze. Je suis costaud. Je ne vais pas me briser en mille morceaux parce que mon ego est un peu écorné ou que nous n'avons pas la même idée de notre relation. T'aimer n'est peut-être pas aussi simple que dans un conte de fées, mais ça ne veut pas dire que je vais cesser de le faire.

— Burke…

Il pressa un doigt sur ses lèvres, pour faire taire ses protestations.

— Bonne nuit, doc. Ferme derrière moi.

Dédaignant l'ascenseur, Burke emprunta l'escalier avec Gunny, conscient que tous deux avaient besoin d'évacuer leur surplus d'énergie. Il poussa la porte en acier séparant le passage piéton du garage et attendit qu'elle se referme avant de traverser la rue en direction du parking. Il laissa Gunny se soulager sur l'étroite pelouse qui le précédait.

Tandis que le chien flairait quelques buissons, Burke prit note d'un jeune couple qui se disputait par-dessus le toit de leur voiture. Leurs récriminations mesquines ne lui parurent pas menaçantes et il jeta un coup d'œil à l'immeuble de Hazel. La lumière brillait aux fenêtres du quatrième étage, et il se demanda comment sa vétérinaire préférée se débrouillait après cette conversation et cette intense séance de pelotage. Secouant la tête, il tira sur la laisse de Gunny pour rejoindre son véhicule. Il n'arrivait pas à décider s'il était blessé ou en colère contre lui-même. Sans doute les deux.

Tu as fait fort, sergent. Toutes ces années à patienter et tu gâches tout en une seule soirée.

Après la pluie, il s'attendait à ce que la nuit soit fraîche, mais une sorte de brume alourdissait l'air.

Que diable voulait-elle dire quand elle avait affirmé que son mariage avec Aaron Cooper avait failli la tuer ? Cette tragédie avait-elle quelque chose à voir avec ces horribles lettres d'amour et ces menaces à la bombe ? Son ex était sorti de prison depuis presque un an. Ces menaces visaient-elles à la punir d'avoir divorcé ? Et savait-elle à quel point il voulait la protéger des bombes, du harcèlement et de ce passé douloureux qui la hantait encore ?

Il supposait qu'il était impossible désormais de cacher ses sentiments à Hazel. Impossible de revenir en arrière et de les reprendre. Il ne se préoccupait pas de sa fierté, il était assez vieux pour avoir appris que certaines choses dans la vie valaient beaucoup mieux que l'ego d'un homme. Mais il était aussi assez vieux pour savoir que l'amour était un bien précieux, et que la confiance était sans doute le plus grand cadeau que l'on pouvait faire à quelqu'un… Et Hazel avait refusé de le croire quand il avait affirmé qu'ils étaient faits pour être ensemble. Il était à court d'idées quant à la manière de la pousser à avoir foi en lui. Et cela le turlupinait de penser qu'elle se porterait sans doute mieux s'il n'essayait même pas.

Mais perdre Hazel… L'idée de ne plus jamais la voir, de ne plus jamais plaisanter avec elle, de ne plus jamais l'embrasser, le minait.

Il échangea un signe de tête avec un trio de jeunes gens qui passait sur le trottoir avant de s'arrêter au feu. L'un d'eux fit signe à quelqu'un derrière Burke et s'élança à la rencontre de son ami. Un autre, portant capuche, rentra la tête dans ses épaules et se hâta de les rejoindre.

Pourrait-il se satisfaire de ce statu quo désormais ?

Son téléphone sonna dans sa poche au moment où le feu passait au vert. Il guida Gunny autour d'une flaque d'eau et tira son portable de son gilet. Une fraction de seconde, son moral remonta en flèche à l'idée que Hazel ait changé d'avis. Mais il repoussa sagement ce fol espoir, sachant qu'à cette heure de la nuit, il s'agissait sans doute d'une urgence professionnelle.

— Eh bien, ça ne pouvait pas être pire, marmonna-t-il en voyant le numéro.

Gunny tira brusquement sur sa laisse et s'arrêta au milieu de la rue pour regarder derrière eux. En l'entendant gronder, Burke se dit qu'il vérifiait seulement où se dirigeaient les jeunes hommes. Ou peut-être avait-il senti la réaction de son maître à cet appel.

Son ex-femme, Shannon.

— Gunny, *fuss*.

Le chien reprit sa place à ses côtés. Ils finirent de traverser la chaussée avant qu'il prenne l'appel.

— Qu'est-ce que tu veux ?

— Eh bien, bonjour à toi aussi.

Son gloussement familier, qu'il trouvait autrefois si charmant, lui écorcha les oreilles.

S'il n'avait pas été flic, c'est-à-dire entraîné à répondre à tous ceux qui le sollicitaient – même la femme qui lui avait brisé le cœur –, il n'aurait pas répondu du tout.

— Il est tard, Shannon. Il y a une urgence ? Bill va bien ?

— Tu n'es pas chez toi.

Comment le savait-elle ? Instinctivement, il regarda autour de lui, se demandant si elle le faisait suivre. Heureusement, il n'y en avait aucun signe. Était-elle chez lui ? Sa maison était située assez loin en banlieue pour qu'il ait un grand jardin clôturé. Une maison qui n'avait cependant rien de commun avec le luxueux quartier où vivaient Shannon et son mari.

— Tu es chez moi ?

— Je suis garée dans ton allée. Les lumières sont éteintes et il n'y a personne.

Un bruyant soupir, suivi d'un reniflement théâtral, lui apprit qu'elle avait pleuré.

— J'avais besoin de te voir.

Burke ralentit le pas, éprouvant une pincée d'inquiétude. Peut-être y avait-il vraiment un problème.

— Shannon ?

— Pourquoi dois-je entendre par le bouche-à-oreille que mon mari a failli être tué par une bombe aujourd'hui ?

Et voilà. Son inquiétude s'évanouit. À présent, il était seulement irrité qu'elle soit passée sans s'annoncer. Gunny tira à nouveau sur sa laisse, curieux d'une chose que seul un chien pouvait voir ou flairer. Burke le maîtrisa, lui ordonnant de s'asseoir à ses pieds. Gunny obéissait toujours aux ordres, à moins qu'il ne soit pas en laisse. Mais quelque chose avait attiré son attention. Burke le connaissait depuis assez longtemps pour ne pas ignorer son instinct.

Il s'immobilisa au coin de la rue et pivota sur lui-même. Deux rues plus loin, des gens s'étaient répandus devant un bar avec leurs boissons et leurs cigarettes. La musique rock était forte, mais pas au point de déranger tout le quartier. Le couple qui se disputait était parti en voiture et le trio de jeunes gens avait disparu. Mais ils avaient pu entrer dans le bar, tourner dans une rue latérale ou avoir pris leur voiture. Un peu plus loin, un bus brillamment éclairé faisait monter des passagers près d'un grand hôtel.

Sans cesser de survoler la rue du regard, Burke reprit la parole :

— Ne me fais pas ton cinéma, Shannon. D'abord, c'est ex-mari, et il y en a deux autres comme moi. À moins que tu n'aies divorcé de Bill et que je ne l'aie pas encore lu dans le journal.

Le quatrième mari de Shannon était un avocat qui

s'occupait de divorces, cette ironie n'échappait à pas à Burke.

— Et deuxièmement, de quelle bombe parles-tu ?

— Quelle… ? Il y en a eu plus d'une ? Toi et ce chien ! Pourquoi ne peux-tu avoir un animal normal, comme tout le monde ?

Il se la représenta, essuyant les larmes dans ses yeux en amande.

— Je parle de la bombe à la clinique vétérinaire. Je l'ai vu au journal télévisé.

Il était en train de sortir de l'hôpital, à l'heure des nouvelles. Un reporter l'avait peut-être filmé.

— Une de mes amies a reçu un colis piégé à son travail. Gunny a identifié un explosif et nous avons évacué le bâtiment. Ce n'était pas vraiment une bombe, juste des pièces détachées. Je ne courais pas de vrai danger.

— De *vrai* danger ? Mais tu étais tout de même en danger. J'avais raison de m'inquiéter.

Il était flic. Le danger faisait partie intégrante de son métier.

— Rentre chez toi, Shannon. Tu n'as plus le droit de t'inquiéter pour moi.

Même si la trahison de Shannon remontait à des années – en rentrant de mission, il l'avait trouvée au lit avec un des avocats pour lesquels elle travaillait – et que la colère, le chagrin et l'humiliation s'étaient depuis longtemps dissipés, tout cela avait laissé une marque sur lui, qui avait influencé la manière dont il approchait les relations depuis. C'était sans doute pourquoi il lui avait fallu tant de temps pour comprendre que Hazel était la seule femme avec qui il voulait être, pourquoi il s'était contenté de laisser les choses frémir sous la surface… jusqu'à ce soir.

Burke soupçonnait qu'à sa manière Shannon l'avait

aimé, et l'aimait peut-être encore, à en juger par ses appels occasionnels. Mais leur passion étudiante n'avait pas duré. Elle n'était pas taillée pour être la femme d'un militaire. Même avec l'aide d'un groupe de soutien, la solitude prolongée et la nécessité d'assumer des responsabilités quotidiennes dépassaient ses capacités. Et il doutait qu'elle aurait mieux supporté les horaires à rallonge et les dangers du métier de flic.

— Que tu es froid, Jed. Tu sais que mon cœur sera toujours à toi.

— Débrouille-toi pour que Bill ne t'entende pas dire ça.

N'ayant rien remarqué qui puisse expliquer l'agitation de Gunny, il prit la direction de son pick-up.

— Je détesterais être la cause de votre divorce.

— En parlant de ça… Tu sais que j'ai mûri depuis notre mariage. Nous étions trop jeunes. *J'étais* trop jeune. Je ne comprenais pas la notion d'engagement à l'époque. Et j'étais si seule. Mais maintenant que je…

Bip bip.

— Ne quitte pas, je viens d'avoir un texto.

Dieu merci. Il avait écouté ce discours bien trop souvent. Elle devait s'être disputée avec son mari actuel. Chaque fois que son mariage avait des cahots, un besoin sentimental la poussait à appeler Burke pour reprendre contact, attendant de lui qu'il arrange le problème, la réconforte ou – ça n'arriverait jamais – la reprenne. Peut-être avait-elle appelé tous ses ex en quête de sympathie. Mais il ne s'intéressait pas à une femme à qui il ne pouvait se fier. Et, sachant que les liaisons de Shannon la poussaient d'un mari à l'autre, il doutait qu'elle change jamais.

Le texto était de Hazel. Burke l'afficha et fronça les sourcils.

J'ai besoin de toi. Emmène Gunny.

Un filet d'appréhension se faufila dans son dos. Burke leva les yeux vers les fenêtres du vieil immeuble. Même de loin, il voyait que les lumières s'étaient éteintes dans l'appartement de Hazel. Alors que tout était allumé quand il était parti.

— *Fuss !*

Burke s'était déjà mis en mouvement, courant au côté de son chien.

— Shannon, il faut que je te laisse.

— Laisse-moi deviner… Le boulot ?

— Au revoir.

— C'est une autre femme, n'est-ce pas ? Tu as dit *une* amie. Tu vois quelqu'un ? C'est cette véto, c'est ça ?

La colère lui faisait la voix tranchante.

— Tu m'as dit qu'elle faisait partie de tes amis, Jed. Mais elle compte plus que ça pour toi, n'est-ce pas ?

Oh oh. Pas question d'aller par là avec elle. Ce n'était pas lui qui l'avait trompée, si bien qu'elle n'avait aucun droit d'être jalouse, et il n'allait pas se sentir coupable de répondre à l'appel au secours d'une amie.

— Tu devrais parler avec ton mari de ce qui se passe. Salut.

— Jed, ne raccr…

Il pressa le bouton « fin », répondit « J'arrive » au texto de Hazel et fourra le téléphone dans sa poche avant d'allonger le pas pour se maintenir au niveau de Gunny. En quelques secondes, ils furent à nouveau devant l'immeuble. Mais la grille qui fermait l'accès piéton l'arrêta comme un mur de brique. Il n'avait pas de carte magnétique ou de code à taper sur le panneau. Le fait qu'aucun autre texto ne soit arrivé pour lui expliquer ce qui se passait ne fit qu'accroître son inquiétude.

Il tapa rapidement le numéro d'appartement de Hazel et pressa le bouton de l'Interphone. Sa tension monta à mesure que les secondes s'écoulaient sans réponse. Enfin, une voix hésitante s'éleva.

— Burke ?

— C'est moi, Haze. Est-ce que ça va ? Laisse-moi entrer.

Gunny aboya, soulignant l'urgence de sa voix. Le chien avait probablement perçu la tension de son maître, mais c'était assez pour confirmer leur identité à Hazel. Un bourdonnement ouvrit la porte. Les lumières étaient allumées à l'intérieur de l'immeuble, donc il ne s'agissait pas d'une panne d'électricité. Hazel se cachait dans le noir pour une bonne raison. Après un bref coup d'œil au hall d'entrée, ils gravirent l'escalier et Burke frappa à la porte de Hazel.

— Sergent Burke, du KCPD, annonça-t-il pour se signaler à quiconque pouvait représenter une menace de l'autre côté de la porte. Ouvrez !

Il entendit un glapissement de Cleo et un petit cri étouffé une fraction de seconde avant que la porte s'ouvre.

Hazel se précipita dans ses bras, s'accrochant à lui comme si une tornade allait l'emporter. Cela fit grand plaisir à Burke. Mais rester sur le palier, exposé à tous les regards, n'était pas une bonne idée. Il fit entrer Gunny dans l'appartement, passa un bras autour des épaules tremblantes de Hazel et l'entraîna à l'intérieur, refermant la porte du pied derrière lui.

— *Voran !* ordonna-t-il au chien pour qu'il fouille l'appartement.

Tout en serrant étroitement Hazel, il scruta la pénombre derrière elle. La seule lumière émanant de la lampe torche de son portable, posé sur la petite table du salon.

— Il y a quelqu'un en dehors de toi et Cleo ?

Elle crispa les doigts dans son dos tout en secouant la tête.

— Je suis désolée. Je te chasse et ensuite je te fais revenir.

— Je t'ai dit que tu pouvais te reposer sur moi.

Mais il devait d'abord savoir de quoi il s'agissait.

— Que s'est-il passé ? Pourquoi tout est-il éteint ?

Il vit Gunny passer d'une pièce à l'autre, Cleo le suivant en boitillant. Le petit chien aurait certainement aboyé s'il y avait un intrus. Gunny inspecta la chambre du fond, puis revint en trottant vers lui pour être récompensé. Comme les deux chiens s'emparaient de la balle qu'il leur jetait, Burke recula le torse pour mieux encadrer le visage de Hazel entre ses mains et le tourner vers lui. Elle avait la peau froide et les joues pâles. Il eut envie de frapper celui qui l'avait effrayée ainsi.

— Haze, parle-moi.

Elle leva bravement le regard.

— Il m'a appelée. Juste après que tu es parti.

Nul besoin d'expliquer qui était ce *il*.

— Qu'est-ce qu'il a dit ?

— De venir à la fenêtre.

— Dis-moi ce qu'il t'a dit en premier. T'a-t-il menacée ?

— Non. C'est ce qu'il a dit. C'est tout.

Lui indiquant d'un signe de tête que ça allait, Hazel lui prit la main et le conduisit à la fenêtre.

En la voyant tirer le voilage, Burke la fit passer derrière lui et jeta un coup d'œil dans la rue. Même avec la couverture nuageuse, les réverbères, les enseignes lumineuses et les feux de circulation, il faisait plus clair dehors qu'à l'intérieur de l'appartement. Il vit les mêmes gens sans visage marcher dans la rue et se rendre chez eux.

— Qu'est-ce qu'il faut regarder ?

— Il est parti ?

Elle étira son bras pour atteindre la fenêtre.

— Je viens de le voir… Je n'invente rien.

— Je sais que tu n'inventes pas.

— C'était lui.

Hazel recula de plusieurs pas.

— Dans le parking, de l'autre côté de la rue. Je l'ai vu. Les autres allaient quelque part, mais il était là, immobile. Me regardant. Son visage était bizarre, comme s'il avait une difformité.

— Tu connais quelqu'un comme ça ?

— Non. J'ai essayé de lui faire dire quelque chose. Je voulais savoir qui il est, pourquoi il me fait ça. Tout ce que j'ai entendu, c'est sa respiration. J'ai raccroché et je t'ai envoyé ce texto. J'ai éteint les lumières pour qu'il ne puisse pas me voir. Mais il m'avait déjà vue.

— Tu peux me donner d'autres détails sur son apparence ?

— Je n'ai pas pu estimer sa taille sous cet angle, mais il est plutôt massif. Il portait un sweat à capuche noir. Un pantalon noir. Comme l'homme qu'a décrit Polly.

Burke jura et referma le rideau. L'homme qui suivait les étudiants portait un pantalon noir et un sweat bleu marine.

— Je l'ai vu. Je l'ai croisé dans la rue.

Distrait par son irritation et les reproches qu'il se faisait, il n'avait pas rapproché ses observations les unes des autres.

— Je n'ai pas vu son visage, mais Gunny l'a reconnu. Il connaissait sans doute son odeur. Ou bien il avait encore des traces d'explosif sur lui.

Burke tira le rideau avec plus de force que nécessaire.

— Je ne le vois plus dehors.

— Il m'a regardée dans les yeux. Il a dessiné un cœur sur sa poitrine avec ses doigts. Comme si ça voulait dire quelque chose pour moi ! Et ensuite, il a mimé une explosion, finit-elle en imitant le geste.

— Montre-moi ton téléphone.

Il la suivit jusqu'à la petite table, où elle éteignit l'application lampe de poche et afficha la liste des appels récents. Burke envoya le numéro par texto à l'opératrice de la police, bien qu'il ait parié que l'appel venait d'un téléphone à carte prépayée. Puis il se dirigea vers la porte.

— Comment faire pour qu'il arrête ? demanda Hazel, qui l'avait suivi. Il sait où je vis. Il sait où je travaille, où travaillent mes filles. Il a mon numéro.

Elle l'attrapa par le bras pour le stopper.

— Tu vas le poursuivre ?

La panique teinta sa voix quand elle comprit son intention.

— Tu disais qu'il était parti.

— J'ai dit que je ne le voyais pas.

Il lui pressa la main pour la rassurer. Il avait du travail. Elle parut le comprendre. Son regard avait perdu son expression égarée et était fixé sur lui. Il appela Gunny et détacha la laisse de son collier.

— *Bleibe.*

— Reste ?

Gunny s'assit près de Hazel.

— Tu n'as pas besoin de lui ?

— Non.

Il arracha la pression de son holster et posa la main sur la crosse de son Glock.

— Il reste avec toi pour te protéger, au cas où le type serait déjà dans l'immeuble. Quel est le code de l'entrée ?

Elle le lui donna.

— Cette porte reste verrouillée jusqu'à mon retour.

— Et s'il rappelle ?

— Échangeons nos téléphones. Si ce salopard appelle, c'est à moi qu'il s'adressera.

Hazel lui tendit son portable et serra le sien contre sa

poitrine. Elle se rapprocha de Gunny et plongea les doigts dans sa fourrure.

— Sois prudent.

— Toi aussi.

Le verrou se ferma derrière lui. Burke inspecta rapidement l'immeuble, faisant sursauter un couple qui s'embrassait au dernier étage. Pas de capuche. Et même si le garçon aurait pu l'enlever, ces deux-là ne cachaient pas leur jeu. Et ils portaient tous deux un jean délavé. Son expression et un ordre bref les firent rentrer dans leur appartement. Le reste de l'immeuble et du parking étaient désert. Une fois dehors, il traversa la rue pour vérifier le parking de l'autre côté, les véhicules qui y étaient garés et les espaces entre eux. Il entra dans le bar pour jeter un coup d'œil et donna une brève description de sa proie au videur. Mais il y avait trop de suspects possibles pour que ce soit utile. Il survola la rue dans l'autre sens. Encore une rue, et il serait sur le pont au-dessus de l'Interstate. Il y avait tout simplement trop de superficie pour un seul homme. Celui qui avait terrorisé Hazel était parti.

Burke revenait au trot vers l'immeuble quand le téléphone de Hazel émit un bip, signalant un texto. Il regarda autour de lui et n'eut pas l'impression qu'on l'épiait. Il ouvrit le texto. C'était une photo floue de Hazel scrutant l'obscurité depuis sa fenêtre.

Vous me croyez, maintenant ? Je ne m'attends pas à ce que vous répondiez. Mais je m'attends à ce que vous m'écoutiez. Je veux que vous sachiez que tout ce que vous avez m'appartient.

Votre flic et son chien ne peuvent pas m'empêcher de prendre ce qui me revient de droit.

Bon sang !

Burke courut le long du dernier pâté d'immeubles et tapa le code pour entrer.

Le temps de remonter chez Hazel, il était épuisé et en colère, mais soulagé de voir qu'elle avait repris des couleurs. Il envisagea brièvement de supprimer le texto pour ne pas la bouleverser à nouveau. Mais le flic en lui savait qu'il devait le conserver comme preuve. L'inculpation d'un harceleur reposait presque toujours sur l'accumulation de preuves circonstancielles. En outre, il lui avait promis d'être honnête avec elle.

— C'est du décaféiné.

Elle lui tendit un mug.

— J'ai utilisé ton téléphone pour appeler les filles. Elles vont bien. Elles n'ont rien remarqué d'étrange chez elles.

L'odeur du café était délicieuse et revigorante, mais il le posa pour capturer le regard de Hazel.

— Quoi ? Qu'est-ce que tu as trouvé ?

— Rien. Il est parti, sinon il m'aurait vu en train de lire ceci.

Il lui tendit son téléphone.

— Je doute qu'il aurait gardé le silence si j'étais intervenu dans son dialogue avec toi.

Hazel lut le texto et pâlit à nouveau. Sans mot dire, elle reprit le mug et l'emporta à la cuisine. Dos tourné, elle le remplit à nouveau de décaféiné, y ajouta du lait et en sirota quelques gorgées.

— Qu'est-ce qu'il veut de moi ? Se venger ? Obtenir ma dévotion éternelle ? Ça l'excite, de jouer avec moi comme ça ?

Elle s'adossa au réfrigérateur, les épaules tombantes.

— Je n'arrive pas à comprendre s'il croit m'aimer ou s'il veut me faire du mal.

— Les deux, peut-être. L'amour vire rapidement à la haine en pareil cas.

Elle but une gorgée de son café au lait et changea abruptement de sujet.

— Quelqu'un du nom de Shannon a appelé pendant que tu étais parti. Ce n'est pas ton ex-femme ? Elle a laissé un message vocal. J'espère que ce n'était pas important.

— Non, ça ne l'est pas.

Hazel posa son mug avec un claquement sonore.

— Tu vas penser que je suis complètement dingue, mais est-ce que tu pourrais…

— Je reste.

En se retournant, elle le vit déposer son gilet sur le dossier du canapé. Il s'agenouilla pour retirer son harnais à Gunny. Il ébouriffa le poil du chien et l'envoya jouer avec sa balle.

— Le canapé m'ira parfaitement.

Son sourire lui dit qu'il avait pris la bonne décision. Non qu'il lui ait donné le choix.

— Bon.

Elle s'engagea dans le couloir et revint avec un oreiller et des couvertures. Elle fit son lit sur le canapé et posa une vieille couverture par terre pour Gunny.

— J'ai une chambre pour les filles. Tu pourrais dormir sur un vrai matelas.

Burke retira son arme, sa ceinture et son insigne et les posa sur la petite table, à portée de main.

— Je veux rester entre toi et cette porte.

— Tu crains qu'il revienne ? Qu'il pénètre dans l'immeuble pour s'en prendre à moi ?

— Pas toi ?

Un nuage dans son regard lui donna la réponse. Il la prit gentiment par les épaules et la tourna en direction de sa chambre. Elle ne protesta pas quand il la suivit en lui massant doucement les épaules.

— C'était une longue journée pour nous deux. Nous

devons travailler demain. Essaie de dormir. Demain matin, nous appellerons Bellamy et Cartwright pour les mettre au courant.

Elle fit halte sur le seuil de sa chambre et ils sourirent en voyant Cleo chercher sa place sur le couvre-lit.

— J'ai l'impression de le dire tout le temps en ce moment, mais…

Hazel se retourna et croisa son regard.

— Merci.

— Au lit, doc.

— Il y a longtemps que je n'avais pas été aussi effrayée.

— Je sais.

— Je déteste avoir peur. J'ai l'habitude de tout gérer toute seule.

— Je sais cela aussi.

— Je suis désolée de m'être disputée avec toi, tout à l'heure. Ce n'est pas que je m'en fiche…

Il la fit taire en posant un doigt sur ses lèvres.

— C'était une discussion, pas une dispute. Un échange honnête sur ce que nous pensons et ressentons. Les gens comme toi et moi peuvent avoir ce genre de conversation. Cela m'a aidé à comprendre tes règles. Cela m'aide à être patient.

Voyant qu'elle n'allait pas immédiatement se coucher, Burke effleura sa frange et lui caressa la joue.

— Tout ira bien, doc. Tu es la femme la plus forte que je connaisse. Gunny et moi, nous sommes là pour te protéger.

Elle médita ses paroles, puis se dressa sur la pointe des pieds pour l'embrasser au coin de la bouche.

— Merci d'avoir dit ça. Ça m'aide à le croire. Bonne nuit, Jedediah.

Quand elle eut fermé sa porte et éteint la lumière, Burke vérifia les portes et les fenêtres une dernière fois.

Puis il se déchaussa et s'allongea sur le canapé, fourrant son pistolet sous l'oreiller.

Ils étaient revenus à Jedediah. Il poussa un soupir, de fatigue et de soulagement mêlés. Il n'avait pas tout gâché en exprimant ses sentiments. Bien sûr, il voulait davantage qu'un bécot sur la joue, davantage qu'une porte fermée.

Mais il savait que Hazel était en sécurité, et pour l'instant, c'était tout ce qui comptait.

7

« Hé, ma puce. Je sais que je ne suis pas censé te contacter, mais il faut que je te parle. C'est vraiment important. »

Hazel connaissait par cœur le premier message vocal de son ex. Ainsi que le deuxième. Et les trois suivants.

Son téléphone vibra dans sa poche, indiquant qu'elle venait d'en recevoir un sixième. Comment Aaron osait-il la contacter ?

L'appel de son persécuteur la veille au soir l'avait laissée vulnérable et effrayée. Mais en se réveillant, elle avait trouvé Jedediah dans la cuisine, buvant un café et lisant les nouvelles comme si tout était normal, et cela avait fait beaucoup pour restaurer son équilibre. Non seulement Burke constituait une présence familière, mais son autorité tranquille donnait l'impression qu'il n'y avait rien au monde qu'il ne puisse affronter. Cela l'incitait à croire qu'elle pouvait aussi l'affronter.

Mais cet équilibre avait promptement été rompu pour une raison très différente. Assise près de lui avec son propre café, elle avait senti le parfum de sa douche, la chaleur irradiant de son corps, et elle s'était surprise à regretter leurs baisers la veille au soir.

Burke était l'un de ses meilleurs amis. Et il était aussi solide, sexy et capable de baisers incroyables.

Durant quelques minutes, la veille, elle avait brûlé de passion dans ses bras, intimement consciente de sa séduction d'homme mûr. Jedediah avait fait beaucoup plus que lui donner un sentiment de sécurité. Il l'avait fait se sentir désirable, ardente, avide de vivre. Après toutes ces années à se renier, il lui avait donné envie d'être à nouveau avec un homme. Être une femme à laquelle il ne pouvait résister était grisant. Il lui avait dit qu'il l'aimait. Mais avait-elle ce qu'il fallait en elle pour aimer à nouveau ?

Les vibrations du téléphone dans sa poche étaient la preuve éclatante que des choix désastreux pouvaient gâcher des vies entières. Ces six messages ne faisaient que lui rappeler ses erreurs. Le premier était amical et presque navré. Mais au fur et à mesure, l'irritation avait pris le dessus. Aaron était toujours l'homme dangereux et désespéré qu'il était devenu avant leur divorce.

« Hazel, c'est Aaron… Décroche ! J'ai le droit de voir mes filles ! Tu m'as dit une fois que tu me pardonnais. Je sais que tu ne le croiras pas, mais tu comptes toujours pour moi. Et j'aime mes filles ! Je ne suis plus celui que j'étais il y a seize ans. J'ai changé en prison. Tu dois me laisser être à nouveau leur père ! »

L'ordonnance de protection, qui durait depuis seize ans, avait de bonnes raisons d'être. Il avait mis ses enfants en danger, trahi sa confiance et essayé de la tuer. Elle ne voulait plus entendre parler de lui.

Un harceleur qui voulait la tuer

Jedediah qui parlait d'amour.

Aaron qui la harcelait au téléphone.

Comment sa vie tranquille avait-elle pu laisser place à ce chaos ?

— Doc ?

La main de Todd Mizner se referma sur son épaule et Hazel sursauta.

— Désolé. Tout va bien ? demanda-t-il en reculant.

Elle lut de l'inquiétude dans ses yeux bleus et hocha brièvement la tête. Il fallait qu'elle se concentre sur ce qu'elle faisait.

Levant les yeux de la table d'examen, elle croisa le regard fixe de son client, Wade Hanson. Âgé d'une soixantaine d'années, en surpoids, vêtu d'une tenue de travail qui avait vu des jours meilleurs, il avait quelque chose d'intimidant. Et son irritation due à son manque de concentration à elle était compréhensible. Le chien qu'il avait amené, un berger d'une maigreur alarmante, avait besoin d'un vétérinaire, pas d'une femme distraite par ses propres problèmes. Mais la posture combative de Hanson, ses bras croisés sur son énorme bedaine et ses puissantes mâchoires remuant une chique ne faisaient rien pour la rasséréner.

— Ce chien ne va pas bien.

Elle leva le menton et vit que Hanson l'observait sous la visière sale de sa casquette. Il reposa promptement les yeux sur le chien, tandis qu'elle déplaçait son stéthoscope pour confirmer son diagnostic initial.

— Mais vous pouvez la soigner, non ?

Hanson parlait sans bouger les lèvres. C'était sans doute mieux car elle n'avait pas envie de voir ses dents tachées de nicotine. Il lui faisait l'effet d'un baril de poudre prêt à exploser – une analogie perturbante compte tenu des événements récents. Hazel se demandait à qui s'adressait la colère qu'elle sentait bouillonner en lui.

Une nouvelle vibration dans sa poche la prévint qu'Aaron avait laissé encore un message. Ignorant les récriminations de son ex autant que le regard critique de Hanson, elle acheva son auscultation. Outre que le chien était visiblement hypertypé, elle voyait ses côtes et ses hanches saillir sous son pelage tacheté. Un chien errant aurait eu plus de masse corporelle que cette pauvre bête. Cependant, elle n'avait pas de fièvre ou de grosseur indiquant une maladie grave. Et Hazel ne voulait pas lui faire une prise de sang pour vérifier la présence de parasites avant de l'avoir stabilisée et d'avoir reconstitué son volume sanguin.

— Cette race de chiens est faite pour le travail. Athena devrait être massive et musclée. Il faut aussi la stériliser. Vous auriez dû me l'amener plus tôt.

Et lui jeter quelques miettes de ce qui avait donné une panse pareille à Hanson.

— Une négligence pareille ne date pas d'hier.

Comme l'animal ne pouvait parler, Hazel devait questionner le maître.

— Elle garde ce qu'elle mange ?

Voyant qu'il ne répondait pas, elle se hérissa.

— On l'a nourrie, au moins ?

Wade gratta sa barbe broussailleuse et grommela :

— Ce n'est pas moi. Margery l'a prise pour me faire enrager. J'ai fait que la lui reprendre.

Intéressant détournement de ses interrogations. Quelques jours de plus sans soins et l'animal n'y survivrait pas.

— C'est votre femme qui a fait ça ?

— Ex-femme. Athena aurait dû rester avec moi quand elle est partie. Mais cette bonne femme égoïste…

— Je vois.

Malheureusement, ce n'était pas la première fois que Hazel voyait un animal être victime d'une séparation hostile. Si ça se trouve, Hanson mentait et il avait pris le chien malgré son ex. De toute façon, elle veillerait à ce qu'Athena reçoive les soins dont elle avait besoin. Hazel posa le stéthoscope sur le comptoir derrière elle et glissa ses bras sous le chien pour l'aider à se relever.

— Todd ? La priorité est de la mettre sous perfusion.

Todd prit l'animal et le serra contre sa poitrine.

— Vous voulez que j'essaie de lui donner un peu de nourriture ? Pour voir si elle la garde ?

Hazel hocha la tête.

— Oui, mais très peu. Je suppose qu'elle mangera tout ce qu'on lui donne, mais elle ne pourra pas le digérer.

Elle remarqua avec intérêt que M. Hanson, qui prétendait être tellement attaché à cette chienne, ne tenta pas de la caresser ou de lui parler tandis que Todd l'emportait hors de la pièce. Rien de suspect là-dedans, bien sûr.

— Depuis combien de temps avez-vous Athena ? demanda Hazel, une fois que la porte se fut refermée sur Todd.

— Je vous l'ai dit. Juste quelques jours. Margery l'avait prise.

Hazel chaussa ses lunettes et prit son écritoire pour noter quelque chose sur la fiche.

— Et avant ça, depuis combien de temps l'aviez-vous ? Vous l'avez prise quand c'était un chiot ? Vous l'avez recueillie dans la rue ?

— Elle n'arrêtait pas de venir au travail, mendier de la nourriture.

Même en décroisant les bras, Hanson avait toujours une expression défensive.

— Je travaille dans une entreprise de travaux publics. Nous refaisions la chaussée du côté de Jackson County. Je suppose que quelqu'un l'a abandonnée par là.

C'était malheureusement sans doute vrai. Peut-être croyait-il avait fait une bonne action en ramenant le chien chez lui. Mais ce n'était pas le cas s'il ne savait pas comment s'en occuper.

— Est-elle à jour de ses vaccins ? A-t-elle même été vaccinée ?

Il retira sa casquette et gratta ses cheveux blancs clairsemés.

— Je sais pas.

Ce n'était pas la réponse qu'elle espérait.

— Ne le prenez pas mal, monsieur Hanson, mais… Avez-vous les moyens d'avoir un chien ? Certaines cliniques vétérinaires fournissent de la nourriture, des laisses ou des paniers aux maîtres qui ont besoin d'un coup de main. Voudriez-vous que je vous mette en contact avec elles ?

Marmonnant quelque chose dans sa barbe, Hanson revissa sa casquette sur son crâne et se mit à faire les cent pas.

— C'est quoi, toutes ces questions ? Vous pouvez vous occuper d'elle ou pas ?

À moins de trouver des symptômes de parasite ou de maladie, le diagnostic était simple.

— Pour le moment, nous allons la traiter pour sous-alimentation et déshydratation.

Elle retira ses lunettes, serra l'écritoire contre sa poitrine et croisa le regard plein de ressentiment qu'il lui jetait par-dessus la table. Il en voulait sûrement à toutes les femmes. Elle allait procéder avec prudence, mais le chien ne repartirait ni avec Hanson ni avec sa femme, pas avant que le contrôle animal ait étudié l'affaire. Et elle savait très bien qui était responsable de l'état déplorable de la chienne.

— J'aimerais garder Athena quarante-huit heures, pour la mettre en observation et veiller à ce qu'elle ait les soins nécessaires. Quand elle sera plus solide, nous lui ferons des analyses sanguines, urinaires et biochimiques pour voir s'il y a des causes sous-jacentes à sa malnutrition. Je vous appellerai pour vous donner les résultats, bien sûr.

— Vous me prenez mon chien, c'est ça ? marmonna-t-il en glissant sa chique au creux de l'autre joue.

Ce geste était sûrement une soupape pour contenir sa colère, songea Hazel.

— Vous allez me faire avoir des ennuis avec la loi.

Il fit le tour de la table en laissant traîner ses doigts sales sur le comptoir, ainsi que sur les poignées des tiroirs et des placards.

— Je vous l'ai dit, c'est Margery qui l'a laissée comme ça.

Hazel se retourna pour ne pas le perdre de vue.

— Je n'ai pas autorité pour prendre votre chien, monsieur Hanson. Mais si je ne trouve aucune raison médicale à sa perte de poids, je signalerai de la cruauté animale de la part de votre ex-femme.

Elle mettrait aussi son nom sur ce rapport, en tant que propriétaire du chien.

— Faites donc ça.

Il s'immobilisa près de la porte et étreignit la poignée.

— Elle a pris tout ce qu'il me restait. Et ce n'était pas grand-chose. Encore heureux que j'aie pu reprendre Athena.

— Les divorces peuvent être difficiles. Même dans les meilleures circonstances.

Il lui fit face, désignant du menton ses mains serrées autour de l'écritoire.

— Je vois que vous n'avez pas d'alliance. Vous êtes divorcée, docteur Cooper ?

Il posa une main sur la table en métal et l'autre sur le comptoir. Puis il pressa une touche de son ordinateur avant de peser sur la balance qu'elle utilisait pour les chiots et les chatons. Le berceau rebondit quand il le lâcha.

Hazel respectait les ouvriers et savait qu'il était difficile de rester propre en travaillant sur un chantier. Mais il s'agissait d'une clinique et elle devait prendre en compte le facteur stérilité. En le voyant avancer la main vers la poubelle à seringues fixée au mur, elle lui saisit le poignet.

— Monsieur Hanson, il y a un risque biologique

potentiel. Certains de ces équipements sont très chers, aussi. Je vous demanderai de ne pas y toucher.

— Oui, madame.

Elle ne put décider si cet éclair de dents jaunies était un sourire ou un rictus. Mais il recula et croisa à nouveau les bras sur son ventre, dans la posture de défi qu'il avait conservée durant toute la consultation.

— Vous avez une belle clinique, docteur Cooper. C'est votre ex qui a payé pour tout ça ?

Hazel se hérissa en entendant cette question.

— Je vous demande pardon ?

— C'est votre pension alimentaire qui l'a financée ?

Pension alimentaire ? C'était une plaisanterie. Quand son mariage avait pris fin, il n'y avait plus d'argent du tout. Elle avait démarré la clinique et payé son prêt étudiant sur ses propres ressources. Elle n'avait besoin de personne pour être une bonne vétérinaire et une femme d'affaires avisée. Mais Wade Hanson était un inconnu. Il n'avait pas besoin de connaître son histoire.

— Je suis ici pour m'occuper d'Athena, pas pour vous raconter ma vie.

Comme il ne faisait pas mine de partir, elle passa devant lui et lui ouvrit la porte.

— Je veillerai à ce qu'elle mange et qu'elle fasse ses besoins. Maintenant, si vous voulez bien m'excuser, j'ai un autre rendez-vous.

— Vous n'avez pas répondu à ma question.

— Je n'ai pas l'intention de le faire.

Quels que soient ses préjugés envers son ex-femme ou les femmes en général, Hazel n'allait pas le laisser s'en tirer comme ça.

— Vous remarquerez que c'est mon nom qui est affiché sur cette porte, monsieur Hanson.

Il émit un grognement, de scepticisme ou de défiance.

S'il voulait de la sympathie ou de la pitié, mieux valait qu'il s'adresse à un psychologue.

— Pigé, docteur Cooper.

Il franchit la porte ouverte, puis, se retournant vers elle, ajouta :

— Mais vous avez pigé aussi. J'ai l'intention de garder ma chienne. Aucune bonne femme ne me la prendra. Je vous appellerai ou je passerai demain pour voir comment elle va.

La porte intérieure s'ouvrit derrière elle. Hazel n'avait jamais été aussi heureuse de voir Todd. Cette irruption fit enfin partir Hanson.

— Mais je vous en prie, répondit-elle avec un sourire hypocrite avant de refermer la porte sur lui.

Elle poussa un soupir de lassitude et se redressa pour regarder Todd.

— Vous avez installé Athena ?

— Elle supporte bien la perfusion, dit-il. Et elle a englouti sa pâtée.

Il entrouvrit la porte et jeta un coup d'œil dans le hall avant de la refermer.

— Vous avez vu ce type ? Tout ce qui l'intéresse, c'est reprendre le chien à sa femme, pas s'en occuper lui-même. Vous allez le signaler pour cruauté animale ?

Elle aurait aimé le signaler pour cruauté animale, mépris envers les femmes, incapacité à se laver et comportement effrayant.

Au lieu de cela, elle hocha simplement la tête, remit ses lunettes et afficha le dossier d'Athena sur l'écran pour transcrire ses notes.

— Peu importe que ce soit Hanson ou sa femme qui ait laissé le chien dans cet état. Quelqu'un doit assumer ses responsabilités.

— Hé, ça va ?

Si Todd avait posé une main sur elle, elle aurait sûrement explosé. Mais peut-être était-il enfin en train d'apprendre les bonnes manières.

— Vous avez l'air un peu secouée. Vous avez peur que Hanson se venge ?

Elle avait peur de beaucoup de choses, ces derniers temps. Mais elle n'allait pas se confier à son assistant, de crainte de l'encourager.

— C'était une longue journée. Mais ça va. Merci de vous inquiéter.

Les sourcils de Todd se rejoignirent au-dessus de ses lunettes. Cependant, voyant qu'elle n'ajoutait rien, il ouvrit un placard et prit une bouteille de désinfectant et du papier absorbant.

— Vous voulez que je nettoie ici ?

— Non, je vais le faire. Je dois d'abord saisir ces détails avant d'appeler les autorités.

En outre, elle devait écouter ses messages. S'ils étaient tous d'Aaron, elle le signalerait à son agent de probation. Elle continua à taper.

— Dites à la réception que je prends une courte pause. Je ne tarderai pas.

— Bien sûr.

Il sortit de la pièce en refermant derrière lui.

Seule pour la première fois ce jour-là, Hazel tira un tabouret à roulettes et se laissa tomber dessus. Elle poussa un soupir las qui fit voleter sa frange, sauvegarda ses notes puis prit son téléphone dans sa poche.

Six appels en absence, tous d'Aaron.

Plus un appel dont elle ne reconnut pas le numéro.

Était-ce l'homme qui l'avait menacée la veille ? Burke lui avait dit qu'il était facile de se procurer plusieurs téléphones à carte prépayée.

Peut-être était-ce un faux numéro.

Ou peut-être était-ce le harceleur qui voulait encore lui déclarer son amour, l'effrayer et la menacer.

Après avoir appelé sa boîte vocale, elle posa le téléphone sur le comptoir, arracha une poignée de feuilles de papier absorbant et prit le flacon de désinfectant. C'était une manière de s'occuper pendant qu'elle écoutait.

Les deux premiers messages d'Aaron, relativement polis, laissaient place à des exclamations irritées puis à de violentes tirades.

« Ne m'oblige pas à remplir ta boîte de messages ! Prends ce fichu téléphone et parle-moi ! Ou dis-moi quand et où nous pouvons nous voir. Je dois te parler ! J'ai entendu parler de ce qui est arrivé à Polly. Et si elle avait été dans sa voiture, Hazel ? Visiblement, tu ne peux pas gérer tout ça toute seule. Au diable ton indépendance ! Tu as besoin de moi. Les filles ont besoin de moi. Je suis leur père et je m'inquiète pour elles ! »

Quelques secondes de silence s'écoulèrent et Hazel cessa de frotter, pensant que le message était terminé. Mais alors qu'elle allait l'enregistrer, Aaron poussa un soupir bruyant et reprit d'un ton plus calme :

« Je te reprochais de m'avoir envoyé en prison. Mais ça, c'est peut-être à cause de moi. J'ai peut-être des ennemis. Laisse-moi vous aider. »

Le message se termina par son numéro et un bip. Hazel l'enregistra et reprit son récurage frénétique de toutes les surfaces touchées par Hanson. Si seulement elle avait pu aussi effacer le souvenir de tous les hommes qui lui en voulaient dernièrement – de tous les hommes qui pouvaient être les auteurs de cette torture psychologique.

« J'ai peut-être des ennemis. »

Tu crois ? Trois mille ennemis qui ont perdu leurs économies par ta faute. Plus l'homme que tu as dénoncé comme ton complice, dans l'espoir d'obtenir une réduction de peine.

Sans compter les ennemis qu'Aaron avait pu se faire en prison.

Le dernier message débuta, ralentissant Hazel. Elle s'immobilisa et fixa l'appareil, comme s'il était responsable de l'air glacial autour d'elle.

Une respiration mesurée, puis des craquements et un léger sifflement. Quand son interlocuteur prit la parole, sa voix lui parut bizarrement familière.

« Dix… Neuf… Huit… Vous entendez le tic-tac ? »

Aaron avait-il pu déguiser sa voix ? Avait-il forcé un ami à appeler ? Ou s'agissait-il d'un autre obsédé, qui ne s'était pas encore identifié ?

« Ma patience s'épuise, ma bien-aimée. Donnez-moi ce que je veux ou je le prendrai moi-même. »

— Prendre quoi ? ? ! !

Elle posa le flacon avec force sur le comptoir.

— Qu'est-ce qu'il veut, à la fin ?

Un coup discret à la porte lui fit prendre conscience qu'elle avait élevé la voix. L'avait-on entendue depuis le hall ?

Elle éteignit son portable d'un doigt rageur et le fourra dans sa poche tandis qu'Ashley se faufilait dans la pièce. Les yeux plissés par l'inquiétude, elle referma la porte derrière elle.

— Maman ? Ça va ?

— Bonjour, chérie.

Hazel jeta le papier absorbant souillé et rangea la bouteille de désinfectant. Ces quelques secondes lui permirent de reprendre contenance avant de se tourner vers sa fille.

— C'est mon prochain patient ? demanda-t-elle en désignant l'écritoire à pince.

— Ton dernier rendez-vous de la journée. C'est un chat.

Ashley serrait l'écritoire contre sa blouse rose.

— C'était qui, au téléphone ?

— J'écoutais mes messages, répondit Hazel en tendant la main pour prendre la fiche du patient.

Au lieu de la lui tendre, Ashley la mit derrière son dos.

— De qui ? Je n'arrive pas à comprendre si tu es inquiète ou en colère, mais ça ne présage rien de bon. J'espérais que tu serais de meilleure humeur, parce que je voulais te demander une faveur.

— Quelle faveur ?

Ashley désigna le visage de sa mère.

— Explique-moi d'abord ton expression.

De deux maux mieux valait choisir le moindre. À moins qu'il soit idiot de choisir entre deux menaces.

— Tu as reçu des appels de ton père dernièrement ?

— De papa ? Papa t'a appelée ?

Ashley secoua la tête.

— Non. Pas depuis qu'il est sorti de prison et qu'il voulait nous voir, Polly et moi, derrière ton dos.

S'approchant, elle s'appuya de la hanche au comptoir.

— Je ne reconnaîtrais même pas sa voix, je crois. Qu'est-ce qu'il t'a dit ?

Quelle était la meilleure façon d'expliquer cela sans déformer la perception qu'avait sa fille de son père ?

— Il a vu les nouvelles à propos de la voiture de Polly et de la bombe. Il voulait être sûr que vous alliez bien toutes les deux.

— Ah bon, maintenant ça l'intéresse ? Il y a seize ans, il s'en fichait pas mal, que les gens soient en colère contre nous.

— Il a mûri. Il a eu beaucoup de temps pour réfléchir à ce qu'il a fait et à ce qu'il a perdu.

Hazel fourra les mains dans les poches de sa blouse et haussa les épaules.

— Il dit qu'il a changé en prison.

— Oui, mais dans quel sens ? Ça l'a seulement rendu plus retors qu'avant ? Ou bien tu crois qu'il a vraiment de l'affection pour nous ?

— Je ne peux pas te répondre. Je sais qu'il vous adorait quand vous étiez petites.

Hazel s'adossa aussi au comptoir et heurta gentiment l'épaule de sa fille.

— Je vous ai toujours promis que je ne m'y opposerai pas si vous vouliez voir votre père une fois devenues grandes.

— Oui, toi aussi, il t'aimait…

Ashley secoua la tête.

— Maman, nous savons ce qu'il t'a fait. Même maintenant que je suis assez grande pour comprendre ses motivations, je ne peux pas lui pardonner. Il ne savait pas être un bon père à l'époque et je doute qu'on apprenne ça en prison.

— Alors tu ne veux plus aucun contact avec lui ?

Hazel saisit la queue-de-cheval d'Ashley, prise dans l'encolure de son corsage, et la lissa dans son dos.

— Ne me réponds pas tout de suite. Penses-y.

— Je n'ai pas besoin d'y penser. Polly et moi, on en a discuté plus d'une fois. Nous n'avons pas envie de le connaître. Nous ne voulons pas qu'il fasse partie de notre vie.

— Je lui parlerai, alors. Ou plutôt, je demanderai à mon avocat de le faire.

De meilleure humeur, Hazel se redressa.

— Et maintenant, quelle était cette faveur ?

L'expression d'Ashley se plissa en un sourire irrépressible.

— Peut-être que je peux t'aider à finir la journée sur une meilleure note.

Son sourire était contagieux.

— Je suis pour à cent pour cent, répondit Hazel.

— Tu as besoin de moi pour ton dernier rendez-vous ? Joe va venir me chercher pour m'emmener dîner. J'aimerais me changer avant qu'il arrive.

— Joe va venir ici ?

— Oui. Je pensais que tu aimerais le rencontrer par toi-même et constater combien il est gentil. Après tout ce qui s'est passé hier, je me suis dit que ça te rassurerait un peu.

Hazel acquiesça, appréciant cette prévenance.

— Peut-être bien.

— Génial !

Ashley lui tendit l'écritoire.

— Voilà la fiche de M. Jingles. Apparemment, c'est un chat adopté récemment.

Hazel survola la feuille.

— Je pense que je pourrai me débrouiller sans aide pour un chat.

Ashley était déjà en train de sortir quand Hazel l'arrêta.

— Attends. Et Polly ? Elle sera toute seule, ce soir ?

— J'ai déjà parlé au sergent Burke. Il ira la chercher à l'hôpital pour la ramener à la maison. Polly est d'accord. Elle doit étudier pour un examen demain, alors elle n'a pas l'intention de sortir.

Ashley la serra brièvement dans ses bras, puis s'en fut en dansant.

— Merci. Je te préviendrai dès que Joe sera là.

— Attends. Ash ?

Elle suivit sa fille dans le hall.

— Quand as-tu parlé au sergent…

— Excusez-moi ? Je suis la maîtresse de M. Jingles.

Une main manucurée se tendit vers elle, l'arrêtant net. Elle prit machinalement la main de la femme.

— Merci de me recevoir si tard, docteur Cooper.

Brune et mince, la femme portait un élégant tailleur gris et tenait à la main une cage avec un chat tout aussi mince et noir de poil qu'elle.

— Je m'appelle Shannon Bennett.

8

Burke vérifia l'heure à sa montre, jura et accéléra autant qu'il le pouvait sans mettre sa sirène.

Il était le seul à être pressé, apparemment. Si la peur qu'il lisait parfois dans les yeux de Hazel ne lui faisait pas l'effet d'un coup de poing, il ne se serait pas autant préoccupé d'être en retard. Mais il était près de 17 h 30. Et, bien qu'il sache qu'elle serait la dernière à quitter la clinique, il avait été retardé par la fouille de l'aéroport, laquelle avait requis les efforts conjoints du KCPD et des agents de sécurité après qu'on avait découvert un bagage suspect dans une conduite sur un parking. Heureusement, ce n'était qu'un cas extrême de bagage égaré, et l'individu agité qui avait donné l'alerte avait été retrouvé dans sa voiture, sur un autre parking. On l'avait appréhendé et emmené à l'hôpital. Moyennant quoi, les vêtements de Burke étaient trempés de pluie, ses bottes boueuses et il sentait comme un chien mouillé.

Il avait cependant promis à Hazel d'être là pour la protéger. Connaissant son goût pour l'indépendance, elle rentrerait chez elle comme elle le faisait toujours. Elle était forte et intelligente. Mais un tordu qui en savait autant sur elle et sur les explosifs représentait une dangereuse inconnue. Lui avait-il au moins rappelé d'inspecter son véhicule avant d'y monter ? Se souviendrait-elle d'observer son environnement, de noter tout ce qui ne paraissait pas à sa place ? L'appellerait-elle si quelque chose semblait effectivement bizarre ?

Il scruta la rue entre le balayage régulier des essuie-glaces et brûla un feu orange pour pénétrer dans la zone industrielle où était située la clinique. Même si la journée avait été longue, il voulait que Gunny inspecte la voiture de Hazel.

Il jeta un coup d'œil à son téléphone posé sur le tableau de bord, se demandant s'il devait la rappeler. Mais, comme ses deux précédents appels avaient abouti sur sa boîte vocale, il préféra se concentrer sur la circulation. Soit elle était occupée, soit il était déjà en retard.

Sa tension retomba d'un cran quand il avisa l'enseigne familière de la clinique. Il mit son clignotant, ralentit… et dut freiner brusquement pour éviter une grosse berline grise garée devant l'entrée, au risque d'accrocher le pare-chocs.

Contournant prudemment le luxueux véhicule, Burke pénétra dans le parking presque vide. Soulagé de voir le pick-up de Hazel, il s'arrêta sur un emplacement et enfila sa veste encore humide. À cet instant, il entendit des pneus chuinter sur la chaussée mouillée. Descendant de voiture, il ajusta sa casquette pour se protéger de la pluie et vit les feux de la berline s'éloigner. Le logo de la police sur les flancs de son pick-up avait peut-être fait réfléchir la conductrice quant au risque de déclencher un accident. Ou bien elle s'était garée là sans y penser.

Une minute… *Impossible.*

Il fit sortir Gunny et gagna la rue au petit trot. Mais la berline s'était déjà fondue dans la circulation. Une brune dans une belle voiture ? Elle portait des lunettes de soleil malgré le temps. Il n'avait pas vu son visage et il ignorait quelle marque conduisait son ex, mais pouvait-ce être elle ?

Comment aurait-elle su qu'il venait ici ? Avait-elle

interrogé un de ses hommes ? Il n'était plus en service, donc même l'opératrice ignorait sa localisation. Était-elle tellement déterminée à renouer qu'elle le suivait partout ?

Tandis que la pluie lui martelait le crâne, il fit mine de prendre son téléphone. Mais non. Il ne donnerait pas à son ex la satisfaction de lui demander où elle était. Il laissa retomber la main et caressa Gunny.

Peut-être n'était-ce pas du tout Shannon. Depuis son appel de la veille, il se disait qu'il allait devoir mettre les choses au point avec elle. Lui faire comprendre qu'ils ne se remettraient jamais ensemble. Son cœur appartenait à une autre désormais.

Il n'avait sans doute fait que projeter l'image de Shannon sur une brune quelconque, de la même manière qu'un témoin sous le coup de l'émotion identifiait à tort un suspect.

À moins que… Burke essuya la pluie sur ses joues et son menton et se tourna vers la porte de la clinique. Shannon épiait-elle Hazel ? Voulait-elle jauger sa rivale ? Cela valait peut-être la peine de vérifier quelle voiture elle conduisait et, le cas échéant, de lui rendre visite. Il y avait déjà tant d'obstacles à sa relation avec Hazel. Les menaces, la préservation de leur amitié, l'entêtement de Hazel elle-même. Il n'avait pas besoin en plus d'une ex jalouse et manipulatrice.

D'un ton pressant, il ordonna à Gunny de flairer la voiture de Hazel.

Il faisait remonter le chien dans son pick-up après l'avoir séché rapidement et lui avoir donné un biscuit, quand les portes de la clinique s'ouvrirent. Hazel les franchit et ouvrit un parapluie bleu.

Prenant Cleo dans ses bras, elle la tendit au jeune couple qui attendait derrière elle. Il reconnut les longs cheveux blonds d'Ashley quand les deux femmes s'étreignirent.

Le jeune homme, un brun avec des tatouages sur le cou et un bandana noué autour de la tête, lui était inconnu. Burke remua les pieds, se forçant à rester tranquille. Ashley et lui portaient tous deux de volumineux vêtements imperméables. Burke avait remarqué une grosse moto garée à proximité et supposait qu'elle appartenait à Monsieur Tatouage.

Hazel serra la main du jeune homme et se retourna en voyant Ashley sourire et agiter la main dans sa direction.

— Salut, Burke !

Il toucha la visière de sa casquette.

— Hé, Ash.

À cet instant, Ashley rendit le chien à sa mère, la poussa en avant et entraîna l'homme dans l'autre sens, tout cela dans un mouvement fluide digne d'un as de l'évasion. Burke secoua la tête devant la manœuvre. Au moins une des femmes Cooper était en faveur de son rapprochement avec Hazel. Ashley et l'homme qui était apparemment son petit ami descendirent les marches du perron et sortirent des casques du top-case de la moto.

Quant à Hazel, elle parcourut la rampe bien plus lentement, rejoignit Burke près de son pick-up et déposa Cleo et son sac à l'intérieur avant de se tourner vers lui. Tout en l'abritant de son parapluie, elle lui dit :

— Alors te voilà à nouveau. Ça va devenir une habitude ?

— De veiller à ta sécurité ? Oui, je pense.

Elle détailla son allure des pieds à la tête et plissa les yeux.

— Tu as eu un problème ?

— Une longue journée. Mais elle s'est bien terminée.

— Je vous ai vus, Gunny et toi, inspecter ma voiture.

— Juste un instinct de protection surdéveloppé, plaisanta-t-il. Pour m'assurer que Cleo et toi rentrerez saines et sauves à la maison.

Il désigna du pouce son véhicule et le chien las qui reposait à l'intérieur.

— Gunny n'a trouvé aucun explosif. Je ne vous aurais pas laissés partir, toi et la boule de poils, si c'était le cas.

Elle sourit enfin, comme si elle était contente de le voir.

— Cleo et moi, nous te remercions. Tu viens dîner ?

— Serai-je le bienvenu ?

— Pour me tenir compagnie ? Je crois bien, répondit-elle sur le même ton plaisant.

Il sentit son pouls accélérer un peu à l'idée de l'embrasser.

La pluie les isolait dans une sorte de cocon sous le parapluie. Heureusement, ses vêtements humides et le rappel de ses tâches étaient là pour tempérer ses instincts mâles.

— Je ne viendrai pas tout de suite. Il faut que je raccompagne Polly chez elle, et ensuite j'ai quelques pistes à explorer pour ton affaire.

— Des pistes ? Quel genre de pistes ?

Il voulait prendre contact avec Justin Grant et le labo pour avoir des détails sur les bombes, en pièces détachées ou non, mais il pensait aussi à la brune qui avait filé dans sa voiture.

— Qui était cette femme qui vient de partir ?

Hazel survola le parking du regard.

— La brune dans la BMW…

— Ma dernière cliente. Une visite de routine pour son chat, M. Jingles. Elle était bavarde, mais son chat allait très bien.

Elle désigna du menton le couple qui enfourchait la moto.

— Ashley, Joe et moi étions les derniers à partir.

— Ta dernière cliente ne s'appelait pas Shannon Bennett par hasard ?

— Si, comment le sais-tu ?

Elle se pencha vers lui.

— Attends. *Ta* Shannon, tu veux dire ? Je me concentrais sur son chat et je n'ai pas pensé… Est-ce qu'elle est venue voir de quoi j'ai l'air ? Elle pense qu'il y a quelque chose entre nous ?

Oh oui, il y avait quelque chose entre eux. Quant à savoir quoi exactement, cela restait à définir.

— Peu importe ce qu'elle pense. Shannon ne fait plus partie de ma vie depuis longtemps, et je ne veux pas qu'elle fasse partie de la tienne.

— Elle a attendu que tu arrives…

Hazel repoussa sa frange, qui collait en mèches désordonnées sur son front.

— C'est elle, ta piste ? Tu penses qu'une femme pourrait être à l'origine de ce qui m'arrive ?

Burke n'écartait a priori personne. Mais son ex-femme était tout en bas de sa liste de suspects.

— Shannon ne saurait pas où trouver des explosifs et encore moins assembler une bombe.

— Elle aurait pu embaucher quelqu'un.

Elle repoussa à nouveau sa frange d'un geste irrité.

— Si elle m'en veut de t'avoir volé à elle…

— Je prends mes décisions depuis longtemps, maintenant. Personne ne me vole. C'est moi qui choisis.

— Et tu me choisis…

— Absolument.

— Mais si elle est jalouse, nous devrions…

Le sourire de Hazel s'était évanoui et Burke voulait le voir refleurir.

— Oublie Shannon. Notre mariage est terminé depuis des années. Je lui parlerai. Elle ne t'ennuiera plus.

Il ne voulait pas donner à Hazel le moindre prétexte pour écarter les sentiments qui émergeaient enfin entre eux.

— Rentre directement chez toi.

Il sortit ses clés de sa poche et fit un pas sous la pluie.

— Je te rejoins dès que j'aurai fini. Et j'apporterai le dîner.

— Ce n'est pas nécessaire.

Il s'éloigna en direction de sa voiture.

— Je serai là dans une heure, une heure et demie maximum.

Hazel le rattrapa, continuant de les abriter sous le parapluie.

— Jedediah…

— Gunny s'inquiète pour Cleo. Il veut être sûr qu'elle est en sécurité pour la nuit.

Elle arqua un sourcil.

— Gunny s'inquiète ?

Ce ton bébête était moins dangereux que son étalage de sentiments la veille, songea Burke.

— Si Gunny avait le permis de conduire, il viendrait de lui-même. Mais il a besoin de moi comme chauffeur.

— Eh bien, dis-lui que nous avons envie de quelque chose de léger ce soir, une salade, par exemple. C'est la seule manière de justifier le sundae à la glace que nous avons l'intention de manger.

— Avec ta sauce caramel maison ?

Il la revit en train de lécher sa cuillère et se demanda pourquoi son corps réagissait de façon aussi aiguë à l'idée qu'elle lèche quelque chose. Comme lui, par exemple. *Waouh.* Il avait besoin de sentir la pluie lui éclabousser la figure. Depuis qu'il avait cédé à ce baiser, son corps ne semblait plus lui appartenir.

— Il y en aura assez pour trois ?

— J'y veillerai.

Elle jeta un coup d'œil à sa voiture.

— Cleo a hâte de revoir Gunny.

— Et Gunny est très excité aussi.

Ils ne trompaient personne avec leurs bêtises, surtout

pas eux-mêmes. Hazel tendit la main et brossa l'eau accumulée sur ses épaules. Puis ses doigts s'accrochèrent à sa veste pour redresser son col. Un geste désinvolte, mais qui ajoutait à l'énergie qui bourdonnait en lui.

— Tous ces sous-entendus ne sont pas bons pour la paix de mon esprit, avoua-t-elle.

C'était rassurant d'entendre que même si elle luttait contre leur attraction mutuelle, elle ne la niait pas.

— Ça me donne l'impression que toi et moi commençons à devenir un *nous*.

Du bout des doigts, il remit sa frange en place sur la peau lisse et chaude de son front.

— C'est le cas, Haze. Je crois en nous. Et un jour, tu y croiras aussi. Du moment que nous progressons ensemble, j'irai aussi lentement que tu veux.

Hazel secoua la tête.

— Ce n'est pas juste pour toi.

Il lui caressa la joue.

— Mais tu vaux la peine d'attendre.

Elle l'observa quelques secondes en silence, jaugeant sa sincérité, avant de lui presser un baiser dans la paume de la main.

— Je veux savoir tout ce que tu auras découvert.

— Je te le dirai.

Elle replia les doigts sur sa veste, comme si elle avait oublié qu'elle le tenait déjà. Lui n'avait pas oublié.

— Et merci de t'occuper de Polly ce soir. Tu auras beaucoup de brownies pour ça.

Il aimait les brownies. Il aimait encore plus l'idée de les manger avec elle.

— Tu as élevé deux filles formidables. Je suis heureux de les aider quand je peux.

La moto se mit à rugir, attirant leur attention vers l'autre bout du parking. Avec ses muscles, ses tatouages et sa

Harley, le cavalier d'Ashley avait l'air d'un voyou. Mais cela ne suffisait pas à faire de lui une menace. Le jeune homme s'assurait qu'Ashley avait bien mis son casque et il avait attendu que les deux femmes aient fermé la clinique. Ashley lui passa les bras autour de la taille et il orienta sa monture en direction de la rue.

— Au revoir, maman et Burke ! cria Ashley en agitant la main.

— Amusez-vous bien ! répondit Hazel, mais ils étaient déjà partis.

Burke la regarda serrer les doigts autour du manche de son parapluie. Un peu plus et le bois allait casser.

— C'est son petit ami ?

— J'en ai peur. Joe Sciarra. C'est un videur qu'elle a rencontré dans un bar. Je dois reconnaître qu'il est charmant et bien élevé, même s'il a l'air d'appartenir à un gang.

— Tu veux que je vérifie ses antécédents ?

Des yeux gris se braquèrent sur lui.

— Tu peux le faire ? Ce n'est pas abuser de ta position dans la police ?

— Oui et non.

— Je ne veux pas que tu aies des ennuis à cause de moi.

— L'un des avantages de diriger la brigade, c'est que j'ai assez d'influence pour demander des faveurs quand j'en ai besoin. Le service me laisse un peu de marge si je le demande. Et il y a eu assez de menaces pour qu'il soit justifié de vérifier les antécédents de tous ceux qui paraissent suspects.

Elle médita sa réponse un moment puis hocha la tête.

— Alors, pendant que tu y es, tu pourrais vérifier ceux de Wade Hanson ?

— Qui est-ce ?

— Un de mes clients. Il a une dent contre les femmes.

Mais je viens de le rencontrer, alors il n'a pas pu m'envoyer toutes ces lettres.

Un mauvais pressentiment saisit Burke.

— Il t'a menacée ?

— Pas directement.

— Bon sang, Haze, je t'ai dit de m'appeler…

Elle plaqua une main sur sa poitrine, le calmant gentiment.

— Ne m'empêche pas de faire mon travail. Tout comme je ne t'empêche pas de faire le tien. Je le soupçonne d'avoir maltraité son chien ou d'avoir omis de signaler des maltraitances. Je l'ai signalé au contrôle animal et je doute que cela lui fasse plaisir.

Burke recouvrit sa main de la sienne. Il devait reprendre son calme et ne pas jouer les hommes préhistoriques.

— Wade Hanson. D'accord. Autre chose que tu voudrais me dire ? la taquina-t-il, essayant d'alléger l'atmosphère.

Il ne s'attendait pas à la voir froncer les sourcils. Ah, bon sang ! Il y avait autre chose.

— Qu'est-ce que c'est ?

— Plus tard. Je voudrais que tu écoutes des messages sur mon téléphone.

Hazel se dressa sur la pointe des pieds pour déposer un baiser au coin de sa bouche. Il accepta ce cadeau sans chercher à obtenir plus.

— Va faire ce que tu as à faire. Trouve des réponses pour moi. Et dis à Gunny de ne pas être en retard.

Les parties basses de la ville devaient être inondées désormais, se disait Hazel. Mais la pluie lui épargnait les questions des voisins. Il n'était pas rare que les autres résidents s'arrêtent pour échanger des salutations ou caresser Cleo. Et Hazel n'avait pas envie qu'on lui demande pourquoi elle ne sortait pas de l'enceinte grillagée de son immeuble pour la promener.

« Parce que quelqu'un menace de me faire exploser. »

Non, elle n'avait pas envie de devoir expliquer cela ni d'inventer un mensonge pour les convaincre qu'ils étaient tout de même en sécurité.

L'un des avantages d'un chien à trois pattes, c'était qu'elle n'avait pas à le promener très loin. Quelques tours de parking suffisaient à Cleo pour faire ses besoins et il était facile de nettoyer après elle.

L'un des désavantages d'un chien à trois pattes, c'était qu'elle n'avait pas à le promener très loin. Sécurité mise à part, Hazel étouffait derrière ces barreaux. Une brume d'humidité filtrait, alourdissant l'air de senteurs d'huile, de chien et de végétation gorgée d'eau. Cela aurait été une folie, mais elle avait terriblement envie de contempler les trottoirs mouillés et de sentir l'air nocturne et la pluie lui rafraîchir la peau. Le vent aurait emporté le malaise qui la faisait sursauter au moindre bruit et compter les minutes jusqu'à l'arrivée de Burke.

Elle avait besoin se réfléchir à ce qu'elle ressentait et de décider de son futur. Burke était un ami trop cher pour qu'elle lui donne de faux espoirs. Il n'était pas question de se montrer égoïste et de l'embobiner simplement pour ne pas perdre son affection. Mais elle était adulte et son corps réclamait à grands cris les baisers et les caresses qui avaient réveillé un désir depuis longtemps endormi. Et puis aucune femme ne se serait volontairement privée de la tendresse et du respect avec lesquels il la traitait.

Hazel aimait beaucoup Burke. Elle aimait être, manger, travailler et parler avec lui. Ils aimaient tous deux les animaux, avaient tous deux soif de justice et voulaient tous deux protéger les gens qu'ils aimaient. Et elle devait reconnaître qu'elle le désirait, avec son corps tonique, sa barbe un peu piquante et son sens de l'humour taquin. Mais l'aimait-elle ? Pouvait-elle lui abandonner son cœur ?

Parce que si elle changeait de vie – si elle s'autorisait à aimer de nouveau – elle ne le ferait pas à moitié. Jedediah Burke n'était pas non plus le genre d'homme à faire les choses à moitié. Ce qui signifiait que ce ne serait pas non plus une moitié de chagrin si elle se trompait.

Bien que la part rationnelle de son esprit insiste pour discuter de la question, Hazel soupçonnait qu'au fond d'elle elle avait déjà pris sa décision. Le fait qu'elle n'ait pas envie de monter à son appartement toute seule était significatif. Après tout, Ashley et Polly – et Burke – avaient peut-être raison. La seule chose qui se tenait entre elle et cette chance de bonheur, c'était elle-même.

Et le monstre qui lui promettait de la réduire en mille morceaux.

— Sacrément encourageant, docteur Coop, se marmonna-t-elle. Cleo, que devrais-je faire, à ton avis ?

Cleo redressa la tête en entendant son nom, et Hazel se baissa pour lui gratter les oreilles. Au bout de quelques secondes, la chienne préféra néanmoins mettre la truffe à ras de terre pour suivre une odeur.

— Sage conseil, ironisa Hazel. Occupe-toi au lieu de t'inquiéter.

Elle décida donc de s'occuper. Prenant son téléphone, elle appela Polly.

— Salut, maman ! Tu veux savoir comment je vais ou comment va le sergent Burke ? plaisanta sa plus jeune fille. Il m'a déposée il y a une heure et m'a dit qu'il allait s'arrêter au commissariat faire quelques recherches. Il m'a demandé si tu aimes la salade de tacos. J'ai dit oui.

— Il vient dîner ce soir.

— J'avais compris.

En se fiant au rythme cadencé de sa voix, Hazel comprit que sa fille était en train de faire du sport.

— Tu n'es pas en train de courir dans la rue, n'est-ce pas ?

— Non, madame l'angoissée, la taquina Polly. Je fais du yoga. Avec un DVD. Je ne vais pas attraper de rhume ni me faire embêter par des voyous.

Hazel suivit Cleo le long du muret en béton.

— Ça ira ce soir ? Tu veux venir ici jusqu'au retour d'Ashley ?

— Et vous tenir la chandelle ? Non, merci.

— Ce n'est pas une soirée romantique.

— Ça devrait l'être.

En contrepoint des profondes inspirations de Polly, Hazel poussa un soupir.

— J'ai besoin de régler certaines choses avant de m'engager dans une nouvelle relation.

— Maaaaman… Tu as eu seize ans pour régler les choses. Tu as le droit d'être heureuse. Si tu ne saisis pas ta chance, quelqu'un d'autre le fera.

Au bout du parking, Cleo tira sur sa laisse, entraînant Hazel vers la rampe donnant accès à la rue. Que se passait-il ? Un chat avait-il sauté par-dessus la grille ? Hazel tira un petit coup sur la laisse.

— Allez, ma fille. Tu ne veux pas te mouiller, et moi non plus.

— Apparemment, tu dois t'occuper de Cleo. Je jure que tu gâtes ce chien davantage que tu ne nous as jamais gâtées, Ash et moi, dit Polly avec un sourire dans la voix.

Hazel se rappela l'époque où, pleine d'énergie, elle était certaine que tout irait bien si elle travaillait assez dur et restait optimiste et loyale. C'était une éternité auparavant, bien avant l'arrestation d'Aaron et le divorce. Avant la nuit où elle avait failli mourir.

Elle planta les talons dans le sol en sentant Cleo tirer à nouveau sur sa laisse. Quand était-elle devenue aussi vieille et cynique ? Depuis combien de temps survivre était-il devenu plus important pour elle que vivre ? Trop longtemps. Ce n'était pas ce qu'elle avait enseigné à ses filles. Pourquoi ne mettait-elle pas en pratique ce qu'elle leur avait prêché ? Parce qu'elle avait cinquante ans ?

— Maman ? Tu es toujours là ?

— Oui. Désolée, j'étais distraite.

Hazel se promit de changer de vie. Tout de suite, sans plus tergiverser. Et si Jedediah Burke devait faire partie de cette renaissance spirituelle, qu'il en soit ainsi.

— Tu es une jeune femme très avisée, Polly Cooper.

— Hum. Merci ?

— Il faut que j'y aille.

Elle suivit Cleo d'un regard distrait. Mais elle remarqua alors une forme étrange contre le portail. L'éclairage du parking jetait des ombres distordues et elle ne put distinguer de quoi il s'agissait. Des touffes de poil ? Un animal s'était-il réfugié là pour échapper à la pluie ?

— Je crois que j'ai pris une décision.

— Tant mieux. Parler au téléphone nuit à ma concentration.

Polly rit avant d'inspirer profondément.

— Appelle-nous si tu as besoin de quelque chose. Bonne chance avec Burke. Je t'aime.

— Je t'aime aussi. Bye.

Cleo donnait des coups de patte à la chose poilue, essayant de la tirer à travers la grille. Était-ce… une queue ?

— Cleo, arrête.

Hazel s'agenouilla et caressa sa chienne pour la calmer.

— Qu'est-ce que tu as trouvé ?

Le corps auquel appartenait cette queue ne bougeait pas. Raccourcissant la laisse, Hazel éloigna la chienne de cette créature qui pouvait être malade ou pire. Puis, allumant la lampe de son smartphone, elle l'orienta vers la grille. Un soupir de compassion lui échappa. Un chat.

— Mon pauvre, que t'est-il arrivé ?

La vétérinaire en elle se reprit rapidement. Un chat de gouttière avait dû se blottir là pour mourir. Ou alors un être humain dépourvu de cœur l'y avait jeté pour s'épargner les frais d'une crémation.

Hazel pressa le pas en direction de la porte piétonne. Elle voulait s'assurer que le chat n'avait pas de maladie contagieuse, voire le ramener à la clinique pour chercher la présence d'un transpondeur. Elle avait déjà contacté le contrôle animal dans la journée, elle ne craignait pas de mettre un autre maître indélicat devant ses responsabilités, s'il y en avait un.

Mais elle se figea avant de pousser la porte. Du côté de la rampe automobile, quelque chose était posé contre la porte. Un objet aux lignes nettes, recouvert de papier brun.

Remplie d'appréhension, elle s'accroupit pour inspecter le paquet oblong. Elle n'eut pas besoin de voir son nom et son adresse pour comprendre qu'il lui était destiné. Mais elle les lut tout de même.

Elle frissonna dans l'air humide. Prenant Cleo dans ses bras, elle s'obligea à respirer pour ne pas s'évanouir de peur. Ou de colère.

Pas encore. Pas ici.

Hazel prit une photo avec son téléphone et l'envoya à Burke.

Il est venu ici. Il a laissé ce paquet. J'appelle le 911.

Une ombre tomba sur elle, et Cleo gigota dans ses bras, aboyant furieusement.

Hazel leva les yeux. Et poussa un hurlement.

de cette créature qui pouvait commander [illegible]

[illegible]

— Maintenant [illegible] que c'est fait.

La [illegible]

[illegible]

[illegible] d'une [illegible]

Hazel [illegible] en direction de [illegible]

[illegible]

Mais elle [illegible] la [illegible]

[illegible]

Elle frissonna dans [illegible]

[illegible]

[illegible]

[illegible]

9

Un masque de Halloween aux traits grotesques la fixait. L'identification du déguisement ne rendait pas moins effrayant le monstre qui l'avait fait sursauter. Derrière le masque, ses yeux étaient obscurs, impossibles à identifier.

Dans sa hâte à battre en retraite, Hazel tomba sur les fesses et recula en rampant, serrant une Cleo déchaînée contre elle. La grille et les serrures à code lui interdisaient l'entrée, mais cela n'empêcha pas l'homme de passer une de ses mains gantées de noir entre les barreaux d'acier. Et de respirer.

Il ne dit pas mot, mais elle l'entendit inspirer par à-coups, comme s'il était essoufflé d'avoir couru. Avait-il espéré qu'elle sorte pour examiner le chat ? Ou qu'elle marche sur la bombe en ouvrant la porte ? À moins qu'il ait voulu se saisir d'elle de l'autre côté de la grille ? Peut-être était-il simplement excité de voir à quel point il lui faisait peur.

Elle se remit promptement debout, serrant sa chienne écumante de rage.

— Ne m'approchez pas, avertit-elle.

La seule chose qui bougeait était la poitrine de l'homme, qui enflait et retombait au rythme de sa respiration. Ses vêtements noirs trempés de pluie dégoulinaient sur le trottoir. Il était probablement là depuis un bon moment, l'épiant sans qu'elle s'en aperçoive. Il l'avait observée, attendant qu'elle soit seule. Il n'était qu'une silhouette sans forme et sans visage, obscure et volumineuse, suintant la malveillance. Le bas de son masque se pinça quand il inspira fortement, et durant une seconde elle crut qu'il allait parler. Mais il mit la main dans sa poche et en tira une enveloppe. Les trous noirs de ses yeux braqués sur elle, il roula l'enveloppe et la poussa à travers la grille. Hazel la regarda tomber sur le béton humide devant elle.

— Je ne la lirai pas.

Il lui était difficile d'arracher le regard des orbites aveugles où auraient dû se trouver les yeux du monstre.

— Gardez vos fichues lettres.

Elle jeta un coup d'œil au paquet, puis au cadavre du chat.

— Cessez de m'apporter des cadeaux tordus. Vous devez me laisser tranquille, moi et ma famille. Je n'ai pas peur, vous me mettez seulement en colère.

Il s'approcha encore et elle fit un bond en arrière, se faisant mentir elle-même. D'accord, elle était en colère *et* elle avait peur. Mais elle n'était pas impuissante, pas entièrement.

Entre le martèlement étouffé de la pluie, les aboiements de Cleo et le tourbillon de ses émotions, il lui fallut quelques secondes pour prendre conscience de ses pensées, *Fais quelque chose. Défends-toi*.

Soudain, elle s'aperçut qu'elle avait toujours son téléphone à la main, et elle le leva pour prendre une photo de l'homme. Il tressaillit devant le flash et se détourna un instant.

— Qu'est-ce que vous en dites ? J'appelle la police. Je vais leur envoyer cette photo de vous.

Hazel adressa le cliché à Burke, puis prit une autre photo. Et encore une autre.

L'homme lui fit de nouveau face, s'étant sans doute

rappelé qu'elle ne pouvait pas le voir sous son déguisement. Qu'il avait l'avantage de la force et de l'anonymat.

Le téléphone de Hazel vibra à nouveau, et elle lut un flot des textos de Burke.

J'arrive.

Le suivant lui ordonnait :

Monte chez toi et enferme-toi. J'ai averti le dispatcheur. Les secours arrivent.

Éloigne-toi de lui !

Hazel recula d'un pas. Sans arme, il ne pouvait lui tirer dessus. Avec la grille entre eux, il ne pouvait la toucher. Et pourtant…

Son diabolique soupirant s'appuya contre la grille, la déformant légèrement sous le poids de son corps. Il replia ses doigts gantés sur les barreaux, puis les tendit vers elle, lui donnant l'impression qu'il pouvait la toucher.

— Ne vous approchez pas de moi.

Hazel tremblait assez fort pour que Cleo interrompe ses aboiements et lui lèche la joue.

— Ça va, ma fille.

Mais ça n'allait pas. Si Hazel cédait à son imagination, l'homme allait se dématérialiser pour se glisser entre les barreaux et se saisir d'elle.

— Donnez-moi ce que je veux, souffla-t-il dans un murmure atone, daignant finalement parler.

Reconnaissait-elle cette voix ? L'accent lui évoquait quelque chose de familier, mais elle n'arrivait pas à le situer. Pouvait-elle reconnaître l'homme à sa stature ? Son odeur ? Autre chose ? Elle serra plus fort Cleo.

— Qui êtes-vous ? Que me voulez-vous ?

Puis elle vit l'engin électronique qu'il tenait à la main, assez petit pour tenir dans sa paume. Il le toucha du pouce.

Un smartphone minuscule ? Une télécommande ? Quoi que ce fût, elle ne crut pas une seconde que c'était inoffensif.

— Qu'est-ce que c'est ? lança-t-elle.

— *On…*

Il fit sauter le couvercle à une extrémité et pressa un bouton. Hazel reporta les yeux sur le paquet et recula instinctivement.

— *Off…*

Elle tressaillit en le voyant presser à nouveau le bouton, s'attendant à une explosion qui la réduirait en bouillie. Elle le regarda.

— Il y a des gens innocents dans cet immeuble. Il n'y a pas que vous et moi à qui vous feriez du mal. Ou bien vous vous fichez du nombre de gens que vous pouvez détruire ?

Il répondit d'un grognement coléreux. Puis il se jeta contre la grille, la faisait vibrer tout autour du parking.

— Vous devriez parler, siffla-t-il.

— Moi ? Qu'est-ce que j'ai fait ?

Hazel composa le 9.

— J'en ai assez de ce petit jeu. J'appelle la police.

Puis le 1…

— Pourquoi ne restez-vous pas ici pour me parler ? Vous leur donnerez l'occasion de vous rencontrer.

Un autre 1 et elle pressa le bouton d'appel, avant de porter l'appareil à son oreille.

— Je suis le Dr Hazel Cooper. Un homme me menace ici, dans mon immeuble. Il a un paquet – je pense que c'est une bombe. Il a déjà fait exploser la voiture de ma fille.

Elle donna le nom des inspecteurs qu'elle connaissait.

— J'ai alerté le sergent Burke. Jedediah Burke. C'est un ami. Il dirige la brigade canine. Il aura besoin de renforts.

L'homme au masque ne bougea pas, sauf pour resserrer ses poings autour des barreaux. Entendre que la brigade de déminage et le très méchant chef de la brigade canine étaient en route ne suffisait pas à le faire bouger.

— Ils seront là dans une minute, l'avertit Hazel, en répétant les mots de l'opératrice. Le KCPD vient vous arrêter.

Sa seule réaction fut de lâcher la grille et d'en caresser lentement les barreaux dans une affreuse pantomime.

Hazel frissonna.

— Arrêtez ça.

L'homme caressa le métal encore une fois avant de tourner les orbites vides vers l'enveloppe qu'il lui avait fait passer.

Hazel secoua la tête, refusant de lui obéir.

— Qu'ai-je fait pour mériter que vous me tuiez ? Que vous vous tuiez ? Si vous déclenchez cette bombe, vous mourrez aussi. Ce ne serait pas une grande victoire, si ?

Pas de réponse.

— C'est vous qui avez tué ce pauvre chat ?

Il leva l'appareil et poussa le bouton.

— *On*, murmura-t-il.

Alors qu'elle n'avait qu'une seule envie, qu'il s'en aille, Hazel prit conscience qu'elle devait le faire patienter jusqu'à l'arrivée de la police.

— D'accord. Je vais lire votre lettre.

Elle posa Cleo à terre mais la garda en laisse – à bonne distance de l'homme – et se pencha pour ramasser l'enveloppe. La lettre tapée ne contenait pas grand-chose.

Vous serez à moi. Savez-vous ce que je veux de vous ? Ce que j'ai besoin que vous me donniez ? Tout.

« Tout » ? Et pas « Je vous veux », mais « ce que je veux de vous ».

Frappée de compréhension, Hazel leva les yeux vers son persécuteur. Ce n'étaient pas des lettres d'amour, mais de vengeance. Dans l'esprit de ce salopard, les bombes et les menaces étaient une rétribution. Pour quoi ? Un affront imaginaire ? Une vengeance pour quelque chose qu'Aaron avait fait en prison ? Pensait-il à tort que lui faire du mal ferait du mal à son ex-mari ?

Ou bien était-ce Aaron lui-même ? Après toutes ces années, le reconnaîtrait-elle s'il était déguisé ? Était-ce une version tordue de ce qu'Aaron lui avait fait il y avait si longtemps ?

— Aaron ?

Elle plissa les yeux dans l'éclairage cru du parking, essayant de voir ses yeux, de distinguer une forme familière sous le jean et le sweat avachis.

— C'est toi ? Pourquoi fais-tu ça ?

Tout ce qu'il fit fut de respirer.

Ce n'était peut-être pas son ex. Mais, de toute façon, ce n'était pas Aaron qui s'était sali les mains la dernière fois.

— Pourquoi ?

Il n'y eut pas de réponse, bien sûr. Elle se pencha vers la grille, la frappa du plat de la main. Le fracas fit aboyer Cleo. Mais l'homme fit un bond en arrière devant cette agression symbolique. Très significatif. Cela ressemblait beaucoup à Aaron, aussi.

— Lâche ! Montrez-moi votre visage ! Parlez-moi comme un homme normal !

Elle détestait les larmes qui lui piquetaient les yeux. C'était un mélange toxique de choc, de peur, de colère à l'idée que sa vie puisse ressembler à nouveau au cauchemar auquel elle avait survécu seize ans auparavant.

— Dites quelque chose, supplia-t-elle sur un ton plus doux. Je ne comprends pas. Je suis lasse d'avoir peur.

La poitrine de l'homme se contracta et ondula. Elle comprit qu'il riait.

Elle avait avoué sa peur de lui, de ses tortures, et cela le faisait rire. Hazel recula devant ce son moqueur.

Grosse erreur, docteur Coop. Tu viens de lui donner ce qu'il voulait.

Une partie de ce qu'il voulait, en tout cas. « Tout » incluait sans doute beaucoup plus que cette angoisse. La panique, la torture… Ou la mort.

— Bon, fit-il d'une voix sans vie.

Il pressa le bouton de l'appareil qu'il tenait et replaça le couvercle.

Off.

Puis, d'un seul doigt, il suivit un barreau. Hazel frissonna en l'imaginant la toucher de même.

— Je vais prendre ça comme un acompte sur ce que vous me devez.

Elle fronça les sourcils. Pourquoi ne pouvait-elle reconnaître cette voix ? Ou bien s'imaginait-elle seulement qu'elle l'avait déjà entendue ?

Elle reprit Cleo dans ses bras et, une fraction de seconde, souhaita que le petit schnauzer soit aussi fort que Gunny. Elle lui ordonnerait de mordre ce doigt stupidement suggestif. De planter les crocs dans sa chair et de mâchonner ce masque hideux. Si seulement Burke était là.

Le hurlement d'une sirène arracha Hazel à ces pensées. Elle se redressa.

— Vous êtes fait.

Il secoua la tête en un non silencieux. Puis il ramassa le paquet et le chat mort et s'éloigna, au moment même ou les phares de la première voiture de police éclairaient les arbres de l'autre côté de la rue.

— Attendez !

Hazel se rua vers la sortie piétonne tandis que l'homme courait sur le trottoir et disparaissait dans la nuit pluvieuse. Si le KCPD ne l'arrêtait pas tout de suite, il serait libre de revenir la hanter, de faire du mal à quelqu'un d'autre. À l'une de ses filles ? À ses voisins ? À ses collègues et ses patients ?

Ses menaces avaient crû au point qu'elle était certaine qu'il voulait sa mort. Mais combien d'innocents incluaient sa conception de « tout » ?

Elle poussa la lourde porte et courut sous la pluie.

— Vous ne vous en sortirez pas comme ça !

Les sirènes étaient assourdissantes. La première voiture de police était déjà dans la rue. Elle s'immobilisa, éclaboussée par la pluie. Cleo se blottit contre elle tandis qu'elle scrutait l'obscurité zébrée de gouttes de pluie brillantes entre les gyrophares et les réverbères. Elle ne pouvait pas voir le coin de l'immeuble, moins encore l'homme. Elle fit un pas de plus, puis un autre et poursuivit son chemin.

— Ne partez pas maintenant ! Vous n'êtes pas aussi courageux quand vous n'avez pas de bombe pour me menacer, n'est-ce pas ? Je veux vous parler…

Un gros pick-up noir et blanc vira sur la rampe du parking, s'arrêtant dans un hurlement de pneus. Hazel fit un bond en arrière pour éviter le véhicule.

— Non !

Elle contourna la voiture, essayant d'apercevoir son persécuteur.

— Il s'enfuit !

— Hazel !

Le pick-up oscillait encore quand Burke sauta de derrière le volant. Laissant le moteur en marche, il contourna le capot avant et la prit par la taille.

— Que diable fais-tu dehors ?

— Arrête-le !

Elle recula à petits pas rapides devant lui.

— La seule chose qui m'a empêché de devenir fou,

c'était de savoir qu'il y avait cette grille entre vous, lui dit Burke.

Elle referma un poing sur sa veste, tout en tentant de le contourner.

— Il est parti par là ! À l'angle de la rue… Je ne pouvais pas sortir tant qu'il était là ! Il faut l'attraper… !

— Non.

Burke la plaqua contre le mur de briques, pressant son corps contre elle. Manifestement, il ne voulait pas la laisser passer.

— Bon sang, Burke !

Elle le repoussa. En vain.

— Je ne veux pas perdre… Je ne…

Elle crispa lentement les doigts sur sa veste, son gilet, sa chemise. Sur sa peau en dessous. Avait-elle jamais pris conscience de sa taille, de sa stature ? Elle ne voyait rien au-delà de la ligne de ses épaules. Il semblait aussi inamovible que le mur dans son dos. Mais la panique l'empêchait de se reposer sur lui.

— Je ne veux pas qu'il s'en sorte ! Il a une bombe ! Il va faire du mal à quelqu'un ! Il reviendra ! Il faut le poursuivre !

— C'est mon boulot. Ta sécurité passe en premier.

Il prit son visage entre ses mains et l'inclina pour observer son expression.

— Est-ce que ça va ?

L'expression chaude de ses yeux couleur de whisky la calma un peu. Elle hocha la tête.

— C'est Cleo qui l'a repéré. Je la promenais dans le parking. Il avait laissé un chat mort contre la grille. Comme un appât. Puis j'ai vu le paquet, et la chienne a commencé à aboyer et soudain, il était…

Elle resserra son bras autour de Cleo, se rappelant le masque diabolique et les yeux sans vie. Mais elle sentit

Burke lui caresser les lèvres du pouce et elle revint au présent. À la chaleur du corps de Burke, à son attitude protectrice.

Lâchant le devant de son uniforme, Hazel posa une main sur son cœur.

— Il était là. Comme toi et moi maintenant, avec seulement la grille entre nous. Cleo était déchaînée. J'ai reculé et j'ai essayé de le faire parler après t'avoir envoyé mon texto.

Burke caressa la tête de Cleo.

— Brave bête. Tu as protégé ta maman.

Ce compliment à son petit schnauzer lui fit l'effet d'une caresse sur ses nerfs hypertendus. Elle tourna la tête vers l'enveloppe enroulée, de l'autre côté de la grille.

— Il y a une autre lettre.

— Tu l'as lue ?

Hazel acquiesça.

— Je ne voulais pas la lire. Mais j'ai pensé que cela ferait durer les choses jusqu'à ce que vous arriviez. Elle est comme les autres… horrible et obsessionnelle. Sauf que… Je ne pense pas qu'il s'agit d'amour. Le voir en face m'a fait comprendre qu'il s'agit de vengeance.

— Vengeance pour quelle raison ?

Hazel haussa les épaules et secoua la tête.

— Ce n'est pas une toquade comme je le croyais au début. Il est… en colère contre moi. Je ne sais pas pourquoi. Il veut me punir.

Burke fit mine de la prendre dans ses bras, mais, avec le chien entre eux et l'arrivée d'une seconde puis d'une troisième voiture de patrouille, il finit par glisser la main sur sa nuque et masser brièvement son épiderme sensible. Quand il recula, elle remarqua le gyrophare d'une quatrième voiture du KCPD qui bloquait le carrefour au bout de la rue. Un autre véhicule s'arrêta à l'autre extrémité pour arrêter la circulation, tandis qu'une camionnette du SWAT s'immobilisait dans le parking de l'autre côté de la rue.

— Tu as mobilisé les troupes, on dirait.

— Nous prenons très au sérieux les menaces à la bombe.

Il papillonna du bout des doigts dans ses cheveux, envoyant un ruisselet de chaleur dans son corps.

— Je prends très au sérieux ta protection.

Elle leva une main pour enrouler ses doigts autour de sa manche trempée.

— Je sais. Et je sais que tu veux être davantage qu'un protecteur. Une part de moi le veut aussi. Mais j'ai besoin que tu comprennes quel genre de casseroles je traîne, si nous devons poursuivre cette relation.

Une vive lueur d'intérêt assombrit ses yeux.

— C'est une conversation que je compte bien avoir avec toi. Mais il faut que j'agisse en flic, pour l'instant. Plus tard, d'accord ?

— OK.

— Sergent Burke ?

Deux agents, portant des capes en plastique et des casquettes du KCPD, étaient apparus derrière son épaule.

Burke cilla, et la chaleur de son regard s'évanouit. Le sergent de police remplaça l'homme qu'elle aimait. Il déplaça sa main dans une position plus neutre sur son épaule et se tourna vers les deux jeunes policiers.

— Le suspect courait vers Broadway il y a quelques minutes, leur dit-il. Sweat à capuche noir, jean sombre, masque de Halloween. Voyez si vous le repérez, mais restez à distance. Il y a des chances qu'il transporte une bombe.

— Oui, monsieur.

Les policiers se mirent à courir le long de la rue, se séparant pour couvrir les deux trottoirs.

Elle reconnut le policier suivant, Justin Grant, quand

il vint se placer aux côtés de Burke. Ses yeux verts la dévisagèrent.

— Ça va, docteur Coop ?

Burke la relâcha et la poussa vers lui.

— Elle reste avec toi. Ne la perds pas de vue.

Il lui jeta un dernier regard avant de donner ses ordres à Justin.

— Briefe Bellamy et Cartwright quand ils arriveront. Emmène-la là-haut. Je te contacte par radio si je trouve quelque chose.

Burke hésita un instant, comme incertain de ses prochains actes. Sa réticence à la quitter rappela à Hazel l'indépendance qui l'avait soutenue pendant plus de seize ans. Elle l'aimait pour son inquiétude, mais le meilleur moyen d'arrêter le poseur de bombe était de l'assurer qu'elle pouvait puiser dans ses forces.

Elle posa les doigts en éventail sur sa poitrine.

— Vas-y. Fais ton travail. Gunny te protégera.

Puis elle déposa un bref baiser sur ses lèvres. Sur ce, elle recula et regarda le blond dégingandé.

— Justin me protégera, moi.

Sans cesser de fixer sur elle ses yeux sombres, Burke hocha la tête. Puis, rentrant le cou dans les épaules, il courut à petites foulées vers sa voiture.

Elle entendit Gunny gémir d'excitation quand il prit sa laisse. Quand il ouvrit la portière arrière, le berger tchèque se mit à danser dans sa cage.

— Prends soin de lui, Gunny ! cria-t-elle.

— Allez, mon garçon.

Burke attacha son compagnon à quatre pattes, et le berger sauta à terre près de lui.

— Tu as encore l'énergie de travailler aujourd'hui ?

Gunny le regarda et agita la queue avec impatience, attendant ses ordres.

— Gunny, *Fuss* !

Ils s'éloignèrent à vive allure, à la suite des deux policiers.

Hazel regarda l'homme et son chien disparaître dans la nuit pluvieuse. Au petit trot, ils s'en allaient livrer bataille contre le monstre qui voulait sa mort.

10

Hazel sursauta en sentant la main de Justin sur son coude.

— Burke m'a dit de vous emmener à l'intérieur, et je fais ce qu'il me dit.

— Ça ira pour lui, n'est-ce pas ?

Hazel tapa le code pour déverrouiller la porte d'entrée piétonne.

— Je veux qu'il se concentre sur sa propre sécurité, pas la mienne.

— Le quartier grouille de flics, luiassura Justin. Il ne sera pas seul avec ce type.

— Mais il fait si noir. Les réverbères ne pourront pas grand-chose jusqu'à ce que la pluie cesse. Je n'ai pas vu l'homme avant qu'il soit pratiquement sur moi.

Son cœur était serré comme dans un poing.

— Une bombe et… ce monstre… peuvent faire beaucoup de dégâts.

Justin la suivit à l'intérieur, refermant la porte derrière lui.

— Ça peut paraître bizarre, mais les meilleurs yeux, ce sont le nez de Gunny. Il flaire la menace longtemps avant que Burke ou quiconque la voie.

— Tous ces hommes et ces femmes qui sont venus, ils ne sont pas sous les ordres de Burke, n'est-ce pas ? demanda Hazel. Je sais que vous n'en faites pas partie.

Le sourire de Justin soulagea un peu son inquiétude.

— Je ne connais personne dans la police qui ne sauterait pas quand le sergent Burke dit de sauter. Et nous avons beaucoup sauté ces derniers temps.

— À cause de moi ?

— Nous lui devons tous une faveur ou une autre. Ses chiens et lui nous ont sauvés plus souvent qu'à leur tour.

Justin retira sa casquette et la fit claquer contre sa cuisse pour en retirer l'excès d'eau avant de la remettre sur ses cheveux blonds.

— En plus, il était temps qu'il trouve de quoi s'occuper, en dehors du travail et de l'entraînement des chiens. Cela met une fin à ces discussions embarrassantes avec ma femme, qui voulait que je le présente à ses amies. Je ne cessais pas de lui dire qu'il est de cette rare espèce d'hommes qui préfèrent rester seuls que se mettre avec la mauvaise femme.

Il lui décocha un clin d'œil.

— Et je mettrai ma main au feu que vous êtes la bonne.

La bonne. Burke préférait rester seul plutôt que d'être avec une autre femme. Le cœur de Hazel se réchauffa à cette idée, mais la pression qu'elle s'imposait pour se protéger la fit simultanément frissonner. Tout le monde à Kansas City savait donc que Burke avait des sentiments pour elle ?

— Je ne suis pas certaine d'être la femme idéale pour lui.

— Il décide lui-même de ce dont il a besoin. Il ne joue pas les idiots et il n'est pas déloyal.

Justin sortit un sachet plastique de sa poche.

— Vous savez certainement combien il lui est difficile de faire confiance après l'enfer que lui a fait traverser son ex.

Hazel tressaillit à ces mots. Elle dut s'avouer qu'il y avait un peu de jalousie derrière cette réaction. Shannon Bennett possédait autrefois le cœur de Jedediah. Elle avait dormi dans son lit, s'était nichée contre son épaule. Il l'avait fait rire, lui avait parlé gentiment et lui avait donné des baisers à faire fondre de tendresse – toutes ces choses dont elle ne pouvait plus nier qu'elle les voulait aussi. Mais par-dessus tout, elle n'arrivait pas à imaginer qu'on puisse blesser volontairement l'homme pour qui elle avait tant d'affection.

— Je sais qu'elle l'a trompé.

Justin eut un ricanement nasal.

— Et pas qu'une fois. Chaque fois qu'il partait en campagne, elle entamait une nouvelle liaison.

Le cœur de Hazel se serra, mais Justin poursuivit sans s'émouvoir :

— Les hommes aiment qu'on ait besoin d'eux, mais c'est rassurant de savoir que votre femme s'en sort quand vous n'êtes pas là. C'est sans doute pour cette raison que Burke aime tant ses chiens. Ils sont loyaux jusqu'à la moelle.

Était-ce ainsi que Burke la voyait ? Comme une femme indépendante et loyale ? Malgré le déclin de son mariage, elle n'avait jamais envisagé l'infidélité. Bien sûr, il aurait fallu pour cela qu'elle se fie assez à un homme. Elle savait qu'elle était la femme que Burke voulait. Mais était-elle celle dont il avait besoin ? Avait-elle en elle ce qu'il fallait pour lui donner l'amour et la confiance qu'il méritait ?

Heureusement, Justin revint à l'enquête. En le voyant sortir un outil multi-usages pour saisir la lettre, Hazel lui dit que l'homme au masque de Halloween portait des gants.

— Vous ne trouverez pas d'empreintes dessus.

— Laissons le labo en juger.

Il glissa la lettre et l'enveloppe dans le sachet et le scella.

— Je veux qu'ils cherchent des traces d'explosifs. Ce serait une signature, au même titre que des empreintes.

Puis il se redressa, l'escorta vers l'ascenseur et pressa le bouton d'appel.

— Allons-y.

Dans l'ascenseur, Justin inscrivit la date et le lieu sur le sachet. Il lut la lettre et marmonna un juron.

— Ce type est un sacré zozo. Pas étonnant que Burke fasse des heures supplémentaires pour trouver sa piste. Vous pouvez me dire quelque chose sur le paquet ?

Hazel gratta machinalement Cleo entre les oreilles. L'épuisement la gagnait maintenant que le pic d'adrénaline se dissipait.

— Je n'ai pas vu à l'intérieur. Cela avait la forme d'une boîte à chaussures. Enveloppée dans du papier brun. À mon adresse. Il l'a emportée avec lui.

Quand ils parvinrent au quatrième étage, Hazel posa Cleo par terre et déverrouilla la porte de son appartement.

— Attendez.

Après avoir fait pivoter le pêne, Justin lui demanda d'attendre près de la porte. Tout comme Burke, le jeune officier inspecta tout l'appartement, regardant sous les lits et dans les placards, vérifiant les fenêtres et l'issue de secours avant de revenir vers elle.

— Tout va bien. Vous pouvez vous détendre.

Me détendre. Bien sûr. Hazel était très consciente de la différence entre la fatigue et la détente.

Mais elle remercia Justin pour sa présence. Puis elle détacha Cleo, et la chienne alla à la cuisine laper une grande quantité d'eau. Hazel se débarrassa de ses chaussures sur le paillasson près de l'entrée et retira sa veste humide avant de suivre l'animal. Elle rinça la cafetière et mit du café à passer avant d'entendre Justin tirer un tabouret derrière elle.

— Burke m'a dit que vous avez pris des photos de l'homme et du paquet.

Son ton était amical, mais il était tout aussi professionnel que Burke.

— Montrez-les-moi.

Hazel prit son téléphone dans la poche de son jean et le posa sur le comptoir.

— Vous ne pourrez pas en déduire grand-chose, j'en ai peur.

— Vous seriez surprise. La clé pour trouver un poseur de bombe est d'identifier sa signature : la manière dont il assemble son engin, les composants qu'il choisit.

Justin survola les photos une par une.

— Par exemple, comment a-t-il ramassé le paquet quand il est parti ? Le déplaçait-il avec précaution ? Veillait-il à le garder parallèle au sol ?

Hazel croisa les bras et s'aperçut que son T-shirt mouillé lui collait à la peau. Cela ne contribuait pas à la réchauffer. Elle contempla la baie vitrée derrière Justin et se demanda si Burke et Gunny étaient mouillés aussi. S'ils avaient froid. S'ils étaient fatigués. S'ils étaient face à l'homme au masque diabolique. Elle entendrait une explosion, même au loin, même avec l'orage, n'est-ce pas ?

— Il s'en sortira. Gunny ne laissera personne lui faire du mal, dit Justin.

Elle reporta son attention sur lui et le vit poser sa casquette sur le comptoir avant de poursuivre tranquillement :

— Maintenant, parlez-moi du paquet lui-même.

— Vous essayez de me distraire pour que je ne m'inquiète pas pour Jedediah.

Il arqua un sourcil doré.

— Ça marche ?

— Non. Je m'inquiète toujours.

Elle réussit à lui rendre son sourire.

— Mais je peux faire plusieurs choses en même temps.

L'odeur du café remplit la cuisine quand elle leur versa deux mugs.

— Il a pris la boîte par un bout et l'a coincée sous son bras comme un ballon de foot.

Elle revit ses orbites vides et réentendit son souffle laborieux tandis qu'il disparaissait sous la pluie.

— Il a couru. Autant qu'il le pouvait avec son souffle court.

Justin refusa son offre de crème et de sucre et prit une gorgée, donnant à peine au café le temps de refroidir.

— Ce n'est pas un engin activé par le mouvement, alors. Il l'a probablement programmé pour le faire exploser au moment opportun avec un portable. Les poseurs de bombe utilisent souvent ce moyen : ils veulent être témoins des dégâts qu'ils causent, mais à distance.

Un frisson parcourut la peau de Hazel à cette image.

— Comme les drogués ? Sauf que leur drogue est l'explosion ?

— Exactement.

Elle se souvint de l'appareil électronique que son persécuteur caressait du pouce.

— Attendez une minute.

Elle reprit son téléphone et fit défiler les photos avant de désigner une image floue.

— Ce n'est pas une bonne photo, mais il tient un appareil dans sa main. Il n'arrêtait pas de dire qu'il l'allumait et l'éteignait. Et moi, je n'arrêtais pas de me dire qu'il allait faire exploser la bombe.

— C'est un disjoncteur. Il armait et désarmait la bombe. C'est très significatif.

Justin mit de côté le téléphone de Hazel pour prendre des notes sur le sien.

— Il utilisait peut-être un minuteur. Il arrêtait le compte à rebours pour poursuivre la conversation ou vous forcer à faire ce qu'il voulait.

L'homme voulait qu'elle lise sa lettre. Il voulait savoir

qu'il avait le pouvoir de vie et de mort sur elle. Hazel se laissa tomber sur un tabouret tandis que Justin formulait ses pensées à voix haute.

— Mais démarrer ou arrêter un compte à rebours comme ça, c'est un peu jouer à la roulette russe. Un faux contact ou un oubli, et boum ! Il avait peut-être un scénario suicide en tête – que vous finissiez ensemble. Dans ce cas, il n'aurait pas voulu avoir la police pour témoin. Cela aurait trop dépersonnalisé l'événement. À moins que la bombe n'ait pas été fonctionnelle du tout.

Il lui jeta un coup d'œil par-dessus son épaule.

— Une autre fausse bombe pour vous terroriser.

Des poseurs de bombe ? Des disjoncteurs ? Des scénarios suicides ? Cet homme décontracté avait une connaissance déconcertante des engins explosifs et des manières dont on pouvait tuer. Sans parler de savoir lui-même désarmer des bombes.

— Votre femme doit être très courageuse, vu les risques que vous prenez.

Il hocha la tête.

— La plus courageuse. Vous saviez qu'Emilia m'a secondé dans une opération d'infiltration, au début de notre relation ? Bien sûr, c'est moi qui l'y ai forcée accidentellement.

— Accidentellement ?

Justin rosit légèrement. De regret ? De gêne ? De plaisir ?

— Ma mission avait mal tourné. J'avais besoin d'elle pour m'en sortir. Elle a été brillante.

Tandis que Justin lui racontait comment sa femme médecin et lui s'étaient rencontrés aux urgences et qu'un baiser destiné à protéger sa couverture avait débouché sur l'arrestation d'un poseur de bombes et, finalement, à un mariage et une famille, Hazel réchauffa de la soupe et prépara des sandwichs pour Justin, Burke et elle-même.

Puis elle alla enfiler des vêtements secs et sortit des mugs et des serviettes pour les agents qui allaient venir l'interroger. Elle passa un bref appel à chacune de ses filles. Polly lui parla de Garrett Cho, l'officier assigné à la surveillance de leur appartement. Ashley, quant à elle, était toujours avec Joe Sciarra, qui prit le téléphone pour luiassurer qu'il veillait sur elle et la ramènerait chez elle de bonne heure. Hazel ne doutait pas que le videur puisse se défendre et défendre sa fille aînée, mais il lui était difficile de laisser ses filles seules, même s'agissant de jeunes femmes adultes et responsables.

Une heure s'écoula avant que Hazel entende un coup à la porte – elle renversa un peu de son café. Contrairement aux deux inspecteurs qui étaient venus un peu plus tôt, elle avait donné à Burke le code d'accès, et elle comprit qu'il était monté directement à son appartement.

Mais elle sursauta tout de même à ce bruit inattendu. Déjà debout, Justin traversait la pièce, une main sur la crosse de son arme.

— C'est moi, Haze, s'annonça Burke. Dis à Justin de me laisser entrer.

Le temps que Justin ouvre la porte, Hazel avait pris une serviette et les rejoignait.

— Attention aux traces de pattes boueuses, avertit Burke. Gunny, *sitz*…

— Ça ne fait rien.

Gunny fila devant elle, laissant une traînée de boue sur le parquet. Les deux chiens se reniflèrent avant de se blottir ensemble sur la couverture que Hazel avait sortie pour le plus gros. Hazel secoua la serviette et tamponna l'humidité sur le visage et le cou de Burke.

— Laisse-le se réchauffer et se reposer. Il n'a rien, n'est-ce pas ?

— Non, rien.

— Et toi ?

Burke, qui tenait son barda d'une main, éleva un sac en papier froissé de l'autre. Il avait de la boue jusqu'aux genoux et les poils de sa barbe étaient parsemés de gouttes de pluie.

— Je crains que le dîner ne soit froid et mouillé. Moi aussi.

Hazel s'en fichait. Elle lui jeta la serviette autour du cou et lui glissa les bras autour de la taille. Tandis que l'humidité de ses vêtements se communiquait aux siens, elle se plaqua contre lui, fourra sa tête sous son menton et le serra très fort sans rien dire. Enfin, elle sentit la chaleur revenir dans son corps et un gros soupir lui soulever la poitrine. Il lâcha les deux sacs à terre, et elle poussa elle-même un soupir de soulagement quand ses bras solides l'enveloppèrent.

— Je vais te tremper, doc.

Sa voix était un grondement rauque contre son oreille.

— Laisse-moi te tenir une minute.

— Ça ne me déplaît pas du tout. Mais je vais bien, Haze.

Il fit un pas de côté, l'entraînant avec lui pour que Justin puisse refermer la porte derrière eux.

— Vous avez eu des problèmes ? demanda-t-il à son ami.

Celui-ci secoua la tête.

— Les inspecteurs ont pris sa déposition. Le Dr Coop m'a laissé bavarder sur Emilia, les gosses et moi.

— Et tu as la langue bien pendue, le taquina Burke. Je suis étonné que tu ne l'aies pas endormie.

— Tu veux être sérieux, une minute ?

Hazel lui donna une tape sur le derrière avant de le serrer à nouveau.

— La plupart des gens fuient devant une bombe. Mais Gunny et toi, vous courez à sa rencontre. Justin essayait de me distraire pour que je ne pète pas un plomb.

— Péter un plomb, toi ? Madame Sang-froid en personne ?

Il la serra étroitement contre lui.

— Impossible.

Le nylon de son blouson était froid contre sa joue. Mais là où son front reposait, contre son cou, elle sentait le chaud battement de son pouls. Il plaisantait avec son ami et la taquinait. Rien que de normal. Il était en un seul morceau. Il allait bien. Elle allait bien aussi, maintenant qu'elle constatait son comportement posé. La tension qui l'habitait ayant rétrocédé à un niveau supportable, le besoin d'être pragmatique revint. Hazel recula et retira à Burke sa casquette trempée pour la suspendre au portemanteau près de la porte, avant de repousser les pans de sa veste et de la descendre sur ses épaules.

— Il a filé, hein ?

Il attendit qu'elle suspende sa veste au portemanteau avant de répondre.

— Il devait avoir une voiture et il a pris la fuite avant que nous installions les barrages. Gunny a perdu sa trace.

Burke se tint tranquille pendant qu'elle s'occupait de lui, sentant peut-être qu'elle avait besoin de se rendre utile, ne serait-ce que pour le sécher et le réchauffer. Elle fit descendre la fermeture Éclair de son gilet et découvrit que ses vêtements en dessous étaient tout aussi mouillés. Mais quand elle détacha sa ceinture et la souleva, il la lui prit des mains et la posa sur son sac, près de lui. Puis il enleva sa chemise d'uniforme et son T-shirt et entreprit de se sécher.

— Tu as appelé les filles ? Tout va bien ?

N'ayant plus rien d'autre à faire que de s'interroger et s'inquiéter, Hazel tira un tabouret pour que Burke s'assoie et retire ses bottes.

— Polly est chez elle. Il y a un policier du nom de Cho devant son immeuble.

— Cho est un type bien.

Burke se frictionna la tête avec la serviette.

— Le petit ami n'est pas avec elles, si ?

L'inquiétude remonta en elle et elle renversa le tabouret par mégarde.

— Non. Joe et Ashley ne sont pas encore rentrés. Joe parlait comme un garde du corps. Il m'a promis de la raccompagner chez elle. Elle m'appellera sûrement dès qu'elle sera rentrée. Pourquoi, tu as un mauvais pressentiment à son propos ?

Ses yeux bruns se braquèrent sur les siens.

— J'ai un mauvais pressentiment à propos de tous ceux que je n'ai pas personnellement autorisés à entrer en contact avec les femmes Cooper.

Ce sévère rappel fit reculer sa panique d'un cran. S'agenouillant, elle défit les lacets de ses bottes.

— Donc, rien de spécifique. Tant mieux.

— Peut-être pas, avoua Burke. Le seul Joseph Sciarra que j'ai trouvé dans le fichier a soixante ans. Impossible que ce motard soit si vieux. J'étais en train d'élargir la recherche quand tu m'as envoyé ton texto.

— Joe est peut-être un surnom ? hasarda Hazel, mal à l'aise à l'idée qu'un homme mente à sa fille.

— C'est une possibilité. Mais ça peut être quelque chose d'aussi innocent qu'un pseudo pour son boulot de videur. Ainsi, les clients mécontents ne peuvent pas le retrouver après son travail.

Burke suspendit son gilet au crochet, à côté de sa veste.

— J'ai l'intention d'avoir une conversation avec lui demain.

— Dois-je rappeler Ashley ?

— Pour lui dire quoi ?

Il retira ses bottes et les posa sur le paillasson près de la porte.

— Joe ne peut pas être l'homme que tu as vu puisqu'il est resté avec elle toute la soirée.

Bien sûr, c'était logique. Son tourmenteur ne pouvait pas être à deux endroits en même temps, et elle avait parlé avec Joe au téléphone. Hazel hocha la tête et afficha un sourire triste.

— Je suis leur mère. Je ne devrais pas les effrayer davantage. J'imagine qu'il m'est difficile de faire confiance à n'importe quel homme, maintenant.

Il lui releva le menton pour la regarder dans les yeux.

— N'importe quel homme ?

Elle tourna les yeux vers le salon, où Justin transmettait des informations à un autre membre de l'équipe. Puis elle pressa le poignet de Burke entre ses doigts et sourit.

— Avec quelques exceptions notables.

— Tu me vois ravi d'en faire partie.

Il lui caressa les lèvres du pouce avant de la relâcher.

— Si nous n'avons pas de nouvelles d'Ashley d'ici une heure, disant qu'elle est avec Polly et Cho, nous l'appellerons.

— D'accord.

Elle passa à l'autre botte.

— Et toi ? L'homme diabolique ne t'a pas menacé, n'est-ce pas ?

— L'homme diabolique ?

— Le masque de Halloween qu'il portait. Je l'ai vu de près ce soir.

— Comme s'il avait besoin d'un surnom. Non. Je ne l'ai pas vu. Seulement la photo que tu m'as envoyée.

Il la remit sur ses pieds. Les mains posées sur sa taille, il caressa la peau entre son sweat-shirt et son jean.

— Tu es sûre que tu n'es pas blessée ou en état de choc ? Qu'est-ce qu'il t'a dit pour t'effrayer comme ça ?

Les paroles de l'homme n'avaient pas été aussi destructrices que son rire. Elle s'était rebellée contre ses menaces et ses affirmations cryptiques. Mais son rire lui avait fait aussi mal que les coups du tueur engagé par Aaron. Si elle n'avait pas été vétérinaire… Si elle n'avait pas eu une seringue et un tranquillisant dans sa trousse…

Cette nuit-là, son agresseur avait ri de la même manière. Jusqu'à ce qu'elle lui plante son aiguille dans la cuisse.

Le jour suivant, quand elle avait quitté l'hôpital, elle s'était rendue directement au bureau du district attorney et lui avait dit qu'elle était prête à témoigner contre son mari. Elle était aussi allée voir son avocat avant la fin de la journée pour entamer la procédure de divorce.

— Haze ?

Les doigts calleux de Burke effleurèrent sa frange avant de se poser sous son menton.

— Tu m'effraies un peu. Dis-moi ce qu'il s'est passé.

— Rien de nouveau.

Elle regarda Justin par-dessus son épaule. Sa présence était un prétexte pour garder un peu plus longtemps ses secrets. Arborant un faible sourire, elle s'échappa de ses bras.

— Je suis morte de fatigue, mais je ne suis pas blessée.

Il plissa les yeux, une question sur le bout des lèvres, à laquelle elle ne se sentait pas de répondre. Elle lissa donc ses cheveux et emporta la serviette humide dans la buanderie attenante à la cuisine.

— Le café est chaud. Tu en veux une tasse ?

Sans attendre sa réponse, elle lui versa un mug. Depuis la cuisine, elle entendit le bruit de la seconde botte heurter le paillasson.

— Au moins, il a emporté la bombe avec lui, non ? Si c'était bien ça.

Avant de prendre conscience de sa présence, elle entendit le roulement grave de sa voix derrière elle.

— En tout cas, c'était une bombe en devenir. Gunny l'a flairée près du portail.

Il prit le mug de ses mains tremblantes, en testa la température et but une longue gorgée. Justin entra à cet instant, leur rappelant qu'ils n'étaient pas seuls.

— Ça confirme la présence d'explosifs. J'ai pris la déposition du Dr Coop, quelques photos nettes et une idée assez précise du type de bombe que l'homme assemble. Je vais transmettre le rapport. Tout ira bien pour toi ?

Avec un hochement de tête, Burke posa son café et raccompagna son ami à la porte.

— J'ai compris. Merci, Justin.

Les deux hommes se serrèrent la main.

— Si tu as besoin de quelque chose, appelle. Cartwright et Bellamy disent qu'ils posteront un agent dehors une fois qu'ils auront ratissé le voisinage et parlé aux témoins. Ils ont aussi expliqué à quoi s'attendre à l'homme qui monte la garde chez vos filles. Une capuche de couleur sombre, un masque de Halloween, un paquet enveloppé dans du papier brun…

— Je te dois une faveur.

Burke ouvrit la porte.

— Tu ne me dois rien, vieux. Toi et ce clébard, vous nous avez sauvé la vie plus d'une fois, à moi et à mon équipe. Il était temps que je te rende la pareille.

Justin tira sa casquette sur son front et en inclina le bord pour saluer Hazel.

— Docteur Coop…

— Merci pour tout.

Le jeune homme cligna de l'œil et s'engagea dans le

couloir. Burke referma le verrou derrière lui et se retourna pour regarder Hazel à l'autre bout de la pièce.

— J'ai besoin d'une bonne douche et Gunny a besoin de nourriture et de repos.

En d'autres termes, il voulait qu'elle prenne soin d'elle-même. Qu'elle se comporte mieux que ne l'avait fait son ex-femme. Elle rassembla ses derniers vestiges de force.

— Je vais te servir une assiette et m'occuper de Gunny pendant que tu te changes. Si tu laisses tes vêtements dans le panier à linge, je les mettrai à la machine.

Au lieu d'acquiescer ou de réagir comme elle s'y serait attendue, Burke traversa la cuisine, prit son visage entre ses mains et captura ses lèvres pour l'embrasser avec beaucoup, beaucoup de soin. Le désir fit des étincelles en elle et Hazel se dressa sur la pointe des pieds pour presser sa bouche contre la sienne. Ses lèvres s'entrouvrirent pour l'accueillir. Sa langue s'élança à la rencontre de la sienne, et elle sentit un goût de café et de désir. Elle agrippa le devant de son T-shirt, puis plongea les doigts dans les pointes mouillées de ses cheveux. Ses hanches heurtèrent le comptoir quand les cuisses musclées de Burke se pressèrent contre elle. Son baiser infusait son corps de chaleur. L'assurance teintée de désespoir avec laquelle sa bouche s'emparait de la sienne lui donna un coup au cœur. Ses émotions à vif s'apaisèrent sous ses coups de langue, la pression de son corps et l'emprise avide de ses mains.

C'était ce dont elle avait besoin. Le baiser d'un homme bon. La célébration de la vie. Jedediah Burke effaçait sa solitude. Il partageait son fardeau et faisait battre son cœur. Il lui donnait l'impression que l'isolement émotionnel qui l'avait protégée si longtemps était une erreur – qu'elle pouvait vivre plus pleinement, aimer plus complètement.

Mais avec presque autant de résolution qu'il en avait

mise à entamer le baiser, Burke recula avec un soupir entrecoupé. Il pressa ses lèvres sur son front un instant, et elle sentit la chaleur de leur baiser se dissiper sur sa peau fraîche.

— J'aurais dû faire ça plus tôt, avoua-t-il. J'ai eu tellement peur qu'il te fasse mal.

Il se pencha en arrière et repoussa sa frange du bout des doigts pour étudier son expression. Sa poitrine se souleva dans un grand soupir qui montrait plus de contrôle de soi que les gémissements qu'elle venait de laisser échapper.

— Tu es sûre que ça va ?

Où avait-il appris à embrasser comme ça ? Maintenant qu'elle avait goûté aux profondeurs de sa passion, elle était devenue accro à leurs embrassades. Elle se sentait faible mais revigorée, totalement confuse et absolument sûre d'elle.

— Serait-ce trop sentimental de dire que je me sens mieux ?

Il rit légèrement.

— Alors tu peux compter sur mon côté sentimental aussi.

Mais son expression lasse était d'un sérieux mortel.

— Tu te comportes bizarrement depuis que je suis arrivé. Justin t'a-t-il dit quelque chose qui t'a bouleversée ? Ou les inspecteurs ?

Hazel joua avec le col de sa chemise humide avant de croiser son regard.

— J'arrive à me contenir jusqu'à maintenant, non ? Contentons-nous de cela.

— Doc, tu sais que tu peux tout me dire. À propos de l'affaire, à propos des casseroles dont tu parlais tout à l'heure… Tout.

— Je sais. Je le ferai, lui promit-elle. Mais commençons par le début.

Elle le fit pivoter et le poussa légèrement en direction de la salle de bains.

— Va prendre une douche avant d'attraper un rhume. Ou bien je recommencerai à m'inquiéter pour toi. Et les seuls médicaments que j'ai ici sont pour les chiens.

— Je ne ris pas, Haze. Tu es sûre que ça va ?

Elle haussa les épaules et lui fit une réponse honnête.

— J'ai juste besoin d'un peu de temps seule pour digérer… tout ça. Ma vie change et je dois m'assurer que je prends les bonnes décisions.

— Je comprends, répondit-il, sachant qu'il faisait partie de ces décisions.

Il se rappela son sac près de la porte d'entrée et alla le chercher.

— En général, je me douche rapidement. Tu veux que je fasse durer un peu plus ? Pour te donner plus de temps ?

Elle secoua la tête.

— Prends le temps qu'il te faut. J'entrerai tout à l'heure pour prendre tes vêtements.

Cinq minutes plus tard, avec le bruit de l'eau et le sifflotement de Burke en fond, la décision de Hazel était prise. Avant que Burke n'entre dans sa vie, cinq ans auparavant, elle n'était pas complète. Ce n'était pas sans raison qu'elle s'était tournée vers lui quand ces lettres l'avaient effrayée. Pas sans raison qu'elle s'inquiétait des dangers qu'il affrontait. Pas sans raison qu'elle n'avait jamais envisagé de donner son cœur, son âme et ses baisers à un autre homme.

Elle aimait Jedediah Burke. Elle l'aimait avec une intensité aussi effrayante qu'excitante.

Elle s'était contentée de survivre pendant trop longtemps.

Elle ne pouvait prêcher à ses filles de vivre pleinement et de choisir un homme bon si elle ne faisait pas la même chose pour elle-même. Jedediah était son partenaire dans tous les sens du terme.

Sauf un.

11

Hazel frappa doucement à la porte de la salle de bains et attendit la réponse avant de la pousser. Un nuage de vapeur parfumée l'accueillit. Elle pénétra dans la petite pièce pour ouvrir le panier à linge. Comme la vapeur s'évacuait par la porte, elle vit un sac sous le lavabo et une trousse de toilette ouverte sur la tablette.

Les bras chargés de vêtements humides, elle s'immobilisa, le regard fixé sur la silhouette de Burke à travers la vitre dépolie. Lui aussi s'était arrêté de bouger. Il devait se rincer les cheveux ou laisser l'eau ruisseler sur lui. Son corps était arqué en avant, ses bras musclés appuyés sur la paroi carrelée, sa tête baissée sous le jet d'eau. Même si elle n'avait pas une image claire de lui, son cerveau enregistrait tous les détails. Les traces argentées dans ses cheveux bruns. La largeur de ses bras et de ses épaules. La courbe gracieuse de son dos et de ses fesses. L'odeur épicée du savon et les senteurs âcres de saleté et de sueur s'écoulant dans la canalisation. Quelque chose de purement féminin s'éveilla au fond d'elle. Quelque chose de protecteur et de vaguement possessif.

Elle était vétérinaire, pour l'amour du ciel. Elle savait tout de l'anatomie, aussi bien humaine qu'animale. Elle avait été mariée autrefois. Mais il n'y avait rien de clinique dans sa réaction à la présence de Burke, rien de naïf dans le courant qui passait entre eux quand ils étaient près l'un de l'autre. C'était ainsi que la vie pouvait être, ainsi qu'elle aurait dû être si seulement elle avait d'abord aimé cet homme.

Comme elle l'aimait maintenant.

Burke secoua la tête et changea de position, tendant le bras pour prendre le gant de toilette posé au sommet de la porte.

— Désolé pour la boue. Je nettoierai. Et il faudra peut-être laver le pantalon à part, tu sais.

Hazel laissa tomber les vêtements qu'elle tenait. Elle devait faire ça tout de suite.

— Mon ex-mari… Aaron…

Elle inspira à fond dans l'air humide pour ravaler la bile qui lui montait dans la gorge.

— Il y a seize ans, Aaron a payé un homme pour me tuer. Pour m'empêcher de témoigner contre lui.

Le juron de Burke fut concis et incisif. Le mouvement cessa derrière la vitre, bien que l'eau continue de frapper le carrelage.

C'était comme d'arracher un pansement. Elle avait commencé, et maintenant le passé suintait comme du pus. En outre, il était plus facile de dire la vérité sans que Burke lise ses émotions dans ses yeux.

Elle devait le lui dire. Elle devait tout lui dire. Elle avait besoin que Burke sache pourquoi elle avait tant de mal dans le domaine des relations.

— Il a engagé un de ses amis – un homme qui travaillait de temps à autre pour lui. Aaron s'est servi de l'argent que j'avais mis de côté pour les filles pour le payer. J'étais à la campagne, on m'avait appelée pour une urgence, un chien écrasé par une voiture.

Elle avait envie de rire devant cette analogie prophétique, mais elle n'en avait jamais été capable.

— Le chien était peut-être déjà mort. Ou bien il n'avait jamais existé. C'est Aaron qui a pris l'appel. Le juge n'avait pas encore fait saisir notre maison, si bien que nous vivions toujours ensemble. Nous faisions chambre à part, mais son avocat disait que c'était bon pour l'image d'Aaron qu'on croie que nous formions toujours un couple. Il savait que le district attorney m'avait contactée.

— Aaron t'a piégée.

La posture de Burke changea derrière la vitre. La lassitude d'une longue journée fit place à la vigilance du flic qu'il était. Il se rinça rapidement.

— Je veux tout savoir.

— Je n'ai pas vu les phares avant qu'ils soient sur moi. Il a embouti ma voiture et m'a renversée dans le fossé.

Burke ferma l'eau et prit la serviette sur la porte de la douche.

— La ceinture et les airbags m'ont sauvé la vie. Mais j'étais très secouée et désorientée quand je suis sortie par une vitre brisée. Je connaissais l'ami d'Aaron. J'ai cru qu'il allait me sauver. Qu'il s'était arrêté pour m'aider. J'étais tellement reconnaissante. Je lui ai demandé s'il avait vu le chien écrasé. Puis il m'a cogné la tête contre le flanc de la voiture. Et il a essayé de m'achever à coups de poing et de pied.

Ravalant un chapelet de jurons, Burke sortit de la douche en nouant la serviette autour de ses hanches.

— Hazel…

Le voyant lui tendre les bras, elle fit un pas en arrière et s'enveloppa de ses propres bras. Il recula sur le tapis de bain, sentant peut-être combien elle était fragile. Cela le tuait sans doute de ne pas pouvoir la réconforter. Il fourragea dans ses cheveux humides.

— Je sais que ce n'est pas tout.

Sa voix était tendue, grave.

— Tu es ici. Dis-moi comment tu as survécu.

Elle contempla son nombril, souligné par une ligne de poils sombres. Son ventre était plat, sa peau emperlée d'eau et rougie par la chaleur de la pièce ; ses muscles étaient durs. Mais ce qui l'excita le plus fut cette maîtrise incroyable, cette patience infinie, qui lui donnait l'impression qu'elle pouvait tout lui dire. Il respectait son besoin de se frayer son propre chemin, d'approcher cette relation à l'allure qui lui convenait. Couvert de boue et avec des poils de chien sur son uniforme ou bien nu comme le jour de sa naissance, Burke n'était pas seulement l'homme qu'elle voulait – c'était l'homme dont elle avait besoin.

Elle leva le regard pour scruter ses yeux couleur de whisky et les vit l'observer avec autant d'intensité.

— L'ami d'Aaron s'est moqué de moi. Il avait l'air dingue. Saoul, ou sous l'emprise de la drogue, je ne sais pas. Il a dit en plaisantant qu'il allait rembourser l'argent, que le boulot était trop facile. Il allait me remettre dans la voiture, attacher ma ceinture, y mettre le feu et faire passer ma mort pour un accident. Une fois à l'intérieur, j'ai pu atteindre ma trousse. J'avais une seringue déjà remplie de tranquillisant, au cas où le chien n'aurait pas coopéré. Je la lui ai enfoncée dans la cuisse. Il s'est évanoui avant moi. J'ai appelé la police. Je ne me rappelle rien d'autre jusqu'à ce que je me réveille dans l'ambulance.

— Voilà ma Hazel. Tu t'es servie de ta tête et tu t'es défendue.

Il desserra les poings.

— C'est là que tu as décidé de témoigner contre ton ex ?

— La tentative de meurtre prémédité a valu une peine beaucoup plus longue à Aaron que l'escroquerie et le détournement de fonds.

Burke fit un pas un avant. Elle ne se déroba pas.

— Et l'homme qu'il avait engagé pour te tuer ?

— Le tranquillisant que je lui ai administré a dû interagir avec ce qu'il avait dans le corps. Les ambulanciers n'ont pas pu le ranimer.

Les doigts de Burke tapotèrent sa trousse de toilette, puis effleurèrent son coude. Hazel se déplaça un peu pour que son coude repose dans sa main. Elle venait d'avouer qu'elle avait tué un homme, mais elle ne voyait aucun reproche dans ses yeux et ne sentait aucune pitié dans son geste.

— Tu n'as pas été accusée, n'est-ce pas ?

Elle secoua la tête.

— Les preuves matérielles et le versement d'Aaron ont prouvé qu'il s'agissait de légitime défense. Mon témoignage a donné au district attorney la victoire qu'il attendait et a fini par doubler la peine d'Aaron.

Burke se rapprocha d'un demi-pas, et écarta doucement les mèches de cheveux sur son front.

— Je n'ai jamais rencontré ton ex, n'est-ce pas ?

Malgré la douceur de sa caresse, chacune de ses syllabes était chargée de tension.

— J'en doute. J'ai demandé une ordonnance de protection pour le tenir à l'écart d'Ashley, de Polly et de moi-même.

Elle haussa les épaules.

— Il m'appelle parfois.

La caresse apaisante cessa. Hazel captura la main de Burke et la posa sur sa joue.

— Je ne réponds pas. Les filles se souviennent à peine de lui. Polly ne le reconnaîtrait sans doute même pas. Elle était si jeune quand il est parti.

Burke hocha simplement la tête comme si une sorte de trêve avait été conclue.

— Tu penses que c'est ton ex derrière cette campagne de terreur ?

— Je ne sais pas. Ça pourrait être lui, qui essaie de me punir de ma trahison. Ou bien quelqu'un qu'il a engagé.

— Je vais me renseigner sur les endroits où il a vécu depuis sa sortie de prison.

Il lui caressa les lèvres du pouce avant de s'écarter.

— Que veux-tu que je fasse maintenant ?

Il n'y avait nulle part où aller dans cette petite pièce. Et Hazel ne voulait pas qu'il s'en aille.

— J'avais juste besoin que tu m'écoutes. Je veux que tu comprennes pourquoi je t'ai repoussé si longtemps en prétextant que l'amitié suffisait.

Les rides se creusèrent autour de ses yeux quand il demanda :

— Tu veux que nous redevenions juste amis ?

— Non.

Elle toucha du bout des doigts les plis d'inquiétude sur son visage, dans l'espoir de les apaiser.

— Je pense que toi et moi sommes destinés à être davantage que des amis. Mais je veux que tu comprennes qu'à cause de tout ce que j'ai traversé, j'ai eu vraiment du mal à faire confiance aux hommes durant toutes ces années. J'ai donné mon cœur à un homme qui pensait que me tuer était une meilleure solution qu'avouer sa culpabilité. Je croyais que nous pourrions au moins divorcer de façon amicale et nous donner la main pour élever nos filles. Ça ne me rend pas très perspicace quant aux relations, si ?

C'était elle qui se rapprochait maintenant, pour le rassurer. Elle fit courir ses doigts sur les poils de sa barbe, puis passa à son cou et au creux de son épaule.

— Je sais que tu n'es pas du tout comme Aaron. Mais mes doutes à mon sujet sont toujours là. Je ne les ai jamais affrontés parce que j'avais une vie à vivre. Des enfants à élever, une clientèle à bâtir. Cela a toujours été plus facile de réprimer mes émotions que de les affronter. Mais tu me fais penser à ce que je ressens, à ce que je veux, à ce dont j'ai besoin. J'ai peur de tout perdre à nouveau. Je veux être plus courageuse que je ne le suis. Pour toi. Pour nous. Mais…

Il saisit sa main et la porta à ses lèvres, pressant un chaud baiser sur ses articulations.

— Tu es la femme la plus courageuse que je connaisse. Tu t'es défendue contre un homme qui voulait ta mort. Tu as gardé ton sang-froid face au danger. Tu as vécu ta vie comme tu le devais afin de ne pas être à nouveau blessée. Et regarde tous ces animaux, ces gens que tu as aidés en chemin. Tu as le droit de vivre comme tu l'entends, de choisir avec qui tu veux partager ta vie, de vivre…

— Je te choisis toi.

Elle prit les mains de Burke et les posa sur sa taille. Ses doigts caressèrent sa peau sous son sweat-shirt, mais restèrent où elle les avait posés. Ses narines se gonflèrent d'une inspiration entrecoupée. Hazel éprouvait comme lui le besoin de se taire et de passer aux contacts physiques qu'ils désiraient tous deux. Elle posa les mains sur sa poitrine.

— Je veux que tu fasses partie de ma vie. Mais j'ai peur de ne pas être douée pour « nous » et je ne veux pas te faire mal, jamais.

Elle avait découvert un téton masculin sous les boucles drues de son torse. Ses pectoraux se crispaient involontairement à ce contact. Mais il lutta pour se contrôler jusqu'à ce qu'elle ait dit tout ce qu'elle avait à dire.

— Haze…

— Et si je ne te rends pas heureux ? Je sais que je mets ta patience à rude épreuve. Pourquoi, au nom du ciel, voudrais-tu être avec une femme qui te joue la douche écossaise et sent le caca de chien et l'antiseptique ? Enfin, pas tout le temps.

Un son guttural gronda dans sa poitrine.

— Tu me fais rire. Et je ne riais pas assez avant que je te rencontre. J'ai davantage en commun avec toi qu'avec quiconque que j'aie rencontré. Sauf Gunny, peut-être.

Ce fut au tour de Hazel de rire.

— Moi non plus, je ne riais pas assez avant toi.

— Tu as des cheveux sexy et la plus belle des bouches.

Ses doigts se faufilèrent sous la ceinture de son jean.

— Et un derrière adorable…

— J'ai donné le jour à deux bébés. Je mange trop de gâteaux et je n'ai pas été avec un homme depuis des années. Des années, Jedediah.

— Et je suis peut-être sur le calendrier des beaux mecs ?

— Tu devrais l'être.

Elle prit son visage entre ses mains et admira les rides autour de ses yeux, la forme nette de sa bouche et l'angle de son nez. Il n'était pas parfaitement beau, mais elle l'aurait décrit comme parfaitement masculin.

— Tu obtiendrais mon vote.

Il ferma les yeux quelques secondes avant que ses cils bruns ne se relèvent et que ses yeux la dévorent, tout comme elle le buvait du regard.

— Est-ce que tu sais à quel point je veux être avec toi ?

Hazel hocha la tête. Les années et les doutes fondaient comme neige au soleil sous la chaleur de ce regard.

— Je veux être avec toi. Aide-moi à guérir. Je t'en prie.

Il perdit la bataille une fraction de seconde avant elle. Ses mains se crispèrent autour de son derrière, la plaquant contre lui, mais Hazel nouait déjà les bras autour de son cou. Elle enveloppa sa nuque encore humide et inclina sa bouche vers la sienne. Leurs lèvres se heurtèrent comme des vagues sur le rivage. Leurs langues se mirent à danser, se retirant comme la marée pour revenir plus fort. Hazel déversa son cœur dans cette tendre lutte. Elle se cramponna à son crâne, planta les doigts dans les muscles souples de son dos.

Comme le courant de l'océan, la douleur reflua et le désir prit sa place. Ses mamelons durcirent et ses seins s'alourdirent au contact de la poitrine de Burke. Il glissa les mains sous ses vêtements, et chacune de ses caresses accrut la tempête qui montait en elle. Il interrompit leur baiser juste assez longtemps pour lui retirer son sweat-shirt, puis ses lèvres revinrent, éraflant la peau douce de son cou, éveillant ses terminaisons nerveuses avec le chatouillement de sa barbe, les apaisant avec la râpe chaude de sa langue.

Son jean l'irritait à mesure que la tension montait dans son corps. Elle avait une conscience aiguë de la serviette qui les séparait. Trop de vêtements, pas assez de peau. S'était-elle déjà sentie aussi excitée ? Aussi exigeante ? Aussi puissante ? Tandis que la bouche de Burke laissait une traînée enflammée sur ses seins, elle fit glisser ses mains dans son dos jusqu'à la serviette humide autour de ses hanches. Elle inhala la senteur épicée de sa peau avant de le mordiller dans le cou, lui arrachant un grognement.

— Dis-moi que je ne te fais pas peur…

— Pas du tout.

Sa bouche se referma, tiède et humide, sur un mamelon fièrement dressé, l'aspirant à travers la dentelle de son soutien-gorge. Hazel poussa un petit cri en sentant une flèche brûlante pénétrer son cœur.

— Tout ce que j'ai entendu, c'était que tu me choisis. Que tu me veux. As-tu une idée du temps pendant lequel j'ai attendu d'entendre cela ?

— Aussi longtemps que j'ai eu envie de le dire ?

— Je me sens plus proche de toi maintenant que je ne l'ai jamais été.

Il déplaça sa bouche sur son autre sein, et elle se tortilla contre lui, avide de sensations.

— La confiance est un don précieux. Et la tienne est dure à gagner. De savoir que je l'ai gagnée – pour ça, pour tout – ça me fait te désirer encore plus.

— Jedediah…

— Oui ?

Elle referma le poing sur la serviette.

— Trop de vêtements.

Elle tira.

Il chercha sa bouche et ils rirent ensemble quand la serviette atterrit à ses pieds.

Aussi facilement qu'elle l'avait débarrassé de la serviette, il déboutonna son jean et le repoussa avec son slip sur ses hanches. Le soutien-gorge y passa ensuite et il la saisit derrière un genou pour la renverser et appliquer toutes sortes de pressions délicieuses à l'endroit le plus sensible de son corps. La dureté de son membre lui dit qu'il était tout aussi prêt qu'elle.

— Préservatif ? grogna-t-il contre sa peau.

Hazel étouffa un juron.

— Je ne prends plus la pilule depuis des années. Bien sûr, je n'en avais pas besoin. Je ne sais pas si les filles ont laissé…

Il fit taire sa panique d'un baiser ferme.

— Ce n'est pas un problème. Mon pantalon ?

— Près du panier à linge. Je n'ai pas eu le temps…

Il la fit tourner sur elle-même et lui donna une petite claque sur le derrière.

— Je te rejoins tout de suite.

Il alla prendre un préservatif dans son portefeuille et fut là avant même qu'elle ait fini de repousser les couvertures. Quand il l'eut enfilé, il déposa Hazel sur le lit et la suivit, se glissant entre ses cuisses pour la pénétrer.

Elle se tendit quelques instants, mais il se tint immobile jusqu'à ce qu'elle se détende et l'accueille en elle. Puis ce fut elle qui vint à sa rencontre, le pressant de la remplir. Elle se sentait plus femme, plus vivante que depuis des années. Elle le voulait. Entre les mains de Burke, elle se sentait belle et sexy. Il ensorcela son corps jusqu'à ce qu'elle jouisse entre ses bras, et il chevaucha la même vague pour trouver son plaisir. Son gémissement guttural l'enivra autant que n'importe quel mot d'amour murmuré à son oreille.

Quelque temps plus tard, après que Burke lui avait apporté un gant de toilette et ait fermé la porte pour empêcher les chiens de les rejoindre, Hazel se laissa aller en arrière contre l'oreiller et exhala un soupir de satisfaction. Ils étaient allongés côte à côte, leurs corps nus refroidissant peu à peu après leurs ébats intenses.

Burke prit sa main, posée entre eux.

— Ça va ?

Elle entremêla ses doigts aux siens.

— J'aimerais pouvoir dire que c'est comme la bicyclette, qu'on n'oublie pas. Mais… Ça n'a jamais été comme ça. Je ne sens plus mes os. C'est une sensation merveilleuse.

Elle tourna la tête pour contempler son visage, sur l'oreiller à côté d'elle, et sentit quelque chose de fragile tirailler son cœur.

— Et toi ?

Il roula sur le flanc pour lui faire face.

— Tu valais la peine d'attendre.

Pouvait-elle encore douter qu'elle aimait cet homme ? Il était bon pour son ego, bon pour son corps, bon pour elle, point.

Mais que retirerait-il de leur relation, en dehors de sérieux avantages en nature et de soins vétérinaires pour ses chiens ?

— Jedediah…

— Docteur Cooper…

Quand il se pencha pour l'embrasser, son estomac se mit à gronder, lui coupant la parole. Ces sérieux avantages lui suffisaient peut-être.

Riant contre ses lèvres, elle lui tapota l'estomac. Mais sentant tressauter ses muscles, elle retira sa main pour ne pas être tentée de recommencer tout de suite.

— Nous ferions bien de pourvoir à d'autres besoins.

Saisissant cette opportunité d'achever leur rencontre sur une note positive, elle sortit du lit et ouvrit son placard pour y prendre un T-shirt et un pantalon de pyjama.

— Nous avons oublié le dîner. Nous devrions manger avant de tomber d'inanition.

Évitant l'air interrogateur de Burke, Hazel s'habilla rapidement et enfila une paire de chaussettes et un sweat à capuche. Burke l'imita plus lentement, balançant ses jambes au bord du lit et la regardant plusieurs secondes avant de traverser le couloir pour aller à la salle de bains.

— Je vais sortir les chiens pendant que tu réchauffes les plats.

Près de deux heures plus tard, Hazel était blottie en chien de fusil sur le lit, essayant de rester au chaud. Ses chaussettes, son sweat et son châle ne suffisaient pas chasser les pensées qui la glaçaient. Au bruissement de son jean et à son parfum épicé, elle comprit que Burke se tenait sur le seuil de la chambre.

Depuis combien de temps était-il là ? Peut-être était-il venu voir si elle allait bien ou se demandait-il s'il devait la rejoindre. Elle était allée volontairement bien au-delà de l'amitié ce soir, et il n'aurait pas été juste de revenir sur cette proximité. Pas pour Burke. Ni pour elle.

— Je ne dors pas.

Roulant sur elle-même, elle le découvrit appuyé au chambranle, une tasse de décaféiné à la main.

— Tu n'as pas besoin de me surveiller vingt-quatre heures sur vingt-quatre.

Il secoua la tête et entra dans la chambre.

— C'est une habitude dont je ne parviens pas à me défaire.

Le matelas sombra sous son poids quand il s'assit à côté d'elle.

— Tu vas bien ?

Il posa le mug sur la table de chevet et remonta le châle sur elle.

— Après avoir dénudé ton cœur – et pas que –, tu devrais être épuisée. Tu as à peine touché au dîner. Et tu n'as pas mangé de glace, alors je sais que quelque chose ne va pas.

Ignorant ses efforts pour la border, Hazel s'assit, les genoux repliés contre la poitrine.

— En dehors d'un dingue qui veut me faire exploser ?

Il ne sourit pas à cette plaisanterie.

— Oui. En dehors de ça. Tu ne regrettes pas ce qu'il s'est passé entre nous, n'est-ce pas ?

— Même si j'ai profité de ta gentillesse ?

— Ma gentillesse ?

Un éclat de rire lui échappa et il posa une main sur son genou.

— Je rêve de faire l'amour avec toi depuis plusieurs années.

— Mais tu as gardé tes distances parce que je le voulais.

— Avant de ne plus le vouloir. Je ne pense pas que je pourrai jamais me rassasier de toi, doc. Mais je m'interroge sur le timing. Tu as souffert d'un stress énorme.

Et tout ce que tu m'as raconté… c'était une catharsis majeure pour toi.

Elle ne pouvait le contredire.

— J'avais besoin de me sentir à nouveau moi. Comme si la vie était normale et que je pouvais te désirer de façon saine.

— Je comprends que c'est ce que tu appelles la guérison. Mais maintenant que tu as eu le temps de penser…

Il lissa sa frange sur son front.

— Que se passe-t-il dans ta tête ? Aide-moi à comprendre.

Hazel prit sa main et l'emprisonna entre les siennes. Elle était forte, un peu rêche sur les bords, mais infiniment tendre, tout comme l'homme à laquelle elle appartenait.

— Ce soir… L'homme diabolique… Il a ri de moi, Jedediah. J'essayais de le mettre sur la défensive, de le provoquer pour qu'il reste jusqu'à l'arrivée du KCPD. Mais j'ai laissé échapper que j'avais peur, et cela l'a fait rire. Il m'a dit qu'il prenait ça comme un acompte sur ce que je lui devais.

Les doigts de Burke fléchirent entre ses mains, seul signe d'émotion.

— Comme l'assassin engagé par ton ex. Tu m'as dit qu'il avait ri. Qu'il avait plaisanté sur l'argent. Il me faudra son nom aussi, à propos. Au cas où un de ses parents ou de ses amis voudrait se venger.

Elle acquiesça.

— Ça lui a fait plaisir. Il prend son plaisir à jouer avec moi.

— Il veut te mettre à bout.

— Et il y réussit.

Hazel recroisa les bras autour de ses genoux.

— J'ai été tout à fait honnête avec toi, je t'ai raconté des choses que même mes filles ne savent pas. Je sais que tu veux que je sois forte. Et j'aimerais penser que je le suis.

Mais ce harcèlement incessant – et tous les souvenirs qu'il évoque –, ça m'épuise. Cela me fait remettre en question tout ce que je dis, je pense ou je fais. La dernière fois, j'ai eu peur pour ma vie…

Burke l'attira sur ses genoux.

— La dernière fois, tu ne m'avais pas. Je te protégerai.

Elle se blottit contre lui et fourra la tête sous son menton.

— Comme Gunny te protégera toujours.

Il acquiesça.

— Fais-toi confiance, Haze. Fais-moi confiance.

Elle lui faisait confiance. Mais s'ils devaient avoir un avenir ensemble, elle avait besoin de savoir si elle pouvait tenir sa part du marché.

— Et tu peux aussi me faire confiance ? Je sais que ton ex-femme… Tu ne pouvais pas compter sur elle.

— Non, en effet, dit-il en se rallongeant sur le lit et en l'entraînant avec lui. Tu es une femme d'une autre classe. Elle n'aurait jamais été aussi honnête que toi. Elle n'a jamais cru que je pouvais être là pour elle. Quand elle voulait qu'on la réconforte, qu'on la distraie, qu'on lui donne la réplique, elle cherchait quelqu'un pour ça. Elle le fait toujours. Bon sang, elle m'appelle encore quand son mari actuel ne lui suffit pas.

— Tout le monde n'est pas fait pour être le conjoint d'un homme ou d'une femme en uniforme.

— C'est vrai. Shannon était douce, gentille et tout et tout, quand nous étions encore à l'école. Mais je suis entré dans l'armée. Puis dans la police. J'ai vu le monde – le bon, le mauvais, le bizarre, et des trucs que j'aimerais pouvoir oublier. J'ai mûri. Je ne sais pas si elle le fera jamais.

Il remua sur le lit, les faisant remonter vers les oreillers.

— Tu es adulte, Hazel. Tu es mon égale. Tu as affronté plus de choses qu'elle n'a jamais eu à le faire. Et tu l'as fait sans compromettre ton intégrité. Tu as puisé dans tes ressources. Tu m'as demandé mon aide, mais tu ne t'attendais pas à être sauvée.

Hazel changea de sujet, soupçonnant qu'il préférait parler de quelque chose de moins personnel, même si elle sentait qu'il y avait d'autres choses dans son passé.

— Que voulait dire Justin quand il t'a dit que Gunny et toi vous l'aviez sauvé, lui et son équipe ?

Sans doute Burke comprit-il que c'était une diversion, car il lui serra la main.

— En cas d'alerte, la brigade canine est déployée en même temps que la brigade de déminage. Nous fouillons les bâtiments, pour nous assurer qu'il n'y a pas d'autres explosifs dans la zone.

— Et vous avez déjà trouvé d'autres explosifs comme ça ?

— Oui.

Cette réponse toute simple cachait sans doute une bonne dose de danger.

— Tu t'occupes de beaucoup de gens, n'est-ce pas ? observa-t-elle. Je ne veux pas être un autre fardeau pour…

— Ne finis pas cette phrase.

Un doigt calleux se pressa contre ses lèvres.

— Parce que je suis ici par choix, pas à cause de mon métier. Pas à cause de ces ébats passionnés.

— Tu resteras avec moi ? demanda-t-elle.

— Je pensais que c'était le plan.

Il désigna le couloir.

— Je serai juste à côté. Gunny s'est déjà couché.

— Non. Est-ce que tu restes ici ?

Elle tapota le lit à côté d'elle.

— Pour dormir. Est-ce trop te demander à toi ou à ta patience ?

Il roula sur le flanc et l'attira contre sa poitrine.

— Te tenir entre mes bras ? Je crois que je peux le supporter.

— Tu sens bon, murmura-t-elle dans un soupir somnolent. Justin n'aurait pas dû te traiter de vieux. Tu es un homme, point. Chaud, solide. Tu embrasses comme un dieu, entre autres talents. J'adore te toucher. Ça me fait du bien.

— Ça te rassure ?

Elle hocha la tête et il déposa un baiser sur son front.

— Alors ferme les yeux, doc.

Elle lui obéit. Quelques minutes plus tard, physiquement et émotionnellement épuisée, elle sombra dans un sommeil de plomb.

12

Son arme sur la table de chevet et Gunny endormi près de la porte, Burke baissa finalement la garde assez longtemps pour s'endormir. Les chiens l'alerteraient bien avant que le danger ne les atteigne. Sept ou huit heures de sommeil ne lui feraient pas de mal et restaureraient son énergie. Il avait brûlé la chandelle par les deux bouts en veillant sur Hazel, en enquêtant sur son persécuteur et en effectuant ses heures au centre d'entraînement.

Et puis il y avait eu leurs ébats frénétiques. Un bienheureux sentiment de paix se répandait dans ses membres et son cœur.

Il était le seul homme que Hazel voulait, il en était certain. Plus certain qu'il ne l'avait jamais été. Il se délectait de savoir qu'elle le désirait assez pour vouloir le séduire, qu'elle avait suffisamment besoin de lui pour lui confier ses secrets. Elle remettait son corps, sa vie, entre ses mains. Et même s'il se demandait si elle se l'avouerait, elle lui remettait son cœur.

Un bourdonnement tenta de le tirer de ses rêves, et il remua dans son sommeil. Comme un homme de la moitié de son âge, il avait de nouveau envie d'elle, de la sentir se presser autour de lui, de l'entendre crier son nom. Même si les images étaient vagues, les sensations étaient aussi réelles que la chaleur qui enveloppait son corps, ouvrant chacun de ses pores, enflammant le sang qui courait dans ses veines. Il avait déjà rêvé de Hazel auparavant, mais jamais de manière aussi aiguë. Rire après rire, conversation après conversation, il était tombé de plus en plus amoureux d'elle. Maintenant, il voulait retenir cette intimité enfin partagée. Il avait à nouveau quelqu'un dans sa vie, après tout ce temps. Il avait attendu que tout soit parfait, il l'avait attendue, elle. Maintenant, il avait davantage qu'une amie, davantage qu'un fantasme soigneusement tu. Il avait une partenaire. Il serait en sécurité avec elle. Il pourrait se montrer tel qu'il était, faire ce qu'il avait à faire, sans jamais s'inquiéter qu'elle ne comprenne pas son sens du devoir. Elle avait le même – envers ses filles, envers ses patients. Elle ne le quitterait pas pour quelqu'un d'immédiatement disponible. Et il ne la quitterait pas. C'était son rêve depuis si longtemps. Il savait où il voulait emmener cette relation, et il savait ce qu'il allait lui demander.

Il l'emmènerait dîner. Non, il l'emmènerait au parc et il attacherait la bague au harnais de Gunny, et…

Ce bourdonnement gâchait l'avenir qu'il imaginait avec elle. Il ouvrit les yeux dans l'obscurité. Reprenant rapidement ses esprits, il se souvint qu'il était dans la chambre de Hazel. Une cuisse en travers de ses jambes avait réveillé son érection, et il baignait dans la chaleur. Il ne se souvenait pas de s'être mis sous les couvertures, et il s'aperçut qu'effectivement il ne l'avait pas fait. Non seulement Hazel s'était enroulée dans son châle, mais les chiens les avaient rejoints sur le lit.

Et le téléphone sonnait.

— Bon sang…

Il n'était pas de garde avant trente-deux heures. Quelque chose de grave avait dû se passer pour qu'on l'appelle. Il tapota la poche arrière de son jean.

— Où est mon téléphone ?

Hazel était également réveillée. Elle tendit le bras vers la table de chevet de son côté.

— C'est le mien, marmonna-t-elle en déplaçant Cleo pour le prendre.

Burke écarta Gunny de ses pieds et lui ordonna de descendre du lit.

— Quelle heure est-il ?

— Trop tôt pour un appel.

Elle tâtonna assez longtemps pour qu'il décide d'allumer la lampe de son côté.

— Bien trop tôt. Je ne suis pas de garde cette nuit, alors ce doit être un de mes patients… Oh ! Seigneur !

Elle pressa le bouton d'appel et s'assit brusquement.

— Ashley ?

— Maman !

Il entendit un faible cri de panique et s'assit lui aussi, instantanément en alerte. Il passa un bras autour des épaules de Hazel.

— Mets-la sur haut-parleur.

— Chérie, que se passe-t-il ?

La tension irradiait du corps de Hazel. Ashley haletait ou sanglotait, ou les deux.

— Il faut que tu viennes me chercher ! Ma voiture est encore à la clinique. J'appellerai bien Polly, mais je crois que ce serait dangereux pour elle de venir ici.

Le bruit reconnaissable de verre cassé fit sursauter Hazel.

— Qu'est-ce que c'était ? Où es-tu ? Est-ce que tu vas bien ?

Ces jurons et ces vivats à l'arrière-plan ne lui disaient rien qui vaille.

Burke posa une main sur l'épaule de Hazel et parla dans l'appareil.

— Ashley, où es-tu ? Que se passe-t-il ?

— Sergent Burke ?

Il n'y avait pas le temps de lui expliquer pourquoi il était là.

— Réponds, Ashley.

Comme la plupart des gens, elle réagit au calme de sa voix.

— Joe m'a amenée dans un bar de motards, le Sin City. J'ai compris que c'était un bouge avant même de voir un ivrogne tomber dans les pommes. Joe m'a dit que c'étaient ses amis. Sauf que quelqu'un a fait quelque chose à la moto d'un autre – je ne sais pas exactement quoi. Et un type a commencé à dire que je devrais payer pour les dégâts.

Elle poussa un cri bref et Burke entendit des chaises se renverser. Un signe certain qu'une bagarre avait éclaté.

— Il ne parlait pas d'argent…

Hazel frissonna.

— Oh mon Dieu !

— À ce moment-là, Joe lui a donné un coup de poing… Oh !

Elle devait avoir esquivé la chute d'un homme ou d'un objet.

— Tu peux venir ?

— Je connais l'endroit.

Burke était déjà sorti du lit, enfonçant son T-shirt dans son pantalon et prenant sa ceinture avec son insigne et son arme. Il ne prit pas le temps de renfiler son uniforme.

— Tu peux aller aux toilettes des femmes et t'y enfermer ? Ou passer de l'autre côté du bar et t'accroupir ? Il est solide.

— Ils se battent dedans.

Ashley respirait très vite, soit parce qu'elle bougeait, soit parce qu'elle avait peur.

— Je ne serais pas plus en sécurité dehors ?

— Pas dans ce quartier.

Hazel s'était levée aussi, et avait fait le tour du lit pour maintenir le téléphone à sa portée pendant qu'il s'habillait.

— Où est Joe ? demanda-t-elle.

— Dans le parking, peut-être ? C'est là que la dispute a commencé. C'est comme des gangs qui prennent parti. Je suis rentrée dans le bar pour le signaler et le barman a appelé la police.

— Bon. Ils seront là dans quelques minutes. Ce n'est pas loin du commissariat. Dis-leur que tu es une de mes amies. J'arrive.

Burke traversa le couloir pour prendre des chaussettes et un pull dans son sac, toujours dans la salle de bains. Hazel le rejoignit.

— Tu peux t'abriter quelque part ?

Ashley réfléchit aux possibilités, puis se mit en marche.

— La pièce est longue et étroite, je ne pense pas que je peux aller jusqu'aux toilettes au fond. Je vais me mettre derrière le bar.

Une voix calme et grave s'éleva, plus proche que les bruits de bagarre.

— *Venez avec moi, mademoiselle.*

— Qui est-ce ? demanda Burke.

— Je ne sais pas.

Il y eut un bruit de chute, puis un gémissement de douleur.

— *Oh ! arrêtez ! Est-ce que ça va ?*

— Chérie, à qui parles-tu ? voulut savoir Hazel tout en tendant sa deuxième chaussure à Burke.

— Un homme. Je ne le connais pas, répondit Ashley. Un homme âgé qui était assis au bar. Un type vient de le heurter du coude en voulant frapper quelqu'un d'autre.

— *Venez avec moi.*

Des coups se firent entendre, puis des insultes, avant que les bruits s'éloignent.

Ashley reprit la parole.

— *Est-ce que ça va ? J'ai une formation médicale. Voilà. Pressez la serviette dessus. Je vais chercher des glaçons.*

Puis la voix grave, essoufflée, revint à portée d'oreille.

— *Je peux vous emmener quelque part. À la maison ? Chez des amis ? Dans un café ? N'importe où plutôt qu'ici, non ?*

Son rire se termina par une quinte de toux.

— Ne pars avec personne, ordonna Burke en pressant le pas vers la porte.

Hazel le suivit.

— Je viens te chercher.

— Nous venons te chercher. Sois prudente, chérie.

Hazel raccrocha.

Burke jeta un coup d'œil à son pyjama et ses chaussettes.

— Je pars dans deux minutes. Dès que j'aurai harnaché Gunny.

Elle enfila ses chaussures près de la porte et s'empara de sa veste.

— Je n'ai besoin de rien d'autre.

Pour Hazel, il était hors de question de rester enfermée dans la voiture tandis que Burke allait chercher sa fille au milieu des motards. Mais il l'avertit avec sévérité qu'il ne pourrait pas la protéger tout en secourant Ashley, et elle accepta d'attendre à l'extérieur du pick-up, là où elle pourrait voir ce qui se passait de l'autre côté de la rue. Comment sa fille s'était-elle retrouvée mêlée à ce bazar ?

Hazel avait prêté main-forte sur des lieux de catastrophes naturelles où il y avait moins de voitures de police et d'agents en uniforme. Le Sin City[1] portait bien son nom, aucune personne de bon sens n'y aurait mis les pieds. La dispute de Joe Sciarra avait apparemment exacerbé la rivalité entre gangs. Et Ashley s'était trouvée prise entre deux feux, pendant que son petit ami – futur ex-petit ami espérait Hazel – prenait le parti de ses potes au lieu de la sortir de la mêlée.

La pluie avait enfin cessé, mais la chaussée mouillée reflétait les gyrophares et les phares antibrouillard des voitures de police, déformant les silhouettes des clients. Motards, policiers, badauds se mouvaient dans l'obscurité comme des spectres : vers les ambulances, vers le parking pour reprendre leurs véhicules, ou vers les voitures de patrouille en attente.

Hazel poussa un soupir de soulagement en voyant Burke apparaître sur le seuil du bar, le bras passé autour d'Ashley.

— Ashley !

Elle trépignait d'impatience de courir vers sa fille, mais elle se souvint de l'avertissement de Burke. En voyant la foule s'ouvrir devant eux, la fierté l'envahit. Burke savait se frayer un chemin. Une telle autorité émanait de lui que ses collègues le respectaient et les criminels l'évitaient. Il aurait dû avoir des enfants, pensa-t-elle avec tristesse, il aurait fait un père formidable. Un protecteur. Une figure paternelle. Un ami. Un amant. Et il était à elle. Tout à elle. Si elle avait assez de courage pour le faire sien.

Quand elle ne put plus attendre une seconde de plus, Hazel traversa la rue en courant.

— Ashley !

— Maman !

1. La ville du péché. (N.d.T.)

Sa fille aînée lâcha Burke et tomba dans les bras de Hazel.

— Je suis tellement heureuse que tu sois là. Est-ce que tu vas bien ?

Elle prit le visage de sa fille entre ses mains. Celle-ci était un peu pâle, mais ne paraissait pas blessée.

— Je vais bien, maman, dit Ashley en la rassurant d'un sourire. Mais j'ai eu une sacrée frousse. Je n'ai jamais été aussi contente de voir arriver Burke.

— Je connais ce sentiment.

Hazel leva les yeux vers l'homme qui attendait patiemment à côté d'elles. Elle posa une main sur sa joue barbue, se dressa sur la pointe des pieds et lui déposa un baiser sonore sur la bouche.

— Merci, murmura-t-elle, puis elle l'embrassa encore, s'attardant sur ses lèvres. Merci.

Quand elle reposa les talons à terre, le désir tournoyait dans les yeux sombres de Burke et sa fille souriait jusqu'aux oreilles.

— Hum, qu'est-ce qu'il se passe ? demanda Ashley en les désignant tour à tour. Et tu portes ton pyjama sous ton manteau ?

— Oh ! chérie, commença Hazel. Il s'est passé tant de choses…

— Attends une minute.

Le sourire d'Ashley s'était évanoui et elle rougit quand son regard se posa sur quelqu'un derrière Burke.

— Il faut que j'aie une petite conversation.

— Waouh !

Burke tendit la main pour l'empêcher de foncer dans le chaos, mais Hazel l'attrapa, lui demandant silencieusement de ne pas intervenir.

Un homme tatoué et menotté était escorté vers une voiture de patrouille.

— Laisse-la faire.

— Pas toute seule.

Burke serra la main de Hazel et l'entraîna avec lui. Hochant la tête à l'adresse du policier qui montait la garde, Burke assista à la rencontre avec Sciarra sans intervenir.

L'œil gauche de Joe était noir et gonflé, et on aurait dit qu'on avait écrasé une fraise sur sa joue. Mais Ashley se souciait comme d'une guigne qu'il soit blessé. La fille de Hazel était furieuse.

— On m'a dit que c'est toi qui as entamé la bagarre. Tu m'as amenée ici alors que tu savais que tu allais échanger des coups avec le gros lard là-bas ?

— Hé !

Les protestations de l'homme ainsi interpellé furent coupées court par une petite policière en uniforme, qui le fit monter à l'arrière d'une voiture de patrouille.

Ashley attendit une réponse de l'homme qu'elle avait fréquenté.

— Ça n'a rien de personnel. Je devais une faveur, et Digger avait besoin d'argent. Tu étais assez marrante pour que le marché en vaille la peine.

— Quel marché ? Avec qui ? exigea de savoir Ashley.

— C'était une situation gagnant-gagnant, chérie.

Il lui fit un clin d'œil.

— Je sais que tu aimes sortir avec un voyou.

— De quoi parles-tu ? Qu'est-ce qui se passe ?

Joe survola la rue et le parking avant de désigner un type en jean et blouson, qui s'éloignait discrètement.

— Demande-le-lui.

Une impression de déjà-vu traversa Hazel comme un courant électrique quand elle vit la queue-de-cheval grisonnante et la barbe hirsute de l'homme en question. Elle lâcha la main de Burke et fit un pas vers l'homme.

Puis un autre, et encore un autre. La fureur l'envahit, chauffée à blanc, et elle se mit à courir.

— Haze ! cria Burke.

Il l'attrapa par le bras.

— Mais qu'est-ce que vous avez, les femmes Cooper ? J'essaie de vous éloigner du danger. Où vas-tu ?

— Cet homme. Je le connais.

Elle tapota la poitrine de Burke, pour qu'il saisisse l'urgence de rattraper l'homme.

— À l'hôpital Saint-Luke. C'est l'un des SDF dont Polly s'occupe.

Ashley apparut derrière elle, observant l'homme qui venait de jeter un coup d'œil derrière lui et pressait le pas.

— Il a essayé de séparer les combattants. Il m'a aidée à m'éloigner. Mais il a pris un sacré coup de poing. Ça lui a coupé la lèvre et ensanglanté le nez. Ils étaient trop remontés pour qu'il puisse faire grand-chose. Mais je devrais le remercier d'avoir essayé.

L'homme se retourna et Hazel jura. Même de loin, elle le reconnaissait. L'homme la regarda un instant, puis pivota sur lui-même et disparut dans une ruelle.

— Fais monter Ashley dans ton pick-up.

Burke resserra les doigts.

— Tu ne vas pas suivre un inconnu dans une ruelle obscure au milieu de la nuit.

— Alors viens avec moi.

Elle se dégagea des mains de Burke.

— Aaron !

Il la relâcha.

— Aaron, comme dans Aaron Cooper ?

— Papa ? fit écho Ashley.

Burke appela un jeune agent et lui dit de garder un œil sur Ashley. Gunny et lui rattrapèrent rapidement Hazel dans l'allée. Elle fit halte près d'un tas de conteneurs et de sacs-poubelle qui sentaient la litière. Un décor convenant à cette rencontre.

L'homme se retourna dans la lumière projetée par le bâtiment voisin. Son visage était plus ridé, mais elle reconnaissait ces yeux bleus. Jadis, elle les aimait. Plus tard, ils avaient hanté ses cauchemars.

— Que diable fais-tu ici, Aaron ?

Son allure dépenaillée formait un contraste frappant avec le porteur de costume cravate qu'elle avait connu.

— Hazel. Comment va, ma puce ?

— Ne me donne pas du « ma puce ». Ce n'est pas une coïncidence. Que fais-tu au Sin City ce soir en particulier ?

— J'essayais de sauver ma petite fille.

Hazel leva les yeux au ciel – un ciel étoilé – et se mordit la langue avant de répondre.

— Tu étais aussi à l'hôpital avec Polly, n'est-ce pas ? Tu es vraiment sans domicile fixe ?

Il haussa les épaules.

— J'ai un appart.

Il fixa le regard sur l'homme debout derrière elle.

— Rien d'aussi luxueux que la maison où nous vivions.

— C'était une façade de conte de fées, pas une maison.

Elle aurait pu découvrir la vérité, mais jusqu'au jour où elle avait failli mourir, elle avait refusé de comprendre que son mariage n'était qu'une mascarade et qu'on ne pouvait se fier à son mari. Son amour et sa loyauté n'avaient rien signifié pour lui. Quant à lui, ses tentatives pour lui faire prendre des vessies pour des lanternes ne signifiaient plus rien pour elle.

— Tu t'es insinué dans la vie de Polly, c'est ça ?

— Elle et moi, nous sommes amis.

— Amis ?

— Elle a bon cœur. Comme toi avant, dit-il en souriant d'un air matois.

— Sait-elle qui tu es ?

— Elle me connaît comme Russell, un vétéran de l'armée qui a du mal à se réadapter à la vie civile.

Hazel ne s'attendait pas à ce qu'il avoue sa tromperie. L'ancien Aaron se serait cramponné à son mensonge jusqu'à la fin – à moins qu'un autre mensonge puisse le sauver.

— Ce n'est pas si loin de la vérité. J'essaie de me réadapter à la vie hors de prison. À me faire des amis. À trouver un travail correct. À ne pas être jugé.

— Pourquoi te jugerait-on, hein ? Un ex-condamné…

Son ton mordant fit presque honte à Hazel.

— En fait, elle ne m'a même pas reconnu. Elle ne se souvient pas du tout de moi.

— Tu étais en prison, pas dans l'armée. Et tu y étais à cause des décisions que tu as prises. Tu aurais pu te conduire bien, avouer ta culpabilité et rembourser ce que tu avais volé. Tu serais sorti dix ans plus tôt et tu aurais eu tout le temps de connaître tes filles.

Il ne pouvait justifier d'aucun acte en sa faveur.

— Si je ne peux plus être leur père, alors je veux les connaître comme je peux.

— En t'introduisant en douce dans leur vie ? Sais-tu combien c'est effrayant ? Comment savais-tu qu'Ashley sortait avec son ami ce soir ? Comment savais-tu qu'il y aurait une bagarre…

Elle secoua la tête, ne regrettant plus son sarcasme.

— Quel mauvais coup es-tu en train de préparer, cette fois ?

— Je ne leur fais pas de mal. Je veux juste faire partie de leur vie.

Quand il fit un pas vers elle, elle sentit une main solide se poser au creux de ses reins. Burke la croyait capable de confronter son ex, mais il lui faisait savoir, ainsi qu'à Aaron, qu'il était là si elle avait besoin de lui. Ayant pris la mesure de l'homme et du chien, Aaron recula d'un demi-pas.

— Polly, c'était facile. Mon agent de probation m'a inscrit au programme de soins de Saint-Luke pour les SDF. J'ai su que c'était elle dès que je l'ai vue. Elle te ressemble comme deux gouttes d'eau à ton âge.

Il fronça les sourcils.

— Sauf pour les cheveux. Qu'as-tu fait aux tiens ?

Sans importance.

— Et Ashley ?

Il repoussa les pans de son blouson et fourra les mains dans les poches. Une fraction de seconde, elle sentit les doigts de Burke se crisper dans son dos. S'était-il attendu à voir une arme ? Un détonateur ? La tension retomba lentement tandis qu'Aaron poursuivait :

— Je connaissais Joe Sciarra de la prison. Je lui avais donné des conseils, si bien qu'il avait un petit magot qui l'attendait à sa sortie.

— Je ne vais pas te demander si ces conseils étaient légaux ou non. Tu as suggéré à un type qui te devait une faveur de charmer ta fille et de l'entraîner dans une situation où elle aurait pu être blessée ?

— Il n'était pas censé faire du mal à Ash. Juste l'effrayer. Ensuite, je serais arrivé et je l'aurais sauvée. Elle m'aurait été reconnaissante. Mais tout est parti en vrille.

Hazel avait envie de le gifler pour avoir manipulé ses filles. Mais cela l'aurait obligée à le toucher, et cette pensée lui était odieuse.

— Comment oses-tu mettre ta fille en danger avec des caprices égoïstes ? ! Je suppose qu'il y a des habitudes qu'on ne perd jamais !

— Je suis désolé, ma puce, mais tes fichues ordonnances de protection m'ont forcé à me débrouiller.

Hazel secoua la tête devant ce gâchis.

— Je pense à tout ce que tu aurais pu faire de bien. À tout ce que tu aurais pu accomplir. Si tu t'étais servi de tes compétences relationnelles pour aider les autres…

— J'aurais pu, j'aurais dû, bla bla bla…

Elle se sentit presque navrée devant ce cynisme qui le vieillissait. Mais un instant seulement.

— Écoute, il faut que je te parle de quelque chose, poursuivit-il. Je m'inquiète pour toi.

— Je ne suis pas tes affaires.

— Bien sûr. C'est à ça que sert Monsieur Nouveau-Petit Ami.

Il jeta un regard condescendant à Burke, puis revint à elle.

— Alors disons que je m'inquiète pour les filles. C'est pour ça que je voulais me rapprocher d'elles. Je pense que quelqu'un m'en veut. Tu comprends ? Quinze ans derrière les barreaux, il y a beaucoup de gens à qui ça n'a pas suffi…

— Je ne peux pas te parler maintenant, Aaron. Je dois m'occuper d'Ashley.

Elle se détourna et fit quelques pas. Elle avait voulu la confirmation qu'Aaron s'était infiltré dans leur vie, et l'avertir qu'elle ne tolérerait plus ses petits jeux. Mais elle n'avait pas envie de rester pour jouer les gentilles ni soulager sa conscience.

— Gunny, *fuss*, ordonna Burke, lui emboîtant le pas.

Mais Aaron n'avait jamais aimé qu'elle s'affirme.

— Ce type me suit partout où je vais. À Saint-Luke. À ta clinique…

Hazel pivota sur elle-même.

— Tu es venu à la clinique ?

— Je l'observe parfois de l'autre côté de la rue. Je regarde ce que j'ai perdu. Tu as construit un sacré truc.

Il adressa un sourire suffisant à Burke.

— Ne vous inquiétez pas, je reste à cent mètres. Vous ne pouvez pas m'arrêter pour m'être garé dans un parking public.

Aaron avait été là tout ce temps ?

— Je savais qu'on m'épiait, mais je pensais… Tu dois arrêter ça.

— Je pense qu'il me suit. Ou qu'il suit les filles…

Il ravala un juron. Était-il en train de perdre son calme ?

— Pendant que tu baises avec ton petit copain, j'ai gardé un œil sur Ash et Polly. J'ai essayé de te dire que quelque chose clochait, mais tu n'as pas pris mes appels.

— Pourquoi croirais-je quoi que ce soit venant de toi ?

La colère d'Aaron explosa.

— J'ai le droit de protéger mes enfants ! Si tu les mets en danger…

— Venant de toi, c'est un peu fort !

— Temps mort, intervint Burke. Les priorités, Haze.

Il se rapprocha d'Aaron.

— Parlez-nous de l'homme que vous avez vu.

— Je n'ai rien à vous dire. Même si vous portez un insigne. Surtout parce que vous portez un insigne.

— Si vous voulez vraiment vous conduire en homme et protéger vos enfants, dit Burke d'une voix tendue, vous feriez mieux de parler.

Hazel entendit la menace dans sa voix.

— L'homme que vous avez vu fait joujou avec des bombes.

— Des bombes ?

Aaron fronça les sourcils, l'air sincèrement déconcerté par cette affirmation.

— La voiture de Polly ? C'est lui qui a fait ça ?

Burke hocha sèchement la tête.

— Il est venu à la clinique et chez Hazel avec des explosifs. Il sait sans doute où vivent vos filles. Je dois le trouver avant qu'il presse le bouton qui pourrait emporter toute votre famille et un tas d'innocents.

— Des bombes… ?

Aaron n'en revenait pas.

— Vous le connaissez ? insista Burke.

— Pas vraiment, dit Aaron en haussant les épaules. Mais je recevais des lettres anonymes en prison d'un type qui disait qu'il m'attendrait quand je sortirai, pour me détruire comme j'avais détruit sa vie.

Un frisson parcourut le dos de Hazel.

— Oh mon Dieu !

— Vous avez toujours une liste des clients que vous avez escroqués ? demanda Burke.

Pour toute réponse, Aaron lui adressa un regard noir.

— Elle est probablement dans les archives du district attorney, répondit Hazel. Ils ont tous été listés dans les poursuites.

Burke hocha la tête et prit son téléphone.

— Ça fait longtemps, mais je vais passer quelques appels. Je vais réveiller quelqu'un pour savoir si la prison a des traces de l'expéditeur de ces lettres et les croiser avec les noms du bureau du DA. Peut-être que l'un de vos clients a un emploi en relation avec des explosifs. Au moins, on pourra déterminer si les lettres viennent de la même personne. Tiens…

Il passa la laisse de Gunny à Hazel.

— Tu connais la plupart des ordres. Sers-t'en au besoin.

Il jeta un regard appuyé à Aaron avant de s'éloigner de quelques pas pour utiliser son téléphone.

Dès qu'ils furent seuls, Aaron se mit sur la défensive.

— Si ce type était un de mes clients, il ne peut pas me reprocher d'avoir perdu son argent. Il y a toujours un risque avec les investissements. Ça arrive.

Ça arrive. Par la faute d'un homme qui avait inventé

un stratagème pour canaliser l'argent de ses clients sur un compte offshore, tout en continuant de les ponctionner.

— Tu ne comprends toujours pas que tes actes ont des répercussions qui affectent tout ton entourage. Nous payons toujours le prix de ta cupidité. Tu n'es peut-être pas impliqué directement dans ce qui nous arrive, mais si cet homme était l'un de tes investisseurs, tu es responsable.

— Les années ont été douces avec toi, ma puce.

Son ton mélancolique n'eut aucun effet sur elle.

— Mais tes longs cheveux me manquent.

— Ça me donnait trop de travail. *Toi*, tu me donnais trop de travail.

— J'étais riche, Hazel. Tous les quatre, nous serions heureux si seulement tu t'étais tue.

Le voyant tendre la main pour toucher ses cheveux, Hazel s'écarta.

— Gunny ?

Le gros chien gronda à ses côtés. Aaron recula et leva les mains d'un air soumis.

— *Sitz.*

Le grand berger s'assit.

— Tu as changé.

— Toi tu n'as pas changé.

Pas plus que les menaces autour d'elle.

— Dis-moi tout ce que tu sais sur l'homme que tu as vu. Les seules fois où j'étais assez près pour l'identifier, il faisait noir et il portait un masque.

Finalement, soit pour ses filles, soit pour éviter d'affronter Gunny, Aaron acquiesça.

— Il a plus ou moins ma taille. Mais avec de la bedaine. J'ai fait beaucoup de sport en prison. Les vêtements larges font partie de mon déguisement.

Sans s'émouvoir de sa vanité, Hazel caressa la tête de Gunny et attendit qu'il poursuive.

— C’est un blanc. Il fait un métier manuel, je dirais. Un mécanicien, peut-être. Il porte un uniforme sous son sweat. Il a les mains sales. Les cheveux blancs. Je n’ai jamais bien vu son visage.

Comme il ne ratait jamais un indice important, Burke se joignit à la conversation.

— Autre chose ? Vous avez vu la voiture qu’il conduisait ?

Aaron secoua la tête.

— Il était toujours à pied quand je l’ai vu.

Mais il claqua soudain des doigts.

— Le tabac ! Je l’ai vu chiquer plus d’une fois.

Une chique. Pourquoi cela lui semblait-il familier ? Connaissait-elle quelqu’un qui chiquait ? Tandis que les rouages tournaient dans son cerveau, elle sentit la main de Burke se poser à nouveau dans son dos.

— Vous pouvez partir, pour cette fois, Cooper. Mais si vous violez encore une fois l’ordonnance de protection, je serai là.

Le regard noir d’Aaron fut moins appuyé cette fois. Sans remercier Burke pour son indulgence, il se tourna vers Hazel.

— Tu veux bien demander aux filles si elles sont d’accord pour me rencontrer ? À moins que tu ne leur aies empoisonné l’esprit à mon sujet.

— Je le leur demanderai. Je ne te garantis rien. Ce sera leur choix. Et franchement, tes mensonges ne font pas un bon début. Il faudra que tu acceptes ce qu’elles décident. Je ne te laisserai pas leur faire encore du mal.

— Merci.

Se retournant, il s’éloigna en direction du prochain carrefour.

— Hé, Aaron !

Il pivota pour l’écouter.

— Si tu veux vraiment une relation avec elles, plus

de petits jeux, plus de mensonges. Sois patient. Sois authentique.

Comme l'homme qui l'accompagnait. Elle serra la main de Burke et sortit de la ruelle.

— Je veux voir ma fille, maintenant.

Burke ajusta ses lunettes de soleil sur son nez en conduisant. Au sortir du centre d'entraînement, la chaleur du soleil sur sa peau lui semblait prophétique. Après tant de jours de pluie, cette embellie automnale lui faisait l'effet d'une nouvelle page qui s'ouvrait dans sa vie, au lieu du dernier salut de l'été.

Il avait peu dormi durant la nuit, mais il se sentait plus revigoré que fatigué. Sa vie était en train de changer, et il était prêt pour cela. Sa patience avec Hazel avait fini par payer. Ils avaient quelque chose maintenant, une relation. Et une fois qu'il aurait mis le poseur de bombes derrière les barreaux, il avait l'intention de rendre cette relation permanente. Il ignora son sourire niais dans le rétroviseur.

Après avoir laissé le Sin City aux mains du KCPD, ils étaient rentrés directement à l'appartement d'Ashley et de Polly, où les trois femmes avaient tenu réunion entre rires et larmes, embrassades affectueuses pour lui et morceaux de fromage pour Gunny. Sur son insistance, Ashley et Polly avaient préparé chacune un sac et il avait chargé ces derniers dans la voiture. Bien qu'il ait été un peu sidéré par le volume d'affaires que chacune d'elles avait fourré dedans, elles s'étaient montrées rapides et efficaces comme leur mère. Puis il avait renvoyé l'agent Cho et les avait conduites toutes trois chez Hazel, où cette dernière avait servi du chocolat chaud à ses filles, les avait encouragées à parler aussi tard qu'elles le voulaient et leur avait annoncé succinctement qu'il dormirait dans sa chambre. Avec elle. Si elles avaient des objections à cet arrangement, elles pourraient en parler le lendemain matin.

Il n'avait pas su s'il devait rire ou être nerveux au petit déjeuner ce matin-là, d'un calme irréel.

Garrett Cho était allé chercher Polly et l'avait conduite à ses cours à Saint-Luke. Burke avait réprimé une envie pressante de prendre le jeune homme à part et de l'interroger sur son intérêt pour Polly. Puis il avait conduit Hazel et Ashley au travail, et était allé au centre d'entraînement se mettre au courant des suites de ses appels concernant les pistes recueillies auprès de l'ex de Hazel. Certaines étaient fructueuses, car les inspecteurs Bellamy et Cartwright avaient extrait quelques suspects de la liste des victimes d'Aaron. Si l'un d'eux avait à voir avec des explosifs et avait croisé le chemin de Hazel, il y avait des chances pour qu'ils tiennent leur homme. En outre, les Cooper gâtaient suffisamment Gunny pour qu'il veuille lui rappeler qu'il était un chien policier et non un animal de compagnie chouchouté.

Le temps qu'il passait avec Hazel et ses filles était fou, chaotique et plein d'amour. C'était la vie qu'il voulait. Il jeta un coup d'œil dans le rétroviseur au chien qui haletait derrière lui.

— Tu es d'accord, mon pote ? Tu sais que tu es toujours mon copain numéro un, n'est-ce pas ?

Gunny émit un gémissement. Burke décida de l'interpréter comme un assentiment. Mais son propre sourire s'évanouit quand son téléphone s'éclaira sur le tableau de bord. Un appel de son ex. Mieux valait affronter le problème s'il voulait vivre avec Hazel.

Il pressa la touche de réponse et mit immédiatement la conversation sur haut-parleur.

— Sergent Burke.

— Tu sais que c'est moi, Jed.

Sa voix sensuelle était teintée d'une touche d'auto-apitoiement.

— Je ne te dérange pas ?

Elle ? Toujours. Mais ils devaient régler les choses une bonne fois pour toutes.

— Je sais que tu es allée voir le Dr Cooper. Tu voulais connaître ta rivale ?

Il enclencha son clignotant pour doubler une voiture.

— Pour ton info, ce n'est pas une rivale.

— Donc c'est sérieux entre vous ?

— Oui.

À en juger pour son soupir, ce n'était pas la réponse qu'elle attendait.

— Tu l'aimes ?

— Oui.

— Toi et moi, nous ne pourrons jamais…

— Non.

Son ton était doux mais ferme.

— Rentre chez toi, Shannon. Parle à Bill et réconciliez-vous. Il t'aime.

La discussion était finie, en ce qui le concernait. Il raccrocha et poussa un soupir de soulagement. Une étape de franchie vers l'avenir qu'il désirait.

Il attendait à un stop quand sa radio se mit à grésiller.

— Delta K-9 un, répondez, s'il vous plaît.

L'opératrice relayait un appel aux membres de la brigade de déminage, pour un Bravo Tango sur Front Street.

Bravo Tango : une alerte à la bombe.

Burke jura. Mettant en marche son gyrophare et sa sirène, il pressa l'accélérateur. Il entendit à peine l'opératrice s'excuser de l'appeler un jour de congé. Il composa le numéro de Hazel, mais n'obtint que sa boîte vocale.

Il reprit sa radio.

— Delta K-9 un – 10-4. Je prends en charge.

Il brûla un feu rouge et accéléra. Il connaissait cette adresse : la clinique de Hazel.

13

— Que diable fais-tu encore ici ?

Un Jedediah en colère, armé et en tenue de protection poussa la porte de sa salle d'opération. Hazel savait déjà que le temps manquait ; elle n'avait pas besoin qu'il la fasse sursauter comme ça.

— Je travaille aussi vite que je peux. Je dois au moins la recoudre avant de la déplacer.

Elle sectionna le fil de suture sur l'abdomen d'un maigre bâtard.

— J'ai dit à tout le monde de partir, et j'ai chargé Todd d'évacuer les animaux.

— Il n'y a plus personne ici, à part ce chien et toi. Nous ne pouvons pas chercher des explosifs s'il reste des gens dans les lieux.

Gunny et lui firent le tour pour se planter de l'autre côté de la table d'opération.

— Que puis-je faire pour t'aider ?

— Ne pas te mettre entre la lumière et moi, pour commencer.

Elle lui fit signe de reculer et se concentra pour achever sa tâche rapidement, sinon soigneusement. Burke survola du regard la petite salle d'opération et ordonna à Gunny de la fouiller.

— Est-ce aussi grave que le bruit des sirènes le laisse croire ?

— La zone est évacuée, répondit Burke, même si cela ne faisait rien pour la rassurer. Encore combien de temps ?

— Todd et moi étions au milieu de l'opération quand Ashley m'a dit qu'un client avait trouvé un paquet enveloppé de papier brun dans les toilettes des hommes.

La photo que lui avait montrée Ashley lui avait paru terriblement familière.

— Il est exactement comme celui qu'avait l'homme diabolique.

— Il y en avait un autre devant la porte d'entrée. Gunny l'a découvert.

La main de Hazel frémit et elle faillit laisser tomber son aiguille.

— Il y en a plus d'un ?

Burke s'approcha pour lui poser une main sur l'épaule.

— Du calme, doc. Tout va bien. Mais active-toi un peu.

Gunny sauta soudain sur ses pattes, ses oreilles pointues tendues vers la porte. Quand Burke l'entrouvrit pour vérifier de quoi il s'agissait, Hazel entendit des gémissements et des halètements.

— C'est un chien que j'entends ? Où est Todd ?

— Le KCPD a installé un périmètre de sécurité. Personne n'est autorisé à entrer dans le bâtiment.

— Il faut aller le chercher.

Il lui jeta un regard appuyé. Encore un point.

— Je ne peux pas quitter ma patiente.

Le voyant sur le point de protester, elle secoua la tête.

— Tu ne quitterais pas Gunny non plus.

— Je vais le chercher. Dépêche-toi de finir.

Quelques instants plus tard, il revint avec Shadow, un gros labrador, dans les bras.

— Il n'y a plus personne. Allons-y.

Hazel fronça les sourcils, se rappelant quelque chose à propos du chien qu'elle soignait. Athena avait repris du poil de la bête grâce à la nourriture et à l'eau, et elle était assez en forme pour être stérilisée.

— Qu'est-ce que c'est ?

— Du tabac.

— Quoi ?

Hazel secoua la tête : ce n'était pas le moment de répondre à des questions de néophyte.

— Rien. Vas-y. Je vais juste lui faire une injection pour la réveiller. J'arrive dans une seconde.

— J'y compte bien.

Il poussa la porte métallique battante. Quelques secondes plus tard, elle entendit la porte de service s'ouvrir et se refermer. Elle administra l'injection en s'assurant qu'elle avait des battements de cœur et une respiration, puis débrancha le masque à oxygène et la perfusion. La porte de derrière se ferma à nouveau. Burke ne la laissait pas en danger très longtemps. Elle enveloppa le chien encore groggy d'une couverture et le prit dans ses bras.

— J'arrive.

Il lui fallut une fraction de seconde pour enregistrer une chose étrange. La porte ne s'était pas rouverte mais s'était refermée une deuxième fois. Quelqu'un l'avait verrouillée.

Elle poussa la porte battante de la salle d'opération.

— Burke ?

Elle s'arrêta net. L'homme diabolique.

— Tic-tac, docteur Coop.

Il tenait un détonateur comme celui qu'il lui avait montré en bas de chez elle. Le pouce pressé sur le bouton, il se mit à rire.

— Est-ce *on* ou *off* ? Combien de temps avons-nous ?

Hazel se recroquevilla contre la porte métallique.

— Comment êtes-vous entré ici ?

— Il y a plein d'endroits où se cacher ici. Je n'ai eu qu'à être patient.

L'homme respirait lourdement sous son masque grotesque. Il mit la main dans une autre poche et en sortit un nouveau détonateur et le pressa.

— *On.*

Cette fois, il n'y eut pas de compte à rebours. Le sol se déroba sous les pieds de Hazel et une explosion assourdissante se produisit à l'avant du bâtiment. Des débris du plafond descendirent en flottant comme des flocons de neige. Plus inquiétant fut le bruit aigu de dizaines de minuscules projectiles contre la porte en métal. Si elle avait été encore dans la salle d'opération…

Elle se décolla du mur contre lequel elle s'était effondrée.

— Vous êtes fou ?

Peut-être pas la meilleure chose à dire. L'homme fit un pas menaçant vers elle et sortit un troisième détonateur pour remplacer celui qu'il venait d'utiliser. Il le lui fourra sous le nez et pressa le bouton du pouce.

— Voilà ! Maintenant je commence enfin à avoir ce que je voulais.

Des coups de poing sonores se firent entendre sur la porte derrière lui.

— Hazel !

— Burke !

— Je n'ai pas envie de compagnie, docteur Coop.

L'homme ouvrit le placard placé à côté de la porte et jeta à terre des piles de couvertures et de serviettes pour révéler la bombe placée au fond.

— Sortez tous du bâtiment ! cria Hazel, de crainte qu'elle se déclenche immédiatement.

Elle entendit des jurons et des bruits de pas précipités. L'odeur du soufre et de la cendre, portée par un courant d'air, lui piqua les narines.

Et elle sentit autre chose. Le tabac.

Je l'ai vu chiquer plus d'une fois.

Les morceaux du puzzle se mettaient enfin en place. Hazel serra le chien endormi dans ses bras et carra les épaules devant l'homme qui faisait de sa vie un enfer.

— Enlevez votre masque, Wade.

Il grogna, surpris d'être reconnu.

— Vous avez peur de faire ça à visage découvert ? Peur de vous montrer ?

Il pressa le bouton d'un des détonateurs. Puis il repoussa sa capuche, ôta le masque et lui sourit de ses dents tachées.

— Peu importe que vous ayez compris. Je vous détruirai. Tout comme votre mari m'a détruit.

— Puis-je au moins mettre ce chien en sécurité ?

— Ce n'est qu'un chien stupide.

Il reprit le détonateur et fronça les sourcils, comme s'il ne se souvenait pas du compte à rebours.

Hazel s'en souvenait elle, mais elle n'allait pas lui dire qu'il l'avait remis à zéro. Le détonateur qu'il tenait dans son autre main signifiait qu'un autre engin était sur le point d'exploser.

— Comment se fait-il que vous teniez si peu à la vie ? demanda-t-elle, espérant le distraire de ses projets.

— Parce que je n'ai pas de vie.

La distraction ne dura pas bien longtemps. Il pressa le bouton.

— Aaron Cooper m'a volé mon argent. Les économies de toute ma vie. Mon avenir. J'ai perdu ma maison, ma voiture. Mes amis m'ont traité d'idiot parce que j'avais cru à ses mensonges. J'ai trop bu et j'ai fini par perdre mon emploi. J'ai dû travailler comme cantonnier. Je suis ingénieur et j'ai dû travailler comme un fichu cantonnier ! C'est comme ça que j'ai trouvé le chien que vous tenez.

— Mais votre femme…

— Elle m'a quitté. Au début de cette année.

Sans doute à l'époque où les premières lettres étaient arrivées.

— Elle m'a dit qu'elle en avait marre de vivre avec un loser.

— Alors vous avez recueilli ce chien errant et vous avez fait croire que c'était elle qui l'avait maltraité, pour que les autorités enquêtent sur elle.

— Ouais. Un petit bonus pour lui causer des ennuis. Si elle avait été loyale envers moi, je n'aurai pas pris des mesures aussi drastiques. Mais surtout, je voulais un moyen d'arriver jusqu'à vous. Alors j'ai pris Athena et je l'ai amenée.

Parce qu'il ne pouvait pas atteindre Aaron. Peut-être parce qu'aucune dose de châtiment ou d'expiation ne pouvait compenser sa vie gâchée.

— Et les explosifs ? Vous les avez pris au travail, aussi ?

— Où est votre mari, docteur Coop ? Pourquoi ne pourrit-il pas en prison ? Pourquoi n'est-il pas mort ? Où est ma justice ?

— Aaron n'est pas mon mari. Vous vous en prenez à la mauvaise personne.

Ses paroles n'eurent aucun effet sur lui. Elle n'entendait plus Burke. Elle entendait à peine ses propres pensées entre les battements assourdissants de son cœur. Wade lui avait coupé toute retraite. Il avait sans doute piégé tout le bâtiment.

Elle avait une vie. Une carrière qu'elle adorait, deux filles épanouies. Elle n'avait pas encore dit à Jedediah qu'elle l'aimait.

— Combien y a-t-il de bombes ?

— Je vous ai laissé un cadeau chaque fois que je suis venu avec ce clébard rachitique. Je vais détruire cet endroit jusqu'aux fondations.

Il avança en léchant ses dents jaunies. Ses yeux larmoyaient de manque de sommeil – ou de folie.

— Vous voulez les voir ?

Elle recula en regardant tout autour d'elle, se demandant s'il restait un endroit sûr où elle pourrait s'enfermer pour se protéger de la prochaine explosion.

— Je vous crois.

— *Off.*

Il se remit à rire, ravi de sa détresse.

— N'est-ce pas drôle de ne pas savoir combien de secondes il vous reste à vivre ? C'est un peu comme de ne pas savoir combien de temps on a avant qu'un autre pan de sa vie explose.

Il fit un pas vers elle, la faisant reculer dans le couloir.

— Et la police a gentiment évacué tout le monde, si bien qu'il ne reste que vous, moi et le compte à rebours.

Un autre pas. La poussait-il vers une bombe ? Vers un piège ?

— Votre mari a détruit ma vie. Maintenant, je vais lui faire la même chose. Je vais tout détruire.

Il leva le détonateur et le pressa.

Hazel entendit des bris de verre quelque part dans la partie endommagée de la clinique. Elle se retourna vivement.

— Gunny ! *Fuss !*

Une forme noire et brune fonça devant elle. Elle faillit crier de soulagement, sachant que Burke n'était pas loin.

Avec un grondement féroce, Gunny bondit, referma ses crocs sur le bras tendu de Hanson et le fit tomber. Puis il se tortilla sur lui, sans jamais lâcher le bras de l'homme.

Wade hurlait quand Burke fit irruption.

— Gunny ! *Aus !*

L'animal relâcha sa prise et vint à ses côtés. Repoussant

Hazel et Athena derrière lui, Burke braqua son arme sur l'homme allongé.

— Restez à terre.

Tandis que Hanson se tordait de douleur sur le sol, berçant son bras et se plaignant des chiens stupides, Burke le menotta et expliqua son apparition miraculeuse.

— Il avait verrouillé la porte de derrière, je n'arrivais pas à entrer. Quand le devant de la clinique a explosé, j'ai craint le pire.

Hazel apprécia dûment sa peur pour elle, mais ce n'était pas le moment de parler.

— Il y a d'autres bombes. Il avait deux détonateurs en main. Je ne sais pas où elles sont placées, mais il a dit que le compte à rebours avait commencé.

— Alors on sort d'ici.

Burke mit Wade sur ses pieds et ouvrit la porte d'un coup d'épaule, criant aux flics à l'extérieur.

— Officier de la brigade canine sort ! Gunny ! *Fuss !*

Gunny prit les devants et sortit dans la cour grillagée derrière le bâtiment. Hazel le suivit, portant Athena.

Hanson se mit à rire, alors même que Burke le traînait vers la sécurité.

— C'est l'heure !

Hazel pivota sur elle-même.

— Burke !

Il se précipita sur elle et la plaqua au sol. Trois explosions assourdissantes soulevèrent la clinique. Un orage de flammes surgit, tandis que des débris pleuvaient tout autour d'eux.

Il faisait nuit à nouveau quand Justin Grant, son équipe de déminage et le KCPD laissèrent Hazel sur les lieux.

Tant de destructions. Tant de colère.

On avait soigné leurs blessures, à Burke et elle, tandis que Wade Hanson, menotté sur un lit d'hôpital, écoutait ses droits et la longue liste des faits qui lui étaient reprochés. Hazel s'était nettoyée et avait posé quelques points de suture à Gunny, blessé par un projectile, pendant que Todd s'occupait d'Athena. Tous leurs patients avaient été soit renvoyés chez eux, soit transférés dans une autre clinique vétérinaire.

Après que les filles s'étaient prudemment repliées dans leur appartement et que Burke soit allé au commissariat remplir de la paperasse avec Justin, Hazel était retournée à la clinique. Ou ce qu'il en restait. Entre les explosions, les flammes et l'eau des pompiers, il ne restait plus grand-chose, en dehors du mur de soutènement et des poutrelles en acier du chenil.

En fouillant les débris pour voir si elle pouvait sauver quelque chose, Hazel fut surprise de ne pas se sentir plus triste. Elle repéra un tabouret en métal et traversa une flaque d'eau pour le relever. Après l'avoir séché de sa manche, elle s'assit et survola l'endroit qu'elle avait bâti au fil des ans.

Elle était heureuse – non, intensément soulagée – que personne n'ait été gravement blessé, pas même l'un de ses précieux patients. Cette clinique représentait sa vie d'avant. Et elle avait été rasée jusqu'au sol. Elle la reconstruirait. Avec des espaces plus ouverts, qui laisseraient moins de place pour cacher des bombes. Elle la doterait de technologies dernier cri. Elle se relèverait, plus forte que jamais.

Gunny trotta vers elle et elle le caressa en souriant.

— Des soins gratuits pour le reste de ta vie, jeune homme. Toutes les friandises et les jouets que tu veux, aussi.

— Tu vas l'engraisser.

Hazel se releva et sourit en entendant cette voix grave, si lasse et si sexy.

— Tu as fini ?

Burke acquiesça. Quelque part sur son trajet, il s'était douché et avait passé un uniforme propre.

— Nous avons trouvé les bombes. Justin et son équipe les ont neutralisées.

— Tu veux dire que Gunny les a toutes trouvées, plaisanta-t-elle.

— Je veux dire que c'est enfin terminé.

Burke repoussa une table d'examen cabossée pour la rejoindre.

— Hanson a été arrêté. Ton ex a été mis en demeure de vous laisser tranquilles, tes filles et toi.

— Je me demande si Aaron sera convoqué comme témoin par le bureau du district attorney. Ce serait un retournement de situation ironique. Nous verrons si quelqu'un emboutit sa voiture pour l'empêcher de témoigner.

Burke gloussa.

— Tu as un drôle de sens de l'humour, doc.

Elle posa une main sur sa poitrine et lui sourit.

— Ce que j'ai, c'est de l'espoir.

— Ah oui ?

— Tu es l'homme le plus brave que je connaisse. Le plus loyal et le plus affectueux. Tu m'as offert ton cœur alors que tu ignorais encore ce que je ressentais.

Il posa les mains sur sa taille.

— Je savais ce que tu ressentais, doc. Il fallait juste que tu en prennes conscience.

Subitement sérieuse, elle lui dit :

— Je t'aime, Jedediah Burke. Je ne peux pas gâcher un autre jour à croire qu'être en sécurité est la même chose qu'être heureuse. Je veux les deux. Je mérite d'avoir les deux. Je suis en sécurité avec toi, je l'ai toujours été. Il fallait juste que je me débarrasse de vieilles habitudes pour y croire. Et Dieu sait que tu me rends heureuse.

— Tu vas m'épouser, alors ? demanda-t-il. J'ai patienté pendant très longtemps.

Hochant la tête, elle lui noua les bras autour du cou et l'embrassa.

— Ça valait la peine d'attendre.

Retrouvez prochainement,
dans votre collection

BLACK ROSE

Une mariée à protéger, de Carol Ericson - N°642

PATROUILLEURS EN MISSION - 1/4

Dans un tourbillon de tulle blanc, la femme sort de la voiture, et Clay la reconnaît aussitôt. April Hart ! Que fait-elle ici ? Et en robe de mariée qui plus est… Mais bientôt il comprend tout : ayant découvert que son fiancé était un patron de la drogue, April s'est enfuie juste avant son mariage. Et c'est chez Clay qu'elle est venue trouver refuge. Clay, qui depuis toujours la protège. Et qui n'a jamais cessé de l'aimer…

L'échappée du désespoir, de Nicole Helm

Alors qu'elle fait sa ronde dans le parc national où elle est ranger, Felicity découvre le corps d'une femme assassinée. À son grand désarroi, c'est elle que les autorités locales accusent du meurtre. Seul Gage Wyatt, policier farouche et déterminé, la croit innocente. Pour l'aider à retrouver le meurtrier, il l'entraîne alors dans une folle cavale, bravant le danger et les éléments déchaînés…

L'enfant de la discorde, de Marie Ferrarella - N°643

Abasourdie, Marlowe Colton fixe le test de grossesse… Dire qu'il a suffi d'un unique moment d'abandon pour qu'elle se retrouve enceinte ! Enceinte de Bowie, l'héritier des Robertson, le clan ennemi du sien. Mais, alors qu'elle se demande comment le lui annoncer, il surgit chez elle, en proie à une terrible colère. Car il vient d'être victime d'une attaque à main armée, et c'est le clan Colton qu'il accuse de cette agression…

Dangereuse vérité, d'Elizabeth Heiter

En reprenant les rênes de la société d'armement de son père, Leila est consternée de découvrir que le matériel fabriqué dans son usine vient de causer la mort de plusieurs militaires en action sur le terrain. Mise en cause dans ce scandale, elle est contrainte d'ouvrir sa porte à Davis Rogers, un enquêteur du FBI au charisme troublant, mais dont l'attitude méfiante l'irrite au plus haut point…

Retrouvez prochainement,
dans votre collection

BLACK ROSE

Une collaboration tendue, de Beth Cornelison - N°644

Nolan Colton est revenu à Whisperwood ! En apprenant le retour de son amour de jeunesse, Summer maîtrise mal son trouble. D'autant plus que Nolan, devenu policier, lui propose bientôt de l'aider dans son enquête en cours. Une collaboration que Summer accepte avant de se rendre compte de son erreur : car non seulement elle peine à garder les rênes de son affaire, mais elle a bien du mal en outre à cacher son désir pour Nolan…

Troublante énigme, de Barb Han

Quel mystère plane sur Brooklyn, la fillette de trois mois qu'un homme a confiée à Rylan avant de s'enfuir ? Rylan est-il le père de ce bébé comme l'a affirmé l'inconnu ? Et qui est sa mère ? Dépassé par les événements, déterminé à enquêter pour lever les secrets qui entourent l'enfant, Rylan fait appel à Amber, la sœur de son meilleur ami dont il était amoureux autrefois…

Les clés d'un secret, d'Elle James- N°645

En voyant Wade Coltrane s'avancer vers elle, Lindsay est prise de vertige. Ainsi, son amour de jeunesse est de retour. Que vient-il faire ici, sur le ranch de son grand-père ? Il cache forcément quelque chose. Mais peut-elle le forcer à avouer les raisons de son retour, alors qu'elle-même lui dissimule depuis cinq ans un terrible secret ?

Au piège des sentiments, de Marilyn Pappano

Enfin ! Après des mois de recherches, Liz Dalton a localisé Joe Saldana. À présent, sa véritable mission commence : le séduire, afin qu'il lui révèle où se cache Josh, son frère jumeau, recherché pour complicité avec de dangereux criminels… Une mission qui, très vite, devient pour Liz synonyme de piège car Joe se révèle un homme infiniment attirant…

Retrouvez prochainement,
dans votre collection

BLACK ROSE

La fausse accusation, de Joanna Wayne - N°646

« Ne me cherche pas, maman, ce que j'ai fait est trop grave… » Incapable de retenir ses larmes, Faith raccroche le téléphone et se tourne vers Travis, le détective qui l'aide à localiser Cornell, son fils adolescent disparu depuis plusieurs mois. Mais, dans ses yeux, elle ne voit que le reflet de ses propres craintes. À quelle sombre activité Cornell a-t-il été mêlé ?

Une surprenante révélation, de Cassie Miles

Dès le premier regard, Kelly est tombée amoureuse de Nick Spencer, le richissime et ténébreux homme d'affaires, un coup de foudre qui bientôt bouleverse sa vie. Car de dangereux criminels poursuivent Nick, persuadés qu'il a transmis à Kelly des informations capitales à leur sujet. Unis par le danger, tous deux se lancent dans une terrible course contre la montre… et contre la mort.